Nina Scheweling
Academy of Lies
Anatomie einer Verschwörung

NINA SCHEWELING

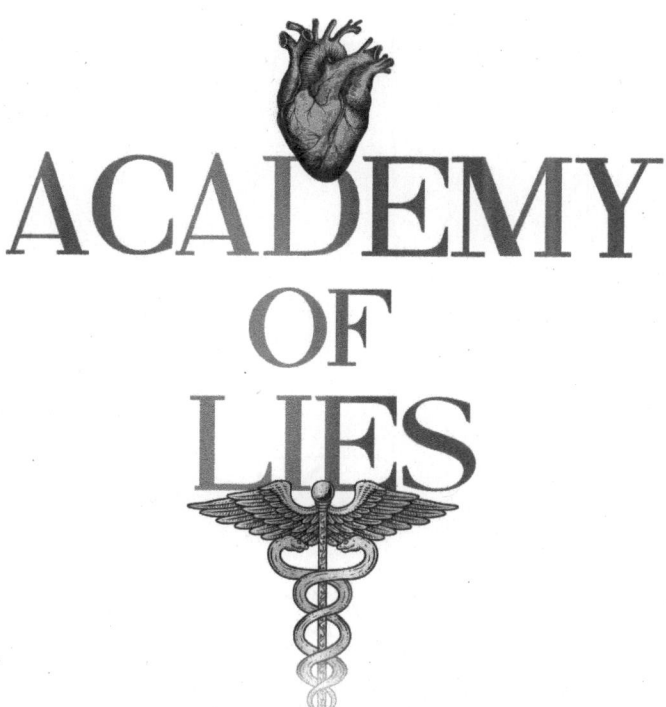

ACADEMY OF LIES

ANATOMIE EINER VERSCHWÖRUNG

BAND I

ISBN 978-3-7432-1841-3
1. Auflage 2025
© 2025 Nina Scheweling
© 2025 Loewe Verlag GmbH, Bühlstraße 4, D-95463 Bindlach
Umschlaggestaltung: Carolin Liepins
Umschlag-, Innenklappen- und Farbschnittmotive: © Matveev Aleksandr/
shutterstock.com, © silence_Scream_4rwork19/shutterstock.com,
© Peter Hermes Furian/shutterstock.com, © paseven/shutterstock.com,
© NadezhdaShu/shutterstock.com, © kalmil/shutterstock.com
Innenklappen- und Farbschnittgestaltung: Ramona Karl
Kapitelvignetten: © Peter Hermes Furian/shutterstock.com
Redaktion: Mareike Förster
Druck und Bindung: GGP Media GmbH,
Karl-Marx-Straße 24,
D-07381 Pößneck

www.loewe-verlag.de

Liebe Leser*innen,

dieses Buch enthält potenziell triggernde Inhalte.
Deshalb findet ihr auf der letzten Seite eine Content Note.

Achtung: Diese enthält Spoiler für die gesamte Geschichte!
Wir wünschen euch das bestmögliche Lesevergnügen.

Eure Nina und das Loewe-Team

»*Der Tod kommt nur einmal, und doch macht er sich in allen Augenblicken des Lebens fühlbar. Es ist herber, ihn zu fürchten, als ihn zu erleiden.*«

Jean de La Bruyère

PROLOG

Der Schuss zerreißt die Stille. Er dauert nur den Bruchteil einer Sekunde, aber das Geräusch scheint kein Ende zu nehmen. Es dehnt sich aus, hallt über den Innenhof der Akademie, wird von den weiß getünchten Wänden zurückgeworfen, dringt durch Fenster und Mauerritzen in die leeren Hörsäle, die Büros, die Bibliothek. Ein Schwarm Tauben flattert auf, und das Pfeifen ihres Flügelschlags mischt sich in das leiser werdende Echo des Knalls. Dann fügt sich die Stille wieder zusammen und legt sich wie eine schalldichte Decke über das ehemalige Kloster, als wäre überhaupt nichts geschehen. Zurück bleibt nur eine dumpfe Ahnung, die zwischen den altehrwürdigen Gebäuden umherwabert.

Er hat noch nie in seinem Leben eine Waffe abgefeuert. Die pure Gewalt, die in diesem Schuss steckt, erschreckt ihn, und gleichzeitig findet er sie angemessen für die Macht, die diese Handlung verkörpert. Die Macht, zu verletzen; zu töten; Leben zu verändern. Das Blut beginnt, unter dem schlaffen Körper hervorzuquellen, und je länger er daraufstarrt, desto weniger weiß er, ob er wirklich das Richtige getan hat. Er muss hier weg, bevor ihn jemand sieht. Er geht rasch davon, ohne sich noch einmal umzudrehen, und bemerkt kaum, dass er am ganzen Körper zittert.

I

Mein Name ist Quinn Schreiber, ich bin achtzehn Jahre alt, und wenn alles seinen normalen Gang geht, werde ich bald sterben.

In meiner Kindheit habe ich mir mein Herz immer wie das rote Plüschherz vorgestellt, das ich einmal im Schaufenster eines Kaufhauses gesehen hatte. Später, als mein Herz anfing, mühsamer zu schlagen, kam es mir vor wie ein Stein, hart und tonnenschwer, der mich langsam, aber sicher in die Tiefe zog. Heute weiß ich es besser.

Das Herz ist eine Ansammlung von Zellen: ein Muskelschlauch, der am zweiundzwanzigsten Tag der Schwangerschaft anfängt zu schlagen; der sich ausdehnt, teilt, sich umbaut in ein komplexes System aus Vorhöfen und Herzkammern, Klappen, Knoten, Venen und Arterien, bis es irgendwann so groß ist wie die Faust seines Besitzers und so viel wiegt wie drei Tafeln Schokolade.

Es ist ein Muskel, der unablässig Blut durch unseren Körper pumpt: fünf Liter in der Minute, siebentausend am Tag, zweihundert Millionen im Leben.

Es hat seine eigene Schaltzentrale, die unseren Puls steuert: sechzig bis achtzig Schläge in der Minute, hunderttausend am Tag, drei Milliarden im Leben, ohne Pause. Es beschleunigt den Rhythmus, wenn wir rennen, fährt ihn runter, wenn wir schlafen, lässt ihn stolpern, wenn irgendetwas defekt ist.

Es ist ein Verstärker, der uns Gefühle spüren lässt, selbst wenn wir sie nicht wahrhaben wollen: Liebe, Freude, Nervosität, Wut, Angst.

Es ist eine gut geölte Maschine, die uns am Leben erhält – wenn alles glattläuft. Bei mir tat es das nicht. Mein Herz existiert nicht mehr. Es war kaputt, deswegen hat man es ausgebaut und weggeworfen.

Mit sechs hatte ich eine Herzmuskelentzündung, die die Ärzte nicht in den Griff kriegten. Mein Herz wurde immer schwächer, bis es schließlich ganz aufgab. Mit acht habe ich ein neues bekommen. Im Schnitt halten implantierte Organe etwa zehn Jahre durch, meins ist also ab sofort überfällig. Und meine Kombination aus seltener Blutgruppe und negativem Rhesusfaktor führt dazu, dass die Chance auf ein weiteres Spenderherz bei circa null liegt.

Ich könnte mir ein Kunstherz einsetzen lassen, eine Pumpe, die durch ein Kabel mit einem Akku außerhalb des Körpers verbunden ist. Dann wäre ich an eine Batterie angeschlossen wie irgendein Haushaltsgerät. Natürlich verstehe ich, dass das für einige der letzte Ausweg ist. Aber für mich ist es unvorstellbar. Und so finde ich mich seit einem Jahrzehnt mit meinem Tod ab. Wir alle sterben irgendwann. Die einen früher, die anderen später. So einfach ist das.

Vielleicht ist das der Grund, warum ich so gern allein bin. Warum ich mich abschotte von der Welt, den Menschen aus dem Weg gehe und genau das Gegenteil von dem mache, was alle von mir erwarten. Auch – oder erst recht – heute.

Ich komme aus der Lücke zwischen zwei Regalen hervor, in der ich mich versteckt habe, und laufe bis zur verlassenen Ausleihtheke mit ihrer aufwendigen Wandvertäfelung im Hintergrund. Ich sollte nicht hier sein – zumindest nicht um diese Zeit. Die Bibliothek schließt samstags um 18 Uhr, und jetzt ist es 18.47 Uhr. Es ist gar nicht so schwer, sich irgendwo einschließen zu lassen, besonders an Orten, an denen niemand damit rechnet. Wenn es keine Überwachungskameras gibt, kein Sicherheitspersonal, nur eine studentische Hilfskraft, die am Ende der Öffnungszeiten einen halbherzigen Kontrollgang macht. Als sie kurz nach sechs die Eingangstür hinter sich zuzog und das elektronische Schloss verriegelte, hat sie mich ein- und die Welt ausgesperrt und die Bibliothek zu meinem ganz persönlichen Rückzugsort gemacht. Einem Ort, der die Geschichte des alten Klosters atmet, das hier einmal untergebracht war. Einem Ort mit dunklen Holzregalen, kleinen Schirmlampen an den Lesetischen und Wandmalereien an den hohen Decken. Einem Ort, an dem die Flachbildschirme, die zur Recherche bereitstehen, wie Fremdkörper wirken.

Ich drehe mich langsam um mich selbst und nehme die Stille in mich auf, die Einsamkeit, die Energie des Tages, die noch in der Luft hängt, bevor sie im Laufe der Nacht zwischen den Büchern versickern wird. Dann schlendere ich ziellos an den Regalen entlang, fahre mit dem Finger über die Buchrücken der Fachliteratur, ohne einen bestimmten Titel wahrzunehmen, und atme den Geruch nach Papier, nach altem Holz und Staub ein. Ich bin nicht hier, um etwas Besonderes zu tun. Ich verfolge keinen Plan. Ich bin hier, weil alle anderen es nicht sind. Anstatt mit den restlichen

Erstsemestern noch vor der Einführungswoche in Kneipen und auf Partys nach Anschluss zu suchen, bin ich, wo niemand ist. Sogar mein Handy habe ich ausgeschaltet. Ich habe keine Lust auf oberflächliche Glückwunsch-Nachrichten. Heute ist mein Geburtstag. Aber ich feiere lieber allein.

Ein Knall zerfetzt die Luft und zerstört meinen Frieden. Ich zucke zusammen, und sofort beginnt mein Herz, heftig zu klopfen, setzt seinen eigenen Willen durch, ganz egal, wie sehr ich versuche, es unter Kontrolle zu halten. Tauben flattern erschrocken am Fenster vorbei in den Himmel, und die Schallwellen des Knalls hallen in der Bibliothek wider, als suchten sie jemanden, dem sie eine Botschaft überreichen könnten.

Was in aller Welt war das? Ich gehe zu einem der Fenster, die auf den Innenhof hinausführen. Auf den ersten Blick scheint er verlassen zu sein. Doch dann erkenne ich die offen stehende Eingangstür des Rektorats, das gegenüber der Bibliothek liegt, und einen dunklen Umriss auf der Steintreppe davor. Plötzlich verstehe ich es – verstehe, was den Knall verursacht hat, verstehe, warum mein Herz so aufgeregt ist und immer schneller schlägt, während alles andere in mir erstarrt. Der Umriss auf der Treppe ist ein Mann, und unter seinem reglosen Körper sickert Blut hervor, das die Stufen in ein dunkles, glänzendes Rot taucht.

Ich sollte wegrennen. Vielleicht ist der Täter noch da, sucht weitere Opfer oder will sichergehen, dass es keine Zeugen gibt. Aber ich kann mich nicht bewegen, kann nur hinausschauen auf den Hof, das Kopfsteinpflaster, die herbstlichen Platanen, die Fenster der Gebäude, die den Innenhof umranden und in deren schwarzen Scheiben sich der Himmel spiegelt. Niemand ist zu sehen, weder Passanten, die sich zufällig in den Innenhof verirrt haben, noch jemand, der wie ein Mörder wirkt. Die einzige Bewegung, die ich ausmachen kann, ist die des vertrockneten Laubs, das auf dem Boden umhertanzt, und die des Bluts, das in einem kleinen Rinnsal von der obersten Stufe hinabläuft.

Da kommt ein Hund in den Innenhof gelaufen. Er schnüffelt über den Boden, bleibt schließlich vor der Treppe stehen und fängt aufgeregt an zu bellen. Eine Frau tritt durch den Durchgang, ruft nach ihm, streng, aber vergeblich. Dann sieht sie, was den Hund so durcheinanderbringt. Sie schreit auf, zerrt ihn von der Treppe weg, wühlt in ihrer Tasche nach ihrem Handy.

Eine Viertelstunde später wimmelt der Innenhof von Menschen – Polizisten, Gerichtsmedizinern und einer Handvoll Schaulustiger, die von Männern und Frauen in Uniform aber rasch wieder vertrieben werden. Ich stehe immer noch am Fenster und beobachte alles, verborgen von den Schatten, die zwischen den Regalen hervorkriechen und die Bibliothek in Zwielicht hüllen. Solange ich die Lampen nicht anmache, sieht mich niemand; im Gegensatz zu den Polizisten, die erst das Erdgeschoss und dann die oberen Stockwerke des Rektorats durchstreifen. Durch die Fenster erkenne ich, wie sie von einem Raum in den nächsten gehen, das Licht anschalten, sich umsehen, auf der Suche nach dem Täter oder weiteren Opfern. Aber sie scheinen nichts zu finden. Als sie dem Einsatzleiter im Innenhof Bericht erstatten, dreht dieser sich nachdenklich im Kreis, lässt seinen Blick über die Fassade gleiten, entlang der verschlossenen

Türen und der Scheiben, die das Blaulicht der Einsatzwagen reflektieren. Ich zucke zurück, aus Angst, dass er mich entdeckt, doch er wendet sich schon wieder ab und schüttelt den Kopf. Die Beamten zerstreuen sich. Offenbar gehen sie nicht davon aus, dass der Mörder noch vor Ort ist.

Ein leichter Regen setzt ein und droht die Spuren der Tat wegzuwaschen. Hastig wird ein Zelt über der Treppe errichtet, das den Toten vor dem Wasser schützt. Scheinwerfer werden aufgestellt, um die Dämmerung zu vertreiben. Ein Auto fährt in den Hof, ein Zivilfahrzeug diesmal. Ein Mann und eine Frau steigen aus, gehen auf den Eingang zu und werden kurz darauf von dem Zelt verschluckt.

Ich frage mich, wer der Tote ist. Nur jemand, der zur falschen Zeit am falschen Ort war? Ein Spaziergänger vielleicht? Oder ein Tourist, der in irgendeinem Reiseführer von der Renovierung der alten Klosteranlage gelesen hat, die zu einer der modernsten privaten Hochschulen des Landes umgebaut wurde? Allerdings sah es so aus, als wäre das Opfer aus der Tür des Rektorats gekommen. Dabei ist das Rektorat am Wochenende eigentlich nicht besetzt. Wer könnte heute trotzdem dort gewesen sein? Der Einzige, der mir einfällt, ist Johann Sailer, der neue Rektor der Wilhelm-Schreiber-Akademie. Er ist erst seit dem Sommer im Amt und womöglich noch motiviert genug, um auch am Wochenende zu arbeiten. Aber warum sollte ihn irgendjemand erschießen?

Ich lasse den Blick über den Innenhof schweifen. Eine Frau in einem weißen Plastikanzug – offensichtlich von der Spurensicherung – fotografiert den Tatort aus jedem erdenklichen Winkel. Ein weiterer Beamter sucht den Boden ab, zögert an einer Stelle kurz und stellt ein kleines Metallschild mit einer Nummer daneben. Die meisten anderen Polizisten stehen herum, schweigend, rauchend, den Kopf tief in ihren Jacken vergraben, um sich vor dem immer stärker werdenden Regen zu schützen.

Und dann sehe ich ihn. Einen Mann, vielleicht zwei, drei Jahre älter als ich, hochgewachsen und schlank. Er trägt einen langen dunklen Mantel, und wenn ihn eines der Blaulichter streift, kann ich sogar von hier aus erkennen, wie Regentropfen in seinen ebenso dunklen Haaren glänzen. Er ist keiner von den Polizisten, das spüre ich instinktiv. Er muss sich irgendwie an der Absperrung, die am Eingang des Innenhofs errichtet wurde, vorbeigeschlichen haben. Jetzt steht er versteckt in einer Ecke, den Blick unverwandt auf das weiße Zelt gerichtet, als könnte er durch die nassen Plastikplanen hindurch ins Innere spähen. Niemand beachtet ihn, was erstaunlich ist angesichts der Anzahl der Polizisten, die sich im Innenhof aufhalten. Tatsächlich scheine ich die Einzige zu sein, die ihn überhaupt wahrnimmt, fast so, als wäre er ein Geist. Was macht er hier?

Als hätte der Mann meine Frage gehört, hebt er den Kopf und schaut zu den Fenstern der Bibliothek. Ich weiche einen Schritt zurück und verschmelze mit der Dunkelheit. Er kann mich nicht gesehen haben. Ich *weiß*, dass er mich nicht gesehen hat. Warum fühlt es sich dann so an, als hätte sein Blick den unsichtbaren Bann gebrochen, der über der Bibliothek lag und mich von der Außenwelt und allem, was dort draußen vor sich geht, abgeschirmt hat?

Mein Herz fängt erneut an zu rasen, schneller und schneller, aber ich ignoriere es, dieses verräterische, aufdringliche

Ding, das nicht mal mein eigenes ist. Langsam trete ich vor, bis ich wieder auf den Innenhof hinaussehen kann. Der Mann hat sich abgewandt, schaut nun einem weiteren Auto entgegen, das auf den Hof fährt; ein Leichenwagen, von dessen poliertem schwarzem Lack der Regen abperlt. Zwei Männer steigen aus und verschwinden im Zelt. Kurz darauf tragen sie einen schlichten grauen Sarg zum Auto und verladen ihn im Kofferraum.

Die Party ist vorbei. Es wird Zeit zu gehen. Ohne einen letzten Blick auf das Treiben im Innenhof oder den seltsamen Mann zu werfen, drehe ich mich um und gehe Richtung Ausgang. Es sind Fluchttüren, die sich von innen immer öffnen lassen. Ich drücke die Klinke hinunter und verlasse die Bibliothek so selbstverständlich, als wäre es nicht schon zwei Stunden nach Schließzeit. Dann wende ich mich nach links; zu den Türen, die aus dem Akademie-Gebäude zur Straße führen. Auch sie gehen problemlos auf, und niemand beachtet mich, während ich mir die Kapuze überziehe und in den Regen verschwinde.

Als ich kurz darauf den Flur des Wohnheims betrete, schallt mir durch die Tür meiner Zweier-WG spanischer Pop entgegen. Die Wohngemeinschaften in dem ehemaligen Nonnenkloster sind Pflicht für alle Erstsemester, die an der Schreiber studieren. Angeblich sollen sie den Zusammenhalt untereinander stärken, die Bindung zur Akademie, was weiß ich. Zum Glück ist es nur für die ersten zwei Semester.

Danach werden wir wieder vor die Tür gesetzt, um Platz für die neuen Studierenden zu machen. Die WG ist nichts Besonderes – ein kleiner Wohnraum, ein Bad, zwei winzige Zimmer, in die nicht viel mehr als ein Bett und ein Schreibtisch hineinpassen.

Sobald ich die Tür aufschließe, wird die Musik fast unerträglich laut. Mira, meine Mitbewohnerin, tanzt in Leggins und Crop Top im Wohnzimmer herum und pappt mit Heftzwecken bunte Sarongs an die Wände.

Als sie mich bemerkt, strahlt sie mich an. »Hey!«, ruft sie und läuft zu ihrem Handy, um die Musik leiser zu stellen. »Da bist du ja. Ich wollte dich eigentlich fragen, was du von ein bisschen mehr Farbe hältst, aber da du so lange weg warst, dachte ich mir, ich mach einfach mal.« Sie deutet auf die Tücher an den Wänden und strahlt immer noch übers ganze Gesicht. »Und, was sagst du? Sieht doch gleich viel freundlicher aus, oder? Ich hab Dutzende von den Dingern gekauft, als ich auf Bali war, weil ich sie alle so schön fand. Jetzt habe ich endlich Verwendung dafür.«

»Hm.« Ihre gute Laune deutet darauf hin, dass sich die Nachricht über den Mord noch nicht herumgesprochen hat. Ich ringe mir ein Lächeln ab und gehe an ihr vorbei in mein Zimmer. Ich kann ihre andauernde Fröhlichkeit sonst schon kaum ertragen und nach allem, was in den letzten Stunden geschehen ist, noch weniger. Ich kenne Mira erst seit ein paar Tagen und habe trotzdem schon unzählige Male das Schicksal verflucht, das uns zusammen in eine WG gesteckt hat. Noch nie bin ich einem Menschen begegnet, der durchgehend derart gut drauf ist. Ich versuche, ihr so oft wie möglich aus dem Weg zu gehen, was in dem begrenzten Raum, der uns zur Verfügung steht, nicht ganz einfach ist. Zum Glück habe ich einen Plan B.

Ohne mir Schuhe oder Jacke auszuziehen, stopfe ich ein paar Sachen in meine Tasche, kontrolliere, ob ich meine Medikamente dabeihabe, und trete zurück ins Wohnzimmer.

»Du willst schon wieder weg?«, fragt Mira, und ihre notorische Euphorie bekommt einen leichten Knacks. »Es ist Quiz-Night im Pub. Wir könnten zusammen hingehen.«

»Nein danke«, sage ich knapp.

»Schade. Aber ich kann dir ja erzählen, wie es war.« Sie deutet auf meine vollgepackte Tasche. »Schläfst du wieder in der Villa?«

»Mhm.«

»Okay.« Ich kann ihre Enttäuschung förmlich spüren, auch wenn Mira sich alle Mühe gibt, sie sich nicht anmerken zu lassen. »Sehen wir uns Montag zur Einführungsvorlesung?«

»Klar. Bis dann.«

Ich ziehe die Tür hinter mir zu, und kurz darauf schallt wieder die spanische Popmusik durch den Gang. Anscheinend hat sie den Dämpfer bereits überwunden. Gut so. Ich bin ziemlich talentiert darin, Menschen vor den Kopf zu stoßen, die in meiner Nähe sind. Besser, sie gewöhnt sich so schnell wie möglich daran.

2

Das Haus meiner Großeltern ist eines der ältesten in der Straße, in der sich eine Jugendstilvilla an die andere reiht. Mit einer beinahe arroganten Eleganz erhebt sich das Gebäude vor mir in den dunklen Himmel, und ich könnte schwören, dass sich die Klinke des schmiedeeisernen Tors an der Straße jedes Mal etwas schwerer öffnen lässt – fast könnte man meinen, es wäre unter der Würde des alten Kastens, mich hineinzulassen.

Heute klemmt sie besonders, als wolle das Haus mich und die Bilder, die mir durch den Kopf schwirren, von sich fernhalten. Das Blaulicht, das sich in den Fenstern der Akademie spiegelt; das Blut, das an der Treppe hinabläuft; der schmucklose Sarg, der aus dem Zelt getragen wird. Wenn ich mich konzentriere, kann ich immer noch das Echo des alles erschütternden Schusses hören, der irgendwo tief in mir drin widerhallt. Ich wäre beinahe Zeugin eines Mordes geworden, muss den Täter nur um wenige Sekunden verpasst haben. Vielleicht wäre ich sogar selbst zum Opfer geworden, wenn ich bloß einen Augenblick eher am Fenster gestanden und der Mörder mich gesehen hätte. Mein Brustkorb zieht sich zusammen, und ich schiebe den Gedanken rasch beiseite, genauso wie die Bilder, die immer wieder vor meinem inneren Auge aufflackern wie ein schlecht geschnittener Film.

Schließlich gibt die Klinke des Tores doch nach, und ich gehe die kiesbedeckte Auffahrt entlang auf die Haustür zu, deren überdachter Eingang von zwei steinernen Säulen gesäumt wird. Als ich den Schlüssel heraushole, raschelt es in einem der Sträucher an der Hauswand. Ein leises Maunzen ertönt, dann schiebt sich eine Katze unter den Zweigen hervor. Ihr schwarzes Fell hebt sich kaum von der Dunkelheit ab. Sie ist klein und struppig und lungert schon seit ein paar Tagen hier herum. Ich weiß nicht, wem sie gehört oder was sie ausgerechnet hier will, und ich ignoriere sie genauso hartnäckig, wie sie immer wieder vor der Tür auftaucht. Vorsichtig kommt sie näher, wobei ihr Maunzen wie eine Bitte klingt. Als ich hineingehen und die Katze mir folgen will, schiebe ich sie mit dem Fuß zurück und schließe die Tür hinter mir.

Stille umfängt mich, und ich atme auf. Das ist so viel besser als das Wohnheim, auch wenn die Villa fast eine Dreiviertelstunde Fußweg von der Akademie entfernt ist und ich ziemlich aus der Puste bin. Ich hänge meine Jacke an die Garderobe und gehe, ohne das Licht anzuschalten, durch die Eingangshalle in die Küche. Zwar habe ich keinen Appetit, aber mein Magen grummelt, also mache ich mich lustlos auf die Suche nach etwas Essbarem. Der Kühlschrank ist leer bis auf einen Rest Milch, der noch ganz passabel riecht, doch im Schrank finde ich eine angefangene Packung Kekse. Sie sind nicht mehr frisch, aber es wird gehen. Damit setze ich mich an den kleinen Küchentisch, esse die weichen Kekse und schaue aus dem Fenster.

Der verwilderte Garten, den meine Oma immer so geliebt hat, liegt in der Finsternis, trotzdem bilde ich mir ein, den Birnbaum ausmachen zu können, der sich eine Spur dunkler gegen den Rest des Gartens abzeichnet. Sofort steigen Erinnerungen in mir auf, an die Sommertage, an denen Flo und ich darin herumgeklettert sind und gewettet haben, wer die höchste Birne pflückt. Jetzt ist meine Großmutter im Heim. Sie erkennt schon seit Jahren niemanden mehr, nicht einmal sich selbst. Ihr Verstand ist wie ein Sieb, in das man Erlebnisse und Erinnerungen hineinschüttet, die durch sämtliche Löcher wieder nach draußen rieseln. Sie könnte nichts mit dem Birnbaum anfangen, nichts mit den Sommertagen und erst recht nichts mit Flo oder mir. Sogar wenn ich ihr ein Foto zeigen würde, wie sie selbst vor dem Baum steht, lachend, die Schürze voller Birnen, wüsste sie nicht, wen sie sieht. Mein Großvater war der letzte Mensch, der sie halbwegs im Leben verankert hat, und er ist Anfang des Jahres an einem Schlaganfall gestorben. Seitdem steht die Villa leer. Es stört also niemanden, wenn ich mich hier verkrieche.

Die Klingel an der Haustür ertönt, ein tiefer, melodischer Gong. Seufzend schaue ich auf die Wanduhr, deren Zifferblatt in der unbeleuchteten Küche kaum zu lesen ist. Kurz nach neun. Natürlich lässt Florin es nicht auf sich beruhen, dass er mich den ganzen Tag nicht erreichen konnte. Vielleicht hätte ich mein Handy doch anlassen sollen, dann wäre die Sache mit einem Anruf erledigt gewesen. Eigentlich ist die Gesellschaft meines Bruders die einzige, die ich ertrage. Aber nicht heute, nicht an diesem Tag, der immer mit so viel Bedeutung aufgeladen wird, mit so viel Freude, so viel »Glück und Gesundheit«, die er mir wünschen will, obwohl er es eigentlich besser wissen müsste. Und schon gar nicht nach dem, was vorhin in der Akademie passiert ist.

Ich stehe auf, schleiche in die Eingangshalle und lausche auf Geräusche vor der Tür. Wenn ich ganz still bin, geht er vielleicht wieder.

»Mach auf, Q!«, ruft eine Stimme. »Ich weiß, dass du da bist. Hier sind nasse Fußspuren vor der Tür.«

Ich ergebe mich meinem Schicksal, öffne die Tür und schaue meinen Bruder fragend an. »Muss das sein?«

»Ja, muss es!« Er zieht mich in eine etwas ungelenke Umarmung, weil er in einer Hand etwas balanciert. »Happy Birthday, Kleines!« Er drückt mich so fest, dass ich fast keine Luft mehr kriege.

Nachdem er mich endlich losgelassen hat, starre ich ungläubig auf den Teller in seiner Hand. »Ist das Kuchen?!«

»Ist es.« Er schiebt mich zur Seite und geht ins Haus.

Kurz darauf flammt der Kronleuchter an der Decke auf. Geblendet halte ich die Hand vor die Augen, deswegen höre ich nur, wie Florin leise seufzt und auf dem Weg in die Küche sämtliche Lichtschalter betätigt, die er finden kann. Obwohl ich sein Gesicht nicht sehe, kann ich mir seine missbilligende Miene lebhaft vorstellen.

In der Tür zum Salon bleibt er stehen und lässt seinen Blick durch den Raum schweifen. »Ich fasse es nicht«, sagt er und deutet auf die vielen weißen Tücher, die das Zimmer beinahe steril wirken lassen. »Du beschließt, lieber in dem alten Kasten zu schlafen als im Wohnheim, hast aber nicht mal die Möbel aufgedeckt?« Er dreht sich zu mir um, und in seinem Gesicht lese ich alles, was ich befürchtet habe:

Missbilligung, Unverständnis, Sorge. Und noch etwas, das ich nicht ganz einordnen kann.

»Ich habe nicht vor, hier irgendwelche Teegesellschaften abzuhalten«, entgegne ich schulterzuckend. »Mein altes Zimmer oben reicht mir völlig.«

»Es müssen ja nicht gleich Teegesellschaften sein. Aber ein paar Freunde vielleicht?«

»Die einzige Person, die ich hier außer dir kenne, ist meine Mitbewohnerin.«

»Und? Ist sie nicht nett?«

»Doch, ist sie. Nett und aufgedreht und aggressiv fröhlich. Keine Ahnung, wie ich es mit ihr länger als zehn Minuten in einem Raum aushalten soll.«

»Es ist dein Geburtstag, Q«, sagt Flo und klingt dabei ungewöhnlich gereizt, als würde er langsam die Geduld mit mir verlieren. »Für die meisten ist das ein Grund zu feiern. Aber du sitzt hier im Dunkeln, als wärst du schon tot.«

Die Worte bleiben zwischen uns hängen, lösen sich nicht auf wie all die anderen, werden immer größer und schwerer, bis sie drohen zu zerplatzen. Flos Augen weiten sich, als ihm bewusst wird, was er gesagt hat.

»Das wollte ich nicht«, wispert er.

»Schon gut.« Ich nehme es ihm nicht übel – schließlich hat er recht. Trotzdem wallt Ärger in mir auf. Flo benimmt sich immer wie der typische große Bruder, der seine Schwester vor Enttäuschungen bewahren will. Als sollte das Schicksal fortan nur noch schöne Dinge für mich bereithalten. Aber so ist das Leben nicht. Ich brauche niemanden, der auf mich aufpasst. Ich komme damit klar, dass ich sterbe. Warum zum Teufel tun es die anderen dann nicht auch?

Ich schlucke meinen Ärger hinunter und wechsle das Thema, um die Sache nicht noch weiter ausdiskutieren zu müssen. »Was ist jetzt mit dem Kuchen?«, frage ich und deute auf den Teller in seiner Hand. »Ist der nur zum Angucken oder auch zum Essen?«

»Was denkst du? Irgendjemand muss ja dafür sorgen, dass du überhaupt was isst.«

»Wenn du dir solche Gedanken um mich machst, warum kommst du dann erst jetzt?«

»Ich hatte noch was zu erledigen«, murmelt er, bevor er in die Küche geht.

Ich folge ihm und sehe dabei zu, wie er von irgendwoher eine Kerze hervorzaubert, sie auf den Kuchen steckt und dann die Schubladen nach einem Feuerzeug durchsucht. Als er eines gefunden hat, braucht er mehrere Anläufe, um es anzubekommen. Wieder fällt mir der seltsame Ausdruck in seinem Gesicht auf. Er wirkt merkwürdig blass. Ob er schon von dem Mord gehört hat? Sofort merke ich, dass ich nicht mit ihm darüber reden möchte, obwohl ich ihm sonst nie etwas verschweige.

»Ist alles in Ordnung?«, frage ich ihn trotzdem.

»Jaja, alles gut.« Dann hält er mir den Kuchen mit der brennenden Kerze entgegen. »Für die bezauberndste, sanftmütigste achtzehnjährige Schwester der Welt. Wünsch dir was.«

Ich schließe die Augen, puste die Kerze aus und sehe ihn danach erwartungsvoll an.

»Was ist?«, fragt er.

»Ich hab mir gewünscht, dass du dich in Luft auflöst. Hat offenbar nicht funktioniert.«

Flo ringt sich zu einem Lächeln durch. »So einfach wirst du mich nicht los.«

Wir setzen uns an den Küchentisch, wo mein Bruder zwei große Stücke Kuchen zurechtschneidet. Es ist Zimtkuchen, und als mir der würzig-süße Geruch in die Nase steigt, werden sofort Kindheitserinnerungen in mir wach. An kalte Herbstnachmittage draußen auf der Schaukel im Garten. An den ofenwarmen Kuchen, mit dem Oma dafür sorgte, dass ich auch von innen warm wurde, wie sie immer sagte. An Opa, der kaum sein Arbeitszimmer verließ, aber für Süßes eine Ausnahme machte. Ärgerlich dränge ich die Bilder zurück. Sie verfälschen die Vergangenheit. Sie gaukeln mir vor, dass früher alles gut war. Warum erinnert man sich eigentlich nie an die Angst, an die Unsicherheit, die Verzweiflung, die Schmerzen, die Tränen? Warum vergisst man all das Schlechte?

Ich beiße ein Stück von dem Kuchen ab. Er schmeckt fantastisch. »Hast *du* den gebacken?«, frage ich erstaunt.

»So weit geht meine Liebe zu dir dann doch nicht.« Flo zögert einen Moment, dann seufzt er. »Mama hat mich angerufen. Sie möchte dir gratulieren, kann dich aber nicht erreichen.«

Noch ein Grund, warum heute mein Handy aus ist. Weil ich keine Lust auf Small Talk mit meiner Mutter habe, den sie zwischen eine Verhandlung mit einem Außenhandelsvertreter und Tee mit einer Botschafterin quetscht. Sie hatte noch nie wirklich Zeit für uns, aber nach dem Tod meines Vaters hat sie sich nur noch auf ihre Karriere konzentriert und Flo und mich auf ein Internat geschickt. Sie war so beschäftigt, dass wir selbst in den Ferien meist nicht nach

Hause konnten. Sogar die Teilnahme an meiner Abschlussfeier musste sie absagen, weil irgendein internationaler diplomatischer Eklat Vorrang hatte. Das letzte Mal habe ich sie vor einem halben Jahr gesehen, auf der Beerdigung meines Großvaters.

»Ich will nicht mit ihr reden«, brumme ich.

»Ach, Q«, seufzt Flo. »Sie will doch nur –«

»Ich mein's ernst. Auf oberflächliche Geburtstagsanrufe kann ich verzichten.«

»Hast du schon mal darüber nachgedacht, dass sie nicht damit klarkommt, dass ihre eigene Tochter todkrank ist?«, fragt Flo sanft. »Dass das nichts mit mangelndem Interesse oder fehlender Liebe zu tun hat, sondern mit Verdrängung?«

»Vor manchen Dingen kann man nicht wegrennen«, erwidere ich wütender, als ich sein will. »Sie soll sich endlich damit auseinandersetzen, anstatt so zu tun, als wäre nichts!«

»Sagt die Richtige.«

»Ich setze mich damit auseinander. Jeden verdammten Tag. Und im Gegensatz zu allen anderen habe ich mich damit abgefunden.«

Flo wirft mir einen unergründlichen Blick zu, aber er kennt mich gut genug, um das Thema fallen zu lassen.

Er war zwei Klassen über mir auf dem Internat und ist nach seinem Schulabschluss hierhergezogen, um Medizin zu studieren. Vielleicht klingt es ein bisschen einfallslos, dass ich es ihm nun nachmache, aber die Gründe, warum wir diesen Entschluss gefasst haben, sind so weit voneinander entfernt wie die Erde vom Mond. Flo ist einer von den Guten. Ein Weltverbesserer. Er studiert Medizin, weil er anderen Menschen helfen will.

Aber ich bin nicht wie er. Mich interessiert nicht, was mit anderen Menschen geschieht – ob ihre Knochen richtig zusammenwachsen, ob sie eine schwere Infektion überstehen. Ich studiere Medizin, weil ich verstehen möchte, wie der menschliche Körper funktioniert. Wenn ich schon sterbe, will ich wenigstens wissen, wie genau. Alles andere ist mir egal.

Flo schiebt den Teller mit seinem Kuchen unmerklich ein Stück von sich. Mir fällt auf, dass er überhaupt nichts gegessen hat.

»Erzähl mal, was du heute gemacht hast«, sagt er. »Es ist schließlich dein Geburtstag.«

Ich hätte fast einen Mord beobachtet.

Aber das spreche ich nicht laut aus. Ich möchte immer noch nicht darüber reden. Zumal Flo irgendetwas beschäftigt, da will ich ihn nicht auch noch damit behelligen, dass ich Beinahe-Zeugin eines Verbrechens geworden wäre. Sein Großer-Bruder-Beschützerinstinkt würde nur unnötig heißlaufen. Und von dem Mord wird er so oder so erfahren – vermutlich steht er morgen in allen Zeitungen. »Ich war ein bisschen unterwegs«, antworte ich ausweichend.

»Okay.« Er bohrt nicht nach. »Bist du schon aufgeregt wegen Montag?«, fragt er stattdessen.

»Wegen der Einführungsvorlesung?« Ich schnaube. »Als ob.«

»Du wirst dich wohl oder übel unter Leute begeben müssen«, gibt er zu bedenken, und endlich blitzt ein bisschen was von dem Schalk in seinem Blick auf, den ich schon den ganzen Abend vermisse. »Unter ziemlich viele. Vielleicht sind sogar ein oder zwei darunter, die du sympathisch findest.«

Ich verdrehe die Augen. »Keine Sorge, das werde ich schon irgendwie verhindern.«

Flo bleibt nicht lang. Er ist schweigsam und mit den Gedanken woanders, und mir geht es genauso. Sobald er weg ist, lösche ich das Licht in allen Räumen und gehe in den ersten Stock. Bevor wir aufs Internat geschickt wurden, haben Flo und ich praktisch unsere gesamte Freizeit zusammen verbracht. Entweder mussten wir nach der Schule zu unserem Vater in die Firma, wo es uns so langweilig wurde, dass wir auf der Suche nach Ablenkung durch das Industriegebiet streunten und uns schließlich in einem stillgelegten Militärkrankenhaus in der Nähe eine geheime Bude einrichteten. Oder wir kamen hierher in die Villa, und das so oft, dass unsere Großeltern uns eigene Zimmer gegeben haben.

Meins ist am Ende des Flurs. Ich öffne die Tür und taste mich vor. Meine Augen haben sich wieder an die Dunkelheit gewöhnt, trotzdem treten die Umrisse der Möbel nur schwach gegen das Schwarz des Raumes hervor. Ich lege mich auf das Bett und starre an die Decke. In Gedanken wandere ich zurück in die Bibliothek, spüre die ledernen Buchrücken unter meinen Fingern, rieche das alte Holz und Papier, höre den Schuss, der die Stille zerreißt, der im Bruchteil einer Sekunde ein Leben auslöscht. Hat der Tote seinen Mörder gesehen? Hat er noch etwas gesagt? Hat er um sein Leben gefleht oder versucht zu entkommen? Oder ist alles so schnell gegangen, dass er tot war, bevor er begreifen konnte, was passierte?

Das Krümmen eines Fingers hat ausgereicht, damit das Geschoss aus dem Mündungskanal fuhr und in den Körper eindrang, Arterien zerfetzte, Organe zerschlug. So schnell kann das Leben vorbei sein. Wer auch immer der Tote war, er hat nicht gewusst, dass er sterben würde. Ich weiß es schon mein halbes Leben lang. Und ich habe keine Ahnung, welche Variante besser ist.

Regen prasselt gegen das Fenster. Ich knipse die Nachttischlampe an, und der gelbe Kreis, den sie in die Dunkelheit wirft, fällt auf mein Tagebuch. Es ist noch ganz neu. Ich greife danach, schlage die erste Seite auf und schreibe »Tod durch Verbluten« in die oberste Zeile. Es gibt so viele Arten zu sterben. Zeit, den Dingen auf den Grund zu gehen.

Tod durch Verbluten

Blut fällt kaum ins Gewicht. Es macht nur etwa fünf bis acht Prozent der gesamten Körpermasse aus, bei einem achtzig Kilo schweren Menschen sind das zwischen fünf und sechs Liter. Es fließt mit einer Geschwindigkeit von vier Kilometern pro Stunde; das sind 1,1 Meter pro Sekunde. Auf diese Weise braucht es etwa eine Minute, um einmal den gesamten Blutkreislauf zu durchlaufen. Wäre irgendwo ein riesengroßes Loch in unserem Körper, würden wir also innerhalb von einer Minute komplett ausbluten. Zerfetzte Blutgefäße im Brustkorb oder Bauchraum wie bei Sailer lassen das Blut nicht ganz so schnell austreten. Aber schnell genug.

Blut ist im Grunde nichts anderes als ein riesiges Transportunternehmen: Es befördert Abwehrzellen und Botenstoffe durch den Körper, versorgt die Zellen mit Nährstoffen und Sauerstoff und nimmt die Abfallprodukte wieder mit. Es stellt sicher, dass die Zellen alles bekommen, was sie benötigen – denn sie sind es, die uns durch ihre Arbeit und ihre Interaktion untereinander am Leben erhalten. Wir haben etwa dreißig Billionen davon: Muskelzellen, Nervenzellen, Blutzellen, Hautzellen, Fettzellen, mehr als zweihundert verschiedene Zelltypen. Eigentlich ist unser Körper nichts anderes als ein hochkomplexes Zusammenspiel zwischen ihnen allen. Sterben die Zellen, sterben wir.

Damit das nicht passiert, brauchen sie Energie, um zu funktionieren. Der Körper gewinnt diese Energie aus Glukose und Sauerstoff. Glukose kann in Form von Glykogen gespeichert werden; Sauerstoff nicht. Fließt kein Blut mehr, bekommt der Körper keinen neuen Sauerstoff. Und bekommen die Zellen keinen Sauerstoff, bricht das ganze Konstrukt innerhalb weniger Minuten zusammen. Die energieintensiven Prozesse leiden als Erste unter dem

Sauerstoffmangel. Das Gehirn benötigt am meisten Energie – fehlt der Sauerstoff, wird man innerhalb von Sekunden bewusstlos. Aber auch die Muskelaktivität, die für das Herz und die Atmung zuständig sind, kann nicht weiter ausgeführt werden – es kommt zum Atem- und Herzstillstand.

Verliert der Körper Blut, hat er Möglichkeiten, sich selbst zu helfen. Geringer Blutverlust ist kaum von Bedeutung. Zwanzig bis fünfundzwanzig Prozent kann der Körper kompensieren: Er zieht Wasser aus den Zellen, um das Volumen des Bluts zu erhöhen, und er verengt die unwichtigen Gefäße von Armen, Beinen und dem Magen-Darm-Trakt, damit die Aktivität von Herz und Hirn so lange wie möglich aufrechterhalten werden kann. Ab einem Verlust von dreißig Prozent – besonders dann, wenn er plötzlich geschieht – ist eine Kompensation kaum noch möglich. Ob am Ende das Herz als Erstes aufgibt oder das Hirn, ist schwer zu sagen.

Ohne Blut kein Sauerstoff. Ohne Sauerstoff keine Energie. Ohne Energie kein Leben.

3

Als ich am Montagmorgen die Akademie erreiche, sehe ich sofort, dass sich der Mord inzwischen herumgesprochen hat. Ein Übertragungswagen parkt an der Straße, und ein Stück daneben steht eine Moderatorin, die dem andauernden Regen trotzt, in eine Kamera spricht und dabei auf den Durchgang zum Innenhof deutet. Obwohl ich genauso gut außen um die Anlage herumgehen könnte, um zu meinem Gebäude zu gelangen, merke ich, wie es mich ebenfalls in die Richtung zieht. Ich laufe durch den Bogengang, vorbei an den Studierenden, die in Gruppen zusammenstehen und aufgeregt tuscheln, und betrete den Innenhof. Schon der Anblick des Platzes lässt erahnen, was hier vor zwei Tagen geschehen ist: Die gepflegten Rasenflächen sind aufgeweicht und von den schweren Schuhen der Einsatzkräfte zertrampelt, und auf der Treppe vor dem Rektoratseingang liegen bereits die ersten Blumen und brennen Kerzen.

Ich habe gestern kurz gegoogelt und einige knappe Pressemitteilungen gefunden, die mir meine Vermutung bestätigt haben: Der Tote war Johann Sailer, der neue Rektor der Akademie. Weitere Details über ein mögliches Motiv oder einen Tatverdächtigen wurden nicht erwähnt, und ich habe auch nicht weiter nachgeforscht. Je mehr ich darüber gelesen habe, desto mehr drängten sich die Bilder von Samstag in mein Bewusstsein. So kitschig ich die Blumen und Kerzen auf der Treppe auch finde, hoffe ich, dass der Anblick die Erinnerung überschreibt, wie das Blut unter dem Toten hervorquoll.

Ich stehe ein wenig abseits und schaue mich um. Von hier draußen sieht alles ganz anders aus. Beengter. Unübersichtlicher. Der Mörder muss gewusst haben, dass sein Opfer im Rektorat sein würde, muss irgendwo hier auf der Lauer gelegen haben, um dann blitzschnell zuzuschlagen. Mein Blick wandert zu den Fenstern der Gebäude um mich herum, schweift über das Rektorat, die Büros an der Stirnseite, zur Bibliothek gegenüber. Hier und da sehe ich Gesichter hinter den Glasscheiben, und mit einem Mal fühle ich mich unangenehm beobachtet. Der Kerl im dunklen Mantel fällt mir wieder ein, wie er sich umsah, so wie ich es jetzt tue. Als mir bewusst wird, dass ich an derselben Stelle stehe wie er am Samstag, läuft es mir kalt den Rücken hinunter.

Reiß dich zusammen, ermahne ich mich. Dann drehe ich mich um und gehe.

Als ich das Hauptgebäude der Akademie betrete, empfängt mich sofort diese eigentümliche Atmosphäre, die ich schon in der Bibliothek wahrgenommen habe und die so typisch ist für alte Gebäude – als hätten in den Wänden und Deckenbalken die Geister der Vergangenheit überdauert. Die Klosteranlage ist im zwölften Jahrhundert erbaut worden. Schon damals wurden hier junge Mönche zu Ärzten ausgebildet und auch noch lange, nachdem die Universitäten die Vorrangstellung in der medizinischen Forschung erobert hatten. Doch irgendwann wurde das Kloster aufgegeben und stand viele Jahre leer, bis ein Investor es kaufte, umbaute und schließlich die Wilhelm-Schreiber-Akademie darin einzog, eine private Hochschule für Medizin. Trotz aller Modernisierungen hat man darauf geachtet, den Charakter der alten Klosteranlage zu erhalten. Moderne Wissenschaften in historischem Gewand, sozusagen.

Während ich auf der Suche nach meinem Hörsaal den Flur entlanggehe, betrachte ich die glänzenden Steinfußböden, Wandmalereien und stuckverzierten Decken. Ich mache mir nicht viel aus Architektur, aber ich spüre, dass dieser Ort eine Geschichte hat. Vor Dingen, die Jahrhunderte überdauern, sollte jeder Ehrfurcht haben. Sie schaffen damit etwas, zu dem wir Menschen nicht in der Lage sind.

Um mich herum herrscht reger Betrieb, vermutlich nicht verwunderlich am ersten Tag des Semesters. Studierende eilen durch die Korridore zu ihren Vorlesungen oder Seminaren. Einige blockieren den Aufgang zur Treppe, während sie einander von ihren Praktika erzählen, die sie in den Ferien gemacht haben. Ich schiebe mich an ihnen vorbei, gehe nach oben und steuere die breite Doppeltür an, die in das Auditorium führt, in dem heute Morgen die Einführungsveranstaltung für die Erstsemester stattfindet.

Ich betrete den Raum und sehe mich überrascht um. Schon zu Klosterzeiten muss dies ein alter Anatomie-Hörsaal gewesen sein, in dem vor den Augen der Studierenden Leichen seziert wurden – was ziemlich fortschrittlich war für einen Klosterbetrieb, hatte die Kirche doch genau das lange Zeit verboten. Die im Halbkreis angeordneten Sitzreihen aus dunklem Holz verlaufen steil bis nach unten zu einer Art Bühne, auf der sich anstatt eines Seziertisches inzwischen ein Stehpult mit Mikrofon befindet. In den Raum müssen an die einhundert Personen passen – weit mehr, als es Erstsemester gibt. An der Schreiber werden nicht viele aufgenommen, daher sind noch etliche Plätze frei. Ich sehe Mira, die mir fröhlich zuwinkt, aber ich erwidere die Geste nur knapp und setze mich in die letzte Reihe, die ich fast ganz für mich allein habe.

Die meisten Erstsemester scheinen sich bereits zu kennen oder zumindest keine Zeit zu verlieren, neue Freundschaften zu schließen. Das Summen leiser, aufgeregter Gespräche erfüllt den Raum. Ich kann mir denken, worum es geht. Ich erkenne es an dem sensationslustigen Ausdruck in den Gesichtern, an dem fassungslosen Kopfschütteln, an dem dramatischen Unterton, der in den Gesprächen mitschwingt.

»Hey«, sagt plötzlich eine Stimme. Ein Student in Jeans und Karohemd deutet auf den Platz neben mir. »Ist hier noch frei?« Er lächelt verlegen, was zwei tiefe Grübchen in seine Wangen gräbt.

Ich ziehe bloß eine Augenbraue hoch und wende demonstrativ den Blick ab.

»Uh, okay. Das werte ich mal als ein Ja.« Er gleitet auf den Sitz und stellt seine Tasche neben sich auf den Boden. »Ich bin Benedikt. Aber alle nennen mich Ben. Und du?«

»Quinn«, brumme ich in der Hoffnung, dass er mich endlich in Ruhe lässt.

Einen Augenblick lang schweigt er, und ich glaube schon,

dass er es kapiert hat. Hat er nicht. »Ist das auch dein erster Tag?«

»Das hier ist die Einführungsveranstaltung für neue Studierende. Es wäre ziemlich dämlich, wenn irgendjemand zweimal daran teilnähme, meinst du nicht auch?«

Ben verzieht das Gesicht. »Schon gut. Ich wollte nur nett sein.«

Unwillkürlich steigt das schlechte Gewissen in mir auf, doch ich kämpfe es sofort nieder. Ich bin hier, um zu lernen, nicht, um neue Freunde zu finden.

Ein Mann mit grauen Haaren und einem tadellos sitzenden Nadelstreifenanzug tritt aus einer Seitentür neben der Bühne und geht vor bis zum Stehpult. Die Gespräche im Saal verstummen. Die meisten Studierenden haben Laptops dabei, um mitzuschreiben, vor anderen liegen Notizblock und Kugelschreiber auf dem Tisch. Ben nestelt ebenfalls in seiner Tasche herum und fördert einen Collegeblock zutage. »Shit«, murmelt er und kramt noch eine Weile weiter, dann beugt er sich zu einer Studentin, die in der Reihe vor uns sitzt, und tippt ihr auf die Schulter. »Hast du zufällig einen Stift, den du mir leihen kannst? Ich hab meinen vergessen.«

Sie schüttelt den Kopf, und auch ihre Nachbarin hat keinen. Ich seufze genervt, ziehe einen Kugelschreiber aus meiner Tasche und halte ihn Ben wortlos hin.

Er starrt auf den Stift, als hätte er Angst, dass ich ihn damit ersteche. Dann entspannen sich seine Gesichtszüge. »Danke«, wispert er und nimmt ihn entgegen. »Kriegst du nachher zurück.«

Der Dozent drückt ein paar Knöpfe am Stehpult, woraufhin die Lichter über den Sitzreihen gedimmt werden und nur noch er und die Bühne hell erleuchtet sind. »Guten Morgen.« Seine tiefe Stimme dringt aus den Lautsprechern, die überall an den Wänden angebracht sind, und füllt den kompletten Saal. »Mein Name ist Professor Weber, ich bin stellvertretender Rektor der Wilhelm-Schreiber-Akademie und der Fachbereichsleiter Humanmedizin.« Er räuspert sich. »Bevor ich zur eigentlichen Vorlesung komme, habe ich die unangenehme Aufgabe, Ihnen mitzuteilen, dass sich vor zwei Tagen hier auf dem Campus ein Todesfall ereignet hat. Dr. Johann Sailer, neuer Rektor unserer Akademie, ist erschossen worden.«

Lautes Gemurmel bricht aus, und der Professor wartet, bis sich die größte Aufregung gelegt hat, bevor er fortfährt.

»Unmittelbare Gefahr besteht nicht mehr – die Polizei geht davon aus, dass der Mord persönlich motiviert war. Sie tut alles, was in ihrer Macht steht, um den Täter so schnell wie möglich zu fassen. Das Rektorat bleibt diese Woche geschlossen. Der Tatort ist heute Morgen freigegeben worden, trotzdem möchten wir Sie bitten, den nötigen Respekt zu wahren und keine Fotos oder Videos davon aufzunehmen.« Er fährt über sein Jackett und streicht ein paar Falten glatt, die niemand außer ihm sieht. Fast scheint es, als wäre er verlegen. »Einige Kollegen lassen heute ihre Veranstaltungen ausfallen, und selbstverständlich steht es auch Ihnen frei zu gehen. Ich werde meine Vorlesung trotzdem halten. Denn so herzlos es klingen mag: Das Leben muss weitergehen.«

The show must go on. Ich verziehe das Gesicht. Willkommen in meinem Leben.

Weber verstummt und lässt den Blick über die Reihen schweifen. Die meisten Studierenden sehen betreten auf den Tisch vor sich. Es ist so still, dass man jedes Scharren der Füße auf dem Boden hört. Aber niemand verlässt den Saal. Weber nickt, dann greift er zu seinen Unterlagen und schlägt die erste Seite seines Skripts auf. »Nun gut. Fangen wir an.« Er räuspert sich erneut. »Ich begrüße Sie zu Ihrem ersten Tag an der Wilhelm-Schreiber-Akademie für Medizin. Sie alle sind nicht zufällig hier, sondern haben sich bewusst für diese Hochschule entschieden. Sie wissen, welche außergewöhnliche Ausbildung Ihnen hier geboten wird, und Sie wollen zu den Besten gehören. Die Wilhelm-Schreiber-Akademie ist keine normale Universität. Hier wird viel von Ihnen verlangt, mehr als an jeder anderen Hochschule, aber dafür werden Ihnen am Ende Ihres Studiums alle Türen offenstehen.«

Ich muss mich zusammenreißen, um nicht mit den Augen zu rollen. Ja, die Schreiber ist keine normale Uni, sondern eine private Hochschule, die ihre eigenen Regeln schreibt. Man muss einen höllisch schweren Aufnahmetest bestehen und sich außerdem die horrenden Studiengebühren leisten können, was dazu führt, das die meisten hier aus äußert wohlhabenden Familien kommen. Dieses elitäre Trara interessiert mich nicht, dafür aber die Geschwindigkeit, mit der man hier studiert: Die Ferien sind kürzer, die Anforderungen höher. Perfekt für jemanden, der nicht mehr so viel Zeit hat.

»Die moderne Medizin und das Wissen der Ärzte haben einen langen Weg hinter sich«, fährt Weber fort. »Über Jahrhunderte galt der Aderlass als anerkanntes Mittel, um schlechtes Blut loszuwerden und die Körpersäfte in Einklang zu bringen. Bei Verdauungsbeschwerden wurden Holzstäbe durch die Bauchdecke bis in den Darm gestoßen; bei Magenproblemen galten Wickel aus gewalztem Wirsing als beste Behandlungsmethode; während der Geburt wurden Frauen aufgeschnitten, ohne dass man es für nötig hielt, sie anschließend wieder zuzunähen. Raten Sie mal, wie viele den Eingriff überlebt haben.«

Die meisten Studierenden schnauben amüsiert auf.

»Ja, lachen Sie ruhig«, meint Weber. »Sie haben recht – über diese Behandlungsmethoden können wir heute nur noch den Kopf schütteln. Aber die Menschen damals wussten es nicht besser. Sie wussten nichts über Viren und Bakterien, über den Kreislauf des Blutes, die Vernetzung unserer Nervenzellen oder die Zusammensetzung unserer Knochen.

Doch wir haben dazugelernt. Im Laufe der Jahrhunderte haben wir die Narkose erfunden, Arzneien und Impfstoffe entwickelt, das menschliche Genom entschlüsselt. Heute benutzen wir Medizin, die auf Gentechnik basiert, auf pharmazeutisch-chemischen Erkenntnissen, auf computerbasierter Forschung. Wir führen minimalinvasive Operationen durch, können mithilfe von bildgebenden Verfahren in das Innere des Körpers sehen, ohne ihn aufschneiden zu müssen, entwickeln molekulargesteuerte Therapien, die auf der DNA des einzelnen Patienten beruhen. Die Zukunft klopft bereits an die Tür, und sie hält noch ganz andere Möglichkeiten bereit. Möglichkeiten, die Menschen vor zweitausend Jahren für pure Hexerei gehalten hätten: Nanoroboter, die Krebszellen bekämpfen, Gehirnimplantate, die eine Verbindung zu Exoskeletten herstellen, oder künstliche Organe aus 3D-Druckern. Und das sind nur einige Beispiele, die in den nächsten Jahrzehnten auf uns zukommen. Allerdings gibt es Krankheiten, die wir – noch – nicht heilen können. Zudem entwickeln sich ständig neue, die uns vor noch größere Herausforderungen stellen. Vielleicht stößt irgendwann jemand auf den Heiligen Gral, durch den sich alle ungelösten Probleme der Medizin beheben lassen. Vielleicht müssen wir aber auch akzeptieren, dass uns immer Grenzen gesetzt sein werden. Wir können keine Wunder vollbringen. Aber wir können versuchen, die Grenzen des Machbaren Stück für Stück zu erweitern.

Die meisten von Ihnen werden sich nach dem Abschluss ihres Studiums um gebrochene Knochen oder verrenkte Gliedmaßen kümmern, um Infektionskrankheiten oder Herzbeschwerden. Einige werden in die Forschung gehen und dazu beizutragen, dass wir die Leiden der Menschen in Zukunft immer gezielter bekämpfen. Egal, für welche Richtung Sie sich entscheiden, es liegt noch ein weiter Weg vor Ihnen. Er wird nicht einfach werden. Aber wenn Sie ihn konsequent weitergehen und dabei alle Hürden nehmen, dann sind Sie in ein paar Jahren dort, wo Sie sein wollen.«

Während Weber nun auf die einzelnen Berufsfelder eingeht, die uns das Studium der Medizin eröffnet, lässt meine Aufmerksamkeit nach. Ich beobachte meine Kommilitonen in den Sitzen vor mir. Ein Großteil schreibt jedes Wort mit; auch Ben hat schon zwei Seiten seines Collegeblocks vollgekritzelt.

Als er meinen Blick bemerkt, sieht er erst zu mir, dann auf den leeren Tisch vor mir. »Oh Gott, war das dein einziger Stift? Wenn du willst, kopiere ich dir meine Notizen nachher.«

Ich schnaube. »Warum notierst du dir das alles? Hast du vergessen, warum du Medizin studierst?«

»Weißt du es denn?«

Weil ich todkrank bin.
Weil ich sterben werde.
Weil ich den Tod verstehen will.

Alles gute Antworten, aber keine davon wird er bekommen. »Ja«, sage ich nur, dann wende ich mich ab und sehe wieder nach unten zur Bühne. Allerdings haben Bens Worte einen Nerv in mir getroffen. Unwillkürlich frage ich mich, was in aller Welt ich hier eigentlich mache. Ich höre mir etwas über berufliche Perspektiven von einem Studium an, das mindestens sechs Jahre dauert! So viel Zeit habe ich nicht. Wenn ich Pech habe, bleibt mir nicht mal mehr eins. Ich überlege, einfach aufzustehen und zu gehen. Vielleicht sollte ich mich besser in die Bibliothek setzen und mich auf eigene Faust mit den Fachbüchern vertraut machen.

Mein Handy vibriert zweimal kurz in meiner Tasche. Ich hole es heraus und öffne die Nachricht. Sie ist von Flo.

> **Flo**
> Hey, Q, Mittagessen muss heute ausfallen. Sry

Enttäuschung macht sich in mir breit. Ich hatte mich gefreut, Flo heute zu sehen.

> **Quinn**
> Wieso?

Es dauert eine Weile, bis er antwortet.

> **Flo**
> Fühl mich nicht so gut.

> **Quinn**
> Okay.
> Morgen?

> **Flo**
> Ich meld mich noch mal.

Ich warte, dass Flo noch etwas hinzufügt. Er ist der einzige Mensch, bei dem ich mich nicht verstellen muss. Der einzige, der mich wirklich kennt, der weiß, was mit mir los ist, der mir verzeiht, wenn ich bissig oder abweisend bin oder in einem Tief stecke, aus dem ich nur mit bitterbösem Zynismus wieder herauskomme. Ich habe ihn vermisst, als er mit der Schule fertig war und hierhergezogen ist, daher hatte ich mich gefreut, jetzt wieder mehr Zeit mit ihm zu verbringen. Doch stattdessen hält er mich auf Distanz.

Als keine Antwort mehr kommt, stecke ich das Handy wieder weg. Dann lehne ich mich seufzend zurück und lasse den Vortrag von Weber über mich ergehen. Ich sollte dem Ganzen eine Chance geben. Wenigstens in der ersten Woche.

Drei Stunden später trinke ich den letzten Schluck meines Kaffees, der mein geplatztes Mittagessen mit Flo ersetzt hat, werfe den leeren Becher in einen Mülleimer und betrete die Bibliothek. Die Atmosphäre fühlt sich heute anders an, lebendiger, auch wenn kaum ein Wort gesprochen wird. Hinter der Ausleihtheke sortiert ein Bibliothekar zurückgegebene Bücher; in den Gängen sind vereinzelt Studierende auf der Suche nach der richtigen Fachliteratur, und auch einige der Lesetische sind besetzt. Ich ziehe mich ein wenig abseits in eine Nische zurück, hole das über tausend Seiten dicke Physiologie-Lehrbuch aus der Tasche und lege es vor mich auf den Tisch. Es ist Teil der Leseliste für Erstsemester, also habe ich es vorhin in einer Buchhandlung in der Nähe besorgt. Ich schlage es auf und will mich gerade in das erste Kapitel vertiefen, als jemand an meinen Tisch tritt.

»Ähm, hey.«

Ich schaue hoch. Es ist Ben. »Was willst du?«, brumme ich unwirsch.

Er lächelt unsicher und hält mir meinen Stift entgegen. »Du bist nach der Vorlesung einfach gegangen. Dabei willst du den hier bestimmt wiederhaben. Ich hab auch in Terminologie nach dir Ausschau gehalten, dich aber nicht gesehen. Na ja, aber jetzt hat's ja zufällig geklappt.«

Zerknirscht wegen meiner ruppigen Reaktion, nehme ich den Stift entgegen. Ich bin wirklich unschlagbar darin, Leute abzuweisen, bevor ich überhaupt weiß, was sie von mir wollen. »Sorry ... und danke.«

»Klar, kein Ding.« Ben sieht erleichtert aus. Vermutlich hat er damit gerechnet, dass ich ihn doch noch erdolche.

Ich wende mich wieder dem Buch zu, aber anstatt zu gehen, bleibt er weiter unschlüssig neben mir stehen.

»Das ist ein ziemlich teurer Stift«, sagt er schließlich.

Ich sehe auf. »Stimmt.«

»Mit Gravur.«

»Mhm.«

»Da steht *Wilhelm Schreiber* drauf.«

Oh nein. Bitte nicht. »Und?«, frage ich unwirsch.

»Er war jahrelang Rektor der Akademie. Nach ihm wurde sie benannt.«

»Worauf willst du hinaus?«

»Hast du ihn gekannt?«

»Warum interessiert dich das?«

Ben zuckt mit den Schultern. »Ich weiß nicht ... immerhin ist er einer der berühmtesten Mediziner der letzten Jahre.«

Ich komme wohl nicht drum herum. »Er war mein Großvater.«

»Wow. Das ist echt abgefahren.« Ben wirkt ehrlich beeindruckt. Ich kenne die Reaktion schon und wundere mich dennoch jedes Mal darüber, schließlich kann ich nichts dafür, mit wem ich verwandt bin. Verlegen fährt er sich mit der Hand durch die Haare. »Ist das nicht total krass mit dem Mord?«, fragt er dann. »Echt gruselig, so sein Studium zu beginnen.«

Ich kapier es nicht. Seit er sich heute Morgen neben mich gesetzt hat, verhalte ich mich ihm gegenüber ablehnend. Aber er geht einfach nicht. »Du hast mir den Stift zurückgegeben«, sage ich. »Warum bist du immer noch hier?«

»Ich wollte nur ... Ich kenn hier niemanden und ...«

»Versuch nicht, dich mit mir anzufreunden.«
»Warum nicht?«
»Lass es einfach.«
»Okay.« Er ringt sich ein Lächeln ab, vermutlich, um zu überspielen, wie sehr ich ihn verletzt habe. »Vielleicht ... sieht man sich ja noch mal irgendwann.«

Er geht zurück zu seinem Platz und beugt sich über die Unterlagen, die dort aufgeschlagen liegen. Wieder regt sich das schlechte Gewissen in mir. Er wollte nur nett sein – aber gerade deshalb sollte er sich von mir fernhalten. Ich betrachte ihn verstohlen: blonde Haare, blaue Augen, sportlich und mit einem Karohemd, das so aus der Mode ist, dass es schon wieder cool wirkt. Im Grunde tue ich ihm einen Gefallen, wenn ich so schroff zu ihm bin. Er wird garantiert kein Problem haben, andere Freunde zu finden. Mit mir verschwendet er nur seine Zeit.

4

»Quinn Schreiber?« Die Sprechstundenhilfe sieht sich suchend im Wartezimmer um, in dem fast ausschließlich alte Leute sitzen.

Ich stehe auf und folge ihr. Doch anstatt in ein Labor zu gehen, in dem normalerweise Blut abgenommen wird, führt sie mich in das Sprechzimmer.

»Nehmen Sie Platz. Dr. Brinkwarth ist gleich bei Ihnen.«

»Eigentlich komme ich nur zum Blutabnehmen«, sage ich.

»Sie sind zum ersten Mal hier«, erwidert die Frau. »Da möchte Dr. Brinkwarth Sie gerne persönlich sprechen.« Sie ruft meine Akte auf dem Computer auf, die mein alter Hausarzt geschickt hat, lächelt mir noch einmal zu und geht wieder.

Ich setze mich auf einen der Stühle vor dem Schreibtisch. Die Praxis, die in der Nähe der Villa liegt, ist uralt, und genauso sieht sie auch aus. Dunkle, schwere Holzmöbel, ein abgewetzter Teppich auf dem Boden, verstaubte Bilder an den Wänden. Sogar die Fachbücher in den Regalen sind abgegriffene, längst überholte Ausgaben. Trotzdem wirkt die Einrichtung teuer. Kein Wunder, schließlich nimmt die Praxis nur Privatpatienten. Dr. Brinkwarth war der Hausarzt meiner Großeltern, und da ich regelmäßig zu Kontrollen muss, ist es das Naheliegendste, ebenfalls hierher zu gehen.

Um zu verhindern, dass mein Körper das Spenderherz abstößt, nehme ich Medikamente, die mein Immunsystem schwächen. Die Blutabnahmen sollen sicherstellen, dass alles richtig dosiert ist und keine Komplikationen auftreten. Das Spenderherz hält mich am Leben, trotzdem wehrt sich mein Körper dagegen, würde eher zugrunde gehen, als mit dem Herzen eines anderen Menschen weiterzuleben. Ist das loyal von ihm? Oder dämlich?

Die Tür öffnet sich, und eine junge Ärztin kommt herein, die so überhaupt nicht zu der alten Einrichtung passen will. Sie wirft einen raschen Blick auf den Computerbildschirm, dann wendet sie sich an mich. »Hallo, Frau Schreiber. Mein Name ist Dr. Brinkwarth.« Als sie meine überraschte Miene sieht, lächelt sie. »Anscheinend haben Sie mit allem gerechnet, nur nicht mit mir.«

»Na ja ...«, sage ich zögerlich. »Ich war schon lange nicht mehr hier, aber soweit ich mich erinnere, ist Dr. Brinkwarth ein Mann um die sechzig.«

Sie lacht. »Mein Vater ist im Ruhestand. Ich habe seine Praxis übernommen, zumindest übergangsweise. Sie waren also schon einmal bei uns? Das System verzeichnet Sie als neue Patientin.«

»Ich habe manchmal meine Großeltern begleitet, wenn sie einen Termin hatten.«

»Natürlich, die Schreibers. Und Sie kommen heute zur Spiegelkontrolle?«

Ich nicke. »Normalerweise wird dafür nur Blut abgenommen.«

»Das stimmt«, erwidert sie. »Aber da Sie eine neue Patientin sind, wollte ich mich kurz mit Ihnen unterhalten. Um Sie ein bisschen kennenzulernen.« Sie lächelt ein perfektes Lächeln, und wieder fällt mir auf, wie jung sie ist. Ich frage mich, wie viele Transplantationspatienten sie schon betreut hat oder ob ich ihre erste bin – was erklären würde, warum Sie so ein großes Interesse an mir hat. Dr. Brinkwarth beugt sich vor und sieht mich aufmerksam an. »Wie geht es Ihnen?«

»Gut.«

»Erzählen Sie ein bisschen über sich. Warum sind Sie hierhergezogen?«

»Ich hab dieses Jahr Abi gemacht und studiere jetzt Medizin.«

»An der Schreiber?«

»Ja.«

Sie lächelt. »Da war ich auch. Hart, aber lehrreich. Wie schade, dass Ihr Großvater nicht mehr miterlebt, dass Sie nun auch dort sind. Er war ein beeindruckender Mann. Schön, dass Sie in ein paar Jahren in seine Fußstapfen treten.«

Ich verziehe das Gesicht. »Wohl kaum.«

Ihre Augen verengen sich kurz, wie bei einem Detektiv, der etwas Verdächtigem auf der Spur ist. Dann wirft sie wieder einen Blick auf den Computer. »Darf ich fragen, was passiert ist? Warum haben Sie ein neues Herz gebraucht?«

»Herzinsuffizienz. Ich war acht.«

»Das ist jetzt etwa zehn Jahre her.«

Ich nicke. »Viel länger halten die meisten transplantierten Herzen nicht durch.«

»Manche leben bis zu dreißig Jahren mit ihren Spenderherzen.«

»Ich bezweifle, dass ich dazugehören werde.«

»Gab es denn irgendwelche Komplikationen in letzter Zeit?«

»Beim letzten Ultraschall wurden vermehrte Ablagerungen in der linken Koronararterie festgestellt.«

Atherosklerose. Das Hauptproblem bei transplantierten Organen, das bis heute niemand in den Griff gekriegt hat. Bei den einen setzt sie früher ein, bei den anderen später, aber es betrifft so gut wie jeden. An den Wänden der Blutgefäße setzen sich Zellen, Fette und weitere Substanzen ab, die dort nicht hingehören. Der Blutfluss wird gehemmt, die Gefäße verhärten, und irgendwann hat sich so viel Zeug abgelagert, dass die Arterien verstopfen oder reißen, was zu einem Herzinfarkt führt. In meinem Fall ist die Sklerose schon so weit fortgeschritten, dass es nicht mehr lange dauern wird, bis es dazu kommt.

Die Ärztin nickt wissend, schaut auf den Computer, scrollt ein Stück runter, bis sie die Information findet, die sie sucht. Als sie wieder zu mir sieht, habe ich das Gefühl, dass sie alles versteht, was in mir vorgeht. »Sie hatten großes Glück damals mit Ihrer Blutgruppe.«

Allerdings. Es grenzt an ein Wunder, dass überhaupt ein Herz für mich gefunden wurde, mit der richtigen Blutgruppe, dem richtigen Rhesusfaktor, der richtigen Größe für eine Achtjährige. Und es ist ziemlich unwahrscheinlich, dass sich dieser Glücksfall wiederholen wird. Aber das brauche ich Dr. Brinkwarth nicht zu sagen. Das weiß sie selbst.

»Wann ist Ihr nächster Termin zur großen Kontrolle?«

»Anfang Januar.«
»In der Uniklinik?«
»Ja, bei Professor Behrend. Er hat mir damals auch das Herz implantiert.«
Sie lächelt wieder. »Auch ein Schreiber-Absolvent. Ich habe eine Weile bei ihm gelernt.« Sie hält kurz inne und atmet tief durch. Erst danach spricht sie weiter. »Wir müssen nicht um den heißen Brei herumreden. Wir wissen beide, was die Befunde bedeuten. Deswegen frage ich Sie noch mal: Wie geht es Ihnen? Und bitte antworten Sie nicht wieder mit ›gut‹.«
Ich habe keine Ahnung, was ich darauf sagen soll, überlege mir fieberhaft, welche Aussage der Wahrheit möglichst nahekommt und gleichzeitig so unverfänglich ist, dass sie das Thema nicht weiter vertieft. »Ich ... beginne, mich damit abzufinden.«
Wieder der Detektivblick. Aber zu meiner Erleichterung bohrt sie nicht nach. »Und Ihre Familie?«, fragt sie stattdessen. »Für die Angehörigen ist es mindestens genauso schwer.«
Ich zucke mit den Achseln. »Die sind noch in der Verdrängungsphase.«
»Vielleicht haben Sie auch einfach die Hoffnung noch nicht aufgegeben.«
»Sie haben es doch selbst gesagt: Es gibt keine.«
»Es ist unwahrscheinlich, dass ein neues Herz für Sie gefunden wird, ja. Aber nicht unmöglich.«
Ich schnaube. »Was macht Ihrer Meinung nach mehr Sinn: auf das Unwahrscheinliche zu hoffen oder sich auf das Unvermeidliche vorzubereiten?«

»Ich denke, dass man die Hoffnung nie aufgeben sollte. Manchmal hält das Leben Überraschungen bereit, mit denen man niemals gerechnet hätte.«

»Sorry, aber mit so was kann ich nicht viel anfangen.«

Ihr Lächeln kehrt zurück. »Schon in Ordnung. Aber vielleicht versuchen Sie es einfach mal. Ich gebe meiner Kollegin Bescheid, dass Sie jetzt Blut abnehmen kann. Wir bestimmen zusätzlich noch die Herzenzyme. Wenn alles unauffällig ist, sehen wir uns in vier Wochen wieder.«

Wir stehen beide auf und gehen auf den Flur hinaus. Sie übergibt mich an die Sprechstundenhilfe, die bereits alles im Labor vorbereitet hat. Bevor ich ihr folgen kann, hält mich die Ärztin jedoch noch einmal zurück. »Passen Sie auf sich auf, ja?« Dann geht sie ins nächste Sprechzimmer zum nächsten Patienten, bei dem sie hoffentlich mehr Glück hat, was die Heilungschancen angeht.

Als ich die Praxis verlasse, ist es früher Abend, und die dichten Wolken am Himmel sorgen dafür, dass es bereits dunkel ist. Ich habe keine Lust mehr, in die WG zu gehen, auch wenn sie direkt am Campus liegt, was in der Vorlesungszeit deutlich praktischer ist. Stattdessen biege ich in die entgegengesetzte Richtung ab, und nach wenigen Minuten schälen sich die Umrisse der Villa vor mir aus der Dämmerung.

Ich laufe die Auffahrt entlang und dann nach hinten in den Garten. Heute hat es nicht geregnet, sodass die unkrautüberwucherten Wege weniger aufgeweicht sind. Ich schlage mich durch die Büsche und Sträucher, vorbei an ungemähtem Gras, verblühten Stauden und ausladenden Hecken, die viel zu lange niemand mehr geschnitten hat. Am Ende des Gartens steht ein Zaun mit einer Pforte, die beinahe vollständig unter Ackerwinde verborgen ist. Sobald ich sie aufbekomme, schlüpfe ich durch sie hindurch.

Als ich das kleine Wäldchen hinter dem Garten betrete, schlägt mir kühle Luft entgegen. Es riecht nach feuchter Erde und dem süßlich-stechenden Duft von vermoderndem Laub. Hier draußen ist es so still, dass man jedes Rascheln hört, jedes Knacken der Äste, jeden Windhauch. Zwischen den Bäumen ist es bereits so dunkel, dass ich kaum etwas erkennen kann. Ich taste mich an den glatten Stämmen entlang, trete leise auf, als wäre ich ein Eindringling in einer mir fremden Welt – und in gewisser Weise bin ich das ja auch. Aber ich habe keine Angst. Die Dunkelheit fühlt sich tröstlich an wie eine Decke, unter der ich mich verbergen kann.

Dann taucht der See zwischen den Bäumen auf. Ich bleibe am Ufer stehen, gerade so, dass meine Schuhe nicht nass werden, und sehe auf das samtschwarze Wasser. Die Geräusche um mich herum verschwinden. Es gibt nur noch mich und dieses kleine Fleckchen Welt. Im Sommer war ich hier oft schwimmen, obwohl der See voller Schlingpflanzen war und das Wasser eigentlich viel zu kalt für ein transplantiertes Herz. Ich gehe in die Hocke, tauche die Hand ein und muss lächeln. Es ist immer noch eisig.

Plötzlich nehme ich auf der anderen Seite des Ufers eine

Bewegung wahr. Irgendetwas ist dort, etwas Großes. Welches Tier ist so spät noch aktiv? Da bewegt sich der Schatten erneut. Es ist kein Tier. Es ist ein Mensch. Ich erinnere mich, dass ein Stück hinter dem See eine Straße entlangführt. Demnach sollte es mich nicht verwundern, dass noch jemand hier draußen ist, auch wenn ich bezweifle, dass der See sehr bekannt ist, so versteckt, wie er liegt. Ich bleibe reglos am Ufer hocken, versuche, nicht auf mich aufmerksam zu machen, und beobachte den Schemen. Doch er rührt sich ebenfalls nicht mehr.

Schließlich wird es mir zu dumm. Ich richte mich auf, und im gleichen Moment huscht auch der Schatten davon, Richtung Straße, wie ich vermutet habe. Ich beschließe, zurück zum Haus zu gehen. Die Magie des Augenblicks, dieser Moment der Stille und Abgeschiedenheit, ist zerstört.

Auf dem Weg zum Haus verfolgt mich ein Rascheln, doch dieses Mal weiß ich, was es ist. Als ich den Eingang erreiche, verlässt die Katze ihre Deckung und kommt unter einem Busch hervor. Sie sieht noch zerzauster aus als vor ein paar Tagen und scheint abgenommen zu haben. Ich ignoriere sie, trete ein und schließe die Tür hinter mir. Doch selbst durch das dicke Holz höre ich ihr enttäuschtes Maunzen.

Ich seufze, gehe, ohne Licht anzumachen, in die Küche und nehme eine flache Schale aus dem Schrank. Die Milch hält sich tapfer, obwohl sie bestimmt schon seit über einer Woche offen ist. Ich fülle etwas in die Schale, verdünne es mit Wasser und laufe wieder zurück zur Haustür. Als ich sie öffne, sitzt die Katze neben einer der Säulen und sieht mich erwartungsvoll an – als hätte sie gewusst, dass sie mich früher oder später so weit bekommt. Ich stelle die Schale auf den Boden, doch anstatt sich direkt auf die Milch zu stürzen, tapst die Katze auf mich zu und maunzt.

Ich zucke zurück. »Was willst du denn noch?«, fauche ich sie an. »Sei froh, dass du was zu trinken kriegst.«

Dann schließe ich die Tür, und dieses Mal gehe ich so schnell wie möglich weg, damit ich ihr Maunzen nicht mehr höre.

Obwohl ich auf die unweigerlich aufflackernden Bilder in meinem Kopf gern verzichten würde, beschließe ich, doch noch einmal nach Artikeln über den Mord zu suchen. Vielleicht ist inzwischen mehr darüber bekannt. Ich nehme den Rest des Zimtkuchens mit in mein Zimmer, setze mich aufs Bett und klappe meinen Laptop auf. Dann öffne ich die Suchmaschine und gebe ein paar Stichworte ein.

Kurz darauf spuckt die Ergebnisseite Dutzende von Einträgen aus, die sich alle auf den Mord von vor zwei Tagen beziehen. Ich scrolle durch die Verlinkungen auf Facebook-Videos und Blogs, bis ich auf einen Bericht aus einer überregionalen Zeitung stoße. Er ist von heute. Neugierig klicke ich darauf.

Ein Foto zeigt den Innenhof mit der Treppe zum Rektorat, die inzwischen übersät ist mit Blumen und Kerzen. Ich überfliege den reißerischen Aufmacher – *eine ganze Hochschule steht unter Schock, brutaler Mord, bla, bla* –, bis ich zum eigentlichen Artikel komme.

Nachdem die Polizei von einer Spaziergängerin in den Innenhof der Wilhelm-Schreiber-Akademie gerufen worden war, fanden die Beamten Dr. Johann Sailers leblosen Körper auf der Treppe zum Dekanat. Alles deutet darauf hin, dass der Rektor beim Verlassen des Gebäudes erschossen wurde. Wer die Tat begangen hat, ist bisher unklar, doch die ermittelnden Beamten schließen eine Zufallstat aus. »Alles spricht für ein persönlich motiviertes Verbrechen«, sagt Hauptkommissar Millark, der die Ermittlungen in dem Fall leitet. »Wir werten sämtliche Spuren aus, von denen es leider nur sehr wenige gibt. Anhand des Projektils und des Einfallwinkels können wir zwar den Waffentyp und den ungefähren Standpunkt des Täters bestimmen, aber weitere Spuren vor Ort oder auf der Kleidung des Opfers haben wir nicht gefunden, was dem anhaltenden Regen geschuldet ist. Zeugen gibt es leider keine.«

Auch das Motiv für die Tat ist bisher unklar. Laut Millark wird sowohl in Sailers privatem als auch beruflichem Umfeld ermittelt. Dr. Sailer war erst seit wenigen Monaten Rektor der privaten Hochschule für Medizin, nachdem er im Sommer den verstorbenen Prof. Wilhelm Schreiber abgelöst hatte. Sailer hatte bereits in den ersten Wochen seiner Amtszeit angekündigt, frischen Wind in die Hochschule zu bringen und verkrustete Strukturen aufzubrechen. Diese hätten sich unter seinem Vorgänger »unliebsam verfestigt«, wie er in einem Interview vor einigen Wochen sagte. Konkret ging es um die Verbindungen, die an der Hochschule nicht nur ein hohes Ansehen genießen, sondern auch eine Menge Einfluss ausüben. In den letzten Jahren häuften sich in diesem Zusammenhang Beschwerden, die von Übervorteilung bis hin zu

Plagiatsvorwürfen reichen. Sailer versprach, sämtlichen Verdachtsfällen nachzugehen und hart durchzugreifen, womit er sich gleich zu Beginn seiner Amtszeit einige Feinde gemacht haben dürfte.

Die Wilhelm-Schreiber-Akademie wurde vor zwei Jahrzehnten gegründet und gilt seitdem als eine der renommiertesten Privathochschulen des Landes. Prof. Wilhelm Schreiber, einer der Mitbegründer, stellte von Anfang an höchste Ansprüche an die Lehre und Leistungen der Studierenden. Daher schaffen es auch viele Absolventen in hochrangige Positionen, nicht nur als Praktizierende, sondern auch in akademischen Kreisen und der Forschung. Kritiker der Hochschule hingegen bemängeln, dass durch die hohen Studienkosten und das immer stärker verzweigte Netzwerk aus Absolventen und Alumni eine regelrechte Medizin-Elite hervorgebracht wird, deren Wissen und Expertise nicht den Patienten, sondern vor allem den Medizinern selbst zugutekommt.

Der Mord von Samstag wird die Diskussionen über die Ausrichtung der privaten Lehranstalt neu entfachen. Eine schnelle Aufklärung des Falls würde nicht nur Gerechtigkeit bringen, sondern den Fokus auch wieder auf die medizinischen Erfolge der Hochschule lenken.

Hier endet der Artikel. Ich sehe eine Weile nachdenklich auf die Seite, dann scrolle ich zurück zu dem Teil, in dem von den »verkrusteten Strukturen« die Rede ist. Sailer wollte also hart durchgreifen und die Seilschaften der Verbindungen kappen. Aber deswegen bringt man doch niemanden um! Ich denke an meinen Bruder, der ebenfalls Mitglied in einer Verbindung ist. Nein. So ein Motiv ist vollkommen absurd.

Ich suche noch eine Weile nach anderen Artikeln, finde aber nichts mehr, was mir weiterhilft. Schließlich klappe ich den Laptop zu, und ohne den bläulichen Schein des Bildschirms versinkt mein Zimmer in Dunkelheit. Aber dieses Mal komme ich darin nicht zur Ruhe. Ich denke unwillkürlich an meinen Großvater. Er hat die Akademie gegründet und jahrelang geleitet. Unter ihm hat sich diese angebliche Medizin-Elite gebildet, von der in dem Artikel gesprochen wird. Wie gut haben Sailer und er sich gekannt? Trägt das, was Opa aufgebaut hat, wirklich eine Mitschuld daran, dass Sailer sterben musste?

Ich stehe auf, gehe die Treppe nach unten und taste mich vor in Opas Arbeitszimmer. Es ist nicht sehr groß und gerade deshalb einer der gemütlichsten Orte der ganzen Villa. Noch immer mache ich kein Licht, aber ich weiß auch so, wie der Raum aussieht, schließlich habe ich mich als Kind hier ständig hineingeschlichen. Gegenüber der Tür steht ein mahagonifarbener Schreibtisch, dahinter ein abgewetzter Ledersessel und ein Stück daneben eine Sitzecke mit zwei kleineren Sesseln, für den wenigen Besuch, den er hier drin empfing. An den Regalen an den Wänden ringsum stapeln sich Fachbücher über den menschlichen Körper, neue medizinische Entwicklungen und so ziemlich alles, was zu regenerativer Medizin publiziert wurde, inklusive seiner eigenen Werke. Mein Großvater war ein Experte auf dem Gebiet, das sich mit der Wiederherstellung und Reparatur von Zellen, Gewebe, Knochen oder Organen beschäftigt. Im Grunde ist es blanke Ironie, dass ausgerechnet er seinen Sohn an eine Infektion verloren hat, seine Frau an die Demenz und seine Enkelin an ein krankes Herz. Aber vielleicht ist es auch genau andersherum – vielleicht hat er sich deswegen so sehr mit dem Thema beschäftigt, weil er es leid war, geliebte Menschen an die Launen des Schicksals zu verlieren.

Als Kind war ich immer davon überzeugt, dass mein Opa der klügste Mensch der Welt sein muss, wenn er all diese Bücher gelesen und sogar selbst geschrieben hat. Und vielleicht war er das tatsächlich. Aber er war auch besessen von seiner Arbeit. Ich bekam ihn kaum zu Gesicht, weil er sich fast ausschließlich in der Hochschule oder in seinem Arbeitszimmer aufhielt. Trotzdem habe ich es immer gehasst, wenn Papa schlecht über ihn sprach – über seinen Vater, der nie da war, der sich nie für ihn interessiert hat. Denn er hat so verzweifelt versucht, Opas Gunst zu erringen – mit Einser-Abi, Pharmaziestudium, eigener Pharmafirma –, dass er gar nicht gemerkt hat, wie er selbst so wurde wie er. Mein Vater war ebenso besessen von seiner Arbeit, dass er für kaum etwas anderes Zeit hatte. Und dann war er irgendwann tot.

Ich gehe langsam nach vorn, bis meine Finger die Lehne eines Sessels in der Sitzecke ertasten. Den linken, dessen Polster genau das richtige Maß an Durchgesessenheit aufweist. Ich lasse mich daraufsinken, ziehe die Knie an so wie früher, als ich Stunden auf diesem Sessel verbracht habe. Damals habe ich immer gewartet, bis Opa auf die Toilette ging oder ein Telefonat führte, das er nicht unterbrechen konnte. Dann schlich ich mich ins Büro, obwohl es für uns Kinder streng verboten war, und machte mich auf dem Sessel so klein wie möglich. Ich weiß nicht, warum, aber Opa ließ mich gewähren. Die ersten Male ignorierte er mich; als wäre ich gar nicht da gewesen. Doch eines Tages sah er plötzlich auf und warf mir einen abwägenden Blick zu, ehe er eines der Bücher aus dem Regal zog, es mir in die Hand drückte und sagte: »Wenn du hier bist, musst du lernen!«

Ich wagte nicht zu widersprechen, quälte mich durch Fachartikel, Diagramme und hochkomplexe Erläuterungen und tat so, als würde ich sie verstehen – stundenlang, ohne mich zu beschweren. Oft verbrachten wir ganze Nachmittage in diesem Zimmer, schweigend, er über seine Unterlagen gebeugt, ich über ein Buch. Manchmal spürte ich, wie er mich beobachtete. Anfangs bildete ich mir ein, dass er stolz auf mich war, auf meine Hartnäckigkeit, mein Durchhaltevermögen. Doch als ich einmal den Mut aufbrachte, seinem Blick zu begegnen, sah ich keinen Stolz darin. Stattdessen wirkte der Ausdruck in seinen Augen nachdenklich, abschätzend und ein wenig bedauernd, aber wieso, das traute ich mich nicht zu fragen.

Während ich jetzt in der Dunkelheit sitze und die vertraute Atmosphäre des Zimmers in mich aufsauge, überlege ich, warum ich das damals gemacht habe. Wollte ich ihn beeindrucken? Hatte ich das Gefühl, mir seinen Respekt erarbeiten zu müssen, ihm beweisen zu müssen, dass ich mehr war als das kleine Mädchen mit dem geschenkten Herzen?

Abrupt stehe ich auf, gehe um den Schreibtisch herum und knipse die Schreibtischlampe an. Der warme Schein vertreibt die Schatten und taucht das Büro in gelbliches Licht. Dann lasse ich mich auf dem Ledersessel nieder, in dem immer nur mein Großvater gesessen hat. Wie anders das Zimmer von dieser Seite des Tisches aussieht. Es fühlt sich falsch an, an diesem Platz zu sitzen, aber ich unterdrücke den Impuls, sofort wieder aufzustehen.

Stattdessen öffne ich die Schreibtischschubladen auf der Suche nach irgendetwas, das mir mehr über Opa und sein Vermächtnis verrät, das er Sailer hinterlassen hat. Ich finde Büroartikel, Briefpapier, noch einen gravierten Kugelschreiber wie der, den ich Ben geliehen habe. Die unterste Schublade ist abgeschlossen. Keine Ahnung, wo der Schlüssel ist, und aufbrechen will ich sie nicht. Also erhebe ich mich, trete an die Bücherregale und lese die Titel, einen nach dem anderen, als könne ich auf diese Weise herausfinden, was mein Großvater für ein Mensch war, was ihn angetrieben hat, was er gedacht hat hinter dieser schweigsamen, stoischen Fassade, die er so gut wie nie ablegte.

Ich verharre vor einem Regal, in dem sich Werke der Medizingeschichte befinden. Eine Biografie über Galen von Pergamon fällt mir ins Auge, einen griechischen Gelehrten um 200 nach Christus. Ich erinnere mich, dass ich sie schon als Kind gelesen habe und wie ich gleichermaßen amüsiert und schockiert war über die Verhältnisse, mit denen damals medizinische Forschung betrieben wurde. Galen war einer der wichtigsten Mediziner seiner Zeit und hat das erste umfassende Standardwerk der Anatomie verfasst. Die Sache hatte nur einen Haken. Weil es verboten war, die Körper Verstorbener zu öffnen, sezierte Galen Tierkadaver und übertrug die Strukturen, die er fand, auf den Körper des Menschen. Die Fehler, die ihm dabei unterliefen, blieben 1.300 Jahre unentdeckt. 1.300 Jahre glaubte man jemandem, der Schweine, Affen und Hunde seziert hatte, und hielt es nicht für nötig, seine Behauptungen zu überprüfen.

Erst im 16. Jahrhundert entstanden neue Werke, die Galens Fehler korrigierten.

Als mein Blick auf den Titel eines dicken, ledergebundenen Bandes fällt, fängt es in meinem Bauch an zu kribbeln. Dieses Buch zum Beispiel. *De humani corporis fabrica libri septem – Sieben Bücher vom Bau des menschlichen Körpers* von Andreas Vesalius. Ich ziehe den Band heraus und schlage ihn auf. Es ist ein Nachdruck der Originalausgabe von 1543. Das Buch ist so schwer, dass ich es auf den Tisch legen muss, um es mir anzusehen. Ich habe es schon früher geliebt. Es ist zwar auf Latein verfasst, daher habe ich kein Wort verstanden, aber als Kind habe ich mich einfach auf die prachtvollen Abbildungen konzentriert, die für damalige Verhältnisse ungemein detailliert waren. Diese habe ich immer schöner gefunden als die Bilder in modernen Anatomieatlanten. Ich blättere ein paar Seiten durch, betrachte Eingeweide, Muskeln und Knochen, den Aufbau des Verdauungstrakts, die Struktur des Gehirns. Aber die schönsten Bilder können den echten Körper nicht ersetzen, und ab morgen kann ich mit eigenen Augen sehen, wie der Mensch aufgebaut ist. Morgen beginnt der Anatomiekurs, der Kurs, in dem echte Leichen seziert werden und vor dem die meisten Erstsemester den größten Respekt haben.

Bei der Vorstellung spüre ich ein Kribbeln, das sich langsam erst in meinem Magen und dann auch im Rest meines Körpers ausbreitet. Ich klappe das Buch wieder zu, stelle es zurück ins Regal und gebe meine Suche auf. Ich wollte mehr über Sailer herausfinden, in der Hoffnung, dass mich die Bilder seines toten Körpers dann endlich loslassen. Ich wollte mehr über meinen Großvater herausfinden, um zu verstehen, was für ein Mensch er wirklich war. Aber in diesem Zimmer finde ich nichts außer meinen Erinnerungen. Es wird Zeit, mich auf das Hier und Jetzt zu konzentrieren. Auf das Kribbeln. Ein bisschen ist es Aufregung, ein bisschen Beklommenheit.

Doch am meisten ist es Vorfreude.

5

Am nächsten Morgen versammeln wir uns vor der Flügeltür, die zum Präpariersaal führt. Er befindet sich in einem Nebengebäude in der Nähe der Kühlräume, wo die toten Körper gelagert werden. Hier gibt es keine Wandgemälde und stuckverzierten Decken. Ich weiß nicht, was zu Klosterzeiten in diesen Fluren untergebracht war, aber die Beleuchtung ist nur spärlich und die Atmosphäre düster und drückend, was sich auch auf die allgemeine Stimmung auswirkt. Niemand sagt etwas, alle schauen nervös zu Boden oder lenken sich mit ihren Handys ab.

Alle Erstsemester wurden in zwei Gruppen aufgeteilt, die den Anatomiekurs zu verschiedenen Zeiten absolvieren – mein Kurs am Vormittag, der zweite, in den Mira eingeteilt wurde, am Nachmittag. Wir sind alle überpünktlich, während sich der Dozent offenbar Zeit lässt. Kurz vor acht kommt Ben hastig den Flur entlanggelaufen, ganz außer Atem, die Haare noch zerstrubbelter als sonst. Er nickt mir kurz zu, doch als ich nicht reagiere, wendet er den Blick ab und bleibt unschlüssig bei zwei anderen Jungs stehen. Ich habe es ernst gemeint. Er sollte nicht versuchen, sich mit mir anzufreunden.

Ein Klicken ertönt, eine der Flügeltüren öffnet sich, und eine Studentin, nicht viel älter als wir, bedeutet uns einzutreten. Sie trägt einen weißen Arztkittel und hat die schulterlangen blonden Haare zu einem Zopf gebunden. Wir gehen in den Vorraum, der offenbar als eine Art Umkleide dient, und die Anspannung, die von Minute zu Minute stärker wird, bringt die kleine Kammer fast zum Platzen.

»Ich bin Jana, eine eurer Tutorinnen dieses Jahr«, begrüßt uns die Studentin. »Bevor wir anfangen, einige Regeln: kein Essen oder Trinken im Präpariersaal. Keine Kaugummis. Keine Handys. Ihr dürft den Raum nur mit Arbeitskittel und Handschuhen betreten.« Sie wirkt abgeklärt, als würde sie das hier jeden Tag machen. »Der Kurs wird hart. Ihr werdet eine Menge Stoff lernen müssen. Professor Konrad verlangt viel, aber er ist auch fair. Was er allerdings nicht leiden kann, ist Unpünktlichkeit.« Sie deutet auf die Tür zum Flur. »Um acht wird abgeschlossen. Wer später kommt, hat Pech gehabt. Wer öfter als zwei Mal fehlt, ist automatisch durchgefallen. Noch Fragen?« Sie sieht in die Runde, doch wir schütteln nur stumm die Köpfe. »Gut, dann zieht euch um und geht nach nebenan.« Sie öffnet noch einmal die Tür zum Flur, schaut nach Nachzüglern, ehe sie zusperrt und im eigentlichen Präparierraum verschwindet.

»Hi«, sagt ein Mädchen neben mir, während wir unsere weißen Kittel aus den Taschen holen und überstreifen. »Ich bin Amira. Und du?«

»Quinn«, sage ich kurz angebunden.

»Hast du auch so weiche Knie?« Sie sieht mich an, als wäre ich eine Verbündete in ihrem Kampf gegen die Nervosität. »Ich hab heute Nacht kaum geschlafen. Ich meine, da liegt gleich ein Toter vor uns, an dem wir herumschneiden. Ich weiß echt nicht, ob ich das aushalte.«

Ich zucke mit den Schultern. »Es ist die effektivste Art, den menschlichen Körper kennenzulernen.«

»Schon, aber ... ich will Ärztin werden, um anderen zu helfen. Aber dadrin« – sie zeigt auf die Tür zum Kursraum – »bin ich gezwungen, sie zu zerstören. Das schaff ich nicht.«

»Sie sind tot. Die kriegen das nicht mehr mit.«

Sie starrt mich an, als hätte ich den Verstand verloren. »Das war mal ein Mensch. Das kann man doch nicht einfach so ausblenden.«

»Sie haben sich freiwillig dafür zur Verfügung gestellt. Sie *wollen*, dass du sie auseinandernimmst.«

»Hast du überhaupt kein Problem damit?«

»Nein.« Ich lasse Amira stehen und folge den anderen, die bereits nach nebenan gehen.

Ein süßlicher und zugleich stechender Geruch liegt in der Luft, und es ist deutlich kühler als im Vorraum. Trotz meiner Worte schaudere ich unwillkürlich. Der Präpariersaal ist eine kuriose Mischung aus alt und modern, genau wie alle anderen Räume der Akademie. Die Wände sind mit Holzvertäfelungen verkleidet, doch die übrige Ausstattung ist auf dem neusten Stand und die kaltweißen Lampen an der Decke leuchten bis in den hintersten Winkel. An der Längsseite sind fünf Edelstahltische nebeneinander aufgereiht. Auf jedem liegt eine Plastikplane, unter der sich die Konturen einer Leiche abzeichnen. Mein Blick wird wie magisch davon angezogen, und mein Puls beschleunigt. Ich kämpfe ihn nieder. Was will mein Herz von mir? Es macht mir nichts aus, Leichen zu sehen!

Ein Mann steht zwischen den blanken Edelstahltischen, mit hinter dem Rücken verschränkten Händen, und mustert uns. Er muss schon älter sein, Mitte sechzig vielleicht, wirkt aber mindestens zwanzig Jahre jünger.

»Guten Morgen«, begrüßt er uns. »Mein Name ist Roland Konrad, ich bin Professor der Anatomie, und wir werden uns in den nächsten Monaten mit dem Aufbau des menschlichen Körpers befassen.« Mit klaren, durchdringenden Augen sieht er von einem Studierenden zum anderen, um abzuschätzen, mit wem er es dieses Semester zu tun hat. »In diesem Kurs werden wir Haut, Muskeln, Gefäße und Organe präparieren und so den Aufbau und die Funktionen des Körpers verstehen lernen. Natürlich kann man diese Dinge auch in jedem Anatomieatlas nachlesen. Aber erst, wenn man sich den Körper mit seinen eigenen Händen erarbeitet hat, begreift man wirklich die Feinheiten, die Strukturen und mögliche Abweichungen von der Norm. Ich erwarte, dass Sie am Ende des Semesters die wichtigsten Sehnen, Muskeln, Knochen und Nerven benennen und verorten können. Also lernen Sie! Es gibt kaum einen Kurs, der wichtiger für Ihr Studium ist als dieser hier.«

Konrad schreitet langsam an unserer Reihe entlang und mustert jeden Einzelnen, an dem er vorbeikommt.

»Die meisten von Ihnen werden gleich zum ersten Mal einen Leichnam sehen. Es gibt kaum jemanden, der in diesem Kurs nicht mit existenziellen Fragen über das Leben und den Tod konfrontiert wird. Das gehört dazu. Aber mit der Zeit sollten Sie lernen, das Wissenschaftliche vom Emotionalen zu trennen. Entwickeln Sie Strategien, wie Sie mit dem Tod zurechtkommen. Denn auch das ist Teil dieses

Kurses. Nehmen Sie den Tod ernst, aber haben Sie keine Angst vor ihm.«

Die meisten Studierenden weichen Konrads Blick aus, wenn er sie erreicht. Konrad selbst verzieht keine Miene, sondern geht weiter, die Hände immer noch hinter dem Rücken verschränkt. »Ein Großteil der Körperspender hat ein langes, erfülltes Leben hinter sich. Sie müssen nicht um diese Menschen trauern, aber Sie sollten Ihnen ein gewisses Maß an Respekt entgegenbringen. Gehen Sie sorgfältig mit den entnommenen Präparaten um, und achten Sie darauf, dass alles zusammenbleibt, damit der Körper am Ende des Kurses vollständig eingeäschert werden kann.«

Konrad schreitet an mir vorbei, und als er mich ansieht, senke ich meinen Blick nicht. Er hält kurz inne, wobei in seinen Augen etwas aufflackert, das ich als Überraschung deute. Doch mehr lässt er sich nicht anmerken. Er wendet sich ab und sieht in die Runde. »Hat noch jemand Fragen?«

Amira meldet sich. »Haben die Toten ... also ich meine ... wissen wir, wie sie heißen?«

»Natürlich haben unsere Spender Namen«, erwidert Konrad fast ein wenig ungehalten, als wäre er enttäuscht über die Banalität der Frage. »Aber wir erfahren sie nicht, um ihre Persönlichkeitsrechte zu schützen. Am Ende des Kurses gibt es einen Gedenkgottesdienst, in dem die Namen der Verstorbenen verlesen werden. Die Feier ist freiwillig, aber bisher haben noch alle Studierenden daran teilgenommen. Es hilft, eine Art ... Abschluss zu finden.« Wieder sieht er in die Runde, doch niemand meldet sich mehr. »Also schön, legen wir los. Wir werden Sie in Gruppen aufteilen, die sich bis zum Ende des Semesters mit einem festen

Körperspender befassen. Ein Tutor wird Sie anleiten und Ihnen die richtigen Techniken beibringen.«

Er nickt einer Gruppe von älteren Studierenden zu, die bisher ein wenig abseits gestanden haben und sich nun auf die einzelnen Tische verteilen. Während sie beginnen, nacheinander Erstsemester aufzurufen, kommt Konrad auf mich zu und bleibt vor mir stehen, ein wenig näher, als angebracht wäre.

»Frau Schreiber«, sagt er in einem Tonfall, den ich nicht richtig deuten kann. »Wie schön, Sie in meinem Kurs zu haben.«

Ich runzle die Stirn, weil ich mir nicht erklären kann, woher er mich kennt. Konrad bemerkt es und lächelt, aber es wirkt aufgesetzt.

»Ich habe mit Ihrem Großvater zusammen diese Akademie aufgebaut. Da lernt man sich schon etwas kennen, auch privat.«

»Er hat Sie nie erwähnt.«

Konrad lächelt immer noch, doch sein Blick ist so durchdringend, dass ich mich zwingen muss, ihm standzuhalten. »Man könnte sagen, dass sich unsere Interessen in den letzten Jahren … in unterschiedliche Richtungen entwickelt hatten. Aber damals hat er oft von Ihnen gesprochen. Sind Sie sicher, dass Sie diesen Kurs verkraften werden? So kurz nach Wilhelms Tod?«

Seine Worte klingen aufrichtig, trotzdem kaufe ich sie ihm nicht ab. Ich habe eher das Gefühl, als wolle er mich auf die Probe stellen. »Ich bin hier, um zu lernen, nicht, um private Todesfälle zu verarbeiten«, erwidere ich so gleichgültig wie möglich. »Aber ich weiß Ihre Sorge zu schätzen.«

Wieder flackert etwas in seinen Augen auf; dieses Mal ist es Anerkennung. Sie verschwindet so schnell, wie sie gekommen ist, aber ich habe sie lange genug gesehen, um zu wissen, dass ich den Test bestanden habe.

Konrad tritt zur Seite, um mir den Weg freizugeben. Meine Kommilitonen haben sich bereits auf die Tische aufgeteilt. Jana winkt mich zu sich, und ich stelle seufzend fest, dass auch Ben und Amira in ihrer Gruppe sind, zusammen mit zwei Jungs, die sich als Carl und Selim vorstellen. Wir platzieren uns um den Edelstahltisch: Jana am Kopfende, wir anderen fünf rechts und links daneben.

»Ich werde jetzt nach und nach den Körper aufdecken«, sagt Jana. »Es ist okay, wenn es euch am Anfang unangenehm ist. Aber das legt sich schnell, sobald ihr die ersten Stunden mit Präparieren verbracht habt.« Sie verzieht keine Miene, und ich frage mich unwillkürlich, wie sie wohl als Erstsemesterin diesen Kurs erlebt hat. So abgeklärt, wie sie wirkt, hatte sie vermutlich keine Probleme. »Alle bereit?«, fragt sie und deutet auf den zugedeckten Körper.

Unter der Plastikhülle sind die Umrisse zu erkennen – Kopf, Arme, Rumpf, Beine –, wobei ich es deutlich befremdlicher finde, den Toten nur erahnen zu können, als ihn tatsächlich zu sehen. Den anderen scheint es ähnlich zu gehen. Amira knetet unruhig ihre Hände, und auch Ben und Selim neben ihm scheinen mir ein wenig blass um die Nase.

Als Jana langsam beginnt, die Plane vom Körper herunterzuziehen, fängt mein Herz erneut an, wild zu pochen. *Hör auf damit*, schimpfe ich und beiße unwillkürlich die Zähne zusammen. *Es macht mir nichts aus.*

Nach und nach werden die Füße sichtbar, dann die Beine. Als der Hüftbereich freigelegt wird, ist klar, dass es sich um eine Frau handelt, und schließlich verschwindet die Hülle auch von Oberkörper, Hals und Kopf. Vor uns liegt eine alte Frau um die achtzig, schätze ich. Sie hat graues Kopf- und Schamhaar, ihre Brüste hängen seitlich herab, und auch die Haut um ihren Bauch und ihre Oberschenkel ist faltig und schlaff. Ihr Körper wirkt wächsern, die Haut ist durch die Fixierung gräulich braun, und insgesamt erscheint sie mir eher wie eine Puppe und nicht wie ein echter Leichnam. Der stechend-süßliche Geruch, der schon die ganze Zeit im Raum liegt, ist nun nach dem Aufdecken beinahe unerträglich, aber ich weiß, dass es kein Verwesungsgeruch ist, sondern das Formalin, mit dem die Körper präpariert wurden.

Ich höre ein Rumpeln und erschrockene Ausrufe hinter mir und drehe mich um. Am nächsten Tisch ist ein Student umgekippt und liegt bewusstlos auf dem Boden. Die anderen aus der Gruppe stehen ein wenig hilflos daneben und sehen selbst so aus, als würden sie gleich in Ohnmacht fallen. Konrad hingegen scheint fast damit gerechnet zu haben.

»In der ersten Stunde klappt immer einer zusammen«, bemerkt er lapidar, während der Tutor der Gruppe dem Studenten, der die Augen schon wieder offen hat, die Beine hochlegt.

Ich wende mich wieder zu unserem Tisch um, wo sich Jana nur mühsam ein Grinsen verkneifen kann. »Geht's euch allen gut?«

Wir nicken, auch wenn Carl sich dabei unauffällig am Tisch festhält.

Jana legt die Plane zur Seite und stellt sich dann wieder am Kopf des Tisches auf. »Berührt sie ruhig, wenn ihr wollt«, sagt sie, und wie zum Beweis, dass sie kein Problem damit hat, legt sie der Toten die Hand auf die Wange und streicht langsam darüber. Die Geste wirkt beinahe zärtlich, etwas, das ich Jana gar nicht zugetraut hätte.

Ich strecke die Hand aus und berühre den Oberschenkel, vor dem ich stehe. Die Haut fühlt sich kalt und hart an, fremd, ungewohnt; aber nicht unangenehm. Die anderen tun es mir nach. Nur Amira gibt einen erstickten Laut von sich.

»Ich kann das nicht«, keucht sie.

Ich seufze leise auf. Wenn sie sich keine größere emotionale Distanz zulegt, hält sie das hier keine zwei Wochen durch.

Jana scheint ähnlich zu denken, doch sie verbeißt sich einen entsprechenden Kommentar. »Schon okay«, sagt sie stattdessen. »Lass dir Zeit. Das wird schon noch.«

Konrad hat wieder in der Mitte zwischen den Tischen Aufstellung genommen. »Bevor Sie mit dem Präparieren beginnen«, erklärt er und bringt die Gespräche an den Tischen zum Verstummen, »sehen Sie sich die Körper der Spender genau an. Achten Sie auf Besonderheiten – äußere Merkmale wie Narben oder Verfärbungen, die auf Erkrankungen und Verletzungen zu Lebzeiten hindeuten oder sogar Aufschluss über die Todesursache geben können.«

Wir betrachten die Frau vor uns eingehend und umrunden sie langsam, um sie von allen Seiten zu mustern. Ihr Körper ist dürr, und das Gesicht wirkt ausgemergelt. Wir finden ein paar kleinere Narben am Oberschenkel und eine schlecht verheilte Kaiserschnittnarbe im Schambereich. Ansonsten ist ihr Körper auf den ersten Blick unversehrt.

Ben ist es schließlich, der einige grauviolette Verfärbungen entdeckt, die sich seitlich im Bereich des Rückens gebildet haben. »Was ist das?«, fragt er Jana. »Sind das Totenflecke?«

Sie nickt. »Weißt du auch, wie sie entstehen?«

»Durch das Blut?«

»Genau. Wenn das Herz nicht mehr schlägt, hört das Blut auf zu fließen und sinkt nach unten, genau wie alle anderen Körperflüssigkeiten. Mit der Zeit entstehen dann diese Verfärbungen. Deswegen gelten sie auch als eines der sicheren Todeszeichen.«

»Aber Totenflecke lassen nicht auf die Todesursache schließen, oder?«, fragt Carl.

»Nein«, bestätigt Jana. »Sie deuten nur darauf hin, dass die Frau nach ihrem Tod längere Zeit nicht bewegt wurde.«

Nachdem wir den Körper visuell untersucht haben, beginnen wir, ihn nach Janas Anweisungen abzutasten. Wir versuchen, bestimmte Strukturen unter der Haut wahrzunehmen – Knochenpunkte, aber auch Muskeln oder Organe. Dabei fällt mir eine harte Stelle am Hals der Frau auf, unterhalb der rechten Ohrmuschel.

»Ist das ein Tumor?«, frage ich Jana.

Sie tastet die Stelle ab. »Ja, und er ist ziemlich groß.«

»Auf der anderen Seite ist auch einer«, sagt Carl und deutet auf eine zweite Schwellung am Hals.

»Ob sie daran gestorben ist?«, fragt Amira leise. »Sie ist so schrecklich dünn.«

»Am Krebs selbst stirbt man nicht«, erklärt Jana. »Aber

an dem, was er im Körper auslöst. Du hast recht, die Frau ist extrem dünn, deswegen gehe ich davon aus, dass sie am Ende nichts mehr essen konnte und verhungert ist. Aber das ist reine Spekulation.«

Schweigend betrachten wir den Körper vor uns. Niemand hat mehr Lust, ihn eingehender zu untersuchen und möglicherweise weitere Tumore zu finden. Nach einer Weile tritt Konrad an unseren Tisch.

»Wenn Sie die Inspektion abgeschlossen haben, können Sie mit der Präparation beginnen«, sagt er. »Die ersten Stunden werden Sie mit dem Ablösen der obersten Hautschicht verbringen. Frau Nowak erklärt Ihnen die dafür nötigen Techniken und welche Skalpelle und Pinzetten sich am besten dafür eignen. Gutes Gelingen.« Er nickt Jana zu und wendet sich um. Doch bevor er geht, mustert er mich noch einmal, sucht nach Reaktionen oder Emotionen, irgendetwas, das ihm Aufschluss darüber gibt, was für ein Mensch ich bin. Dann geht er und hinterlässt das seltsame Gefühl in mir, dass ich ab sofort unter Beobachtung stehe.

Bevor wir mit dem Präparieren anfangen, drehen wir die Frau nach Janas Anweisungen auf den Bauch, was einfacher geht als gedacht, da sie klein und zierlich und ihr Körper durch die Fixierung erstarrt ist. Anschließend teilt Jana den Körper in Abschnitte auf, sodass jeder einen eigenen Bereich zugeteilt bekommt, für den er verantwortlich ist. Sie demonstriert, wie wir beim Ablösen am besten vorgehen, wie wir die Haut auf Spannung bringen und mit einem glatten Schnitt durchtrennen. So legt sie einige Zentimeter der oberen Hautschicht frei und zeigt uns die Gefäße und

Hautnerven, die nun in der Unterhaut zu sehen sind. Dann sind wir dran.

Ich spanne die Haut am Oberschenkel, wie Jana es vorgemacht hat. Doch als ich das Skalpell ansetze, beginnt meine Hand plötzlich zu zittern, als weigere sie sich, in die Haut zu schneiden. Rasch ziehe ich die Hand wieder zurück und atme durch. *Es macht mir nichts aus. Es ist nur eine leere Hülle, verdammt noch mal.*

Ben hat bemerkt, dass ich zögere. »Alles in Ordnung?«, fragt er so leise, dass die anderen es nicht hören.

»Klar. Was soll sein?«, entgegne ich knapp. In seinem Blick liegt eine Mischung aus Mitgefühl und Verständnis. Aber ich will sein verfluchtes Verständnis nicht.

Entschieden umklammere ich das Skalpell und stoße es so heftig in die Haut, dass die Klinge viel zu tief eindringt. Dem Widerstand nach zu urteilen, habe ich mindestens ein Blutgefäß durchtrennt, wenn nicht sogar ein paar Muskelfasern. Ben tut so, als hätte er es nicht bemerkt, widmet sich seinem eigenen Abschnitt und lässt mich für den Rest des Kurses in Ruhe.

Es hilft, mit den Händen zu arbeiten und sich auf einen kleinen Abschnitt zu konzentrieren, anstatt den gesamten Körper vor Augen zu haben. Meine Hand hört auf zu zittern, und auch bei den anderen legt sich die Anspannung. Sogar Amira traut sich, die ersten Schnitte zu führen, und schon bald herrscht nur noch konzentrierte Stille im Raum.

Als ich zwei Stunden später das Gebäude verlasse, atme ich gierig die frische, regennasse Luft ein. Es ist erst Mittag, aber mir kommt es vor, als hätte ich den ganzen Tag im Präparierraum verbracht. Der Formalingeruch hängt mir immer noch in der Nase, und ich habe das übergroße Bedürfnis, zu duschen und meine Klamotten zu wechseln. Ich trete hinaus in den Regen, ohne meine Kapuze aufzusetzen, recke den Kopf in den Himmel und lasse die Tropfen über mein Gesicht rinnen.

»Hey.«

Ich zucke zusammen und drehe mich um. Ben steht hinter mir, und ein paar Meter weiter sind Amira, Carl und Selim. »Wir anderen gehen noch was essen. Kommst du mit?«

»Nein danke.«

»Schade.« Er will sich schon abwenden, da hält er im letzten Moment doch noch einmal inne. »Quinn?« Als ich nicht antworte, spricht er einfach weiter: »Du musst nicht so tun, als würde dich das alles nicht belasten. Es ist okay, Probleme mit dem Tod zu haben. Das haben wir alle.«

Ich würde ihm am liebsten versichern, dass er keine Ahnung hat, wovon er spricht. Dass ich ganz andere Probleme mit dem Tod habe, als er sich vorstellen kann. Aber ich sage nichts von alledem. »Lass mich einfach in Ruhe, ja?«

Er lächelt bedauernd. »Okay«, sagt er, dann dreht er sich um und geht zu den anderen.

In meiner Brust zieht sich etwas zusammen, während er mit der Gruppe, lachend unter zwei Schirme geduckt, in die entgegengesetzte Richtung davoneilt. Aber es geht einfach nicht. Wenn er sich mit mir anfreundet, muss er mir früher oder später beim Sterben zusehen. Das will ich ihm ersparen. Und mir auch.

Ich ziehe mein Handy aus der Tasche, in der Hoffnung, dass Flo geschrieben hat – hat er nicht. Ich rufe ihn an, doch er nimmt nicht ab. *Meld dich mal*, schreibe ich, dann stecke ich das Handy weg, gehe in die Bibliothek und hole mein Tagebuch aus der Tasche. Ich arbeite mehrere Stunden an der neuen Todesart, versuche, sachlich zu bleiben, wische immer wieder das Bild der namenlosen Frau beiseite, ihres alten, leblosen Körpers, von dem wir bereits ein beachtliches Stück Haut abgezogen und ihn damit endgültig zum Objekt gemacht haben.

Als ich das Buch zuklappe und die Bibliothek verlasse, hat Flo immer noch nicht geantwortet.

Tod durch Verhungern

»Menschen sterben nicht, weil sich nicht essen, sondern sie essen nicht, weil sie sterben.«
Cicely Saunders, Gründerin der modernen Hospizbewegung*

Damit unser Körper funktioniert, benötigt er Energie. Glukose und Sauerstoff sind für den Menschen das, was für das Auto das Benzin ist und für die Lampe der Strom. Natürlich ist es deutlich komplexer. Damit das Zusammenspiel unserer Zellen reibungslos funktioniert, brauchen wir Proteine, Fette, Hormone, Enzyme, Vitamine, Mineralstoffe, Spurenelemente – aber ganz so komplex ist es auch wieder nicht. Denn sämtliche Prozesse, die in unserem Körper stattfinden, benötigen Energie. In den Mitochondrien, den Kraftwerken unserer Zellen, werden Glukose und Sauerstoff in Adenosintriphosphat, kurz ATP, umgewandelt, der Hauptenergiewährung unseres Körpers. Fehlt diese Energie, gehen erst die Lichter aus, dann der Motor. Oder andersrum. Aber das ist dann am Ende auch egal.
Der menschliche Körper kann weder Sauerstoff noch Glukose selbst herstellen, sondern muss sie von außen zuführen. Sauerstoff wird über die Atmung aufgenommen. Glukose wird aus Kohlenhydraten in der Nahrung gewonnen, die im Darm zum Einfachzucker Glukose aufgespalten werden. Ist davon mehr vorhanden, als gebraucht wird, kann der Körper sie in Form von Glykogen in den Muskeln und der Leber einlagern. Ist weniger vorhanden, als gebraucht wird, greift der Körper auf diese Glykogenspeicher zurück. Sind die Speicher leer, kann sich unser System noch eine Weile anders behelfen. Doch irgendwann wird es ungemütlich.
Der Körper spart Energie, indem er Körpertemperatur, Blutdruck

und Herzfrequenz senkt. Der Stoffwechsel verlangsamt sich. Nachdem die Glykogenspeicher aufgebraucht sind, baut er erst die Fettreserven ab, dann beginnt er nach und nach, sich selbst anzuzapfen – zunächst das Muskelgewebe, anschließend die Organe. Der Körper versucht, aus allem Energie zu gewinnen, was ihm noch zur Verfügung steht, um die Prozesse von Herz und Hirn aufrechtzuerhalten. Er verdaut sich selbst, um am Leben zu bleiben, baut sich Stück für Stück zurück, bis nichts mehr übrig ist. Irgendwann sind so viele körpereigene Proteine zersetzt, dass die Zellen ihre Funktion nicht mehr ausüben können. Das Immunsystem kann Infektionen nicht mehr bekämpfen, die Atmung wird immer flacher, der Herzschlag schwächer, die Nieren versagen, die Verdauung setzt aus. Woran der Mensch genau stirbt, hängt davon ab, was zuerst versagt: das Herz, die Atmung oder die Organe.

Im Grunde ist es erstaunlich, auf was der Körper verzichten kann, um zu überleben. Extremitäten wie Arme und Beine zum Beispiel braucht er nicht, genauso wie einige Organe oder Teile des Gehirns. Was er wirklich benötigt, sind das Stammhirn, das Herz, eine Niere, eine Lungenhälfte, einen Teil des Darms, einen Teil der Leber, Blut und Knochenmark.

Ist das jetzt viel? Oder wenig?

*(Zitiert in: Dietmar Krug: Altersschwäche ade? Warum anscheinend niemand mehr daran stirbt. In: Der Standard. Wien 2020. Abrufbar auf: https://www.derstandard.de/story/2000119791043/altersschwaeche-ade-warum-anscheinend-niemand-mehr-daran-stirbt.)

6

Ich sehe an der mit Efeu bewachsenen Fassade hinauf, zu den Spitzbogenfenstern und den Wasserspeiern an den Dachüberständen. Dann gehe ich die breite Steintreppe hinauf und drücke auf die Klingel. Alpha, die Verbindung meines Bruders, residiert in einem der größten Herrenhäuser der Stadt, gegen das die Villa meiner Großeltern geradezu mickrig wirkt, und befindet sich etwa eine Viertelstunde vom Campus entfernt. In Alpha wird man aufgenommen, wenn man das erste Jahr an der Schreiber überstanden hat, überdurchschnittlich gute Leistungen zeigt und Eltern hat, die genug Geld oder Einfluss besitzen. Die Verbindung macht keinen Hehl daraus, dass sie elitär ist. Die Mitglieder verpflichten sich, Alpha die Treue zu halten, was auch immer das genau bedeutet. Dafür verschaffen ihnen die Alumni der Verbindung hoch dotierte Stellen und räumen ihnen jegliche Steine aus dem Weg, auch lange nach Abschluss des Studiums. Es ist ein Pakt fürs Leben. Es gibt noch zwei weitere Verbindungen, Beta und Gamma, aber Alpha ist die mit Abstand einflussreichste. Flo hatte als Enkel des Hochschulgründers natürlich leichtes Spiel, aufgenommen zu werden, auch wenn ich mich immer noch darüber wundere, denn eigentlich sieht ihm so versnobtes Verbindungszeug überhaupt nicht ähnlich.

Schritte nähern sich, dann öffnet sich die schwere Holztür und ein Mann Anfang zwanzig erscheint im Türrahmen. Mein Herz setzt einen Schlag aus, und ich muss mich zusammenreißen, um mir nichts anmerken zu lassen. Obwohl ich ihn nur kurz gesehen habe, erkenne ich ihn sofort, auch ohne den Mantel und die Regentropfen in seinen Haaren. Es ist der Typ, der nach dem Mord an Sailer im Innenhof stand, so unbeachtet von allen Umstehenden, dass ich ihn kurz für einen Geist gehalten habe! Jetzt sehe ich ihn zum ersten Mal von Nahem. Er ist einen guten Kopf größer als ich, mit dunklen Haaren und so hellgrauen Augen, dass sie beinahe leuchten. Ihre Farbe erinnert mich an fast durchsichtiges Eis. Sie fallen mir deswegen auf, weil sie sich so deutlich vom Rest seiner Erscheinung abheben. Für den Bruchteil einer Sekunde habe ich das Gefühl, als wäre sein ganzer Körper von Dunkelheit eingehüllt – aber vielleicht liegt das auch nur am schlechten Licht.

»Was willst du?«, fragt er mich mit ausdrucksloser Stimme. Nichts deutet darauf hin, dass er mich wiedererkennt, dass er mich durch das Fenster der Bibliothek gesehen hat. Dennoch läuft mir ein Schauer über den Rücken.

»Ich will zu Flo«, sage ich. »Ist er da?«

»Und wer bist du?«

Ich runzle die Stirn. »Seine Schwester. Brauchst du einen Ausweis?«

Seine Augen blitzen auf, ganz kurz nur. Dann tritt er zur Seite und gibt den Weg ins Innere frei.

Angesichts der Größe des Hauses habe ich zwar schon mit einer imposanten Eingangshalle gerechnet, doch was ich nun sehe, macht mich sprachlos. Der Raum ist riesig.

Eine Treppe führt ins Obergeschoss auf eine Galerie, von der links und rechts ein Flur abgeht. Der komplette Boden der Halle ist mit großen, übereinanderliegenden Teppichen ausgelegt. In der Mitte – unter einem ausladenden Kronleuchter, der an einem meterlangen Seil von der Decke hängt – stehen Sofas um einen Couchtisch, und an einer Wand ist ein riesiger Fernseher angebracht. Offenbar haben die Alphas die Eingangshalle zu ihrem Wohnzimmer umfunktioniert.

Der Kerl aus dem Innenhof geht an mir vorbei zu den Sofas. »Florins Schwester ist hier«, sagt er, dann lässt er sich auf einen freien Sessel nieder.

Drei Studierende der Verbindung sitzen bereits dort, und ich stelle überrascht fest, dass unter ihnen Jana ist. Neben ihr hockt ein Mann mit dunklen Haaren, in denen ernsthaft eine Sonnenbrille steckt, und ihnen gegenüber ein weiterer Kerl, der an einem Rubik-Würfel herumschraubt.

»Quinn!«, ruft Sonnenbrille. Ich habe ihn noch nie gesehen. Woher kennt er meinen Namen? »Wie nett. Setz dich zu uns.« Er klingt erfreut, aber in seiner Stimme schwingt irgendetwas mit, das mir nicht gefällt. Spott?

»Sagt mir einfach, wo Flos Zimmer ist.«

Der Typ lacht und lässt ein Kaugummi knallen. »Nicht so hastig. Leonas bringt dich gleich zu ihm. Aber wenn du uns schon die Ehre gibst, dürfen wir uns ja wohl kurz mit dir unterhalten, oder nicht? Komm schon.«

Ich verdrehe die Augen. Was für ein selbstgefälliger Affe. Ich überlege kurz, ihn zu ignorieren und einfach sämtliche Zimmer nach Flo abzusuchen, aber dann gehe ich doch auf die Gruppe zu. Sonnenbrille legt einen Arm um Jana, die irgendwie merkwürdig aussieht, als hätte sie geweint. Sie sieht nicht auf, während ich mich den Sofas nähere, sondern starrt nur stumm vor sich hin.

»Du bist also die berühmte Schwester«, sagt der Typ mit dem Rubik-Würfel, den er nun kurz sinken lässt. »Willkommen in unserem hübschen, kleinen Alpha-Haus. Ich bin Maxim, das sind Elyas und Jana. Und das«, fügt er hinzu und deutet auf den Kerl, der mir die Tür geöffnet hat, »ist Leonas. Jetzt steh da nicht so rum. Setz dich zu uns.«

»Nein danke, ich steh lieber«, erwidere ich. »Wieso bin ich berühmt?«

Maxim grinst. »Ach, Flo erzählt ab und zu mal von dir.«

Natürlich. Vermutlich kennen alle meine gesamte Krankengeschichte. Das muss ein gefundenes Fressen für angehende Mediziner sein. Ich werde Flo ein paar Takte dazu sagen, sobald ich herausgefunden habe, wo sein Zimmer ist.

»Er hat allerdings verschwiegen, wie hübsch du bist«, fährt Maxim ungeniert fort.

Am Rande nehme ich wahr, wie Leonas mit den Augen rollt. Offenbar scheinen hier nicht alle so drauf zu sein wie Rubik-Würfel.

»Hat er auch erzählt, dass ich Typen nicht leiden kann, die plump flirten?«

Maxim lacht. »Ich glaube, er hat mal erwähnt, dass du überhaupt niemanden leiden kannst. Du solltest unbedingt zu unserer Party kommen nächste Woche. Das ist *das* Highlight am Semesteranfang, und rein darf nur, wer eingeladen ist. Ich mein's ernst. Bring noch 'ne Freundin mit. Oder«, fügt er hinzu und schneidet eine Grimasse, »einen Freund, wenn es unbedingt sein muss.«

»Maxim lässt nichts anbrennen. Gewöhn dich schon mal dran«, sagt Elyas und lässt wieder das Kaugummi platzen.

»Was denn?«, beschwert sich Maxim. »Das Leben ist zu kurz, um lange zu fackeln. Hört man immer wieder.«

Jana springt auf und starrt ihn wütend an. »Arschloch!« Tränen laufen ihr über das Gesicht, die sie hastig abwischt. Dann dreht sie sich um, stürmt die Treppe hoch und verschwindet im rechten Flur.

»Verdammt, Maxim«, sagt Elyas. »Musste das sein?«

»Sorry, Mann. Ist doch so«, erwidert Maxim achselzuckend.

Ich habe keine Ahnung, was hier gerade passiert ist, aber da es mich nichts angeht, hake ich auch nicht nach. Ein kurzes Schweigen entsteht, weil niemand wirklich weiß, was er sagen soll. Irgendwann wird es mir jedoch zu dumm.

»Erklärt mir jetzt jemand, wo Flos Zimmer ist?«

Elyas sieht zu Leonas. »Bring sie hoch«, fordert er ihn auf, und seine Stimme klingt plötzlich ganz anders, beinahe herrisch. Ich wundere mich über seinen Ton, aber noch mehr wundere ich mich, dass Leonas ihn sich gefallen lässt. Er wirkt auf mich nicht wie jemand, der sich von anderen herumkommandieren lässt. Trotzdem steht er wortlos auf und geht in Richtung Treppe.

»Mich muss niemand bringen. Ich finde den Weg auch allein«, protestiere ich.

»Unser Haus, unsere Regeln«, erwidert Elyas achselzuckend.

»Ihr habt sie doch nicht alle.«

Elyas lacht. »Ruf Florin das nächste Mal an, wenn es dir nicht passt.«

»Er geht nicht ran.«

»Dann wird er wohl seine Gründe haben.«

Arschloch. Gleichzeitig versetzen mir seine Worte einen Stich. Denn ganz unrecht hat er nicht. Flo geht mir aus dem Weg, und ich habe keine Ahnung, warum.

Ich folge Leonas die Treppe hinauf und in den linken Flur, von dem mehrere Türen wegführen. Immer noch schweigend, deutet er auf die zweite von links. Dann geht er den Gang entlang bis ans Ende und verschwindet in einem anderen Zimmer. Ich sehe ihm nach und weiß nicht, was ich von ihm halten soll. Seine Schweigsamkeit und sein Desinteresse ist keine Arroganz; eher habe ich das Gefühl, dass er sich damit schützt. Nur vor was, weiß ich nicht.

Als mir bewusst wird, dass ich immer noch reglos dastehe und in die Richtung blicke, in die er verschwunden ist, schüttle ich ärgerlich den Kopf. Ich bin nicht wegen Leonas hier, sondern wegen Flo. Also klopfe ich an die Tür, auf die er gedeutet hat, und öffne sie, ohne auf eine Antwort zu warten. Dahinter ist es dunkel, und es riecht, als wäre schon länger nicht mehr gelüftet worden. Flo liegt im Bett, halb unter der Decke vergraben, doch als er mich sieht, setzt er sich auf.

»Q«, murmelt er überrascht. »Was machst du denn hier?«

»Ist alles in Ordnung?«, frage ich. »Bist du krank?«

»Nein, nein«, wiegelt er ab und setzt sich auf. »Nur ein bisschen … ach, schon gut.«

Ich gehe zum Fenster und ziehe die Vorhänge zur Seite. Graues Herbstlicht flutet das Zimmer, das deutlich weniger geräumig ist, als ich gedacht habe. Ein altertümliches Bett, ein Schreibtisch, ein Schrank. Das war's.

»Warum meldest du dich nicht?«, will ich wissen, während er sich einen Pulli überstreift. »Ich versuche seit Tagen, dich zu erreichen.«

»Das sagt genau die Richtige«, entgegnet er. »Wenn du dich nicht melden willst, hört man wochenlang nichts von dir.«

»Ich dachte, das wäre ein ungeschriebenes Gesetz zwischen uns: Du bist der Zuverlässige, ich die Unberechenbare. Wenn du genauso wirst wie ich, bricht unser ganzes System zusammen.«

Er lächelt, aber es wirkt aufgesetzt. Er sieht schlecht aus, blass und müde. Normalerweise freut er sich immer, mich zu sehen, doch heute weicht er meinem Blick aus.

»Was ist los mit dir?«, frage ich.

»Nichts.«

»Quatsch.«

»Mir geht's gerade nicht so gut. Aber das wird schon wieder.«

»Was ist denn passiert?«

»Verdammt noch mal!«, stößt er ungewohnt scharf aus. »Könntest du bitte akzeptieren, dass ich nicht darüber reden will? Du bist nicht die Einzige, die das Recht hat, andere auszuschließen.«

»Okay«, sage ich und hebe beschwichtigend die Hände. »Hab's kapiert. Ich wollte nur nachsehen, wie es dir geht. Aber wie sich herausstellt, ist es gar nicht so einfach, dich zu besuchen, weil man erst an einer Meute Wachhunde vorbeimuss.«

Flo lächelt, und dieses Mal wirkt es echt. »Verbindungsregeln. Aber eigentlich sind hier alle ganz in Ordnung.«

»Kommandiert Elyas die anderen immer so rum?«

»Die anderen? Nein. Höchstens Leonas. Aber der ist unser Fuchs, da gehört so was dazu.«

»Euer ... Fuchs?«, frage ich verständnislos.

»Unser Anwärter für die Verbindung«, erklärt er. »Er muss ein Semester lang bestimmte Dienste und Aufgaben übernehmen. Wenn er sich bewährt und zwei erfolgreiche Mensuren gefochten hat, wird er offiziell aufgenommen.«

Ich schüttle den Kopf. »Mensuren? So richtige Duelle mit dem Degen? Hast du das auch gemacht?«

Flo nickt. »Klar.«

»Ich fass es nicht, dass du bei so einem archaischen Mist mitmachst.«

»Das ist nicht archaisch, das nennt man Tradition.«

»Pfff.« Ich setze mich auf sein Bett, das noch warm ist von seinem Körper, und sehe mich erneut im Zimmer um. Bis auf die Klamotten, die überall herumliegen, und die Fachbücher, unter denen der Schreibtisch begraben ist, gibt es nichts – weder Fotos noch sonstige persönliche Gegenstände, die etwas über Flo verraten würden. Vielleicht sind wir beide uns doch ähnlicher, als er immer behauptet.

Flo räumt ein paar Bücher von seinem Schreibtischstuhl und setzt sich. »Wie läuft's bei dir?«, fragt er. »Ihr hattet heute zum ersten Mal Präpkurs, oder?«

»Ja. Konrad hat uns direkt die erste Hautschicht präparieren lassen.«

Flo nickt. »Er ist kein Freund von sanften Einstiegen. Aber dafür lernt man bei ihm auch eine Menge.«

»Ich finde es gut. Nur habe ich das Gefühl, dass ich von oben bis unten nach Formalin rieche.«

»Tust du auch«, erwidert Flo grinsend. »Aber man gewöhnt sich mit der Zeit dran.«

Ich ziehe eine Grimasse. »Jana ist übrigens meine Tutorin. Ich hab sie unten gesehen. Ist sie auch eine Alpha?«

»Seit zwei Jahren. Ihr Zimmer ist drüben im Frauenflur.«

»Frauenflur?« Ich lache. »So viel zum Thema archaisch.«

Flo zuckt mit den Schultern. »Bisher hat sich noch niemand beschwert. Außerdem haben wir pro Flur nur ein Bad. Die Trennung vereinfacht die Dinge erheblich.«

»Ich bleib dabei: archaisch.«

Flo schmunzelt, doch er wird sofort wieder ernst. »Es tut mir leid, dass es mit dem Essen nicht geklappt hat. Es ist im Moment einfach ein bisschen ... viel.«

»Das Semester hat gerade erst angefangen.«

»Ich weiß. Es wird wieder besser, versprochen. Nächsten Freitag ist unsere Verbindungsparty. Komm doch auch.«

»Maxim hat mich schon eingeladen. Aber ich habe keine Lust.«

»Was hast du denn sonst vor? Dich in die alte Villa zu verziehen und den ganzen Abend im Dunkeln zu sitzen? Du musst mal unter Leute.«

»Wozu?«

»Herrje, Q. Um Spaß zu haben. Denn das solltest du, gerade wenn ...« Er spricht den Satz nicht zu Ende.

»Komm schon, sag es«, fordere ich ihn heraus. »Sprich es aus. Wenn *was*?«

Flo beißt sich auf die Lippe, und in seinen Augen liegt ein Ausdruck, der mir fast mehr wehtut als ihm. Dieser

Ausdruck ist es, weswegen ich Leuten aus dem Weg gehe. Bei Flo halte ich ihn aus. Aber ihn bei noch mehr Menschen zu sehen, verkrafte ich nicht.

»Du bist so sehr damit beschäftigt, zu sterben, dass du ganz vergisst zu leben, Q. Vielleicht solltest du langsam was daran ändern. Sonst kannst du dir auch gleich den Strick nehmen.«

Ich starre ihn sprachlos an. »Ich ...«

»Du verkriechst dich lieber, anstatt zu kämpfen«, unterbricht er mich. »Wir können alle jederzeit sterben. Ich kann morgen von einem Auto überfahren werden. Oder nächste Woche von einem Bus. Und wenn ich dann im Sterben liege, möchte ich wissen, dass ich das Beste aus meiner Zeit gemacht habe.«

»Vielleicht haben wir unterschiedliche Vorstellungen davon, was das bedeutet.«

»Wäre es nicht besser, jede Minute auszukosten, die du noch hast? Zu leben, anstatt einfach nur auf den Tod zu warten?«

»Du spinnst doch!« Mein Herz fängt an, wild zu pochen, und ich bin so wütend auf Flo, dass ich den hämmernden Puls beinahe begrüße. »Ich werde sterben. Anstatt mir zu sagen, dass ich das Leben genießen soll, könntest du dich endlich damit abfinden.«

Flo holt Luft, will etwas entgegnen, doch dann schluckt er die Worte wieder runter.

»Was?«, frage ich zornig. »Sag schon.«

Aber Flo schüttelt bloß den Kopf. »Vergiss es.« Seine Energie scheint von einer Sekunde auf die andere zu verschwinden, und er schlingt seine Arme um den Körper, als würde er frieren. Erneut fällt mir auf, wie schlecht er aussieht, aber ich habe keine Lust, ihn schon wieder darauf anzusprechen. Dafür bin ich viel zu sauer auf ihn.

»Vielleicht solltest du besser gehen«, sagt er schroff. »Ich muss noch lernen.«

Ich stehe auf und laufe wortlos zur Tür. Ich bin schon halb auf dem Flur, als Flo mich zurückhält.

»Q?«

Ich bleibe stehen und sehe ihn über die Schulter an.

»Ich mein's ernst. Versuch, ein bisschen mehr zu leben. Vielleicht reicht es für den Anfang schon, wenn du ab und zu das Licht anmachst.«

Ich erwidere nichts, ziehe nur schwungvoll die Tür hinter mir zu und gehe den Flur zurück zur Galerie. Maxim und Elyas sitzen immer noch auf den Sofas in der Halle. Als ich die Treppe hinuntersteige, beobachten sie mich, sagen aber nichts. Genauso laut, wie ich die Tür zu Flos Zimmer zugezogen habe, lasse ich schließlich auch die Tür des Herrenhauses hinter mir ins Schloss knallen.

Kaum stehe ich auf der Straße, fällt mich die Müdigkeit an wie ein Tier, das vor dem Haus auf mich gelauert hat. Die Vorstellung, noch bis zur Villa zu gehen, die von hier aus eine halbe Stunde entfernt ist, lähmt mich geradezu. Obwohl mir überhaupt nicht nach Miras Gesellschaft zumute ist, schlage ich daher den Weg Richtung Wohnheim ein.

Als ich die Tür zur WG öffne, ist meine Mitbewohnerin nicht da. Ohne Umwege steuere ich das Bad an, werfe Jeans und T-Shirt in die Wäsche und stelle mich unter die heiße Dusche. Der süßliche Geruch will einfach nicht abgehen, klebt an meiner Haut und in meinen Haaren, selbst nachdem ich sie zwei Mal gewaschen habe. Ist das wirklich nur das Formalin? Oder ist es der Geruch nach Tod, der sich partout nicht abwaschen lässt?

Auch nachdem ich das Wasser abgestellt habe, wabern noch Dampfschwaden durchs Bad, und sogar das Handtuch ist feucht, das ich mir um den Körper wickle. Als ich ins Wohnzimmer trete, stelle ich fest, dass Mira inzwischen zurückgekommen ist. Sie sitzt auf der Couch und lässt die Zeitschrift sinken, in der sie geblättert hat.

»Hey«, sagt sie und strahlt mich an. »Da bist du ja.«

Eins muss man ihr zugutehalten – sie ist nicht nachtragend. Und gerade finde ich es erstaunlich tröstlich, dass sie sich jedes Mal freut, mich zu sehen, anstatt mir Vorwürfe zu machen, dass ich ihr ständig aus dem Weg gehe.

»Hey«, erwidere ich und zwinge mich zu einem Lächeln. Das hat sie sich verdient.

»Hattest du auch das Bedürfnis zu duschen?«, fragt sie mich überflüssigerweise. »Ich bin direkt nach dem Kurs hierhergekommen und hab so lange unter der Dusche gestanden, bis das Wasser kalt geworden ist.« Sie zuckt mit den Schultern. »Man sollte ja meinen, dass ich es gewohnt bin, Tote zu sehen, aber das heute hat mich ganz schön umgehauen.«

»Wieso gewohnt?«, frage ich und ziehe mein Handtuch fester. Ich würde mich gerne anziehen, aber in diesem Moment bringe ich es nicht fertig, Mira einfach stehen zu lassen. Ich habe keine Energie mehr, noch jemanden vor den Kopf zu stoßen.

»Oh, hab ich das noch gar nicht erzählt?«, fragt sie. »Meine Eltern haben ein Bestattungsunternehmen. Hier in der Stadt. Ich habe früher ab und zu ausgeholfen, wenn viel zu tun war. Am liebsten wäre es ihnen, ich übernehme den Betrieb, aber das ist auf Dauer nichts für mich. Ich will Menschen helfen, wenn es noch nicht zu spät ist.« Sie lacht. »In meiner Familie sind seit Generationen alle Bestatter. Ich bin die Erste, die was anderes machen will. Ist meinen Eltern ziemlich schwergefallen, das zu akzeptieren. Umso dankbarer bin ich ihnen, dass sie mir helfen, die Studiengebühren zu finanzieren. Sie mussten extra einen Kredit aufnehmen.«

»Du hättest an eine normale Uni gehen können«, sage ich halbherzig.

»Die Schreiber ist besser«, erwidert Mira bloß.

Ihr Blick wandert ein Stück nach unten auf meinen Brustkorb, auf das Stück Haut, das oberhalb des Handtuchs zu sehen ist, und ihr Lächeln verrutscht für eine Sekunde. Ich unterdrücke den Impuls, den Stoff höher zu ziehen. Ich kann die gut zwanzig Zentimeter lange Narbe, die senkrecht über mein Brustbein verläuft, ohnehin nicht verstecken.

»Das sieht nach was Großem aus«, sagt sie betont beiläufig.

»Ein neues Herz«, erwidere ich.

»Oh, wow.« Sie schaut mich mit aufgerissenen Augen an. »Das muss hart gewesen sein.« Zu meiner Überraschung vertieft Mira das Thema nicht weiter. Stattdessen leuchtet ihr Gesicht auf, als wäre ihr gerade eine besonders gute Idee gekommen. »Ich habe Bärenhunger. Sollen wir zum Chinesen gehen?«

»Ich ...«

»Oder weißt du, was?«, unterbricht sie mich gleich wieder. »Ich hole uns was, und dann essen wir hier. Okay?«

Normalerweise hätte ich sofort abgelehnt. Allerdings habe ich seit heute Morgen kaum etwas gegessen, und Chinesisch klingt gerade ziemlich verführerisch. Bevor ich weiß, wie mir geschieht, höre ich mich selbst »Okay« sagen.

Mira springt auf. »Super. Essen geht auf mich.« Und kurz darauf ist sie zur Tür hinaus verschwunden.

Eine Stunde später sitzen wir zwischen leeren Pappschachteln auf der Couch. Ich gebe es nur ungern zu, aber der Abend war gar nicht so schlecht. Wir haben uns unterhalten, oder besser gesagt: Mira hat geredet, über den Job ihrer Eltern, ihre Auszeit auf Bali, darüber, dass sie seit ein paar Wochen wieder Single ist und sie das irgendwie total gut, aber auch total traurig findet. Ich lasse ihren Redeschwall über mich ergehen, froh, nicht über mich selbst sprechen zu müssen. Als Mira dann aber vorschlägt, noch einen Film zusammen zu gucken, winke ich ab.

»Hast recht«, sagt sie, »ich sollte besser auch noch ein bisschen Stoff nachholen, sonst hänge ich gleich am Anfang des Semesters gnadenlos hinterher.«

Wir gehen beide auf unsere Zimmer. In meinem ist es so dunkel, dass ich kaum die Möbel ausmachen kann, dennoch schalte ich das Licht nicht ein, trotz Flos Ermahnung oder vielleicht gerade deshalb. Ich stelle mich ans Fenster und sehe auf den Klostergarten hinaus, der unterhalb meines Zimmers liegt. Es hat schon wieder angefangen zu regnen, und der Kies auf den Wegen zwischen den Beeten glänzt im Licht der Laternen, die an der Mauer zur Straße angebracht sind.

Ich bin nach wie vor sauer auf Flo. Natürlich sind wir nicht immer gleicher Meinung. Trotzdem hatte Flo stets Verständnis für mich, hat meine Verschlossenheit akzeptiert, hat sie vor anderen verteidigt. Und jetzt habe ich das Gefühl, dass er mir mit voller Wucht in den Rücken fällt, nur weil ich mein Leben nicht so lebe, wie er das gerne hätte.

Ein leises *Pling* kündigt eine Nachricht auf meinem Handy an. Ich lächle. Wahrscheinlich ist er das. Er erträgt es nicht, wenn wir uns streiten, und kann mir nie lange böse sein. Ich ziehe das Handy aus der Tasche und schaue auf das Display. Doch die Nachricht ist nicht von Flo, sondern von meiner Mutter.

> **Mama**
> Hey, mein Schatz, wollte nur mal hören, wie es dir so geht. Hast du dich gut eingelebt? Schon ein paar Freunde gefunden? Ich habe gerade furchtbar viel zu tun, aber ich nehme mir fest vor, über Weihnachten da zu sein. Kuss,
> Mama

Genervt klicke ich die Nachricht weg. Das sagt sie jedes Jahr, und immer kommt irgendetwas dazwischen. Ich sehe wieder hinaus in den regennassen Garten und versuche, nicht weiter über einsame Familienfeste und meine Wut auf Flo nachzudenken. Plötzlich fühle ich mich an den Abend in der Bibliothek erinnert, an dem ich ebenfalls aus der Dunkelheit in den Regen hinausgeschaut habe. Erinnere mich an glänzendes Kopfsteinpflaster, spiegelndes Licht, Regentropfen in dunklem Haar. An den schweigsamen Geist, der von niemandem beachtet wurde. Leonas, der in derselben Verbindung ist wie Flo. Was hatte er an dem Abend in dem Innenhof zu suchen? Warum war er dort? Wer ist er?

Ich überlege kurz, dann öffne ich den Browser meines Handys. Ich weiß nicht, wie Leonas mit Nachnamen heißt, aber sein Vorname ist so ungewöhnlich, dass ich mein Glück zumindest versuchen kann. Ich gebe ihn in Kombination mit der Schreiber-Akademie ein und habe prompt Glück. Eine Seite erscheint, auf der die jeweiligen Stipendiaten aufgelistet sind, die von den horrenden Studiengebühren der Schreiber befreit werden – darunter auch »Leonas Hanter«, der aufgrund von herausragenden Leistungen im vorigen Jahr ein Vollstipendium an der Akademie erhalten hat. Viel mehr steht dort nicht, aber jetzt kenne ich zumindest seinen vollen Namen. Doch als ich nach »Leonas Hanter« google, gerate ich schnell in eine Sackgasse. Viel mehr als diese Stipendiatsseite finde ich nämlich nicht.

Ich schließe meinen Browser, wechsle zu meinen Apps und klicke auf das Symbol für Instagram. Ich habe die App seit Monaten nicht mehr geöffnet. Auf dem Internat hatten alle ein Konto, deswegen habe ich mir auch eins angelegt, aber nur sporadisch etwas gepostet und es schließlich ganz aufgegeben. Ich ignoriere die DMs und Freundschaftsanfragen, klicke auf die Suche und gebe Leonas' Namen ein. Doch auch hier finde ich nichts. Sogar über mich gibt es mehr Informationen online – Artikel aus einer Schülerzeitung, die irgendwie ins Internet geraten sind, ein Gruppenfoto einer Studienfahrt auf der Schulhomepage, meinen Insta-Account, selbst wenn ich ihn nicht mehr bespiele. Aber über Leonas entdecke ich rein gar nichts, und erneut habe ich das Gefühl, einem Geist hinterherzujagen.

Ich gebe meine Suche auf und schaue noch einmal in meine Nachrichten, aber Flo hat nicht geschrieben. Wieder etwas, das ihm nicht ähnlichsieht. Wenn meine Wut auf ihn verraucht ist, muss ich unbedingt noch einmal mit ihm reden. Ich will nicht, dass etwas zwischen uns steht. Denn mein Bruder ist alles, was ich noch habe.

7

Mein Vorhaben, noch einmal mit Flo zu reden, kann ich vorerst nicht in die Tat umsetzen. Für den Rest der Woche werden wir so mit Arbeit überschüttet, dass ich für nichts anderes Zeit habe: Kurse, die wir vor- und nachbereiten müssen, Vorlesungen, die den Stoff vertiefen sollen, und natürlich der Anatomiekurs. Dieser findet drei Mal in der Woche statt, und darin ziehen wir nicht nur weiter Streifen um Streifen der toten Haut ab, sondern werden währenddessen auch über die Gefäße, Muskeln, Sehnen und Bänder abgefragt, die direkt unter der Haut liegen.

Ich werde Dauergast in der Bibliothek, sitze immer am selben Tisch in der Nische und lerne dort, bis sie schließt. Ben ist ebenfalls da, aber er wählt jedes Mal bewusst einen Platz ein paar Tische weiter weg. Ich sehe ihn ab und zu mit den anderen aus der Präpgruppe Kaffee trinken oder zusammen lernen, aber er fragt mich inzwischen nicht mehr, ob ich mitgehen will.

Als ich Flo am Samstagmorgen schreibe, ob ich vorbeikommen könne, antwortet er mir, dass er übers Wochenende nicht da ist. Wo er ist, verrät er mir nicht. Also mache ich mich stattdessen auf den Weg zur Villa. Ich brauche eine gefühlte Ewigkeit, weswegen ich auch die restliche Woche in der WG geschlafen habe. Unterm Strich ist Miras aufgedrehte Art das kleinere Übel, als abends nach dem Lernen noch hier rauszukommen. Vielleicht sollte ich über ein Fahrrad nachdenken. Aber das würde auch nichts daran ändern, dass mein Herz heftig schlägt – nicht vor Ärger oder Aufregung, sondern ganz einfach vor Anstrengung. Als der alte Kasten endlich am Ende der Straße aufragt, atme ich erleichtert auf.

Die Katze wartet vor der Tür. Sie sieht mich erwartungsvoll an, und ich bilde mir ein, auch einen leisen Vorwurf in ihrem Blick zu erkennen. »Wenn du Vollverpflegung willst, dann suchst du dir besser jemand anderen«, sage ich und schiebe sie mit dem Fuß beiseite, damit sie nicht durch die offene Haustür huscht.

Dennoch gehe ich in die Küche und fülle eine Schale mit dem Trockenfutter, das ich auf dem Weg hierher besorgt habe. Als ich der Katze das Schälchen draußen hinstelle, reibt sie ihren Kopf gegen meine Hand. Erst zucke ich zurück, doch dann streiche ich ihr zögernd über das zerzauste Fell. Sie ist so dünn, dass ich ihre Knochen unter meinen Fingern spüre. Sie schnurrt und frisst gleichzeitig. Eine Weile hocke ich neben ihr und beobachte sie, ehe ich aufstehe und nach drinnen verschwinde.

Das Wochenende verbringe ich mit Lernen. Ich sitze in Opas Büro, auf seinem Stuhl hinter dem breiten Tisch, und arbeite mich durch medizinische Terminologie, naturwissenschaftliche Grundlagen und makroskopische Anatomie.

Als ich am Montag zurück auf den Campus komme, ist das Gefühl des Neuen und Aufregenden verschwunden. Jeder weiß, wo welcher Hörsaal oder Kursraum ist und was ihn darin erwartet. Die Studierenden stehen in Gruppen zusammen, erzählen sich vom Wochenende und verabreden sich zum Mittagessen oder zum Lernen danach. Ich bin allein, gleite durch das Meer aus Gesichtern, ohne jemanden zu sehen, ohne gesehen zu werden, fühle mich unsichtbar und gut damit.

Es gibt immer noch keinen Verdächtigen für den Mord an Sailer, und langsam scheinen alle das Interesse an dem Fall zu verlieren. Vergangene Woche war die Polizei in der Uni und hat die Dozenten und anderen Angestellten befragt, aber da ansonsten nichts weiter geschehen ist, haben sich wohl keine neuen Spuren ergeben. Die Reporter und Fernsehteams sind verschwunden. Auch die verwelkten Blumen auf den Stufen zum Rektorat werden entfernt, und die Spekulationen und das Entsetzen über den Mord verebben nach und nach.

Das Neueste, über das nun hinter vorgehaltener Hand gesprochen wird, ist die Party der Alphas am kommenden Wochenende. Ich habe Maxims Bemerkung für großspuriges Geschwätz gehalten, aber wie es scheint, hatte er recht: Alles dreht sich darum, wer eingeladen ist und wer nicht. Sogar vor unserem Anatomiekurs macht das Thema keinen Halt. Während wir uns am Mittwoch konzentriert über die letzten mit Haut bedeckten Stellen beugen und mit Pinzette und Skalpell Streifen um Streifen davon abziehen, diskutieren Carl und Selim leise darüber, wie sie noch an eine Einladung kommen könnten.

»Was ist mit dir, Schreiber?«, fragt Carl. »Du stehst doch garantiert auf der Gästeliste, oder?«

Anscheinend hat sich inzwischen rumgesprochen, warum ich genauso heiße wie die Akademie. Trotzdem hasse ich es, dass Carl mich auf den Nachnamen reduziert. Er ist einer dieser überheblichen Typen, die sich dank guter Beziehungen in Rekordgeschwindigkeit zum Chefarztposten hocharbeiten. Vermutlich ist es nur eine Frage der Zeit, bis er selbst in eine der Verbindungen eintritt.

»Ja«, antworte ich. »Aber ich gehe nicht hin.«

»Warum denn nicht?« Selim hält mitten im Schnitt inne und sieht mich aus großen Augen an.

»Partys sind nicht so mein Ding.«

Carl schnaubt. »Ganz ehrlich? Das ist so viel mehr als eine Party. Weißt du eigentlich, wie einflussreich die Alphas sind? Zu der Party kommen auch Alumni. Wenn man da mal seinen Fuß in der Tür hat, ist das Gold wert.«

»Und darüber hinaus«, ergänzt Selim mit einem Grinsen, »soll die Feier an sich ziemlich legendär sein. Schöne Frauen, guter Alkohol, was halt so dazugehört.«

Amira neben mir schnaubt auf, was sie mir direkt ein bisschen sympathischer macht. Sie hat sich inzwischen an die Arbeit mit der Körperspenderin gewöhnt, ist aber nach wie vor ziemlich still während des Präparierens.

»Was ist mit dir, Ben?«, fragt Selim.

Ben winkt ab. »Ich fänd's schon cool hinzugehen. Aber ohne Einladung ... keine Chance.«

»Kannst du uns nicht irgendwie auf die Liste bringen?«, fragt Carl. »Dein Bruder ist in der Verbindung, da musst du doch was deichseln können.«

Ich sehe zu Jana, die wie üblich am Kopfende des Tisches steht. »Ich nicht«, sage ich. »Aber unsere Tutorin vielleicht, wenn du ganz lieb fragst.«

»Bist du auch eine Alpha?«, fragt Selim verwundert.

»Bin ich.« Jana wirft mir einen genervten Blick zu, was ich mit einem Schulterzucken quittiere, ehe ich mich wieder auf die Haut am rechten Knöchel konzentriere.

»Hey, das wusste ich ja gar nicht. Kriegst du uns irgendwie auf die Liste? So von Tutorin zu Schützling?«

Jana betrachtet Selim und legt dabei nachdenklich den Kopf schief. »Wenn du mir sämtliche Gefäße, Sehnen und Muskeln der rechten Hand nennen kannst sowie den Unterschied zwischen der Arteria radialis und der Vena radialis, überlege ich es mir.« Sie verschränkt die Arme und sieht ihn auffordernd an.

Selim beugt sich über die Hand, die bereits von der Haut freigelegt ist, und runzelt die Stirn. Amira, Ben, Carl und ich halten im Präparieren inne und beobachten ihn. Erst zögernd, dann immer schneller beginnt Selim, die Arterien und Venen zu benennen. Als er bei einem der Thenarmuskeln nicht weiterweiß, hilft Carl ihm aus, trotzdem sind wir alle beeindruckt. Es gibt kaum einen Körperteil, der kleinteiliger aufgebaut ist als die Hand. Selim muss Stunden damit zugebracht haben, alles zu lernen. Vermutlich hat selbst Jana nicht damit gerechnet, dass er es wirklich schafft.

Sie nickt ihm anerkennend zu. »Nicht schlecht.«

»Und, sind wir am Freitag dabei?«, fragt Selim.

»Seid ihr.«

Selim und Carl klatschen sich ab, und selbst Amira hat ein Grinsen im Gesicht.

Ben beugt sich zu mir und sagt leise: »Komm doch auch. Wenigstens für eine Stunde. Das wird bestimmt nett.«

»Lass sie, Koller«, meint Carl und betrachtet mich spöttisch. »Du hast sie doch gehört. Schreiber steht nicht auf Partys. Wahrscheinlich hat sie Angst, dass sie sich amüsieren könnte.«

»Warst du eigentlich schon immer so ein Arschloch oder erst, seit du gemerkt hast, dass du sonst nichts kannst?«, schieße ich zurück.

»Hey, Leute«, mahnt Jana. »Wenn ihr was zu klären habt, macht das nach dem Kurs.«

Den Rest der Zeit verbringen wir schweigend, und am Ende verlasse ich den Präpraum so schnell, dass niemand Gelegenheit hat, mich noch einmal anzusprechen. Ich habe keine Lust, die Sache weiter auszudiskutieren. Schon gar nicht mit Carl. Trotzdem merke ich, wie sein Kommentar an mir nagt. Erst Flo mit seinem dummen Spruch, dass ich endlich anfangen soll zu leben. Und jetzt Carl, der mir vorwirft, ich hätte Angst davor, Spaß zu haben. So ein Schwachsinn. Ich habe vor gar nichts Angst.

Ich verkrieche mich in der Bibliothek, arbeite meine Unterlagen durch, wiederhole den Stoff von heute, verbeiße mich in meinen Notizen zum Kurs »Chemie für Mediziner«, bei dem ich schon in den ersten zwei Vorlesungen kaum etwas verstanden habe – alles nur, weil ich nicht über die Worte der beiden nachdenken will. Doch irgendwann verschwimmen die Sätze vor meinen Augen. Meine Gedanken schweifen immer wieder ab, und schließlich gebe ich auf. Seufzend klappe ich das Buch zu und lehne mich zurück. Was ist, wenn Flo und Carl recht haben? Wenn ich Angst habe, mein Leben zu genießen, weil es dann umso schlimmer sein wird, es zu verlieren?

Ärgerlich schüttle ich den Kopf. Angst ist etwas, das ich mir nicht leisten kann. Ich habe schon eine Menge Gefühle durchgemacht. In den ersten Jahren nach der Diagnose habe ich geweint und gewütet, war verzweifelt und hoffnungslos, bin in einem dunklen Loch verschwunden, von dem ich dachte, dass ich nie wieder daraus hinausfinden würde. Ich habe alles Mögliche hinter mir: Verdrängung, Verzweiflung, Wut, Hilflosigkeit, Resignation, Akzeptanz. Aber eins habe ich nicht: Angst!

»Ich brauche deine Hilfe.«

Es ist Freitagabend. Mira taucht in der Tür zu meinem Zimmer auf, wo ich auf dem Bett liege und meine Notizen aus der letzten Chemievorlesung durcharbeite. Sie hat nur eine Unterhose und einen trägerlosen BH an und hält abwechselnd zwei Kleider an ihren Körper. »Das schwarze? Oder das blaue? Das schwarze ist ziemlich schlicht, aber dafür kommen meine Kurven besser raus. Das blaue betont eher meine Augen.«

»Und dein Dekolleté«, ergänze ich mit Blick auf den *wirklich* tiefen Ausschnitt.

Sie kichert. »Da merkt man direkt, wo der andere seine Prioritäten hat.«

Ich zucke nur mit den Schultern. »Sind beide okay.«

Meine wenig enthusiastische Reaktion scheint Mira zu

enttäuschen, aber wie immer hält das Gefühl bei ihr nicht lange vor. Ganz im Gegensatz zu ihrer Vorfreude auf die Party, für die sie ebenfalls – von wem auch immer – eine Einladung erhalten hat. Und seit ich ihr heute Morgen gesagt habe, dass ich auch hingehe, ist sie völlig aus dem Häuschen. Ich teile ihre Begeisterung nicht und rechne auch nicht damit, mich groß zu amüsieren. Aber weder gönne ich Carl die Genugtuung, mit seiner Behauptung recht zu behalten, noch habe ich Lust, mir weiter von Flo Vorhaltungen machen zu lassen. Außerdem ist das endlich eine Gelegenheit, Flo wiederzusehen und die ungewohnte Funkstille zwischen uns aus der Welt zu schaffen. Es ist jetzt kurz vor sieben. Die Party beginnt um acht.

»Solltest du dich nicht auch langsam fertig machen?«, fragt Mira mich.

»Ich gehe so.«

»Das ist nicht dein Ernst!« Ihre Stimme klingt so entsetzt, als hätte ich ihr gerade mitgeteilt, dass im Hof vor unserem Fenster ein Ufo gelandet ist.

Ich sehe an mir herab. »Was ist falsch an Jeans und T-Shirt?«

»Alles!« Sie rauscht aus meinem Zimmer, steht zehn Sekunden später mit einem Bademantel bekleidet wieder neben meinem Bett und klappt meinen Laptop zu. »Wir gucken jetzt mal, was dein Kleiderschrank zu bieten hat.«

»Ich habe keine Lust, mich schick zu machen«, entgegne ich genervt.

Mira ignoriert meinen Einwand. Sie öffnet meinen Schrank, wühlt sich durch die wenigen Optionen und wirft ein paar Stücke, die in ihren Augen Gnade finden, zu mir aufs Bett. »Hier, zieh das mal an.« Ihr Ton duldet keinen Widerspruch. Vielleicht kennt sie mich inzwischen doch ganz gut und weiß, dass ich mich eher meinem Schicksal ergebe, als ewig mit ihr herumzudiskutieren.

Als ich nur im BH vor ihr stehe und ein Oberteil nach dem anderen anziehe, fällt ihr Blick wieder auf meine Narbe, die sich wie ein blasser roter Strich über meinen Brustkorb zieht. »Gibt es eigentlich irgendwas, das ich beachten sollte?«, fragt sie mich beiläufig.

Ich greife gerade nach einer schwarzen Bluse und halte mitten in der Bewegung inne. »Was zum Beispiel?«

»Musst du Anstrengung vermeiden? Darfst du Alkohol trinken? Brauchst du irgendwelche Medikamente? So was eben.«

Ich nehme die Bluse, ziehe sie mir über den Kopf und betrachte mich kritisch im Spiegel. »Ich werde in diesem Leben wohl keinen Marathon mehr laufen. Zu viel Alkohol ist schlecht, aber das gilt vermutlich für jeden. Und ich nehme morgens und abends Immunsuppressiva.«

»Okay.« Damit scheint das Thema für sie schon wieder erledigt zu sein. Ich finde es sehr erfrischend, wie pragmatisch Mira mit der Sache umgeht, vielleicht auch, weil ich es nicht gewohnt bin, dass Leute nicht direkt ein Drama daraus machen. Sie betrachtet mich stirnrunzelnd, zupft ein paarmal an der Bluse und sagt dann in strengem Ton: »Auf keinen Fall. Probier mal die rote.«

Am Ende fallen alle meine Sachen bei ihr durch, und ich ziehe ihr schwarzes Kleid an, das an mir nicht halb so gut aussieht wie an ihr. Aber mit dem kleinen Stehkragen verdeckt es wenigstens meine Narbe, und es ist immer noch besser als alles, was mein eigener Schrank zu bieten hat. Mira besteht darauf, dass ich Make-up auftrage und meine Haare ordentlich style – und eine Stunde später stehe ich wieder vor dem Spiegel und bin selbst überrascht, welche Wirkung meine Erscheinung hat. Auch Mira nickt, zufrieden mit ihrem Werk. Sie selbst sieht in dem blauen Kleid absolut umwerfend aus.

»Wenn du vorhast, heute Abend jemanden mit nach Hause zu nehmen, dann warn mich bitte rechtzeitig vor«, sage ich. »Ich habe keine Lust auf halb nackte, fremde Männer in meinem Wohnzimmer.«

»Wird gemacht«, erwidert sie grinsend. Dann hakt sie sich bei mir ein, und wir gehen los.

8

Vor dem Eingang des Verbindungshauses steht ein breitschultriger Mann mit dem Kürzel einer Securityfirma auf der Jacke. Er überprüft Miras und meinen Namen auf der Gästeliste und bedeutet uns mit einem Nicken, dass wir reindürfen.

Als wir die große Halle betreten, ist die Party bereits in vollem Gange, und dafür, dass sie so exklusiv ist, sind ganz schön viele Leute da. Musik dröhnt aus riesigen Lautsprechern, die Lampen sind gedimmt, und oberhalb des Kronleuchters wirft eine Discokugel funkelnde Lichtpunkte an Wände und Decke.

»Wow«, macht Mira und sieht sich mit offenem Mund um. »Das ist ... krass!«

Wir schlüpfen aus unseren Mänteln und hängen sie an die überfüllte Garderobe. Meiner verschmilzt in der Masse, während sich Miras mit seiner knallroten Farbe und dem aufgestickten Blumenmuster deutlich von den anderen grauen und schwarzen Jacken abhebt. Ich würde mir am liebsten Zeit lassen, um mich zu orientieren, doch Mira zieht mich schon zu einer Bar, die am Ende der Halle aufgebaut wurde. Dort bestellt sie zwei Drinks.

»Dann hast du was zum Festhalten«, sagt sie, als sie mir grinsend mein Glas reicht.

Ich verziehe das Gesicht. Ich habe noch nie gerne Alkohol getrunken, aber ich bin tatsächlich froh, etwas in der Hand zu haben. So kann ich wenigstens nicht ständig an dem Kleid herumzupfen, das sich, seitdem wir hier sind, viel kürzer anfühlt als vorher.

Mit den Getränken sehen wir uns um. Die Gäste sind eine bunte Mischung aus Alumni, älteren Studierenden und wenigen Erstsemestern. Sie stehen in Gruppen zusammen und unterhalten sich, tanzen zur Musik, und selbst auf der Treppe und oben auf der Galerie ist kaum noch Platz. Unterhalb der Stufen führt eine Tür in einen Salon, der ebenfalls zum Bersten voll zu sein scheint und aus dem andere Musik tönt.

»Cool, sogar zwei verschiedene Dancefloors«, sagt Mira grinsend. »Auf was stehst du mehr: Rock oder Elektro?«

»Ist mir völlig egal.«

Mira knufft mir in die Seite. »Tu wenigstens eine halbe Stunde so, als wärst du gerne hier, okay? *Fake it till you make it, baby.*«

Ich lächle übertrieben, und sie verdreht gespielt genervt die Augen. Dann deutet sie zu einer Gruppe am Fuß der Treppe.

»Sieh mal, da drüben sind die anderen aus deinem Präpkurs. Wie habt ihr das gemacht?«

»Was?«

»Dass ihr alle hier seid. Ich glaube, aus meiner Gruppe bin ich die Einzige.«

Ich will ihr erzählen, wie Jana Carl herausgefordert hat, doch Mira spricht schon weiter. »Oh mein Gott, Ben sieht einfach zum Anbeißen aus. Ich hab schon öfter versucht, mich mit ihm zu unterhalten, aber er ist immer so schnell weg. Wie ist er denn so?«

Ich zucke mit den Schultern. »Ganz okay.«

»Ganz okay? Also wenn du jemanden ganz okay findest, dann muss er wirklich außergewöhnlich nett sein.«

Mira zieht mich wieder hinter sich her zu den anderen. Auf dem Weg grüßt sie mehrere Leute und mir wird bewusst, wie viele Kontakte Mira in den ersten Wochen an der Schreiber bereits geknüpft hat, während ich versucht habe, allen aus dem Weg zu gehen.

Amira, Carl, Selim und Ben stehen ein wenig unschlüssig neben dem Treppenaufgang und beobachten das Geschehen im Raum. Als wir auf sie zukommen, boxt Selim Carl in die Seite, nickt in meine Richtung und streckt feixend die Hand aus. Carl zieht seufzend eine Rolle Bargeld aus der Tasche und drückt ihm einen Fünfziger hin. Dann prostet er mir mit seinem Bier zu. »Schreiber. Wegen dir habe ich gerade eine Wette verloren. Hätte nicht gedacht, dass du wirklich auftauchst.«

Ich beschließe, ihn zu ignorieren. Typen wie er sind der Grund, warum ich lieber zu Hause bleibe. Ben lächelt mir zur Begrüßung zu, wird aber sofort von Mira in Beschlag genommen. Mit Genugtuung stelle ich fest, dass er ihr in die Augen guckt statt ins Dekolleté. Dann wende ich mich ab, nippe an meinem Drink – irgendeinem Cocktail, der furchtbar bitter schmeckt – und lasse den Blick durch den Raum schweifen. Ich kann Flo nirgendwo entdecken, aber Elyas und Maxim sitzen wieder auf der Couch wie neulich; Maxim mit einer Blondine im Arm, Elyas im Gespräch mit einem älteren Mann, offenbar ein Alumnus.

Die Haustür geht auf und spült neue Gäste in die Halle, unter anderem eine Frau, die mir bekannt vorkommt. Ich muss kurz überlegen, bis ich weiß, woher. Es ist Dr. Brinkwarth, meine Hausärztin. Zuerst frage ich mich, was sie hier will, doch dann erinnere ich mich, dass sie ebenfalls an der Schreiber studiert hat. Als Alumna stehen ihr hier quasi die Türen offen. Sie trägt eine enge schwarze Hose und ein tief ausgeschnittenes Paillettentop unter einem Blazer, und ihre blonden Haare fallen ihr in Wellen über den Rücken. Der Kontrast zu ihrem weißen Arztkittel könnte kaum größer sein. Kein Wunder, dass ich sie nicht sofort zuordnen konnte.

Sie hat kaum die Halle betreten, da wird sie auch schon von mehreren anderen Gästen umkreist. Plötzlich bleibt ihr Blick an mir hängen. In ihren Augen blitzt Erkennen auf, und sie nickt mir lächelnd zu. Ich erwidere die Geste, obwohl ich die Vorstellung befremdlich finde, mit meiner behandelnden Ärztin zusammen auf einer Party zu sein. Ein Mann taucht auf, begrüßt sie kurz, dann schlängeln sie sich zwischen den Leuten hindurch bis ans Ende der Halle – vermutlich wollen sie zur Bar. Doch stattdessen biegen sie nach links ab und verschwinden durch die Tür zum Salon. Vielleicht ist Flo ebenfalls dort, denn in der überfüllten Halle kann ich ihn nach wie vor nicht entdecken. Ich beschließe nachzusehen und gebe Mira ein Zeichen, das sie kaum wahrnimmt, weil sie zu beschäftigt ist, mit Ben zu flirten. Dann folge ich Brinkwarth und dem Mann in den Salon.

Laute Elektromusik dröhnt mir entgegen. Gäste lümmeln sich auf den roten Chintz-Sesseln oder tanzen auf einer freien Fläche vor dem riesigen Kamin. Der Geruch nach Zigaretten und Bier hängt in der Luft. Auch hier ist das Licht gedimmt, deswegen dauert es eine Weile, bis ich mir sicher bin, dass Flo nicht da ist. Und Brinkwarth sehe ich ebenfalls nirgendwo. Vielleicht ist sie schon wieder in die Halle gegangen, ohne dass ich es bemerkt habe.

Könnte Flo in seinem Zimmer sein, weil ihm der Trubel genauso zu viel ist wie mir? Einen Versuch ist es jedenfalls wert. Auf dem Weg nach oben kommen mir ein Mann und eine Frau kichernd und Händchen haltend entgegen und rempeln mich aus Versehen an, sodass sich die Hälfte des Cocktails auf meinem Kleid verteilt. Wahrscheinlich wird es in ein paar Stunden noch ganz anders zugehen, wenn genug Alkohol geflossen ist.

Bis auf die Gäste, die am Geländer der Galerie stehen und das Treiben in der Halle beobachten, ist es hier oben angenehm ruhig. In den beiden Fluren, die rechts und links abgehen, ist niemand zu sehen. Ich laufe zu Flos Zimmer und klopfe an. Als ich keine Antwort bekomme, trete ich einfach ein, doch der Raum ist leer. Enttäuscht schließe ich die Tür wieder und überlege, was ich nun machen soll. Ich habe keine Ahnung, wo ich sonst noch nach Flo suchen soll, und zwischen all den feiernden Partygästen komme ich mir schrecklich fehl am Platz vor. Ich habe keine Lust, wieder nach unten zu gehen, mir Carls und Selims dummes Geschwätz anzuhören, Mira beim Flirten zuzusehen oder Small Talk mit Leuten zu halten, die mich nicht interessieren.

Also sehe ich mich in dem leeren Flur um. Zum ersten Mal fallen mir die Ölgemälde auf, die an den Wänden hängen und den ohnehin schon dunklen Gang noch düsterer erscheinen lassen. Es sind Darstellungen von Ärzten und medizinischen Untersuchungen aus dem 18. und frühen 19. Jahrhundert, und während ich langsam an ihnen entlangschlendere, erkenne ich einige der Drucke wieder: *Arztvisite* von Jan Steen, *The Doctor* von Luke Fildes, *Der Arzt* von de Goya. Ich erkenne die Gemälde, weil auch das Studieren alter Bilder zu Opas medizinischer Früherziehung gehört hat – sie sollten mir vor Augen führen, wie weit die Medizin bereits gekommen ist. Tatsächlich sind die dargestellten Szenen faszinierend, die Arroganz der Ärzte, die Grausamkeit der Behandlungen. Aber warum jemand seinen Hausflur mit den in tristen Braun- und Grautönen gehaltenen Schinken dekoriert, ist mir ein Rätsel.

Ich bin am Ende des Flurs angekommen, und eventuell bin ich nicht ganz zufällig bis hierher geschlendert. Ich stehe vor der Tür, durch die Leonas bei meinem ersten Besuch verschwunden ist. Leonas, der Geist. Ich halte mein Ohr an das Holz und lausche. Als ich nichts höre, drücke ich die Tür vorsichtig auf. Das Zimmer sieht fast genauso aus wie das von Flo: ein Bett, ein Schrank, ein mit Büchern überfüllter Schreibtisch, nur dass hier im Vergleich zu Flos Zimmer alles aufgeräumt ist. Ich gehe hinein und schließe die Tür hinter mir. Ich weiß, dass ich eine Grenze überschreite, aber nachdem ich online nichts über ihn herausgefunden habe, will ich wenigstens wissen, wie dieser Geist lebt.

Ich stelle mein Glas auf den Schreibtisch und sehe mir die Bücher an, die penibel aufgereiht an der Wand stehen. Auch wenn Leonas schon ein paar Semester weiter ist als ich, sind es die gleichen, die ich auch habe: Anatomie, Physiologie,

Terminologie. Und noch ein Buch fällt mir auf: *Die Beeinflussung regenerativer Prozesse im menschlichen Körper* von Wilhelm Schreiber. Ein Buch meines Großvaters. Aber warum auch nicht? An der Akademie gibt es sogar einen eigenen Lehrstuhl für regenerative Medizin.

In einer Ecke des Schreibtischs steht ein gerahmtes Foto. Ich nehme es in die Hand, um es genauer zu betrachten. Es zeigt eine Frau und einen Jungen, beide mit dunklen Haaren und eisgrauen Augen. Ich kann mir denken, dass es Leonas mit seiner Mutter ist, trotzdem muss ich zweimal hinschauen, weil der fröhlich lachende Junge so gar nichts mit dem ernsten, schweigsamen Mann zu tun hat, dem ich bisher begegnet bin.

Als ich mich auf den Stuhl setze, der vor dem Schreibtisch steht, rutscht mir der Bilderrahmen aus der Hand und fällt zu Boden. Klirrend zerschellt die Glasscheibe auf dem Parkett, und die Scherben verteilen sich bis in alle Ecken. *Verdammter Mist!* Rasch sammle ich die Scherben auf, wofür ich mich auf den Boden knien muss, um auch diejenigen zu erwischen, die unter das Bett gerutscht sind. Dabei entdecke ich ein Buch, das dort liegt, und ziehe es aus purer Neugier hervor. Es sieht ein bisschen aus wie ein modernes Grimoire, ein Buch über magische Rituale, ganz ohne Titel, dafür mit einem seltsamen Symbol auf dem Cover: eine Mischung aus Kreisen, Heptagrammen, Hexagonen und Pentagrammen, dazu eine Unmenge an kleinen Buchstaben und Zeichen, die ich nicht entziffern kann. Ich blättere kurz darin herum, aber mit magischen Beschwörungen kann ich nichts anfangen. Kopfschüttelnd schiebe ich das Buch wieder zurück. Was will Leonas damit? Und warum bewahrt er es unter dem Bett auf? Weil er sich nicht lächerlich machen will, falls es jemand in seinem Zimmer findet?

Eine leise Stimme sagt mir, dass ich langsam gehen sollte. Ich habe schon viel zu tief in Leonas' Privatsphäre herumgeschnüffelt. Ich stehe auf, werfe die Scherben in einen Mülleimer, wende mich um – und erstarre. Leonas steht in der offenen Tür und beobachtet mich mit ausdruckslosem Gesicht. Ich weiß nicht, was ich sagen soll. Mein Herz fängt von einer Sekunde auf die andere an zu rasen, ein schnelles, empörtes *Bubumm-bubumm*, und wie immer in so einer Situation gehe ich in Angriffshaltung über.

»Wie lange stehst du schon da?«, frage ich schroff.

»Wie lange bist du schon hier?«, erwidert er. Sein Blick wandert von mir zu dem kaputten Bilderrahmen, den ich auf dem Schreibtisch abgelegt habe, und als er begreift, was geschehen ist, flammt plötzlich mühsam unterdrückte Wut in seinen Augen auf.

»Tut mir leid«, sage ich rasch, und mein gerade erst begonnener Angriff verliert etwas an Schwung. »Ich wollte mir nur das Foto ansehen und –«

»Was machst du hier?«, unterbricht er mich.

Seine Augen werden zu Eiszapfen, die kurz davor sind, mich zu durchbohren. Ich zwinge mich, seinem Blick standzuhalten, und kratze mein letztes bisschen Streitlust zusammen. »Ich habe ein bisschen Ruhe gebraucht. Ich hab's nicht so mit Partys.«

Leonas schnaubt. »Ich auch nicht. Aber ich gehe einfach nicht hin, anstatt in fremden Zimmern herumzuschnüffeln.«

»Schließ doch einfach ab, wenn du nicht willst, dass jemand reinkommt.«

»Die Türen haben keine Schlüssel.«

Er sieht mich an wie ein Kind, mit dem man langsam die Geduld verliert, und mit einem Mal fühle ich mich schäbig. Er hat recht. Ich habe in seinem Zimmer nichts zu suchen, genauso wenig wie auf der gesamten Party. Ich hätte einfach zu Hause bleiben sollen.

»Du solltest jetzt besser gehen.« Leonas steht immer noch im Türrahmen. Er hat sich während unseres Wortwechsels keinen Zentimeter bewegt, und auch seine Stimme ist vollkommen ruhig geblieben. Nur sein eisiger Blick zeigt, was er von mir hält, und das ist nicht sonderlich viel.

Abwehrend hebe ich die Hände. »Schon gut.«

Er dreht sich ein Stück zur Seite, um mir Platz zu machen, und als ich an ihm vorbei in den Flur trete, nehme ich einen Geruch wahr, eine Mischung aus Sandelholz und Zimt, die mich an irgendetwas erinnert. Plötzlich habe ich das Bedürfnis, noch etwas zu sagen, mich zu entschuldigen für mein Eindringen, doch er schließt bereits die Tür hinter mir. Ich starre das Holz an und beiße mir auf die Lippen. Mein Herz beschwert sich, fragt mit lautem Pochen, was ich mir eigentlich bei der Aktion gedacht habe. Ich atme tief durch, sage ihm, dass es sich nicht so anstellen soll, und wische mein schlechtes Gewissen beiseite. Ich kann meine Handlungen nicht mehr ungeschehen machen, also kann ich das Ganze genauso gut abhaken.

Langsam gehe ich den Flur zurück zur Treppe. Die Musik, die hier hinten im Gang nur als dumpfes Wummern zu hören war, wird mit jedem Schritt intensiver. Als ich die Galerie erreiche, sehe ich hinunter in die Halle. Das Licht ist stärker gedimmt als vorhin. Die funkelnden Punkte der

Discokugel kommen noch deutlicher zur Geltung und scheinen alles zu verzerren, was sie berühren. Ich kann Mira und die anderen nicht entdecken, und mein Inneres sträubt sich dagegen, hinunterzugehen und sie zu suchen. Alles beginnt, ineinander zu verschwimmen: die lachenden Gesichter, die tanzenden Körper, das zuckende Licht – alles wird zu dunklem Wasser, in dem ich unweigerlich ertrinken werde, wenn ich darin eintauche. Mein Herz schlägt wieder schneller, rast jetzt beinahe. Ich wende mich ab, gehe hastig die Galerie entlang und rette mich in den gegenüberliegenden Flur, in den die Lichtpunkte der Discokugel nicht hineindringen und wo die Musik mit jedem Schritt leiser wird.

Auch hier hängen Ölgemälde an den Wänden, und ich versuche, mich mit ihnen abzulenken, bis sich mein Puls beruhigt hat. Wieder sind es Drucke berühmter Künstler, nur mit etwas weiblicherer Ausrichtung – die *Hygieia* von Gustav Klimt, Nonnen, die sich um ein Krankenbett scharen, Patientinnen, die alle ausnahmslos ihre Brüste enthüllt haben, als könne man nur so erkennen, was der Frau wirklich fehlt. Ich rechne nicht wirklich damit, dass Flo hier in einem der Zimmer ist – wahrscheinlich habe ich ihn unten doch bloß übersehen. Trotzdem gehe ich weiter in den Gang hinein, betrachte die Bilder, lausche unauffällig an den Türen, hoffe auf ein Lebenszeichen meines Bruders, obwohl ich in Wahrheit nur nicht wieder zurück in die überfüllte Halle möchte.

Als ich an einer Tür in der Mitte des Ganges vorbeikomme, wird sie plötzlich von innen aufgerissen, und die Blondine, die Maxim vorhin im Arm hatte, rennt mich beinahe um.

Irgendjemand hat erwähnt, dass sie zu den Gammas gehört. Sie haben ihr Haus ein Stück weiter die Straße hoch und feiern ihre Verbindungsparty an einem anderen Wochenende, aber sie ist bei Weitem nicht so begehrt wie die der Alphas.

Als Blondy mich vor der Tür bemerkt, fährt sie sich mit dem Handrücken unter der Nase entlang und lacht schrill. »Huch, hast du mich erschreckt. Wartest du schon lange?«

Ich sehe von den weißen Pulverresten unter ihrer Nase zu dem Raum hinter ihr und erkenne einen Spiegel, ein Waschbecken, eine Wanne. Es ist ein Badezimmer, und vermutlich hat sie sich gerade eine Line Koks gezogen.

Sie wartet nicht auf meine Antwort, sondern drängt sich an mir vorbei. »Wenn du auch was willst, frag Liam«, ruft sie mir über die Schulter zu, dann verschwindet sie in Richtung Treppe.

Ich gehe weiter den Flur entlang, weg von der Musik, weg vom Licht, weg von Liam und seinem Koks, und habe das Gefühl, dass mich das riesige Haus irgendwann verschlucken wird. Die Türen sind alle verschlossen, hinter den meisten ist es still, erst an einer der hinteren höre ich Geräusche. Es dauert einen Moment, bis ich es als das rhythmische Quietschen eines Bettes identifiziere. Hitze schießt mir in die Wangen, und ich drehe um. Meine Befürchtungen darüber, was hier im Laufe des Abends noch alles zu erwarten ist, scheinen sich zu bewahrheiten.

Vielleicht ist es doch die bessere Option, zurück in die Halle zu gehen und nach den anderen zu suchen. Als ich wieder auf der Galerie bin, horche ich in mich hinein. Mein Puls bleibt ruhig. Langsam steige ich die Treppe nach unten und schiebe mich zwischen den tanzenden Gästen hindurch. Ich entdecke Carl und Selim, die an der Bar stehen und eine Reihe Shots vor sich aufgebaut haben, und ein Stück daneben Amira, mit einem solch abwesenden Gesichtsausdruck, dass sie vermutlich schon ein paar Gläser zu viel hatte. Mira und Ben sind nirgendwo zu sehen. Ich hole mein Handy aus der Tasche und schreibe eine Nachricht an Mira, in der ich sie frage, wo sie ist.

Kaum habe ich das Handy weggesteckt, legt sich mir ein Arm um die Schulter und mir weht der Geruch eines teuren Aftershaves in die Nase. »Die kleine Quinn«, säuselt Maxim mir ins Ohr. »Du siehst aus, als würdest du jemanden suchen. Du kannst aufhören. Du hast mich gefunden.«

»Das ist so schlecht, dass es fast schon wieder gut ist«, erwidere ich und befreie mich aus seiner Umarmung. Blondy ist offenbar weitergezogen, sodass er sich eine neue Begleitung suchen muss.

Mein Kommentar prallt an ihm ab, genauso wie meine abweisende Haltung. Mit leicht glasigen Augen lächelt er mich an und stellt dann entrüstet fest, dass ich nichts zu trinken habe. Innerhalb von Sekunden organisiert er mir ein Glas und drückt es mir in die Hand. Dieses Mal ist das Gemisch klebrig-süß, was fast noch schlimmer ist als der Cocktail davor.

»Weißt du, wo Flo ist?«, frage ich ihn.

»Nope. Schon länger nicht mehr gesehen.« Seine Stimme klingt ein bisschen verschwommen. »Vermutlich hat ihn irgendein schwarzes Loch verschluckt. Womit er heute Abend nicht der Einzige ist.«

Ich runzle die Stirn. »Wie meinst du das?«

»Dass hier irgendwo noch eine zweite Party stattfindet.«

»Wo?«

»Keine Ahnung.«

»Wieso? Du bist doch ein Alpha.«

»Reicht offenbar nicht aus, um dazu eingeladen zu werden. Aber«, fügt er mit einem Grinsen hinzu, »ich glaube nicht, dass wir viel verpassen. Die wahre Party findet hier bei uns statt.«

Er scheint ganz in seinem Element zu sein. Mir hingegen ist das alles zu laut, zu voll, zu viel, und der Alkohol in meinem Glas steigt mir mit solcher Geschwindigkeit zu Kopf, dass ich mich bereits ein bisschen schwummrig fühle. Als Maxim sich kurz umdreht, um sich mit einem älteren Studenten abzuklatschen, lasse ich ihn wortlos stehen. Ich steuere auf eine Tür zu, die mir bisher noch nicht aufgefallen ist, genau gegenüber der zum Salon. Zwei Gäste kommen heraus, und ich schlüpfe durch die Tür, bevor sie wieder zufällt und die Musik und das Gedränge aussperrt.

Ich befinde mich in einer Art Billardzimmer. Das Licht ist gedimmt, aber deutlich heller als in der Halle. An den beiden mit grünem Stoff bezogenen Tischen wird gespielt, an einem Kamin dahinter rauchen einige Herren Zigarre, hier und da stehen Leute in kleinen Gruppen zusammen und unterhalten sich. Niemand beachtet mich, was mir nur recht ist. Ich gehe ein paar Schritte bis zu einer getäfelten Wand und lehne mich an. Wieder beginnt sich in meinem Kopf alles zu drehen, aber dieses Mal liegt es am Alkohol. Ärgerlich stelle ich den Drink auf dem Sideboard neben mir ab und atme ein paarmal langsam aus und ein, bis der

Anflug von Schwindel vorbei ist. Vielleicht sollte ich einfach gehen.

Ich ziehe mein Handy aus der Tasche, hoffe auf eine Nachricht von Mira, aber da ist keine. Also will ich das Smartphone wieder wegstecken, doch es rutscht mir aus der Hand und fällt zu Boden. Als ich es aufhebe, bemerke ich plötzlich etwas: einen Spalt zwischen Wand und Fußleiste, der dort eigentlich nicht sein dürfte.

Verdutzt fahre ich darüber. Der Spalt ist etwa einen Zentimeter hoch und erstreckt sich über einen halben Meter die Wand entlang. Ich ahne, was das zu bedeuten hat, richte mich wieder auf und taste mit den Fingern über die Vertäfelung, bis ich einen Hebel entdecke und ein leises Klicken zu hören ist.

In der Wand ist eine geheime Tür verborgen, und als ich vorsichtig dagegendrücke, schwingt sie nach innen auf.

Der Gang hinter der Tür ist schmal, dunkel und schmucklos. Ein Bild erscheint vor meinem inneren Auge – ein riesiges, fremdes Haus, eine exquisit gedeckte Kaffeetafel, meine Oma und eine Bekannte, die sich über nichtssagende Dinge austauschen. Ein kleines Mädchen – ich –, die unbemerkt durch die Räume streift, eine geheimnisvolle Tür in der Wand entdeckt, sich in dem Gewirr aus schmalen Fluren dahinter verirrt und nur gefunden wird, weil ihr Schluchzen irgendwann laut genug ist, um durch die Wände in die übrigen Zimmer zu dringen. Oma hat mir später erklärt, was es mit den Korridoren auf sich hat. Es waren einst Dienstbotengänge, durch die Angestellte ungesehen von einem Raum zum anderen gelangen konnten. Es gab sie in Schlössern und Burgen, aber auch in einigen großen Herrenhäusern – Häusern wie dem der Alphas.

Ich werfe einen Blick über die Schulter. Nach wie vor nimmt niemand im Billardzimmer Notiz von mir oder der auf wundersame Weise aufgetauchten Tür. Schnell schlüpfe ich hindurch und schließe den Durchgang leise hinter mir. Das Licht vom Nebenzimmer, das durch schmale Schlitze über mir in der Wand hereindringt, ist spärlich, aber es reicht, um mich zu orientieren. Ob mich dieser Gang zu dem schwarzen Loch führt, von dem Maxim gesprochen hat? Zu dem Ort, an dem die geheime zweite Party stattfindet? Nicht, dass ich scharf darauf wäre, aber neugierig bin ich schon, ob dieses schwarze Loch tatsächlich auch meinen Bruder verschluckt hat. Ich gehe los, in die Richtung, die weg von der Halle führt. Selbst wenn ich nichts finden sollte, ist mir dieser dunkle Flur tausendmal lieber als die Party, die jenseits der Wand tobt.

Ich biege um eine Ecke. Eine Tür schält sich aus der Wand. Ich höre das Klirren von Gläsern, Besteck, eine Spülmaschine. Dahinter muss die Küche liegen. Ich gehe weiter, dann verzweigt sich der Gang, und ich wende mich wahllos nach links. Immer wieder taucht eine neue Tür auf. Ich horche an jeder, manchmal öffne ich sie, vorsichtig, um nicht entdeckt zu werden. Aber hinter keiner deutet etwas auf ein geheimes Treffen hin, sie führen nur in die große Halle, in übergroße Abstellkammern, in Flure. Nach mehreren Abzweigungen verliere ich die Orientierung. Da ich mich im Verbindungshaus nicht auskenne, habe ich keine Ahnung, wo genau ich mich gerade befinde, bin mir aber halbwegs sicher, nun auf der anderen Seite der Halle zu sein, irgendwo in der Nähe des angrenzenden Salons.

Eine weitere Tür taucht in der Wand vor mir auf, und plötzlich höre ich eine Stimme, nach der ich schon den ganzen Abend suche. Flo! Er diskutiert mit jemandem, und sein Tonfall ist so eindringlich, wie ich es selten bei meinem Bruder gehört habe. Vorsichtig trete ich näher. Die Stimmen werden lauter, und nun erkenne ich auch, mit wem Flo sich unterhält. Es ist Jana.

»Bring es zurück!«, sagt Flo wieder in diesem flehenden Ton.

»Nein, ich habe keine andere Wahl.«

»Doch, hast du. Gib uns ein bisschen Zeit, dann können wir den Zirkel überzeugen. Ganz offiziell.«

»Du kapierst es einfach nicht, oder?«, faucht Jana. »Meine Schwester hat ihnen nichts zu bieten. Deswegen werden sie sie nicht auswählen, ganz egal, ob ich ein Mitglied bin oder nicht. Also muss ich mich auf eigene Faust darum kümmern.«

»Das ist viel zu gefährlich, Jana. Wenn das jemand erfährt …«

»Ich muss mir von dir nicht sagen lassen, was gefährlich ist und was nicht.« Janas Worte klingen immer aggressiver. »Du wurdest gerade erst aufgenommen. Ich bin schon seit zwei Jahren dabei. Und jetzt geh mir aus dem Weg.«

»Du musst es wieder zurückbringen. Am besten so, dass niemand merkt, dass du es überhaupt genommen hast.«

»Was ich hier in den Händen halte, ist Gold wert, Flo. Für meine Schwester und für alle anderen auch.«

»Mag schon sein. Trotzdem kann ich das nicht zulassen.«

»Das kannst du sehr wohl. Weil du weißt, dass ich das Richtige tue.« Flo schweigt, was Jana offenbar als stumme Zustimmung deutet. Deutlich sanfter als zuvor fügt sie hinzu: »Bitte versprich mir, dass du es niemandem erzählst.«

»Ich muss es ihnen sagen. Wenn sie rausfinden, dass ich Bescheid wusste und den Mund gehalten habe, bin ich genauso geliefert wie du.«

Jetzt ist es Jana, die schweigt. Dann erklingt ein Seufzen, halb resigniert, halb genervt. »Also schön. Du lässt mir keine andere Wahl.«

Ich höre Geräusche wie von einem Handgemenge, schließlich Flos beinahe panische Stimme. »Nicht! Tu das n– au, *verdammt!* Warum hast du das gemacht?«

»Warum wohl? Damit du niemandem verraten kannst, dass ich es war. Du hast es vergessen, bevor dich irgendjemand danach fragen kann.«

»Nein«, ruft Flo aus, in einer Mischung aus Verzweiflung und Wut. »Das hättest du nicht tun dürfen! Du hast sie doch nicht alle!«

Es klingt, als würden die beiden miteinander kämpfen. Etwas fällt polternd zu Boden, gefolgt von einem unterdrückten Schmerzensschrei, und ich kann unmöglich sagen, ob er von Jana oder Flo kommt. Meine Hand wandert zur Klinke. Ich muss eingreifen. Hinter dieser Tür findet eindeutig keine geheime Party statt, Jana und Flo sind allein, und vermutlich hätte ich dieses Gespräch niemals mitkriegen sollen. Aber ich kann nicht einfach untätig hier im Gang stehen, wenn die beiden dadrin gerade aufeinander losgehen.

Ich höre stolpernde Schritte, einen dumpfen Schlag, und plötzlich schreit Jana schmerzerfüllt auf. »Scheiße, Flo, bist du verrückt geworden?«

Ich ziehe meine Hand von der Klinke zurück, bin hin- und hergerissen, ob ich lauschen oder dem Streit ein Ende setzen soll.

»Das wollte ich nicht, ehrlich«, sagt Flo zerknirscht. »Ich versuche doch nur, dich vor einer riesigen Dummheit zu bewahren.«

»Es ist keine Dummheit, sondern meine einzige Chance. Sie werden es niemals erfahren.«

»Sei doch nicht so naiv. Natürlich erfahren sie es. Und dann sind wir am Arsch.«

»Weißt du, was? Ich lasse es gern darauf ankommen. Das ist mir die Sache wert.«

»Jana, bleib stehen!«

»Vergiss es. Ich hau ab.«

»Bleib hier.«

»Lass mich in Ruhe!«

Hastige Schritte. Ein schabendes Geräusch. Flos Stimme, die sich fast überschlägt. »Hör auf damit! Lass den Scheiß!«

»Was ist denn hier los? Habt ihr sie nicht mehr alle?« Eine dritte Stimme, genauso entsetzt wie Flos. »Jana, nicht!«

Ein Poltern, als würde etwas Großes, Schweres umfallen. Der schmerzerfüllte Aufschrei meines Bruders. Schritte, die davonlaufen. Stille.

Ich stehe wie festgefroren im Gang, starre auf die Tür. Was in aller Welt ist da gerade geschehen?

Vorsichtig drücke ich die Klinke nach unten und öffne die schmale Tür. Sie führt in eine kleine Bibliothek mit dunklen Holzregalen, Lesesessel und einem Kamin. Doch ich nehme kaum etwas davon wahr. Mein Blick fällt auf das umgestürzte Regal, meinen Bruder, der verzweifelt versucht, sich darunter zu befreien, Leonas, der ihn mit aller Kraft dabei unterstützt. Bücher liegen überall verstreut, und neben Flo auf dem Boden ist Blut.

»Flo!«, rufe ich und eile zu ihm.

Er sieht mich an, als würde er ein Gespenst sehen, und plötzlich steht Panik in seinen Augen. »Was machst du hier?«

»Dich da rausholen«, knurre ich, während ich Leonas

helfe, das Regal anzuheben. Flo ächzt, drückt von unten dagegen, windet sich Zentimeter um Zentimeter unter dem schweren Holz hervor. Dann hat er es geschafft, rollt sich mit einem Stöhnen zur Seite, und Leonas und ich lassen das Regal mit einem Krachen zu Boden fallen.

Flo rappelt sich auf und hält sich mit schmerzverzerrtem Gesicht die Hand.

»Verdammt noch mal, Flo. Was ist passiert?« Entsetzt schaue ich ihn an, doch das ist nichts im Vergleich zu dem Blick, den er mir zuwirft. Fast könnte man meinen, ich wäre diejenige, die er gerade unter einem zentnerschweren Regal hervorgezogen hat. Leonas ignoriert er völlig.

»Warum warst du in dem Gang?«, fragt er. »Wie viel hast du gehört?«

»Ist das wirklich deine einzige Sorge?« Ich will nach seiner Hand greifen, die ziemlich mitgenommen aussieht und bereits beginnt anzuschwellen. »Du bist verletzt.«

Doch Flo winkt unwirsch ab. »Sieht schlimmer aus, als es ist.«

»Hier ist überall Blut.«

»Ist nicht meins.«

»Jana hat es übel erwischt«, wirft Leonas ein und deutet auf ein Regal neben der Tür, an dem ebenfalls Blut klebt.

»Wo ist sie?«, frage ich.

»Weg«, entgegnet Leonas trocken.

Ich sehe wieder zu Flo und seiner geschwollenen Hand. »Was war denn los?«

»Wir hatten eine kleine ... Meinungsverschiedenheit. Dabei ist sie gegen das Regal gekracht.«

»Kleine Meinungsverschiedenheit?«

Doch Flo geht nicht darauf ein. Er sieht unruhig zwischen mir und der Tür hin und her, durch die Jana verschwunden ist. »Pass auf, Q: Was immer du gehört hast, wir reden später darüber, okay? Ich muss –«

»Zuerst mal musst du zu einem Arzt«, sage ich. »Deine Hand ist bestimmt gebrochen. Und dann erklärst du mir, was hier passiert ist.«

Flo sieht wieder zur Tür. Er ist sichtlich gespalten, will Jana hinterher, will mich in Sicherheit wiegen. Ich gehe davon aus, dass er sich für mich entscheiden wird. Doch zu meiner Überraschung gewinnt Jana.

»Räum das hier auf, okay?«, sagt er zu Leonas. »Und kein Wort zu niemandem.« Mit schnellen Schritten durchquert er die Bibliothek. In der Tür dreht er sich noch mal um. »Mach dir keine Sorgen, Q. Ist alles halb so wild, ehrlich.« Dann verschwindet er, und ich glaube, dass ich noch nie im Leben so dreist belogen wurde.

Ich betrachte das Chaos um mich herum, das umgestürzte Regal, die Bücher, das Blut. Meine Lust auf diese Party ist endgültig erloschen. Leonas knurrt irgendwas Unverständliches und geht zum Regal, um es wieder aufzurichten. Ich helfe ihm, so gut es geht.

»Wo bist du so plötzlich hergekommen?«, frage ich ihn, als das schwere Ding wieder an der Wand steht.

»Und was hast du in dem Gang gemacht?«, entgegnet er.

Ich zucke mit den Schultern. »Ich hab ja gesagt, dass ich nicht so auf Partys stehe. Dadrin war weniger los.«

Seine stoische Fassade ist so perfekt, dass ich unmöglich sagen kann, was er denkt. »Ich hol was zum Aufwischen«, brummt er und lässt mich ohne ein weiteres Wort stehen.

Ein bisschen unfair, wenn man bedenkt, dass ich ihm die reine Wahrheit gesagt habe.

Ich kann immer noch nicht fassen, was ich gerade mitbekommen habe. Ich habe Flo noch nie so aufgebracht erlebt. Sollte ich ihm und Jana vielleicht doch hinterherlaufen, um sicherzugehen, dass nicht noch Schlimmeres passiert als ein umgekipptes Regal?

Doch vermutlich würde ich sie ohnehin nicht finden. Also beschließe ich, Flo stattdessen so bald wie möglich zur Rede zu stellen. Ich fange an, die Bücher auf dem Boden aufzuheben, und kurz darauf kommt Leonas mit einem Putzeimer und mehreren Lappen zurück in die Bibliothek – offensichtlich erstaunt, dass ich immer noch da bin.

»Ich helfe dir«, erkläre ich und greife nach einem Lappen.

»Nicht nötig«, erwidert er barsch.

Ich ignoriere ihn und fange an, das Blut am Regal wegzuwischen. Seufzend nimmt er einen zweiten Lappen und fährt damit über den Boden.

»Hast du eine Idee, worüber sie sich gestritten haben?«, frage ich.

»Woher soll ich das wissen?«

»Du wohnst mit ihnen unter einem Dach. Ein Streit eskaliert doch nicht einfach so, ohne dass irgendjemand was davon mitbekommt.«

»Was die anderen für Probleme haben, geht mich nichts an.«

»Aber hinterher ihr Blut wegwischen ist okay, oder was?«

Er taucht den Lappen etwas zu heftig in den Putzeimer, sodass Wasser herausspritzt und den Boden mit hellroten

Sprenkeln färbt. »Du solltest jetzt besser verschwinden«, knurrt er, und sein Tonfall lässt keinen Spielraum für Diskussionen.

Ich knalle ihm den Lappen vor die Füße und gehe wortlos zur Tür. Soll er den Scheiß doch allein sauber machen, wenn er so scharf darauf ist.

10

Als ich die Eingangshalle erreiche, hat sie sich deutlich geleert, doch für die verbliebenen Gäste scheint die Party noch lange nicht vorbei zu sein. Ich gehe an der Bar vorbei, schaue mich suchend um, entdecke niemanden mehr, den ich kenne. Auch Jana und Flo sind nirgendwo zu sehen, aber mir ist die Lust, nach ihnen zu suchen und mich in ihre Auseinandersetzung einzumischen, gründlich vergangen. Ich bin sauer auf Flo, gleichzeitig bin ich hundemüde und will nur noch hier weg.

Ich hole mein Handy aus der Tasche und sehe, dass mehrere Nachrichten von Mira gekommen sind:

> **Mira**
> Wo steckst du?

> Bist du überhaupt noch da?

> Sag mir bitte, dass du jemanden kennengelernt hast und ihn mit deinem herablassend-gelangweilten Blick um den Verstand bringst.

Ich tippe eine Antwort.

> **Quinn**
> Sorry, hab mich zu tief in dieses Labyrinth von Haus vorgewagt. Und dann hatten Jana und Flo auch noch einen heftigen Streit. Wo bist du?

Prompt kommt eine weitere Nachricht.

> **Mira**
> Schon auf dem Weg nach Hause. Was war denn los bei den beiden?

> **Quinn**
> Keine Ahnung.

> **Mira**
> Okay ... Ach übrigens: Ich sollte dich doch vorwarnen. Also: Warnung 😉

> Vielleicht wäre es besser, wenn du heute Nacht in der Villa schläfst 😄 😇

Ich unterdrücke ein Stöhnen. Auch das noch.

Ich nehme meine Jacke von der Garderobe und gehe nach draußen. Die kühle Nachtluft lässt mich frösteln, aber sie tut gut nach der alkoholgeschwängerten Luft im Innern des

Hauses. Der Weg zur Villa ist deutlich weiter als der bis zum Wohnheim. Nach ein paar Minuten ziehe ich die Pumps aus, die Mira mir geliehen hat und die kurz davor sind, die Blutzufuhr zu meinen Zehen abzuschnüren. Der Asphalt ist kalt unter der dünnen Strumpfhose, aber davon abgesehen, tut mir der Fußmarsch gut. Ich frage mich erneut, worum es in dem Streit zwischen Flo und Jana gegangen ist. Die ganze Sache klang verdammt ernst. Jana scheint irgendetwas gestohlen zu haben, und Flo hat sie dabei erwischt. Aber was kann so wertvoll sein, dass man sich gegenseitig mit Bücherregalen bewirft? Und von welchem Zirkel haben die beiden geredet?

Als ich die Villa erreiche, ist es beinahe Mitternacht. Ich schließe die Haustür auf, erwarte fast, einen Schatten aus dem Busch hervorhuschen zu sehen, doch die Katze ist nicht da. Nachdem die Tür hinter mir ins Schloss gefallen ist, lasse ich mich von der Dunkelheit einhüllen, der Leere, der Stille des Hauses, die so vollkommen ist, dass ich meinen eigenen Atem höre.

Und zum ersten Mal finde ich keinen Trost darin.

Vor einer halben Stunde habe ich mir nichts sehnlicher gewünscht, als meine Ruhe zu haben. Doch jetzt kommt mir die Villa plötzlich unangenehm leblos vor. Selbst die Katze ist nicht mehr da. Ich taste nach dem Lichtschalter und lasse die Lampen in der Eingangshalle aufflammen. Dann gehe ich in die Küche, trinke ein großes Glas Wasser, sehe noch mal auf mein Handy. Keine neue Nachricht. Ich überlege, Flo anzurufen, nachzufragen, wie es ihm geht, ob wirklich alles in Ordnung ist, verwerfe den Gedanken aber wieder. Für heute reicht es mir. Und vielleicht sieht morgen ja auch alles ganz anders aus. Ich schreibe Mira, dass ich ihr viel Spaß wünsche und sie das Wochenende über freie Bahn hat, sie sich aber bloß von meinem Zimmer fernhalten sollen. Dann gehe ich ins Bett.

Das leise *Pling* einer Nachricht lässt mich aufschrecken, gefolgt von einem weiteren. Ich habe nicht wirklich geschlafen, mich nur im Bett hin und her gewälzt und bin dankbar, dass dieser elende Dämmerzustand nun unterbrochen wird.

Die Uhrzeit meines Handys zeigt 1:57 Uhr. Die Nachrichten sind von Flo, und während ich sie öffne, spüre ich, wie mein Herz wieder zu klopfen beginnt.

> **Flo**
> Ich glaube, ich hab Mist gebaut!
> Richtig krassen Mist!

> Ich hoffe, dass du mir irgendwann verzeihen kannst.

Bubumm-bubumm. Plötzlich habe ich einen bitteren Geschmack im Mund.

Ich rufe Flo an, aber er drückt mich immer wieder weg. Mein Herz klopft mir bis zum Hals, füllt meinen ganzen Brustkorb aus, pumpt Adrenalin durch meine Adern. Irgendetwas stimmt nicht. Ich stehe auf, schlüpfe in Jeans,

Pulli und die ausgetretenen Turnschuhe, die ich in der Villa deponiert habe. Flo ist noch wach. Er hat irgendwas Dummes angestellt. Es wird Zeit, dass er redet.

Als ich bei der Verbindung ankomme, ist das Haus in Dunkelheit gehüllt. Die Party ist vorbei. Ich frage mich, ob ich klingeln soll, drücke dann aber probehalber gegen die Tür. Sie öffnet sich widerstandslos.

Die Eingangshalle liegt verlassen da, die Musik ist aus, aber die Discokugel dreht sich immer noch an der Decke und wirft zerstückeltes, silberblaues Licht an die Wände. Die Luft riecht abgestanden, auf dem Boden und den wenigen Tischen stehen leere Gläser und Flaschen. Langsam gehe ich die Treppe nach oben, weiche weiteren halb leeren Flaschen und einem nassen Fleck aus, der einen zweifelhaften Geruch verströmt. Als ich den obersten Treppenabsatz erreiche, will ich mich nach links wenden, zu Flos Zimmer.

Doch dann höre ich ein Geräusch aus dem gegenüberliegenden Flur. Zunächst kann ich es nicht richtig einordnen, aber nach ein paar Schritten erkenne ich ein leises Plätschern. Wasser. Stirnrunzelnd nähere ich mich weiter, und dann sehe ich, woher das Geräusch kommt: Unter der Tür des Badezimmers sickert Wasser hervor und färbt den Teppich dunkel.

Ich erinnere mich an Blondy, die mir vor ein paar Stunden aus dieser Tür entgegenkam, erinnere mich an das Waschbecken, an die Wanne. Irgendetwas davon läuft über.

Vielleicht ist der Abfluss verstopft, und niemand hat es bemerkt. Als ich zur Tür gehe, schmatzt der vollgesogene Teppich unter meinen Füßen. Ich lausche, aber auf der anderen Seite höre ich nur das leise Rauschen des Wassers.

Ich klopfe gegen das Holz. Nichts.

»Hallo?«, rufe ich leise und drücke die Klinke hinunter. Die Tür ist verschlossen.

Mein Magen zieht sich zusammen, und mein Herz beginnt, in immer schnellerem, härterem Rhythmus zu schlagen. Irgendjemand ist noch im Bad. Jemand, der nicht reagiert. Ich klopfe lauter und rüttle ein paarmal an der Klinke, was keinen Sinn ergibt und auch nichts bringt. Ich starre auf die Tür und überlege fieberhaft, was ich tun soll.

»Q?«

Ich fahre herum.

Flo steht am Ende der Treppe und sieht mich verwundert an. »Was machst du hier?«

»Da ist jemand im Bad«, sage ich rasch und deute auf die verschlossene Tür. »Und das Wasser läuft über. Wir müssen da rein.«

Flo blickt von mir zur Badezimmertür, zum dunklen Teppich davor. Aber er reagiert nicht. Er bleibt einfach stehen. Die durchbrochenen Lichtpunkte der Discokugel verzerren sein Gesicht, doch selbst auf die Entfernung erkenne ich seine Verwirrung, die schließlich in Entsetzen übergeht.

Ich rüttle wieder an der Klinke, drücke mit der Schulter gegen die Tür. Sie ächzt in den altersschwachen Angeln, gibt allerdings nicht nach. »Du musst mir helfen, Flo!«, rufe ich ihm zu, aber er steht immer noch da, als hätte er ein Gespenst gesehen.

»Du solltest gehen, Q«, sagt er, und seine Stimme klingt rau und fremd.

»Gehen? Dadrin braucht vielleicht jemand Hilfe«, entgegne ich ungläubig und werfe mich mit etwas mehr Nachdruck gegen das Holz, wieder ohne Erfolg. »Jetzt mach schon. Hilf mir!«

Zögerlich kommt er auf mich zu. Auch unter seinen Schritten schmatzt der Teppich. Das Wasser muss schon seit einer halben Ewigkeit unter der Tür hindurchsickern.

»Scheiße«, murmelt Flo tonlos, und dann endlich fällt die Starre von ihm ab. Er nimmt Anlauf und prallt mit voller Wucht gegen die Tür. Die Scharniere ächzen wieder, halten aber weiterhin stand. Flo verzieht schmerzhaft das Gesicht, ehe er die Zähne zusammenbeißt und sich erneut dagegenwirft. Das Geräusch splitternden Holzes ertönt, und auf dem Türblatt um das Schloss herum erscheinen Risse. Flo wiederholt das Ganze ein drittes Mal, und die Tür fliegt auf.

Das Plätschern wird lauter. Licht strömt in den Flur, gemeinsam mit noch mehr Wasser, das Flos Socken binnen Sekunden durchnässt. Doch er achtet nicht darauf, steht nur reglos im Türrahmen und starrt ins Innere des Bades.

Ich trete hinter ihn, aber er versperrt mir die Sicht.

»Was habe ich getan?!«, murmelt er wie zu sich selbst.

»Wieso? Was ist denn los?« Meine Stimme ist heiser vor Anspannung.

Ruckartig dreht er sich zu mir um. »Wir müssen hier weg, Q. Du auch. Es ist besser, wenn niemand weiß, dass du noch mal hier warst.«

Ich sehe in sein leichenblasses Gesicht, sehe wieder die Panik in seinen Augen. So habe ich Flo noch nie erlebt.

Doch als er nach meinem Handgelenk greift, um mich hinter sich herzuziehen, schüttle ich ihn ab. Mein Blick fällt an ihm vorbei ins Badezimmer. Der Wasserhahn der Badewanne läuft, und kleine Kaskaden schwappen unaufhörlich über den Rand. Mehr kann ich von hier aus nicht erkennen.

Flo presst sich die Hände an den Kopf, schlägt sich dann immer wieder gegen die Schläfen. »Verdammt verdammt verdammt«, murmelt er wieder und wieder. »Das kann nicht sein. Das darf einfach nicht sein.« Dann packt er mich an den Schultern und sieht mich eindringlich an. »Es gibt für alles eine Erklärung. Aber nicht jetzt. Du darfst niemandem erzählen, dass ich hier war, okay?« Als ich nicht gleich antworte, wiederholt er: »*Okay?*«

»Okay«, sage ich hastig.

Flo sieht aus, als wolle er noch etwas sagen, doch dann lässt er mich einfach stehen und rennt den Flur entlang zu seinem Zimmer.

Ich schaue ihm nach, verstehe nicht, warum er sich so merkwürdig verhält. Doch das unablässige Plätschern des Wassers lenkt meine Aufmerksamkeit ins Bad, zieht mich förmlich ins Innere, auch wenn sich meine Beine plötzlich tonnenschwer anfühlen.

Mein Herz hämmert wie verrückt in meiner Brust. Meine Füße waten über den nassen Teppich, machen einen Schritt ins Bad hinein und bleiben auf den rutschigen Fliesen stehen. Der Spiegel gegenüber der Tür ist beschlagen, Wasserdampf hängt in der Luft. Ich sehe wieder zur überlaufenden Badewanne ... und mein Herz setzt für eine Sekunde aus, bevor es so schnell weiterschlägt, dass es droht mir aus der Brust zu springen.

Ich starre auf die Oberfläche, die von dem Wasser aus dem Hahn gekräuselt wird, und erahne die Dinge mehr, als dass ich sie wahrnehme. Ein Körper. Nackte Haut. Haare, die im Wasser treiben und einen beinahe perfekten Kreis bilden.

Ich zwinge mich weiterzugehen. Erkenne Jana, die wie schlafend in der Wanne liegt. Spüre, wie das Entsetzen durch meine Adern schießt, mich unwillkürlich wieder zurückweichen lässt. Doch einen Atemzug später stehe ich neben der Wanne, halte Janas Kopf aus dem Wasser, hebe sie ungeschickt hoch und zerre sie über den Rand auf den Badezimmerboden. Ihr Körper knallt mit einem dumpfen Schlag auf die Fliesen und bleibt reglos dort liegen. Kleine Tropfen perlen von ihrer Haut; sie riechen nach Orangen und Rosenblüten. Ihr Körper ist noch warm, aber ich taste vergeblich nach ihrem Puls, beuge mich über ihren Mund, versuche festzustellen, ob sie noch atmet. Aber das tut sie nicht mehr.

Jana ist tot.

Plötzlich ist das Badezimmer voller Menschen, ohne dass ich genau sagen könnte, wo sie hergekommen sind. Ich sitze auf dem Boden neben Janas Körper und starre darauf, ohne wirklich etwas wahrzunehmen. Dunkel erinnere ich mich an eine Mitbewohnerin, die mich dort gefunden hat. Sie kniete neben mir, schüttelte erst mich, dann Jana, und als sie von uns beiden keine Antwort bekam, rannte sie wieder nach draußen. Minuten später war die ganze Verbindung wach.

Weitere Bewohner kommen ins Bad, halten sich entsetzt eine Hand vor den Mund oder fangen an zu weinen. Immer wieder werde ich gefragt, was passiert ist, was ich damit zu tun habe, was ich hier überhaupt mache, bis ich eine Berührung am Arm spüre. Eine Hand, die mich sanft, aber nachdrücklich auf die Füße zieht und aus dem Bad führt. Wir sind schon auf dem Flur, als ich begreife, dass es Leonas ist. Er bringt mich in sein Zimmer, bedeutet mir, mich auf sein Bett zu setzen, und schließt die Tür hinter mir. Bevor sie ins Schloss fällt, höre ich die Sirenen von Einsatzwagen, die sich dem Haus nähern.

Leonas legt mir eine Decke um die Schultern, und erst jetzt merke ich, dass ich patschnass bin und am ganzen Körper zittere. Schließlich stellt er sich neben die Tür, verschränkt die Arme vor der Brust und sieht mich mit unergründlicher Miene an. »Wieso ist Jana tot?«

Ich schüttle den Kopf. »Ich weiß es nicht«, sage ich dumpf. »Sie hat schon nicht mehr geatmet, als ich sie aus dem Wasser gezogen habe.«

»Warum bist du wieder hier?«, fragt Leonas. »Du bist doch schon vor Stunden nach Hause gegangen.«

Ich sehe auf und begegne dem Blick seiner grauen Augen, in den sich eine Spur Misstrauen geschlichen hat. »Ich wollte zu Flo«, sage ich.

»Mitten in der Nacht?«

»Ich habe mir Sorgen um ihn gemacht. Er war total durch den Wind. Und nachdem er Jana geseh–« Ich breche abrupt ab, als ich mich an Flos Worte erinnere. *Du darfst niemandem erzählen, dass ich hier war.*

»Er war dabei?«, fragt Leonas und sieht mich durchdringend an.

Panik durchfährt mich. Dabei verstehe ich überhaupt nicht, warum mein Bruder mich gebeten hat zu schweigen.

»Nein«, erwidere ich rasch. Schnell stehe ich auf und will Leonas die Decke zurückgeben.

»Was hast du vor?«

»Ich gehe zu Flo.«

»Er ist nicht hier.«

»Was soll das heißen?«

»Ich habe ihn überall gesucht. Aber er ist nicht mehr da.«

»Scheiße«, murmle ich. Was ist hier eigentlich los? Flo würde niemals einfach so abhauen. Aber bei dem Gedanken daran, wie merkwürdig er sich heute Abend verhalten hat, macht mein Herz ein paar schnelle, harte Schläge. Er hatte Angst, noch bevor wir die Tür zum Bad aufbekommen hatten. Fast so, als hätte er bereits gewusst, was dahinter war. *Was habe ich getan?* Hat er das wirklich gesagt?

Von draußen sind Stimmen zu hören und hektische Schritte, die die Treppe hinauflaufen. Leonas öffnet die Tür und sieht auf den Flur hinaus. »Polizei«, sagt er. »Sie werden mit dir reden wollen.«

Ich nicke stumm, doch anstatt auf den Gang zu treten, ziehe ich die Decke wieder um mich.

»Ich sage ihnen, dass du hier bist.«

Er ist schon halb zur Tür hinaus, als ich ihm nachrufe. »Leonas? Könnte das mit Flo unter uns bleiben? Und das mit dem Streit zwischen Jana und ihm auch? Falls die Polizei überhaupt danach fragt? Ich weiß, das ist viel verlangt, aber ... ich würde gern erst selbst mit Flo reden, bevor ich der Polizei davon erzähle.«

Er sieht mich wieder mit diesem schwer zu deutenden Blick an. Dann nickt er knapp und lässt mich allein.

Keine Ahnung, wie lange ich dort sitze. Immer wenn ich Schritte auf dem Gang höre, sehe ich auf – in der irrationalen Hoffnung, dass Flo zurückkommt und sich alles aufklärt. Aber Flo taucht nicht wieder auf. Nicht, während der Gerichtsmediziner offiziell Janas Tod feststellt. Nicht, während ihr nasser Körper in einen Plastiksack verpackt und abtransportiert wird. Nicht, während ich den beiden Kommissaren eine leicht veränderte Version dessen berichte, was passiert ist. Und auch nicht, während sie danach sämtliche Bewohner zusammentrommeln, deren Personalien aufnehmen und sie zu der vergangenen Nacht befragen.

Es ist eine seltsame Versammlung, die Salon neben der

Halle eintrifft. Alle stehen in zerknitterten T-Shirts oder hektisch übergeworfenen Sachen herum oder kauern auf den Sofas, zitternd vor Müdigkeit, Schock oder Restalkohol. Zum ersten Mal sehe ich alle Alphas beisammen, nur Flo fehlt – und Jana natürlich. Außer mir sind noch zwei Partygäste dabei, die diese Nacht offenbar hier in der Verbindung verbringen wollten – eine Frau, die zu Maxim gehört, und ein Mann, der neben einer der weiblichen Alphas steht, die Kim heißt, soviel ich weiß. Elyas kauert auf einem der Chintz-Sessel und hat das Gesicht in den Händen vergraben. Seine so überheblich-coole Art ist wie weggeblasen.

Die Kommissare, ein Mann und eine Frau, die mich bereits kurz befragt haben, stehen in der Mitte des Salons. Wenn mich nicht alles täuscht, sind es dieselben, die auch nach dem Mord an Sailer am Tatort aufgetaucht sind.

»Guten Abend«, sagt die Frau. »Für alle, die es noch nicht mitbekommen haben: Mein Name ist Hauptkommissarin Decker und das ist mein Kollege, Hauptkommissar Millark. Als Erstes möchten wir Ihnen unser Beileid aussprechen. Wir verstehen, dass Sie unter Schock stehen und den Tod Ihrer Mitbewohnerin erst verarbeiten müssen. Trotzdem würden wir Ihnen gerne ein paar Fragen stellen, um herauszufinden, was sich heute Nacht genau ereignet hat.« Sie blickt noch einmal in die Runde, wobei sie sich im Kreis drehen muss, um alle sehen zu können. »Sie hatten heute Abend eine Party?«

Die Frage ist eigentlich selbsterklärend und eher als Gesprächseinstieg gedacht. Trotzdem antwortet niemand. Keiner scheint die Verantwortung des Sprechers übernehmen zu wollen, bis die Stille zu erdrückend wird und Maxim den Kopf hebt. »Ja. Wie immer am Semesteranfang.«

»Wer war alles da?«

»Freunde, Kommilitonen, Alumni«, erwidert er. »Es gibt eine Gästeliste. Wer nicht draufsteht, kommt nicht rein.«

Decker nickt. »Wann war die Party ungefähr zu Ende?«, fragt sie weiter, während Millark ein Notizbuch hervorholt und etwas hineinschreibt.

»Weiß nicht genau«, gibt Maxim zurück. »Ich« – er korrigiert sich mit einem Seitenblick auf seine Begleiterin – »wir sind gegen halb zwei aufs Zimmer gegangen. Aber zu dem Zeitpunkt war kaum noch jemand da.«

»Es gab noch ein paar Gäste, die weiterfeiern wollten, aber die sind in die Stadt«, meldet sich ein Typ zu Wort, bei dem es sich vermutlich um Liam handelt. »Um kurz vor zwei waren dann alle weg.«

»Was war mit Jana Nowak?« Decker schaut in die Runde, dreht sich wieder einmal im Kreis. »Wo war sie, als die Party zu Ende ging?«

Niemand sagt etwas, einige zucken mit den Schultern. »Elyas?«, fragt Liam schließlich. »Weißt du was?«

Elyas schüttelt den Kopf. »Sie ist irgendwann einfach verschwunden. Keine Ahnung, wohin.«

Decker sieht zu den anderen. »War es üblich, dass Frau Nowak mitten in der Nacht ein Bad nimmt?«

»Sie hat gerne lange gebadet«, meldet sich Asha zu Wort, eine weitere Alpha. »Wir müssen uns zu fünft ein Bad teilen, und Jana meint immer« – sie muss schlucken, bevor sie weiterreden kann –, »sie meinte, dass sie nachts niemand dabei stört.«

Millark macht sich weiter fleißig Notizen. Dann sieht er auf. »War Frau Nowak stark alkoholisiert?«, fragt er.

Ein kurzes Schweigen, das schließlich von Elyas durchbrochen wird. »Eigentlich ... trinkt Jana gar keinen Alkohol.«

»Vielleicht hat sie irgendwelche anderen Substanzen zu sich genommen?«, bohrt Millark weiter.

Alle sehen betreten zu Boden. Die Frage ist vermutlich zu verfänglich, als dass sich jemand traut, sie ehrlich zu beantworten. Das scheint auch Millark zu begreifen. Er beharrt nicht auf einer Aussage, notiert sich aber wieder etwas in sein Notizbuch.

»Ist sonst noch jemandem etwas aufgefallen?«, will Decker wissen. »War Frau Nowak heute anders als sonst? Hat es Streit gegeben oder irgendeinen anderen ungewöhnlichen Vorfall?«

Ich spüre einen Blick auf mir. Leonas lehnt gegenüber von mir an der Wand und mustert mich, ohne sich auch nur einen Funken Emotion anmerken zu lassen. Ich erwidere seinen Blick mit der gleichen unbewegten Miene, obwohl sich in Wahrheit mein Magen zusammenkrampft. Jetzt wird sich zeigen, ob er meinen Bruder verraten wird, ob er von dem Streit zwischen Flo und Jana erzählt und von dem Blut, das er nur ein paar Türen weiter vom Boden gewischt hat. Aber er tut es nicht.

Stattdessen meldet sich Zoe zu Wort, eine Alpha im fünften oder sechsten Semester. Sie trägt einen blauen Morgenmantel, und in ihrem Gesicht ist verschmierte Wimperntusche. »Warum fragen Sie uns das alles? Ich dachte, Jana ist bewusstlos geworden und ertrunken. Aber bei Ihnen klingt das fast so, als würden wir unter Verdacht stehen.«

»Das ist reine Routine«, erwidert Decker und versucht sich an einem beruhigenden Lächeln. »Solange wir nicht wissen, was genau passiert ist, müssen wir alle Möglichkeiten in Betracht ziehen.«

»Und wie geht es jetzt weiter?«, fragt Zoe.

»Wir werden bei einer Obduktion nach der konkreten Todesursache suchen. Danach wissen wir mehr. Aber das kann einige Tage dauern.« Sie nickt Millark zu, dann wendet sie sich wieder an uns. »Das war es fürs Erste. Ich lasse Ihnen meine Karte da. Wenn Ihnen noch etwas einfällt, das uns weiterhelfen könnte, melden Sie sich jederzeit bei mir oder meinem Kollegen.«

Zwei, drei Alphas verlassen den Salon, doch die anderen bleiben, wollen das stumme Beisammensein nicht eintauschen gegen die Einsamkeit des eigenen Zimmers. Mich hingegen hält hier nichts mehr. Ich stehe auf und wende mich zur Tür.

Doch in diesem Moment kommt Decker auf mich zu und stellt sich mir in den Weg. »Frau Schreiber? Kann ich noch mal kurz mit Ihnen sprechen?« Ihr Ton ist zwar freundlich, duldet aber keinen Widerspruch. Sie führt mich ein Stück zur Seite in eine Ecke des Salons, in der wir ungestört sind. »Sie sagten, dass die Tür zum Badezimmer verschlossen war. Richtig?«

Ich nicke.

»Wie haben Sie sie aufbekommen, so ganz allein? Das stelle ich mir ziemlich schwierig vor.«

Ich zögere kurz, denn sie hat recht. Ohne Flos Hilfe hätte ich die Tür wohl nicht aufbrechen können. Aber ich spinne meine Lüge weiter, obwohl sich mein ganzer Körper verspannt. Wenn man das Gefühl hat, jemanden schützen zu müssen – sagt das dann nicht schon alles?« »Ich habe mich ein paar Mal dagegengeworfen«, erkläre ich. »Irgendwann ist das Holz gesplittert. Zum Glück war die Tür schon älter.«

Sie betrachtet mich, als müsse sie überlegen, ob sie mir die Story abnimmt. Schließlich nickt sie. »Ihr Bruder wohnt auch in der Verbindung«, wechselt sie das Thema. »Er ist der Einzige, der nicht hier ist. Wissen Sie, wo er sich aufhält?«

Ich schüttle den Kopf. »Tut mir leid.«

»Sie hingegen wohnen nicht in dem Gebäude. Was haben Sie so spät noch hier gemacht?« Ihr Tonfall ist weiterhin freundlich, aber ich spüre förmlich, was hinter der netten Fassade lauert.

»Ich hatte etwas vergessen und bin noch mal zurückgekommen«, versuche ich, möglichst gelassen zu erwidern.

»Was haben Sie vergessen?«

»Mein Handy«, ist das Erstbeste, was mir einfällt.

»Und dann haben Sie das Wasser gesehen?«

»Das habe ich Ihnen doch schon erzählt.«

»Ich würde es gerne noch einmal hören, wenn es Ihnen nichts ausmacht.«

»Es lief Wasser, und ich wollte nachsehen, ob alles in Ordnung ist. Ich habe geklopft, und als niemand geantwortet hat, habe ich die Tür aufgebrochen. Und dann ... habe ich sie gefunden.«

»Können Sie sich daran erinnern, wie es im Bad ausgesehen hat, bevor Sie Frau Nowak aus dem Wasser gezogen haben?«

Ich runzle die Stirn. »Wie es ausgesehen hat?«

»Ist Ihnen etwas aufgefallen? Gab es umgestürzte Gegenstände? Wie lag Frau Nowak in der Wanne?«

Ich verstehe. Sie will darauf hinaus, ob es einen Kampf gegeben hat. Aber bis auf das Wasser auf dem Boden habe ich nichts Ungewöhnliches bemerkt, und das sage ich ihr auch.

Ein Mann kommt auf uns zu – dem Ganzkörperanzug aus weißem Plastik nach zu urteilen, den er von den Schultern gestreift hat, ist er von der Spurensicherung. »Wir sind fertig«, sagt er zu Decker.

»Okay, danke«, erwidert sie, ehe sie in ihre Tasche greift und für mich eine Visitenkarte herauszieht, auf der ihr Name und eine Handynummer stehen. »Wenn Ihnen noch etwas einfällt, können Sie sich jederzeit bei mir melden. Und falls Sie etwas von Ihrem Bruder hören, sagen Sie ihm bitte, dass er mich unter dieser Nummer anrufen soll.«

Die Kommissarin folgt dem Mann von der Spurensicherung in die Halle hinaus, während ich die Karte einstecke. Die meisten anderen sind inzwischen doch zurück auf ihre Zimmer gegangen. Nur Elyas kauert noch auf dem Sessel, und auch Maxim und Zoe sind noch da, genau wie Leonas, der an der Wand lehnt und mich beobachtet. Ich werde aus ihm nicht schlau. Ich kann sein Misstrauen bis hierhin spüren. Aber warum ist er dann meiner Bitte nachgekommen, der Polizei nichts von Flo und Jana zu erzählen? Er ist mir gegenüber abweisend und wortkarg, trotzdem hat er mir in seinem Zimmer einen Rückzugsort geschaffen, nachdem ich eine Leiche aus der Badewanne gezogen hatte. Er wirkt wie ein Einzelgänger, der für die Verbindung und das ganze Drumherum nur Verachtung übrighat, dennoch nimmt er die erniedrigenden Dienste eines Fuchses in Kauf, um von den Alphas aufgenommen zu werden.

Warum tut er das?

Wie auch immer die Antwort lautet, jetzt ist nicht der richtige Zeitpunkt, um es herauszufinden. Ich will bloß noch hier weg. Als ich den Salon verlasse, spüre ich seinen Blick noch immer im Rücken, aber Leonas folgt mir nicht. Ich durchquere die leere Halle, nur von oben sind noch die Stimmen der Polizisten zu hören. Als ich durch die Haustür nach draußen trete, stehen dort Streifenwagen und tauchen die Umgebung in flackerndes blaues Licht. Die Szene erinnert mich an Sailers Mord, aber dieses Mal schaue ich nicht von Weitem zu, sondern bin mittendrin.

Ich gehe zwischen den Streifenwagen hindurch, ohne dass mir einer der Polizisten darin Beachtung schenkt. Als ich mich einige Meter vom Haus entfernt habe, ziehe ich mein Handy aus der Tasche. Ich weiß, dass es nichts bringen wird, trotzdem wähle ich Flos Nummer. Das Freizeichen ertönt, ein Mal, zwei Mal, drei Mal. Ich starre auf das Display, als könne ich Flo auf diese Weise dazu bringen abzunehmen. Beim sechsten Klingeln wird die Verbindung getrennt. Ich wähle erneut. *Der gewünschte Teilnehmer ist momentan nicht erreichbar,* teilt mir eine Stimme mit. Er hat sein Handy ausgeschaltet.

Als ich zum zweiten Mal in dieser Nacht an der Villa ankomme, färbt sich der Himmel bereits grau. Obwohl ich völlig k. o. bin, gehe ich nicht ins Bett, sondern schleppe mich in Opas Arbeitszimmer. Ich kann sowieso noch nicht schlafen. Mir geht viel zu viel im Kopf herum, und vielleicht können mir die Bücher und Erinnerungen helfen, klarer zu sehen.

Ich setze mich in den Sessel hinter dem Schreibtisch, lehne mich zurück und blicke hinaus in den Garten, aus dem sich die Nacht langsam zurückzieht. Als ich kurz die Augen schließe und durchatme, kommen sie, die unzähligen Gedanken – wie wilde Tiere, die nur darauf gelauert haben, dass ich kurz innehalte. Warum hat Flo mir geschrieben, dass er Mist gebaut hat? Was soll ich ihm verzeihen? Warum rennt er weg, nachdem er Janas Leiche findet, und macht sein Handy aus, anstatt meinen Anruf anzunehmen und mir zum Teufel noch mal zu erklären, was hier vor sich geht?

Die Fragen drehen sich wie ein Karussell in meinem Kopf, nehmen an Fahrt auf, werden schneller und schneller, bis ich das Gefühl habe, dass mir schwindlig wird. Ich presse die Hände gegen die Schläfen, um das Karussell zum Anhalten zu zwingen, aber es gelingt mir nicht. Ich frage mich, wie man in der Badewanne ertrinken kann. Ich weiß, dass es möglich ist, bei gesunden Menschen aber meist nur, wenn man unter Drogen stand oder starke Schlafmittel genommen hat. Hat Jana nach dem Streit mit Flo ihren Frust mit irgendwelchen Tabletten bekämpft? Würde das jemand tun, der nicht mal Alkohol trinkt?

Ich schließe die Augen – ein Fehler. Plötzlich sehe ich sie

wieder in der Badewanne treiben, spüre wieder ihren Körper unter meinen Fingern, die noch warme Haut, das Wasser, das an ihr abperlt, den Schaum, der nach Blumen und Sommer duftet, die Haare, die ihr Gesicht verdecken, und niemanden, der sie ihr zur Seite streicht.

Ich reiße die Augen wieder auf und atme zitternd aus. Mein Blick fällt auf mein Tagebuch, das ich bei meinem letzten Besuch auf dem Schreibtisch abgelegt habe. Ich muss mich ablenken, muss diese Gedanken loswerden, muss sie ersticken in sachlichen Fakten. Also nehme ich einen Stift aus der Schublade, schlage eine freie Seite auf und beginne einen neuen Eintrag.

Tod durch Ertrinken

Taucht ein Mensch unter Wasser, setzt der sogenannte Tauchreflex ein. Die Atmung wird unterdrückt, der Herzschlag verlangsamt sich, der Blutkreislauf konzentriert sich auf die lebenswichtigen Organe. Droht trotz allem Wasser einzudringen, kommt es zu einem Stimmritzenkrampf: Die Atemwege werden verschlossen, damit das Wasser nicht in die Lunge gelangt.

Funktioniert der Reflex nicht oder löst sich der Krampf, obwohl man sich noch unter Wasser befindet, wird doch Wasser eingeatmet. Eine geringe Menge (Süß-)Wasser ist nicht tragisch, sie kann vom Körper aufgenommen und in den Blutkreislauf integriert werden. Bei einer größeren Menge halten die Lungenbläschen dem Druck des Wassers nicht stand und verkleben, wodurch sie nicht mehr in der Lage sind, Sauerstoff aufzunehmen. Insgesamt ist es zweitrangig, wie viel Wasser dabei in die Lunge dringt. Entscheidender ist, wie lange der Körper keinen Sauerstoff bekommt. Denn ob sich nun die Atemwege verschließen, um die Lunge vor dem Wasser zu schützen, oder doch Wasser eingeatmet wird, das Ergebnis bleibt das gleiche: Es gelangt kein Sauerstoff in die Lunge. Ertrinken ist also nichts anderes als Ersticken.

Es gibt zwei Arten des Erstickens: das äußere Ersticken und das innere Ersticken. Äußerlich erstickt man, wenn zu wenig Sauerstoff in die Lunge gelangt, zum Beispiel durch eine Blockade der Atemwege. Innerlich erstickt man, wenn zwar genug Luft in die Lunge kommt, der Sauerstoff aber nicht in die Zellen gelangt, weil die Transportkette blockiert ist. Wenn, aus welchem Grund auch immer, kein neuer Sauerstoff zur Verfügung steht, wird der noch im Körper zirkulierende aufgebraucht und in Kohlendioxid umgewandelt. Durch den Sauerstoffmangel sinkt der Puls, der Körper krampft. Am Ende setzt die Atmung aus, weil die Atemmuskulatur versagt und/oder die Steuerung dieser im Gehirn.

Janas Körper war unter Wasser. Sie ist erstickt, weil sie nicht mehr genug Sauerstoff hatte — ganz egal, ob sie nun Wasser eingeatmet oder ihr Kehlkopf sich verschlossen hat. Ich frage mich immer noch, wie so etwas möglich ist. Ist sie in der Badewanne eingeschlafen und mit dem Kopf unter Wasser gerutscht? Warum hat ihr Körper nicht Alarm geschlagen, als sie Wasser geschluckt hat? Warum hat er sie nicht strampeln und zappeln lassen, um wieder an die Oberfläche zu kommen? Wieso war sie bewusstlos? Eine Verkettung unglücklicher Umstände? Drogen?

Oder hat jemand anderes dafür gesorgt, dass sie nicht wieder auftaucht?

12

Als ich aufwache, ist es bereits früher Nachmittag. Mein Körper ist schwer wie Blei, genau wie mein Kopf, und kurz überlege ich, einfach im Bett zu bleiben. Doch dann setze ich mich auf, warte, bis die schwarzen Punkte vor meinen Augen verschwunden sind, und nehme mein Handy vom Nachttisch. Zwei verpasste Anrufe von Mira. Keine neuen Nachrichten von Flo. Wieder wähle ich seine Nummer. Wieder ist der Teilnehmer *momentan nicht erreichbar*. Frustriert schleudere ich das Telefon weg, bereue es aber sofort und hebe es vom Boden auf. Wenn ich mein Handy schrotte, habe ich gar keine Möglichkeit mehr, Flo zu erreichen.

Gestern Abend hat mir das mysteriöse Verhalten meines Bruders Angst gemacht. Heute, bei Tageslicht, schlägt die Sorge langsam in Ärger um. Warum geht er nicht an sein verdammtes Telefon? Warum schreibt er nicht wenigstens eine kurze Nachricht? Ich ziehe mich an und gehe nach unten. Die Tür zum Arbeitszimmer steht offen, mein Tagebuch liegt immer noch auf dem Schreibtisch. Bei dem Gedanken an den letzten Satz, den ich geschrieben habe, läuft mir ein Schauder den Rücken runter, aber in diesem Moment will ich nicht darüber nachdenken.

Als ich in die Küche komme, sitzt ein schwarzes Fellknäuel vor der Terrassentür und schaut erwartungsvoll zu mir herein. Zu meiner eigenen Überraschung freue ich mich über den Anblick. Ich fülle eine Schale mit Wasser und eine zweite mit Trockenfutter, öffne die Terrassentür und stelle der Katze beides hin. Anstatt sofort zu fressen, streicht sie schnurrend um meine Beine. Ich lasse es geschehen und kraule ihr sanft das Fell.

»Nenn mir einen Grund, warum du immer wieder hierherkommst«, sage ich kopfschüttelnd. »Ich kann es nicht sein. Und das bisschen Futter sicher auch nicht.«

Die Katze zuckt nur kurz mit dem Ohr, als wäre das Antwort genug. Dann beugt sie sich über die Schale. So bleiben wir eine Weile, sie fressend, ich streichelnd, bis der tiefe Gong der Türklingel auf die Terrasse schallt. *Flo*, denke ich sofort, laufe durch die Küche und den Flur zur Haustür und reiße sie auf. Doch anstatt meinem Bruder stehe ich den Kommissaren Decker und Millark gegenüber.

»Guten Tag, Frau Schreiber«, sagt Decker höflich. »Wir würden gerne noch einmal mit Ihnen reden. Dürfen wir reinkommen?«

Die Frage ist wohl eher rhetorisch gemeint, denn bevor ich überhaupt reagieren kann, schieben sich beide schon an mir vorbei in die Eingangshalle.

»Ihre Mitbewohnerin im Wohnheim sagte uns, dass Sie hier sind«, erklärt Decker und sieht sich unverhohlen neugierig um. »Sie leben hier ganz allein?«

»Seit mein Großvater gestorben ist, steht das Haus leer. Ich bin an den Wochenenden hier.«

»Hm«, macht Decker. »Was ist mit Ihren Eltern?«

»Mein Vater lebt nicht mehr. Meine Mutter befindet sich zurzeit im Ausland. Worum geht es denn?« Ich bleibe an der Haustür stehen, um deutlich zu machen, dass ich die Angelegenheit so schnell wie möglich regeln möchte.

»Wir sind nach wie vor auf der Suche nach Ihrem Bruder«, sagt Millark. »Hatten Sie in der Zwischenzeit Kontakt zu ihm?«

»Nein. Sein Handy ist ausgeschaltet.«

»Und hier ist er auch nicht?«

»Nein.«

»Sind Sie sicher?«

Ich hebe die Augenbrauen. »Das hätte ich ja wohl bemerkt.«

»Na ja, das Haus ist so groß, da kann man schon mal etwas übersehen.«

Die Bemerkung ist zu unverschämt, um darauf einzugehen. »Was wollen Sie von meinem Bruder?«

»Er ist der Einzige aus der Verbindung, mit dem wir noch nicht gesprochen haben«, übernimmt Decker wieder. »Und der Einzige, der seit dem Auffinden von Frau Nowaks Leichnam wie vom Erdboden verschluckt ist. Wir würden gerne wissen, warum. Und da Sie ihm anscheinend recht nahestehen, hatten wir gehofft, dass Sie uns etwas über seinen Aufenthaltsort sagen können.«

»Kann ich nicht«, entgegne ich mit Nachdruck, »tut mir leid.«

»Wir haben gehört, dass es gestern auf der Party zu einem Zwischenfall gekommen ist. Jana Nowak und Ihr Bruder wirkten sehr erregt, als hätten sie eine Auseinandersetzung gehabt.«

»Wer hat Ihnen das erzählt?« Ich bemerke meinen Fehler sofort, aber es ist zu spät, um noch irgendetwas zu retten.

»Sie haben es also auch mitbekommen?«, hakt Decker nach.

»Ja«, gebe ich zu. Kurz überlege ich, ob Leonas doch noch mit der Polizei geredet hat. Aber es waren so viele Leute auf der Party, dass im Grunde jeder beobachtet haben kann, wie Flo und Jana wütend aus dem Salon gestürmt sind. »Die beiden hatten Streit. Aber warum wollen Sie das überhaupt wissen? Jana war allein im Badezimmer. Die Tür war von innen verschlossen. Sie ist ertrunken.«

»Solange die Todesursache nicht geklärt ist, hören wir uns um«, erwidert Decker. »Wenn uns etwas komisch vorkommt, haken wir nach. Und dass Ihr Bruder und Frau Nowak aneinandergeraten sind, sie ein paar Stunden später verstirbt und Ihr Bruder zugleich spurlos verschwindet, *ist* komisch, finden Sie nicht auch?«

In meinem Magen bildet sich ein Knoten, der sich immer fester zusammenzieht. Sie hat recht. Es ist komisch und beängstigend und falsch. Ich denke wieder an Flos Gesichtsausdruck, das Gefühl, als wisse er schon, was ihn auf der anderen Seite der Badezimmertür erwartete. Die Panik in seinen Augen. *Was habe ich getan?*

Aber die Tür *war* von innen verschlossen. Jana *war* allein im Bad. Flo kann es nicht gewusst haben. Es kann nur ein tragischer Unfall gewesen sein, mit dem Flo nichts zu tun hat. Oder?

Decker fixiert mich. Sie merkt vermutlich, dass mir eine Menge durch den Kopf geht, doch ich halte ihrem Blick stand und schweige. »Also schön«, sagt sie. »Wenn sich Ihr Bruder bei Ihnen meldet oder hier auftaucht, geben Sie uns bitte sofort Bescheid.«

»Wir möchten ihm lediglich ein paar Fragen stellen, damit es nicht zu Missverständnissen kommt«, springt Millark ihr bei. »Es wäre gut, wenn wir die Angelegenheit so schnell wie möglich aus der Welt schaffen.«

Ich glaube ihnen kein Wort. Aber ich erwidere nichts, sondern öffne die Haustür und halte sie den beiden Kommissaren auf. »Gibt es schon etwas Neues von der Obduktion?«, frage ich, während sie an mir vorbei nach draußen gehen.

»Es ist Wochenende«, erwidert Decker. »Da ist auch die Rechtsmedizin nur dünn besetzt. Vermutlich wissen wir Mitte der Woche mehr.«

Die beiden verabschieden sich und laufen die kiesbedeckte Auffahrt entlang zurück zur Straße. Ich schließe die Tür und lehne meinen Kopf dagegen. Was in aller Welt geht hier bloß vor sich? Ich hole erneut mein Handy hervor, wähle Flos Nummer, komme wieder nicht zu ihm durch. Verdammt noch mal, was soll das?! Von mir hat er doch nichts zu befürchten.

Ich gehe zurück in die Küche. Es ist eiskalt hier drin, und ich stelle fest, dass ich die Terrassentür offen gelassen habe. Die Katze sitzt auf der Arbeitsplatte und leckt sich genüsslich die Schnauze. Neben ihr liegt die umgekippte Milchpackung, daneben eine Lache, von der es unablässig auf den Küchenboden tropft.

»Raus hier!«, rufe ich, und meine Stimme knallt durch die Küche wie ein Peitschenhieb. Die Katze zuckt zusammen, springt auf den Boden und rennt mit eingezogenem Schwanz nach draußen. Drei schnelle Schritte, und ich bin an der Tür, ziehe sie hinter ihr zu und verriegle sie. Die

Katze verkriecht sich unter einen Busch und lugt dann vorsichtig darunter hervor. Ich kann nicht sagen, ob Angst in ihrem Blick liegt oder ein riesengroßer Vorwurf. Vermutlich beides. Sofort tut mir mein Ausbruch leid, aber bevor ich die Tür wieder öffnen kann, klingelt mein Handy. Es ist Mira.

»Quinn, endlich erreiche ich dich!«

Ich erinnere mich an die beiden verpassten Anrufe von ihr. »Hi«, erwidere ich knapp, doch zu mehr komme ich ohnehin nicht, da Mira mir bereits ins Wort fällt.

»Ist alles in Ordnung bei dir? Hier standen vorhin zwei Polizisten vor der Tür, die nach dir gefragt haben. Kurz habe ich gedacht, du hättest was ausgefressen. Aber sie meinten, dass sie dir nur ein paar Fragen stellen wollten wegen gestern Abend. Was ist denn passiert? Als ich weg bin, war noch alles gut.«

Ich sehe aus dem Fenster und suche nach der Katze, doch sie ist verschwunden. »Jana ist tot«, sage ich schließlich.

»Was?!«

»Sie ist in der Badewanne ertrunken«, erwidere ich und muss schlucken, bevor ich weitersprechen kann. »Ich hab sie rausgezogen, aber es war schon zu spät.«

Mira nuschelt ein »Scheiße«, dann höre ich eine Weile lang nur ihren Atem. »Wie kann das denn sein?«

»Weiß man noch nicht.«

»Was wollte die Polizei von dir?«

»Flo ist seit letzter Nacht verschwunden. Sie haben sich nach ihm erkundigt. Aber ich weiß auch nicht, wo er steckt.«

»Verdammt, Quinn!« Ich kann förmlich vor mir sehen,

wie Mira in unserem kleinen Wohnzimmer auf und ab läuft, versucht, diese Nachrichten zu verdauen, und gleichzeitig nach einer Lösung für das Problem sucht.

»Schon gut. Wenn Flo wieder auftaucht, wird sich alles klären.« Ich merke selbst, wie wenig überzeugend ich klinge. Aber mehr habe ich gerade nicht im Angebot.

»Bleibst du ...?« Mira zögert. »Bleibst du in der Villa? Ich meine, falls du nicht allein sein willst oder jemanden zum Reden brauchst oder so ... ich bin jederzeit für dich da.«

Für eine Millisekunde erscheint mir die Vorstellung, mich für den Rest des Wochenendes neben ihr auf der Couch einzuigeln, Schokolade in mich reinzustopfen und schlechte Filme zu gucken, gar nicht so übel. Doch das Gefühl verschwindet genauso schnell wieder, wie es gekommen ist.

»Danke, aber ich bleib lieber hier. Montag bin ich zurück, sofern sich dein Date bis dahin verzogen hat.«

Mira schnaubt. »Ach, der! Den hab ich noch in der Nacht wieder vor die Tür gesetzt. Am Ende halten sie doch nie, was sie versprechen.«

Ich muss lächeln. Es scheint wohl für niemanden eine wirklich gute Nacht gewesen zu sein. Wir verabschieden uns und legen auf. Danach wische ich die umgekippte Milch auf, fülle Müsli in eine Schüssel, stelle mich ans Fenster und esse gedankenverloren, während ich in den Garten hinausschaue. Kurz muss ich an die Gestalt am anderen Seeufer denken. Es ist jetzt zwei Wochen her, dass ich sie dort gesehen habe. Sie könnte jederzeit wiederkommen, den See umrunden und durch das Gartentor aufs Grundstück gelangen. Ich schüttle den Kopf, vertreibe die Gedanken wieder. Warum sollte das irgendjemand tun? Als ich mein Müsli aufgegessen habe, ist die Katze immer noch nicht wieder da, und sie taucht selbst dann nicht mehr auf, als ich ihr als Friedensangebot ein paar Tropfen Milch ins Wasser gebe.

Den Rest des Nachmittags verkrieche ich mich in Opas Arbeitszimmer und versuche zu lernen, was aber nicht wirklich klappt. Immer wieder sehe ich auf mein Handy, lausche, ob ich Geräusche an der Tür höre, oder starre nur dumpf auf die Texte und Abbildungen vor mir, ohne etwas davon wahrzunehmen. Irgendwann gebe ich auf. Ich schlage das Anatomiebuch zu und sehe auf die Uhr. Kurz vor fünf. Ich gehe raus in die Halle, ziehe mir Schuhe und eine dicke Jacke an und verlasse das Haus. Eine halbe Stunde später stehe ich vor der Verbindung.

Die Streifenwagen sind weg, stattdessen parkt der Lieferwagen eines Caterers vor dem Gebäude. Als ich die Stufen zur Tür hinaufsteige, wird sie im selben Moment von innen geöffnet. Ein Mann kommt heraus, mehrere Kartons voller Sektgläser in den Händen. Ich mache ihm Platz und schlüpfe ins Haus, bevor die Tür wieder zufällt.

Drinnen sieht es so aus, als wäre seit gestern Nacht die Zeit stehen geblieben. Niemand hat aufgeräumt, es riecht immer noch nach viel zu vielen Leuten, die auf viel zu kleinem Raum zusammen waren, und es ist so still, als wäre das ganze Haus in Watte gepackt. Auf der Couch sitzen Zoe und Kim. Sie beachten mich nicht, rauchen schweigend und scheinen sich nicht darum zu kümmern, dass nichts aufgeräumt ist. Die Erschütterung, die die beiden ausstrahlen, ist beinahe körperlich zu spüren. Im Hintergrund sehe ich jemanden Gläser und Geschirr einsammeln, aber ich vermute, dass er ebenfalls zu den Catering-Leuten gehört.

In diesem Moment taucht eine junge Frau auf der Galerie auf, der ich noch nie begegnet bin, die mir aber trotzdem vage bekannt vorkommt.

»Warum habt ihr das gemacht?«, ruft sie in die Halle und stürmt dann die Treppe hinunter. Ich bin die Erste, auf die sie trifft, und sie baut sich wütend vor mir auf. »Jana ist noch nicht mal vierundzwanzig Stunden tot. Wie könnt ihr nur so respektlos sein?«

Obwohl sie vollkommen aufgelöst wirkt und ihre Augen rot und verquollen sind, weiß ich plötzlich, an wen sie mich erinnert. Sie hat dieselben blonden Haare, dasselbe eckige Kinn, denselben abschätzigen Zug um den Mund. Das muss Janas Schwester sein.

Ich hebe abwehrend die Hände. »Lass mich da raus. Ich wohne nicht hier.«

Sie blinzelt irritiert, wendet sich dann aber wütend ab und läuft an mir vorbei zur Couch.

Zoe und Kim schauen auf. »Was ist denn los?«

»Janas Zimmer ist durchwühlt. Was soll das? Wolltet ihr noch schnell alles Wertvolle einstecken, bevor ich komme?«

»Das waren wir nicht«, erwidert Kim, zu müde, um über die Anschuldigung empört zu sein.

»Wer war es dann?« Ihre Stimme fängt an zu zittern, und ich kann nicht sagen, ob vor Empörung oder vor Trauer.

Zoe und Kim schütteln nur traurig den Kopf. »Keine Ahnung. Hier gehen seit gestern ununterbrochen irgendwelche Leute ein und aus.«

Janas Schwester vergräbt das Gesicht in den Händen und fängt an zu schluchzen. Ihre Trauer hat gewonnen. »Habt ihr Janas Kette gesehen?«, fragt sie mit erstickter Stimme. »In der Pathologie ist sie nicht. Und in ihrem Zimmer finde ich sie auch nirgends.«

»Die Kette mit dem Baum des Lebens?«, fragt Kim.

Janas Schwester schaut hoffnungsvoll auf. »Ja. Sie hat die Kette zur Geburt geschenkt bekommen und fast jeden Tag getragen, seit sie zehn ist.«

»Wir halten die Augen offen«, verspricht Zoe. »Und wenn wir sie finden, geben wir dir Bescheid.«

Janas Schwester nickt dankbar. Plötzlich scheinen ihre Beine sie nicht mehr zu tragen, und sie lässt sich neben Zoe auf die Couch fallen. Das Schluchzen geht in ein unkontrolliertes Weinen über, so heftig, dass sie kaum noch sprechen kann. »Ich … ich verstehe das alles einfach nicht. Ich hab gerade erst erfahren, dass ich Krebs habe«, presst sie hervor. »Seit zwei Wochen weiß ich, dass … dass ich sterben werde. Und jetzt … jetzt stirbt sie einfach vor mir.«

Zoe nimmt sie in den Arm. »Sie hat uns davon erzählt. Es tut mir so leid.«

Ich stehe wie angewurzelt am Fuß der Treppe und beobachte die Szene. Kurz denke ich an Flo und mich. Wie würde es mir gehen, wenn er plötzlich vor mir sterben würde? Die Vorstellung ist wie ein Abgrund, bodenlos und schwarz, und ich schiebe den Gedanken rasch von mir. Um mich davon abzulenken, steige ich eilig die Treppe nach oben.

Auf der Galerie bleibe ich kurz stehen, sehe nach rechts zu dem dunklen Rechteck, das einmal die Badezimmertür war und das jetzt mit Absperrband versiegelt ist wie bei einem Tatort. Ich wende den Blick ab, gehe nach links und bis zu Flos Zimmer. Die Tür ist nur angelehnt, und dahinter höre ich Geräusche. Erleichterung durchflutet mich. Flo!

Ohne anzuklopfen, reiße ich die Tür auf. »Wo warst du denn? Ich hab mir –«

Abrupt breche ich ab. Denn es ist nicht Flo, der in der Mitte des Zimmers auf dem Boden hockt und Unterlagen einsammelt, die aus einem Ordner gerissen wurden.

Ich starre Leonas an, und meine Erleichterung wandelt sich in Sekundenschnelle erst in Enttäuschung und schließlich in Wut. »Was fällt dir ein? Was tust du hier?!«, fauche ich und schaue mich um. Im Zimmer herrscht das totale Chaos, und dieses Mal liegt es nicht daran, dass Flo nie aufräumt. Klamotten wurden aus dem Schrank gerissen, Bücher sind überall verstreut, die Schubladen vom Schreibtisch wurden ausgekippt; sogar die Matratze ist ein Stück verrutscht, als hätte sie jemand angehoben. Wenn es in Janas Zimmer genauso ausgesehen hat, wundert es mich nicht, dass ihre Schwester so entsetzt darüber war.

Leonas klappt den Ordner zu und stellt ihn auf den Schreibtisch. »Das war ich nicht«, sagt er und klingt dabei derart gelassen, dass meine Wut noch größer wird. Er ist gerade auf frischer Tat ertappt worden und hat nicht mal den Anstand, erschrocken auszusehen.

»Bullshit. Was soll das hier?!«

»Es hat schon so ausgesehen, als ich ins Zimmer gekommen bin. Hier hat irgendjemand was gesucht.«

»Ich glaub dir kein Wort.«

»Dann lass es.«

Er steht auf und will zur Tür, doch ich versperre ihm den Weg. »Wenn du das mit dem Chaos nicht warst, was wolltest du dann hier?«

»Antworten finden.«

Er sieht mich an, mit durchdringendem, beinahe herausforderndem Blick. Wieder fällt mir auf, wie seine Augen leuchten. Hellgrau; fast durchsichtiges Eis. Ich schaudere, weiche aber nicht zurück. »Antworten worauf?«

»Das weißt du ganz genau.«

»Was soll ich wissen?«

»Wo dein Bruder ist, zum Beispiel.«

»Sorry, aber das weiß ich eben nicht. Und selbst wenn ich es wüsste, würde ich es dir nicht sagen.«

»Natürlich nicht«, knurrt er. »Ihr Schreibers und eure verdammten Spielchen.«

»*Spielchen?*« Ich starre ihn entgeistert an. *Er* ist doch derjenige, der nicht mit der Sprache herausrückt. »Was soll das denn jetzt?«

»Florin ist nicht so unschuldig, wie du es gerne hättest.«

»Hast du der Polizei von dem Streit der beiden erzählt?«

»Ich halte nichts davon, jemanden anzuschwärzen, wenn ich nicht alle Fakten kenne.«

Ich deute auf das durchwühlte Zimmer. »Also besorgst du dir die Fakten selbst?«

Leonas schüttelt genervt den Kopf. »Ach, vergiss es einfach!« Wieder will er an mir vorbei, und dieses Mal lasse ich ihn. »Ich werde herausfinden, was hier vor sich geht«, zischt er mir im Vorbeigehen zu. »Ihr könnt nicht ewig so weitermachen. Und dann seid ihr dran.«

Er läuft den Gang entlang und verschwindet in seinem

Zimmer, ohne sich noch einmal umzusehen. Ich schaue ihm hinterher und balle die Hände zu Fäusten, um das Zittern zu unterdrücken. Hat er Flo und mir gerade gedroht? Aber warum? Und was zum Teufel ist hier eigentlich passiert? Ich betrachte das Chaos um mich herum. Das Zimmer ist eindeutig durchsucht worden, wenn nicht von Leonas, dann von irgendjemand anderem. Und Janas auch. Ich denke wieder an den Streit zurück, in dem es so klang, als hätte Jana etwas gestohlen. Ist das der Grund, warum die Zimmer durchwühlt wurden?

In der nächsten Stunde versuche ich, ein bisschen Ordnung in das Chaos zu bringen, und halte gleichzeitig danach Ausschau, was der Eindringling gesucht haben könnte. Ich hänge die Klamotten zurück in den Schrank, räume die Boxershorts wieder ein, die vollkommen zerwühlt in der Schublade liegen. Dann nehme ich mir die Bücher vor, stelle sie an die Wand des Schreibtischs, so wie ich es bei Leonas gesehen habe. Wahrscheinlich ist das Zimmer ordentlicher als vorher, wenn ich hier fertig bin.

Es dauert eine Weile, bis ich den Inhalt der Schubladen zusammengekramt habe, der über den ganzen Boden verteilt wurde. Dabei fallen mir zwei Fotos in die Hand, die mit einer Büroklammer aneinandergesteckt sind. Unwillkürlich muss ich lächeln, als ich das obere sehe. Flo und ich stehen auf dem Rasen vor dem Internat, an dem Tag seiner Abschlussfeier. Er hat seinen Arm um mich gelegt und grinst in die Kamera. Ich ringe mir ebenfalls ein Lächeln ab, aber man sieht mir an, dass ich nicht glücklich bin. Es war Flos letzter Tag im Internat, und ich wusste, dass ich die nächsten zwei Jahre allein sein würde. Das Foto dahinter ist nur wenige Augenblicke später aufgenommen worden, und dieses Mal ist unsere Mutter mit auf dem Bild, die extra für Flos Abschlussfeier angereist war. Es ist beinahe absurd, wie unterschiedlich die beiden Fotos sind, obwohl nur eine Person dazugekommen ist. Keiner von uns dreien lächelt. Stattdessen sehen wir so steif und ernst in die Kamera, als wären wir Teilnehmer eines politischen Krisentreffens – was der Wahrheit vermutlich ziemlich nahekommt.

Ich will die Fotos wegräumen, da halte ich plötzlich inne. Auf den Bildern hat Flo seine Lieblingsjacke an, eine Lederjacke mit Lammfell, um die ich ihn immer beneidet und die ich mir schon zu Internatszeiten manchmal heimlich von ihm ausgeliehen habe. Doch bei meiner Aufräumaktion habe ich sie nirgendwo gesehen. Ich schaue noch einmal im Schrank nach, aber die Jacke fehlt. Ein schrecklicher Verdacht keimt in mir auf. Ich suche nach seinem Rucksack, den er stets bei sich hat, nach seinem Geldbeutel, nach der Reisetasche, die bei meinem letzten Besuch oben auf dem Schrank gelegen hat ... und finde nichts von allem. Einige Hosen und Pullis fehlen ebenfalls, genau wie seine neuen Sneaker, die er mir vor zwei Wochen so stolz präsentiert hat.

Das alles lässt nur eine Erklärung zu: Flo ist abgehauen. So richtig. Mit System.

Ich sehe mich noch ein letztes Mal im Zimmer um, ob ich einen Hinweis finde, der Flos Verschwinden erklären könnte. Vergeblich. Warum macht er das? Was hat er mit Janas Tod zu tun? Wie *kann* er überhaupt etwas mit ihrem Tod zu tun haben? Das Badezimmer war von innen verschlossen, verdammt noch mal.

Da kommt mir ein fürchterlicher Gedanke. Wie von selbst gehe ich in den Flur hinaus und in Richtung Badezimmer. Das Haus liegt ausgestorben da. Als ich über die Galerie laufe und einen Blick in die Eingangshalle werfe, sehe ich, dass Zoe, Kim und Janas Schwester verschwunden sind, und auch die Leute von der Catering-Firma sind gegangen. Gut so. Ich kann keine Zuschauer brauchen.

Der Teppich vor dem Badezimmer ist immer noch feucht. Ich schleiche vorsichtig darüber, ducke mich unter dem Absperrband hindurch, das wie ein Kreuz vor die Tür gespannt wurde, und stehe im Bad. Die Fliesen sind trocken, die Wanne auch, aber ich habe das Gefühl, dass nach wie vor der Geruch nach Janas Badezusatz im Raum hängt, auch wenn Dutzende von Polizisten und Ermittlungsbeamten ihn schon längst nach draußen getragen haben müssten. Ich vermeide es, genauer zur Wanne zu sehen, um die Bilder von Janas totem Körper gar nicht erst aufkommen zu lassen. Stattdessen mache ich mich an die Arbeit.

Ich fahre die Wände ab, klopfe über die Tapete, die Fliesen, taste mich an Leisten und Vorsprüngen entlang. Es dauert keine drei Minuten, dann habe ich sie gefunden. Wenn man einmal weiß, wonach man sucht, ist es eigentlich ganz einfach. An dem bodentiefen, goldgerahmten Spiegel, der gegenüber der Tür hängt, befindet sich eine kleine Erhebung in der Wand. Als ich sie eindrücke, klickt es, ehe der Spiegel leise knarrend nach vorne springt. Dahinter kommt ein schmaler Flur zum Vorschein, ein Dienstbotengang, genau wie im Erdgeschoss – nur bezweifle ich, dass viele davon wissen, sonst hätten sie ihn längst irgendwie versperrt, um unliebsame Überraschungen zu vermeiden.

Einen Mord, zum Beispiel.

Modrige Luft schlägt mir entgegen. Drinnen ist es stockdunkel, und ich hole meine Handytaschenlampe heraus, um ihn auszuleuchten. Der Gang ist schmal und verläuft parallel zum eigentlichen Flur. Ich gehe ein paar Meter hinein, bis sich links von mir eine weitere schmale Tür auftut. Ich öffne sie vorsichtig und stehe ein paar Meter neben der Badezimmertür. Die Öffnung des Ganges verschmilzt perfekt mit der Wandvertäfelung – wenn man nicht weiß, dass sie hier ist, ist sie nicht zu erkennen.

Jetzt gibt es für mich keinen Zweifel mehr: Janas Tod war kein Unfall. Sie wurde umgebracht, von jemandem, der sich hervorragend im Haus zurechtfindet, der auch die oberen Dienstbotengänge kennt und wusste, dass Jana gerne spätabends noch ein Bad nimmt.

Ich ziehe die Visitenkarte von Kommissarin Decker heraus, inklusive ihrer Telefonnummer. Ich sollte sie anrufen. Ich sollte ihr von meiner Entdeckung erzählen.

Nachdenklich betrachte ich die Nummer, dann stecke ich die Karte wieder weg. Was, wenn Flo tatsächlich irgendwie mit drin hängt? Decker und Millark haben ihn ohnehin schon auf dem Kieker. Wenn ich sie darauf aufmerksam mache, dass es einen zweiten Zugang zum Bad gibt, mache ich die Sache für Flo nur noch schlimmer. Nein, ich will erst

mit ihm reden, will mir von ihm versichern lassen, dass das alles bloß ein riesengroßes Missverständnis ist und es für sein Verhalten eine ganz logische Erklärung gibt. Denn die gibt es garantiert.
    Oder?

Am Sonntag regnet es den ganzen Tag, und ein kalter Novemberwind lässt den Regen in rhythmischen Wellen an die Fensterscheiben klatschen. Mira ruft an, aber ich gehe nicht ran. Ich sitze vor dem aufgeschlagenen Anatomiebuch und versuche vergeblich zu lernen. Meine Gedanken drehen sich nur noch um den Geheimgang ins Bad – und wer ihn benutzt haben könnte. Immer wieder nehme ich Deckers Visitenkarte in die Hand und überlege, sie anzurufen, tue es dann aber doch nicht. Wer hat von dem zweiten Zugang zum Bad gewusst? Theoretisch könnte er allgemein in der Verbindung bekannt sein, aber dann hätte schon längst jemand der Polizei davon erzählt, oder nicht?

Meine Gedanken drehen immer größere Kreise, kehren wieder zu dem Streit zwischen Jana und Flo zurück, der so heftig geendet ist. Was ist das für ein Zirkel, von dem die beiden gesprochen haben? Ich weiß, dass einige Professoren private Studiengruppen anbieten, die ziemlich begehrt sind. Aber irgendetwas sagt mir, dass es hier nicht um Studieninhalte geht. Trotzdem google ich das Wort »Zirkel« im Zusammenhang mit der Schreiber-Akademie, finde allerdings wie erwartet nichts.

Und wie passt Leonas in das Bild? Er ist zu dem Streit

gestoßen, war in Flos durchwühltem Zimmer … Ich bin mir sicher, dass er irgendwie in die Sache verwickelt ist. *Ihr Schreibers und eure verdammten Spielchen*, hat er gesagt, was auch immer er damit gemeint hat, und ich war erschrocken, wie wütend er dabei ausgesehen hat. Wütend genug, um jemanden umzubringen? Aber welches Motiv sollte er gehabt haben, Jana zu töten? Welches Motiv sollte Flo gehabt haben? Welches Motiv sollte *irgendjemand* gehabt haben?

Ich versuche, mehr über Jana herauszufinden, und suche sie auf Instagram. Sie hat ein Profil, das öffentlich ist, aber leider nicht sonderlich aufschlussreich. Ihr Feed besteht aus Selfies, einem Feld bei Sonnenuntergang, einer unscharfen Aufnahme des Vollmonds. Unter ihrem letzten Beitrag, der schon einige Wochen her ist, stehen bereits die ersten Beileidsbekundungen, doch nichts davon sagt etwas über sie persönlich aus. Es existieren keine Fotos von Familie oder Freunden und schon gar nichts, was auf irgendeine Verbindung zwischen ihr und Flo hinweist. Dafür kann ich auf einigen der Selfies die Halskette erkennen, von der Janas Schwester gesprochen hat – feingliedrig, silbern, mit einem runden Anhänger daran, in den der weitverzweigte Baum des Lebens eingeprägt ist. Wenn man genau darauf achtet, fällt auf, dass sie die Kette tatsächlich auf fast jedem Bild trägt.

Es gibt jemanden, der mir meine Fragen beantworten könnte: Flo. Doch von ihm höre ich den ganzen Tag über nichts. Erst gegen Abend erhalte ich eine kurze Nachricht von ihm mit dem Wortlaut *Alles okay. Mir geht's gut.* Ich fluche leise vor mich hin. Dieser verdammte Mistkerl.

Schön, dass es ihm gut geht. Mir aber nicht!! Als ich ihm schreibe, dass er sich sofort bei mir melden soll, kommt keine Antwort mehr.

Als ich am Montagmorgen das Auditorium betrete, winkt Mira mich zu sich und zieht mich in eine feste Umarmung. Sie murmelt etwas von »So eine Scheiße« und »Das wird schon alles wieder«, aber ich glaube, dass sie eher sich selbst Mut zuspricht als mir. Janas Tod hat sich inzwischen in der gesamten Akademie rumgesprochen, und wie schon beim Mord an Sailer vibriert der Raum förmlich vor leise geflüsterter Sensationslust. Da Jana ein paar Semester über uns war, kennt kaum jemand im Saal sie persönlich, trotzdem erschüttert der zweite Todesfall innerhalb von zwei Wochen auch die abgehärtetsten Gemüter.

Ich bin erleichtert, als die Vorlesung beginnt, auch wenn ich dem Fach »Berufsfelderkundung« immer noch nicht viel abgewinnen kann. Mein Handy lasse ich stumm geschaltet in der Tasche, obwohl es mich Überwindung kostet. Stattdessen konzentriere ich mich auf den Stoff. Es lenkt mich ab, und das tut gut. Die Schonfrist für Erstsemester ist offiziell abgelaufen, was wir besonders in der nächsten Vorlesung, »Einführung in Chemie«, zu spüren bekommen. Die Dozentin schleudert uns Formeln und Kreisläufe um die Ohren, bis uns die Köpfe rauchen. Erst in der Mittagspause schaue ich wieder auf mein Handy, das derart stur keine neuen Nachrichten anzeigt, dass ich kurz überprüfe, ob ich auch Empfang habe. Und so bleibt es auch für den Rest des Tages.

Als wir uns am Dienstag im Vorraum vom Präpkurs umziehen, ist die Bestürzung über Janas Tod noch stärker zu spüren. Niemand redet ein Wort, während wir den Saal betreten und uns auf unsere Spender aufteilen. Irgendjemand schlägt vor, eine Schweigeminute für Jana abzuhalten, was ich ziemlich dämlich finde – als würde das irgendwas an der Situation ändern. Zu allem Überfluss brechen dabei zwei Kommilitoninnen in Tränen aus, eine davon Amira. Konrad stellt ihnen frei zu gehen. Doch Amira wischt sich über das Gesicht und bleibt. Die andere dagegen verlässt den Raum und kommt für den Rest des heutigen Kurses nicht wieder zurück. Wenn sie wüssten, dass ich diejenige bin, die Jana aus der Badewanne gezogen hat, wären sie vermutlich noch befangener als ohnehin schon. Aber das hat sich zum Glück noch nicht herumgesprochen.

Nachdem alle mit der Arbeit begonnen haben, kommt Konrad zu unserer Gruppe. »Der Tod von Frau Nowak ist furchtbar«, sagt er, und tatsächlich liegt überraschend viel Mitgefühl in seiner Stimme. »Ich kann verstehen, wenn Sie heute nicht ganz bei der Sache sind. Aber versuchen Sie trotzdem, so konzentriert wie möglich zu arbeiten. Vielleicht hilft es Ihnen sogar. Für mich hat das Präparieren immer etwas Meditatives.« Amira rümpft die Nase, aber wir anderen nicken. »Herr Klinger, der Tutor vom Nebentisch, wird Sie mitbetreuen, bis wir jemand Neues für Sie gefunden haben.« Er lächelt uns aufmunternd zu, dann geht er weiter.

»Jemand Neues«, murmelt Amira kopfschüttelnd. »Als würde er von einem Ersatzteil reden.«

»The show must go on«, murmle ich und fahre langsam mit dem Finger an einer Arterie entlang, um sie vom umliegenden Bindegewebe zu lösen. Amira starrt mich entsetzt an. »Wie würdest du es finden, wenn wir so über dich sprächen? Als wärst du einfach austauschbar?«

Mit der Pinzette ziehe ich die Arterie wie einen langen, schlaffen Wurm aus dem Körper und betrachte sie von allen Seiten, bevor ich sie vorsichtig in die Kiste unter dem Metalltisch lege, in der wir alle entnommenen Teile sammeln. »Ich würde auf jeden Fall nicht wollen, dass Menschen, die mich überhaupt nicht gekannt haben, wegen mir in Tränen ausbrechen. Das ist keine Empathie, das ist reiner Egoismus.« Ich mache eine Geste, die den gesamten Raum umfasst. »Niemand hier trauert um Jana. Sie trauern alle nur um sich selbst. Weil ihnen bewusst geworden ist, wie schnell das Leben vorbei sein kann.«

Die anderen halten inne, blicken mich aus großen Augen an, und ich kann förmlich zusehen, wie es in ihnen arbeitet, wie sie meine Worte hin und her schieben, darauf herumkauen und schließlich feststellen, dass ich recht habe.

»Ehrlich, Schreiber«, durchbricht Carl schließlich das Schweigen. »Manchmal würde ich schon gerne wissen, welche Laus dir über die Leber gelaufen ist.« Herzmuskelentzündung. Herzversagen. Spenderherz. Atherosklerose im fortgeschrittenen Stadium. Ich könnte es ihnen sagen, aber wozu? Sie wären so bestürzt, dass sie mir für den Rest des Semesters nicht mehr in die Augen sehen könnten. Nicht, weil es ihnen um mich leidtäte, genauso wenig wie es ihnen um Jana geht, sondern weil sie Angst vor dem Tod haben, der unmittelbar neben ihnen steht.

Also ignoriere ich Carls Frage und widme mich der nächsten Arterie. Auch die anderen präparieren weiter, und für den Rest der Stunde konzentrieren wir uns schweigend auf den Körper vor uns, dem wir Stück für Stück die Blutgefäße entnehmen. Nur einmal, als ich aufschaue, begegne ich Bens Blick. Er mustert mich nachdenklich, als würde er überlegen, ob ich wirklich so pragmatisch gegenüber dem Tod bin oder mir und allen anderen nur etwas vormache.

Ich weiß nicht, wer sich schneller abwendet – er, weil er sich ertappt fühlt. Oder ich, weil ich befürchte, dass er durch eine Mauer hindurchschaut, von der ich nicht einmal wusste, dass ich sie errichtet habe.

Den gesamten Nachmittag verbringe ich in der Bibliothek, und als ich abends ins Wohnheim zurückkomme, erwartet Mira mich mit einem riesigen Karton, aus dem es ganz verführerisch nach Pizza Napoli mit Kapern und extravielen Oliven duftet.

»Woher wusstest du, dass ich kurz vor dem Verhungern bin?«, frage ich und lasse mich neben sie auf die Couch fallen.

Mira grinst. »Wir kennen uns zwar noch nicht lang, aber dass Essen nicht zu deinen Prioritäten gehört, ist mir bereits aufgefallen.«

Ich ziehe die Schuhe aus und mein Handy aus der Tasche. Es ist ausgegangen. »Verdammt, der Akku ist leer. Warte, ich stecke es schnell ein.«

»Immer noch keine Nachricht von Flo?«, fragt Mira.

»Nein.«

»Glaubst du, ihm ist was zugestoßen?«

»Ach was, ihm geht's bestimmt gut«, sage ich so gelassen wie möglich, während ich meine Tasche nach dem Ladekabel durchwühle. »Vielleicht ist ihm einfach alles zu viel geworden, und er musste mal eine Weile raus.«

In meiner Tasche ist das Ladekabel nicht. Ich stehe auf, gehe in mein Zimmer, suche auf dem Schreibtisch, in den Schubladen, auf und neben dem Bett. Aber es ist nirgends zu finden. Da fällt mir ein, dass ich mein Handy über Nacht in der Villa aufgeladen habe. Das Kabel muss noch dort in der Steckdose stecken, neben meinem Bett. Fluchend laufe ich zurück ins Wohnzimmer.

»Was ist los?«, fragt Mira, während sie sich ein großes Stück Pizza abreißt.

»Ladekabel vergessen«, murre ich.

»Willst du meins haben?«

»Das passt nicht. Wir haben unterschiedliche Modelle.«

»Oh.« Sie sieht mich bedauernd an, weil sie genau weiß, was das bedeutet.

»Ich hole es schnell aus der Villa.«

»Schnell? Es dauert über eine Stunde, bis du wieder zurück bist.«

»Ich weiß, aber ich will nicht bis morgen Nachmittag warten. Vielleicht meldet sich Flo ja doch noch.« Ich deute auf den Pizzakarton. »Lass mir was übrig.«

Mira sieht zwischen mir und der riesigen Pizza hin und her, ehe sie seufzt. »Kann ich nicht versprechen. Und wenn ich am Ende des Semesters nicht mehr in meine Hosen passe, weil ich ständig alles alleine essen muss, mach ich dich persönlich dafür verantwortlich.«

»Deal«, erwidere ich, dann schlüpfe ich zurück in meine Jacke und gehe.

14

Als ich die Villa betrete, merke ich sofort, dass irgendetwas anders ist. Ich mache die Tür so leise wie möglich zu und lausche in die Dunkelheit hinein. Es ist nichts zu hören, doch da ist etwas. Jemand. Ich spüre es wie ein flüchtiges Kribbeln auf der Haut, wie eine Präsenz, die schwerelos in der Luft hängt.

Langsam durchquere ich die kalte Halle. Die Tür zu Opas Arbeitszimmer ist angelehnt, und durch den Spalt fällt ein schmaler Streifen Licht in den Flur. Aus dem Raum dringt ein Klappern und Schaben. Irgendjemand ist dort drin, und es klingt, als würde er etwas suchen. Ich sollte wegrennen, die Polizei alarmieren, doch stattdessen schleiche ich vorsichtig auf den Spalt zu und spähe in das Zimmer hinein.

Flo sitzt hinter dem Schreibtisch, öffnet eine Schublade nach der anderen und durchwühlt hektisch den Inhalt, ohne etwas zu finden. Ich bin so perplex, dass ich einfach im dunklen Flur stehen bleibe und beobachte, wie er schließlich versucht, die verschlossene Schublade aufzukriegen, an der ich auch schon gescheitert bin. Er rüttelt daran und knurrt frustriert. Da halte ich es nicht mehr aus und drücke die Tür auf.

Flo sieht erschrocken auf. »Q!«

Ich gehe auf ihn zu, weiß nicht, ob ich ihn umarmen oder ihm eine scheuern soll, und bleibe schließlich unschlüssig vor ihm stehen. Er sieht grauenvoll aus: zerknitterte Klamotten, unrasiert und mit so dunklen Ringen unter den Augen, als hätte er tagelang nicht geschlafen. In seinem Blick liegt wieder dieser eigenartige Ausdruck, viel stärker noch als in den letzten Wochen. Er wirkt gehetzt. Es bricht mir fast das Herz, ihn so zu sehen, zu wissen, dass er Probleme hat, sie mir aber nicht anvertraut wegen diesem beschissenen Großer-Bruder-Beschützer-Ding.

Als hätte Flo meine Gedanken erraten, werden seine Züge plötzlich weich. Er streckt die Arme aus und zieht mich an sich, und sein Geruch ist so vertraut, seine Wärme so tröstlich, dass ich ein Schluchzen unterdrücken muss.

»Wo warst du?«, presse ich schließlich hervor. »Ich versuche seit Tagen, dich zu erreichen. Hast du eine Ahnung, wie viele Sorgen ich mir gemacht habe?«

»Ich weiß. Tut mir leid«, murmelt er in meine Haare. Seine Stimme klingt heiser.

»Warum bist du einfach verschwunden?«

»Ich ...« Er löst sich aus der Umarmung. »Das ist kompliziert.«

»*Kompliziert?*« Ich merke, wie die Wut in mir hochkocht, die ich schon seit Tagen auf ihn habe – weil er sich nicht bei mir meldet, weil er mich mit einer verdammten Leiche allein gelassen hat, ohne mir zu erklären, was eigentlich los ist. Doch gleichzeitig habe ich schreckliche Angst um ihn. Ich schlucke meine Schimpftirade hinunter und sage so nüchtern wie möglich: »Die Polizei hat sich nach dir erkundigt.«

Wieder flackert der gehetzte Ausdruck in seinen Augen auf. »Was wollten sie?«

»Das Gleiche wie ich: wissen, warum du so plötzlich abgehauen bist. Du weißt schon, dass du dich damit verdächtig machst, oder?«

Flo weicht meinem Blick aus. »Haben sie das gesagt? Dass sie mich verdächtigen?«

»Nicht direkt. Bisher scheinen sie davon auszugehen, dass es ein Unfall war.«

Er nickt nur und verfällt dann in dumpfes Schweigen.

Ich zögere. Die Worte kommen mir kaum über die Lippen, aber ich muss sie stellen. »Hast du etwas mit Janas Tod zu tun?«

Er antwortet nicht. Warum sagt er nichts? Warum lacht er mich nicht aus und schimpft mich eine Idiotin, dass ich überhaupt auf so eine bescheuerte Idee komme?

»Flo?«, frage ich beinahe flehend.

»Du hast doch selbst gesagt, dass es ein Unfall war.« Seine Stimme ist trotzig wie bei einem kleinen Kind.

Er hat meine Frage nicht beantwortet, und ich weiß nicht, ob das Wut in mir auslöst – oder Angst. Aber ich frage ihn nicht noch mal. Stattdessen verschränke ich die Arme vor der Brust und sehe ihn eindringlich an. »Ich glaube nicht, dass Jana derart betrunken oder zugedröhnt war, dass sie versehentlich in der Badewanne ertrunken ist. Außerdem habe ich den Geheimgang gefunden. Ich bin mir sicher, dass noch jemand mit ihr im Bad war.«

Flo reißt erschrocken die Augen auf. »Du musst dich da raushalten, Q. Bitte.«

»Es ist nur eine Frage der Zeit, bis die Polizei den Geheimgang ebenfalls entdeckt. Sie werden so oder so herausfinden, wer es war.«

Flo schüttelt den Kopf. »Werden sie nicht. Die Polizei wird das Ganze als Unfall deklarieren, glaub mir.«

Ich runzle die Stirn. »Woher willst du das wissen?«

»Weil ich weiß, mit wem wir es hier zu tun haben.«

»Und mit wem?«

Doch er reagiert wieder nicht. Ich sehe ihn an, sehe seine Müdigkeit und die Angst, die sich darunter verbirgt, und berühre sanft seinen Arm. »Wenn du schon nicht mit mir redest, dann geh wenigstens zur Polizei. Sonst machst du alles nur noch schlimmer.«

Er schüttelt meine Hand ab und setzt sich wieder hinter den Schreibtisch. »Das glaube ich kaum.«

Ich will noch etwas sagen, doch dann begreife ich, dass ich so nicht weiterkomme. Also wechsle ich das Thema. »Weißt du, dass dein Zimmer durchwühlt wurde?«

Er erstarrt. »Wann? Von wem?«

»Keine Ahnung. Janas wurde ebenfalls auf den Kopf gestellt. Hast du eine Idee, was derjenige gesucht hat?«

Flo sieht aus, als denke er angestrengt nach. Schließlich schüttelt er zögerlich den Kopf.

»Könnte es etwas mit dem Streit zu tun haben?«, hake ich nach.

»Welcher Streit?«

Ich seufze frustriert. »Flo, bitte! Tu nicht so, als wüsstest du nicht, wovon ich rede. Es klang, als hätte Jana etwas gestohlen. Ihr habt von einem Zirkel gesprochen.«

Flo sieht mich entsetzt an, ehe er die Arme auf den Schreibtisch stützt, das Gesicht in den Händen vergräbt und immer wieder »*Scheiße Scheiße Scheiße*« vor sich hin murmelt. Aber eine Antwort gibt er mir nicht. Seine Hand, die nach dem Streit aussah, als wäre sie gebrochen, wirkt wieder vollkommen normal. Offenbar war die Verletzung wirklich nicht so schlimm.

Ich mustere meinen Bruder, der wie ein Häufchen Elend vor mir sitzt, und verliere langsam, aber sicher die Geduld. »Worum ging es bei eurem Streit? Ich habe der Polizei nichts davon erzählt und Leonas auch nicht, aber wenigstens mir –«

»Leonas?« Flo hebt erschrocken den Kopf. »War er auch da?«

»Verflucht noch mal, hältst du mich eigentlich für bescheuert?«

»Nein, ich –«

»Dann rede!«

»Ich kann nicht.«

»Warum?«

»Weil ich es nicht mehr weiß, verdammte Scheiße!« Plötzlich greift er nach einem kristallenen Aschenbecher, dreht sich zur Bücherwand und schmettert ihn mit voller Wucht dagegen.

Ich keuche erschrocken auf. Für einen Moment ist alles still, und wir starren beide auf den Aschenbecher, der eine Kerbe in das Parkett geschlagen hat.

Schließlich frage ich: »Wie meinst du das?«

Er atmet zitternd durch. »Ich kann mich nicht mehr erinnern, Q. Der halbe Abend ist futsch. Bis zu dem Zeitpunkt, an dem du zurückgekommen bist und wir Jana gefunden haben.«

»Das ist ja wohl ein Witz.« Doch Flo sieht absolut nicht so aus, als wäre ihm nach Scherzen zumute. »Willst du mir ernsthaft erzählen, dass du einen Blackout hattest? So betrunken warst du doch gar nicht.«

»Keinen Blackout. Oder doch, irgendwie schon. Nur ... ach fuck.« Er fährt sich mit den Händen über das Gesicht, und als er mich wieder ansieht, steht pure Verzweiflung in seinem Blick. »Alles, was an dem Abend passiert ist, ist einfach ... weg! Als wäre es nie geschehen. Ich weiß nichts von einem Streit. Oder dass Jana etwas gestohlen hat. Oder warum jemand mein Zimmer durchwühlt hat. Oder wer sie ...« Er spricht nicht weiter, und der Ausdruck in seinen Augen ist so voller Qual, dass es mir den Magen zuschnürt.

»Vielleicht war ich es ja«, fügt er tonlos hinzu. »Ich könnte sie umgebracht haben, und ich wüsste es nicht mal mehr.«

»Hör auf damit. Du könntest keiner Fliege etwas zuleide tun. Geschweige denn einen Menschen umbringen. Blackout hin oder her.«

Aber sein gequälter Gesichtsausdruck ändert sich nicht. »Ich habe schon mal einen schrecklichen Fehler begangen. Und ich muss versuchen, ihn wiedergutzumachen.«

»Welchen Fehler?«, frage ich leise. Ich erinnere mich an die Nachricht, die er mir noch in der Nacht geschrieben hat und die genau denselben Wortlaut hatte. Plötzlich bin ich mir gar nicht sicher, ob ich die Antwort wirklich hören will.

»Es ist besser, wenn du es nicht weißt.«

»Bitte, Flo. Hör endlich auf, mir auszuweichen.«

»Ich versuche nur, dich zu schützen. Je weniger du weißt, desto besser.«

»Aber –«

»Ich mein's ernst, Q. Es ist zu gefährlich. Ich verspreche, dass ich dir irgendwann alles erzähle. Aber jetzt nicht.«

Ich zögere, unschlüssig, ob ich mich auf den Deal einlassen soll. Doch so, wie Flo gerade drauf ist, bekomme ich ohnehin nicht viel mehr aus ihm heraus. »Also schön«, knurre ich schließlich. »Aber ich schwöre dir, wenn die Erklärung nicht mindestens spektakulär ist, werde ich sauer.«

Flo lächelt halbherzig. »Spektakulär ist gar kein Ausdruck.«

Ich deute auf die offen stehenden Schubladen des Schreibtisches. »Verrätst du mir wenigstens, was du hier suchst?«

Er reagiert nicht gleich, sondern lässt den Blick nachdenklich durch das Zimmer schweifen. Ich denke schon, dass er mir die Antwort wieder schuldig bleibt, als er doch noch etwas sagt. »Opa muss irgendetwas gehabt haben, ein Notizbuch oder Unterlagen, in denen er persönliche Dinge notiert hat. Nach so etwas suche ich.«

»Was hat denn Opa mit der ganzen Sache zu tun?«

»Ich muss diese Unterlagen finden«, weicht er mir wieder aus. »Hast du eine Idee, wo sie sein könnten? In einem Geheimfach vielleicht?«

»Ein Geheimfach?« Die Vorstellung, dass mein pragmatischer Akademiker-Großvater private Aufzeichnungen in einem Geheimfach verstaut hat, bringt mich beinahe zum Lachen. »Wohl kaum. *Falls* es solche Unterlagen überhaupt gibt. Ich hab hier jedenfalls keine gesehen.«

Flo wühlt ein bisschen in einer Schublade herum, bevor er sich nachdenklich im Zimmer umsieht. »Vielleicht weiß Oma ja was darüber.«

»Das ist nicht dein Ernst. Oma erinnert sich nicht mal an ihren eigenen Namen.«

Flo ignoriert meinen Einwand und fängt wieder an, in der Schublade zu kramen, und ich sehe ihm mit verschränkten Armen dabei zu. Es fühlt sich ein bisschen so an, als würde ich den Menschen gar nicht kennen, der dort im Sessel sitzt – müde, verschlossen, mit den Gedanken woanders. Flo hat einen Schutzwall um sich herum errichtet, und mir gelingt es einfach nicht, zu ihm durchzudringen.

Nach einer Weile erfolglosen Suchens blickt er auf und sieht mich nachdenklich an. »Wusstest du, dass ich im Gegensatz zu dir nie hier reindurfte? Wenn Opa mich erwischte, hat er mich sofort wieder rausgeworfen. Du warst immer sein Liebling.«

Ich seufze. »Das stimmt nicht. Er hat uns beide geliebt.«

»Aber dich hat er gefördert.«

»Indem er mich Fachbücher hat lesen lassen, von denen ich kein Wort verstanden habe?«

»Weißt du, was ich dafür gegeben hätte? Für ein bisschen mehr Aufmerksamkeit? Für eine Stunde in diesem Zimmer, zusammen mit ihm und den ganzen Fachbüchern, die ich nicht verstanden hätte?«

Ich schüttle den Kopf. Flo hat da ein vollkommen falsches Bild. »Ist dir klar, warum er mich nie rausgeschickt hat? Weil er Mitleid hatte. Weil er wusste, dass ich es nie schaffen würde, ein Medizinstudium zu beenden, ganz egal, wie viel Talent ich dafür hätte. Bei dir hat er nie gezweifelt, dass du deinen Weg gehen würdest. Auch ohne seine Hilfe.«

In Flos Gesicht spiegeln sich plötzlich so viele Gefühle,

dass ich keines davon wirklich erkennen kann. Schließlich fragt er mit glänzenden Augen: »Habe ich dir eigentlich je erzählt, warum ich angefangen habe, Medizin zu studieren?«

»Weil du in Opas Fußstapfen treten wolltest?«, rate ich.

»Weil ich dich retten wollte.« Plötzlich schnürt mir eine unsichtbare Kraft den Brustkorb zu. Ich möchte etwas sagen, hole mühsam Luft, doch Flo fährt dazwischen.

»Ich sehe dich seit zehn Jahren sterben, Q. Seit zehn Jahren! Und ich habe es gehasst, so hilflos zu sein. Deswegen habe ich beschlossen, Medizin zu studieren. Ich habe überlegt, die Transplantationschirurgie zu meiner Fachrichtung zu machen, um so vielleicht selbst etwas voranzubringen.«

»Das schaffst du nie, bevor ich –«

»Ich weiß«, fährt er mir ins Wort. »Ich sage dir immer, dass du die Hoffnung nicht aufgeben sollst, aber in Wahrheit ist mir klar, wie unwahrscheinlich es ist, dass noch mal ein neues Herz für dich gefunden wird. Deshalb ...« Er bricht ab, schüttelt den Kopf.

»Deshalb was?«, hake ich nach.

»Deshalb habe ich versucht, eine andere Möglichkeit zu finden. Aber ich hab mich auf die falschen Leute eingelassen.« Sein Blick schweift ab, zum Fenster hinaus in den Garten. Bevor ich nachhaken kann, was er damit meint, fährt er mit deutlich entschlossener Stimme fort: »Ich werde aussteigen. Aber zuerst muss ich etwas finden, womit ich mich absichern –« Er springt mitten im Satz auf.

»Was ist?«, frage ich alarmiert.

Als er zu mir sieht, ist sämtliche Farbe aus seinem Gesicht gewichen. »Da ist jemand hinterm Haus!«

Ich trete neben ihn und sehe durch das Fenster in den verwahrlosten Garten hinaus. Das helle Mondlicht fällt auf die verblühten Pflanzen, das viel zu hohe Gras, die Hecken und Sträucher, die dringend geschnitten gehören. »Da ist niemand.«

»Doch. Ich hab ihn gesehen!«

Ich denke an die Gestalt am See und daran, wie einfach es ist, von dort aus in den Garten zu gelangen. »Vielleicht hat sich jemand hierher verirrt.«

»Du verstehst das nicht, Q. Sie sind hinter mir her.« Ohne ein weiteres Wort rennt Flo in den Flur hinaus.

Ich beobachte fassungslos, wie er ein paar verstreute Sachen in seinen Rucksack packt. »Was machst du da?«

»Ich muss hier weg. Es war ein Fehler, überhaupt hierherzukommen.«

»Sag mir, was los ist, Flo. Vor wem läufst du weg?«

Doch Flo stopft bloß weiter seine Sachen in den Rucksack.

»Gehören sie zu dem Zirkel?«, dränge ich.

Er schüttelt den Kopf. »Versprich mir, dass du dich da raushältst. Aus allem, was mit dem Zirkel zu tun hat.«

Bevor ich etwas erwidern kann, steht Flo auf, zieht seinen Pulli aus und dreht mir den Rücken zu. Zwischen seinen Schulterblättern befindet sich ein weißes Tattoo, so dezent, dass ich es erst auf den zweiten Blick bemerke. Es muss frisch sein; die Haut darunter ist immer noch leicht gerötet.

»Halt dich von diesem Zeichen fern«, bittet er mich. »Geh ihm aus dem Weg, ganz egal, wo es sich befindet.«

Ein Kreis, ein Heptagramm, ein Hexagon, ein Pentagramm. Ich brauche ein paar Sekunden, bis ich das Symbol erkenne. Es ist das gleiche wie auf dem Buch, das unter Leonas' Bett lag. Aber das sage ich Flo nicht. Er macht sich schon genug Sorgen.

»Versprich es mir«, fährt er fort, während er sich den Pulli wieder überstreift.

Ich nicke stumm, woraufhin Flo seinen Rucksack nimmt und sich an mir vorbei in den Flur drängt.

»Such nicht nach mir, okay? Ich komm schon klar. Ich weiß einen Ort, an dem mich niemand finden wird.« Er lächelt bitter. »Ein bisschen fühlt es sich tatsächlich so an, als wäre ich im Krieg.« Dann geht er den Flur entlang und durch die Eingangshalle, und ich laufe ihm wie ein Hund hinterher, ohne zu wissen, was ich sagen soll. »Ich melde mich, sobald ich in Sicherheit bin«, erklärt Flo und öffnet die Haustür. »Alles wird gut. Hab dich lieb.« Er zieht mich in eine kurze Umarmung, dann geht er hinaus und verschwindet mit schnellen Schritten die Auffahrt hinab.

Ich würde ihm so gerne glauben – dass sich alles klären wird, dass alles gut wird, dass er sich meldet, wenn er in Sicherheit ist. Aber irgendetwas sagt mir, dass nichts davon eintreffen wird. Ich schließe die Tür, bleibe noch eine Weile in der leeren Eingangshalle stehen und lausche in die Stille des Hauses. Was zum Teufel ist gerade passiert? Ich wollte nur ein Ladekabel holen, und plötzlich steht meine gesamte Welt kopf!

Es ist schon so spät, dass ich beschließe, heute Nacht hierzubleiben. Ich glaube nicht an die Gestalt im Garten, trotzdem kontrolliere ich sämtliche Türen und Fenster und ziehe überall die Vorhänge zu. Sicher ist sicher. Dann gehe ich hoch in mein Zimmer.

Das Ladekabel liegt tatsächlich noch auf meinem Nachttisch. Ich ziehe mein Handy aus der Tasche, stecke es ein und schreibe Mira eine Nachricht. Von Flo erzähle ich nichts, nur, dass ich über Nacht hierbleibe und es mir leidtut, dass sie die Pizza mal wieder allein essen musste.

Als ich mich aufs Bett lege, zappelt plötzlich etwas unter mir. Erschrocken springe ich auf. Die Bettdecke rutscht ein Stück zur Seite, und ganz langsam schiebt sich ein kleiner schwarzer Kopf hervor.

»Hm.« Ich verschränke die Arme und schaue streng auf die Katze hinab. »Da hat wohl jemand nicht aufgepasst.«

Sie maunzt zustimmend, drückt ihren Kopf in die Laken und fängt an zu schnurren.

»Vergiss es«, sage ich, greife die Katze im Nacken und trage sie die Treppe runter. »Auf Futter lasse ich mich ein. Alles andere geht zu weit.« Ich öffne die Haustür und setze sie ab. Doch anstatt sich beleidigt unter den nächsten Busch zu verziehen, stolziert sie triumphierend davon, und irgendwie habe ich das Gefühl, dass ich zwar gerade eine Schlacht gewonnen habe, aber drauf und dran bin, den Krieg zu verlieren.

Krieg. Genau wie Flo gesagt hat. Was auch immer er damit gemeint hat.

15

Ich vergesse, mir einen Wecker zu stellen, und als ich aufwache, ist es bereits neun Uhr. Für die ersten Vorlesungen bin ich schon zu spät, daher beschließe ich, die Uni heute ganz sausen zu lassen. Mein Kopf ist ohnehin viel zu sehr mit anderem beschäftigt.

Ich stehe auf und fange sofort an zu zittern. Im Haus ist es bitterkalt. Der feuchte Herbst hat sich in den Wänden festgesetzt, und ich nehme mir vor, die Heizung höherzustellen. Frierend gehe ich ins Bad, dann mache ich mir in der Küche einen Kaffee, ehe ich mein Handy nehme und »Symbol, Kreis, Pentagramm« in die Suchmaschine eingebe. Ganz egal, was ich Flo gestern Abend versprochen habe – ich werde nicht tatenlos zusehen, wie mein Bruder in sein Verderben rennt. Ich will herausfinden, was hier gespielt wird. Denn wenn ich Flo verliere, verliere ich den einzigen Menschen, der mir wirklich wichtig ist.

Als eine Stunde später mein Handy klingelt, spuckt der Drucker im Arbeitszimmer gerade das letzte Blatt aus. Ich sprinte in die Küche, in der aberwitzigen Hoffnung, dass Flo anruft. Aber es ist nur meine Mutter. Enttäuscht drücke ich den Anruf weg. Dann gehe ich zurück ins Büro, nehme die Seiten aus dem Drucker und sehe mir das Ergebnis meiner Recherche noch einmal an. Aber obwohl ich die Infos jetzt schwarz auf weiß vor mir habe, werde ich genauso wenig schlau daraus wie am Bildschirm.

Ich habe das Symbol gefunden. Es handelt sich um das sogenannte Sigillum Dei, das Siegel Gottes – oder zumindest eine stark vereinfachte Version davon, denn die Namen Gottes und seiner Engel, die innerhalb des Siegels angeordnet sind, haben bei Flos gefehlt. Es ist ein Zeichen, das bereits seit dem Spätmittelalter bekannt ist. Angeblich soll man damit die Fähigkeit erlangen, mit sämtlichen Geschöpfen zu kommunizieren, Gott von Angesicht zu Angesicht zu erblicken und am Ende selbst so etwas wie Gott zu werden.

Zuerst denke ich, das Symbol wäre religiös, doch je mehr ich darüber lese, desto mehr lerne ich über die *ars magica*, die magischen Künste. Tiefer und tiefer gerate ich in ein Netz aus Okkultismus und Engelsmagie, aus Wissen, Macht, Kontrolle. Und genau das ist es, was ich nicht verstehe. Mein Bruder ist der rationalste Mensch, den ich kenne. Er hat nichts mit Engeln am Hut und mit Magie auch nicht und mit Okkultismus erst recht nicht. Er will Menschen helfen. Er ist Altruist. *Geh dem Zeichen aus dem Weg, ganz egal, wo es sich befindet*, hat er gesagt. Aber das werde ich ganz sicher nicht. Nicht, wenn ich damit dem Geheimnis, das Flo umgibt, ein Stück näher kommen kann.

Wieder klingelt mein Handy. Wieder ist es meine Mutter. Ich starre das Display an wie das Kaninchen eine Schlange, doch wenn ich jetzt nicht rangehe, wird sie mich für den Rest des Tages mit weiteren Anrufen nerven. Ich atme tief durch, lasse mich auf den Sessel hinter dem Schreibtisch nieder und drücke auf den grünen Hörer. »Hallo, Mama.«

»Hallo, mein Schatz«, flötet sie mir mit ihrer typisch aufgesetzten Fröhlichkeit entgegen. »Wie geht es dir?«

Manchmal wundere ich mich, warum sie die Frage überhaupt noch stellt, wenn sie die Antwort in Wahrheit gar nicht hören will. Natürlich könnte ich ihr von der Kurzatmigkeit erzählen, dem Herzklopfen, der zunehmenden Überlastung meines verbrauchten Herzens. Aber Mama wäre überfordert damit, würde sich bloß ein oberflächliches »Das wird schon« abringen, und auf solche Floskeln kann ich verzichten.

Also erwidere ich nur ein Wort: »Gut.«

»Schön. Das ist schön, Liebes.« Die Erleichterung kriecht mir förmlich aus dem Lautsprecher entgegen. »Und wie läuft's an der Akademie? Hast du dich gut eingelebt?«

Unser Rektor wurde ermordet. Ich habe meine Tutorin tot aus der Badewanne gezogen. Flo läuft vor irgendetwas davon, und ich mache mir schreckliche Sorgen um ihn.

»Auch gut.«

»Das freut mich, mein Schatz.« Die Fröhlichkeit schlägt in Geschäftsmäßigkeit um, auch etwas, das ich bereits gewohnt bin. Meine Mutter ruft selten an, um sich einfach nur nach mir zu erkundigen. In den meisten Fällen will sie irgendetwas. »Die Polizei hat sich heute Morgen bei mir gemeldet. Sie ist auf der Suche nach Florin. Man wollte mir nicht sagen, worum es geht, nur dass sie ihn sprechen müssen und nicht erreichen können. Weißt du etwas darüber?«

Kurz überlege ich, wie viel ich meiner Mutter erzählen kann, ohne dass sie ihren gesamten politischen Apparat anwirft und sich in die Sache einmischt. Vermutlich wäre es das Letzte, was Flo will, und auch das Letzte, was ihm gerade hilft. »Wahrscheinlich geht es um die Verbindungsparty«, sage ich so ungezwungen wie möglich. »Es hat einen Unfall gegeben. Eine Mitbewohnerin von Flo ist gestorben.«

Meine Mutter atmet erschrocken ein. »Wie furchtbar. Aber was will die Polizei von Florin?«

»Er ist der Einzige, mit dem sie noch nicht gesprochen haben. Reine Routine, nehme ich an.«

»Ah, okay. Weißt du denn, wo er ist?«

»Nein. Aber ich habe erst gestern mit ihm geredet. Ihm geht es gut.« Mehr oder weniger.

»Dann bin ich ja beruhigt.« Wieder diese Erleichterung. Vermutlich hatte sie bereits befürchtet, dass ein größeres Problem ihren gesamten minutiös durchgetakteten Tagesablauf durcheinanderbringen würde. Ich höre eine Stimme im Hintergrund, sicher eine Assistentin, die auf den nächsten Termin hinweist, wodurch meine Mutter einen Moment abgelenkt ist. Zuerst bin ich froh, dass ich dieses Gespräch so einfach hinter mich gebracht habe, doch als ich schon zur Verabschiedung ansetzen will, stellt sie noch eine Frage.

»Hast du in der Villa mal nach dem Rechten gesehen?«

»Ich bin gerade da.«

»Oh, gut. Wir müssen uns wirklich langsam Gedanken machen, was mit dem Haus passieren soll. Aber ich befürchte, solange Eleonore im Heim ist, muss alles so bleiben, wie es ist.«

Bei der Erwähnung meiner Großmutter fällt mir Flos Bemerkung wieder ein – dass Oma etwas über Opas Aufzeichnungen wissen könnte. Was ist, wenn er recht hat? Wenn Oma sich doch noch an irgendetwas erinnert, trotz ihrer Krankheit? »Weißt du noch, wie lange es her ist, dass Oma dement geworden ist?«, frage ich daher.

»Wie kommst du denn jetzt darauf?«

»Ich weiß nicht. Wahrscheinlich kommen einfach Erinnerungen an früher hoch, seit ich wieder öfter in der Villa bin.«

Meine Mutter seufzt. »Puh, das ist schon so lange her. Flo und du, ihr wart auf jeden Fall beide schon auf dem Internat, und ich war zu der Zeit in Argentinien, glaube ich. Manchmal habe ich das Gefühl, dass Eleonores Krankheit über Nacht gekommen ist, aber vermutlich hat euer Großvater einfach nie darüber gesprochen, wie es ihr wirklich geht. Wilhelm hat sich immer aufopferungsvoll um sie gekümmert. Er war weiß Gott kein einfacher Mensch, doch für seine Frau hat er alles getan. Nach seinem Tod blieb mir gar keine andere Wahl, als ein Pflegeheim für sie zu suchen. Es war niemand mehr da, der für sie hätte sorgen können.«

Erneut die Stimme der Assistentin. Meine Mutter legt die Hand über das Mikrofon und antwortet irgendetwas, dann wendet sie sich wieder mir zu. »Ich muss Schluss machen, mein Schatz, ich bin spät dran. Wir sprechen später noch mal, ja? Und sag deinem Bruder, er soll mich anrufen. Hab dich lieb!«

Mir bleibt kaum noch Zeit, mich zu verabschieden, als die Verbindung auch schon getrennt wird. Ich lasse das Handy sinken und sehe nachdenklich aus dem Fenster. Gestern erschien mir die Vorstellung, dass meine Großmutter in dieser

Sache weiterhelfen könnte, vollkommen absurd, aber jetzt denke ich, dass es einen Versuch wert wäre, mit ihr zu sprechen. Vielleicht muss man ihr nur die richtigen Fragen stellen.

Ich gebe den Namen des Pflegeheims im Browser meines Handys ein. Es liegt ziemlich weit außerhalb, fast eine Dreiviertelstunde mit dem Bus, und da es bereits Mittag ist, sollte ich keine Zeit mehr verlieren. Ich öffne eine der Schubladen von Opas Schreibtisch und lege die Recherche über das Sigillum Dei hinein. Dann ziehe ich mir Schuhe und Jacke an und mache mich auf den Weg.

Eine Stunde später sitze ich im Nieselregen an der Bushaltestelle und schaue genervt in die Richtung, aus der mein Bus hätte kommen sollen, es aber seit zwanzig Minuten nicht tut. Ich überlege, was meine Optionen sind. Es gibt nur eine Linie, die bis zum Pflegeheim hinausfährt, und das auch bloß alle zwei Stunden. Ich könnte hier sitzen bleiben und warten, bis der Bus endlich auftaucht. Oder ich könnte zurück nach Hause gehen und es später noch einmal probieren, ohne Garantie, dass der Bus dann auch wirklich kommt.

Ich spiele schon mit dem Gedanken, mir ein Taxi zu rufen, obwohl mich das aller Voraussicht nach ein Vermögen kosten würde, da hält ein alter blauer Ford Fiesta neben mir, und das Seitenfenster wird runtergekurbelt. »Wo willst du hin?«

Leonas. Ausgerechnet.

»Geht dich nichts an«, erkläre ich.

Er deutet auf die Beifahrertür. »Ich kann dich fahren.«

»Wohl kaum. Ist ziemlich weit außerhalb.«

»Macht nichts. Ich wollte mich sowieso noch bei dir entschuldigen.«

Entschuldigen? Kurz frage ich mich, ob ich mich verhört habe. Ich sehe in die Richtung, aus der mein Bus kommen sollte, hoffe darauf, dass er genau jetzt um die Ecke biegt und mich aus der Situation erlöst. Aber natürlich bleibt die Straße leer.

»Jetzt steig schon ein«, brummt Leonas und öffnet mir die Beifahrertür.

Bei der Vorstellung, über eine halbe Stunde neben ihm im Auto zu sitzen, sträubt sich alles in mir. *Halt dich von dem Zeichen fern*, hat Flo zu mir gesagt. Soll ich dann ausgerechnet zu dem Mann ins Auto klettern, bei dem ich das Zeichen zuerst gesehen habe? Andererseits ist das vielleicht die perfekte Gelegenheit, mehr über Leonas zu erfahren. Und da sich der Nieselregen inzwischen in einen ausgewachsenen Regenguss verwandelt hat und ich auf andere Weise offenbar nicht hier wegkomme, öffne ich die Tür und lasse mich in den durchgesessenen Sitz fallen. Mein Bruder hat einen entscheidenden Fehler gemacht: In dem Versuch, mich von Nachforschungen abzuhalten, hat er mich nur noch mehr dazu angestachelt. Trotzdem klopft mein Herz heftig, während ich mich anschnalle, und ich hoffe inständig, dass ich gerade keinen riesengroßen Fehler begehe. Ich durchschaue Leonas nicht, und so harmlos er sich jetzt auch gibt, scheint ihn doch immer noch eine Form von

Dunkelheit zu umgeben, die ich schon am ersten Abend im Verbindungshaus bemerkt habe.

»Wo musst du hin?«, fragt Leonas.

»Nach Marienholm.«

»In das Pflegeheim?«

»Du kennst es?«, frage ich überrascht.

Er druckst ein wenig herum. »Ja, ich ... habe davon gehört.«

Während er den Blinker setzt und losfährt, schaue ich mich unauffällig um. Das Auto ist alt und klappert an allen Ecken und Enden, aber es ist sauber und gepflegt. Im Inneren riecht es dezent, wieder nach Sandelholz und Zimt, und plötzlich weiß ich, woran mich der Duft erinnert. An einen Familienurlaub in Indien. Farben, Hitze, scharfes Essen. Das Lachen meines Vaters, als ein Elefant ihm den Rüssel auf den Kopf legt. Eine Woche später ist er in einem Touristencamp im Dschungel gestorben, dahingerafft von einer Infektionskrankheit, die ein simples Antibiotikum hätte heilen können. Aber weil wir mitten in einem Naturreservat waren und die Straßen durch einen Erdrutsch unpassierbar, konnte niemand dieses Antibiotikum besorgen. Ich will nicht daran denken und greife nach einer kleinen Zinnfigur, die in der Mulde des Schaltknüppels liegt, um die Bilder in meinem Kopf zu vertreiben. Es ist der heilige Christophorus, der Schutzpatron der Reisenden.

»Hat mein Vater mir geschenkt, als ich das Auto gekauft habe«, sagt Leonas. »Er meinte, bei der alten Karre hätte ich sie nötig.«

Ich muss lächeln und ärgere mich sofort darüber. Bei unserer letzten Begegnung hat er Flo und mir gedroht. Jetzt bietet er mir plötzlich an, mich durch die halbe Stadt zu fahren. Ich werde nicht schlau aus ihm, aber ganz sicher will ich mich nicht von ihm um den Finger wickeln lassen. Der Regen nimmt zu, und Leonas stellt den Scheibenwischer höher, woraufhin er zu quietschen anfängt.

»Es tut mir leid, dass ich so schroff zu dir war«, sagt er. »Das war nicht fair. Dein Bruder ist verschwunden, und du findest mich mitten in seinem durchwühlten Zimmer. Kein Wunder, dass du gedacht hast, ich hätte was damit zu tun.«

»Du hast mir immer noch nicht erklärt, was du dort wolltest.«

»Das ist kompliziert.«

»Das Gleiche hat Flo auch gesagt.«

»Wann?«

Ich beiße mir auf die Lippe. »Wir haben telefoniert«, lüge ich. »Und bevor du fragst: Nein, ich weiß nicht, wo er jetzt ist.«

Leonas erwidert nichts, sondern konzentriert sich auf den Verkehr. Ich überlege, ihn einfach ganz direkt auf das Sigillum Dei anzusprechen. Aber mir geht Flos Warnung nicht aus dem Kopf, und vielleicht ist es unter den Umständen nicht der klügste Schachzug, mit der Tür ins Haus zu fallen.

Also verwerfe ich den Gedanken wieder und stelle eine andere Frage, die mir schon länger im Kopf herumschwirrt. »Warum tust du das? Diesen ganzen Schwachsinn mit der Verbindung. Dass du ein Semester lang den Handlanger spielst, um aufgenommen zu werden.«

Es dauert eine Weile, bis Leonas antwortet. Offenbar überlegt er sich seine Worte gut. »Als Verbindungsmitglied hat man mehr Möglichkeiten.«

»Und deswegen lässt du dich so herumkommandieren?«
Als Antwort zuckt er nur mit den Schultern.
»Du könntest an jede andere Uni gehen.«
»Könnte ich. Aber an der Schreiber gibt es einen Lehrstuhl für regenerative Medizin. Das interessiert mich.«
»Warum?«
»Findest du es nicht interessant? Dein Großvater war führend auf dem Gebiet.«
»Ich bin aber nicht mein Großvater.«

Das scheint Leonas als Antwort zu genügen. Einige Minuten lang sind das Prasseln des Regens und das leise Quietschen der Scheibenwischer die einzigen Geräusche im Auto. Dennoch ist die Stille nicht halb so unangenehm, wie ich befürchtet hätte. Die von der regennassen Scheibe verschwommene Landschaft gleitet an mir vorbei. Aus der Heizung strömt warme Luft, und das unablässige, leise Trommeln auf dem Dach schafft es, meinen Herzschlag zu beruhigen. Ich lehne mich zurück und fühle mich beinahe so etwas wie geborgen.

Nach einer Weile werfe ich Leonas einen verstohlenen Blick zu und beobachte, wie er konzentriert auf die Fahrbahn schaut. Seine Augen leuchten, und auf einmal wirken die Schatten, die ihn umhüllen, nicht gefährlich, sondern erinnern mich an die Dunkelheit in der Villa oder in dem kleinen Wäldchen am See. Eine Dunkelheit, in der ich mich wohlfühle.

Eine Viertelstunde später biegen wir auf eine lange, von gepflegten Rasenflächen gesäumte Auffahrt ein. Wir passieren ein Schild, auf dem in geschwungenen Buchstaben *Haus Abendrot* steht. Kurz darauf kommt das Pflegeheim in

Sicht: ein großes, modernes Gebäude, das sich perfekt in die Parklandschaft einfügt. Hinter dem Haus liegt ein See, in dessen Mitte selbst bei dem Mistwetter ein kleiner Springbrunnen plätschert. Leonas lenkt den Wagen auf einen Parkplatz, wo er sich auffällig von den anderen, deutlich teureren Autos abhebt. Dann macht er den Motor aus und sieht zu dem Gebäude hinüber.

»Schick.«

Er hat recht. Das Heim ist das beste weit und breit. Die monatlichen Kosten müssen astronomisch hoch sein. Sie werden aus einem Fonds bezahlt, den mein Großvater kurz vor seinem Tod angelegt hatte. Er wollte, dass Oma so gut wie möglich versorgt werden würde. Man könnte es fast als Ironie des Schicksals bezeichnen, dass er wenige Wochen später tatsächlich gestorben ist.

»Danke fürs Fahren.«

»Soll ich warten?«

»Ich komm schon klar.« Aber ich steige nicht aus. Stattdessen ertappe ich mich bei dem Gedanken, dass ich viel lieber hier im Auto bleiben würde, als dort reinzugehen. Ich möchte mich in Leonas' Schatten verkriechen, vor meiner Oma und ein bisschen auch vor dem Rest der Welt.

Als mir klar wird, was ich gerade gedacht habe, schießt mir die Hitze in die Wangen. Hastig öffne ich die Tür und steige aus, fast so, als würde ich vor irgendetwas wegrennen – was vielleicht gar nicht so weit hergeholt ist. Innerhalb von Sekunden hat der eiskalte Regen mich durchnässt. Schnell schlage ich die Autotür wieder zu und setze meine Kapuze auf, dann laufe ich in Richtung Eingang.

Im gleichen Moment, als ich durch die breiten Glastüren

in den Eingangsbereich trete, legt sich ein Ring um meine Brust. Ich will nicht hier sein. Es gibt einen Grund, warum ich Oma noch nicht besucht habe, seit ich in der Stadt bin. Aber jetzt gibt es kein Zurück mehr. Ich schäle mich aus meinem Parka und gehe zum Empfang, hinter dem mich eine leicht überschminkte Dame anlächelt.

»Oje, Sie Arme. Sie sind ja patschnass. Das ist aber auch ein Mistwetter da draußen«, sagt sie in mitfühlendem Tonfall. »Was kann ich für Sie tun?«

»Ich möchte zu Eleonore Schreiber«, erkläre ich. »Ich bin ihre Enkelin.«

»Ach, wie schön«, erwidert sie, und ihr Lächeln wird noch eine Spur breiter. »Einen Moment bitte, ich rufe eine Pflegerin.« Sie nimmt ein Telefon in die Hand, drückt eine Kurzwahltaste und spricht leise ein paar Worte in den Hörer. Dann legt sie auf und nickt mir zu. »Meine Kollegin ist gleich hier.«

»Danke.« Ich gehe ein paar Schritte zur Seite und sehe durch die breite Glasfront hinaus auf den Parkplatz. Der blaue Fiesta ist nicht mehr da. Erst jetzt fällt mir auf, was für ein Zufall es war, dass Leonas genau an der Haltestelle vorbeigefahren ist, an der ich vergeblich auf einen Bus gewartet habe. Allerdings kann ich den Gedanken nicht weiterverfolgen, weil in dem Moment eine kleine, ganz in Weiß gekleidete Frau auf mich zukommt.

»Frau Schreiber?«, fragt sie. Ihr Lächeln wirkt deutlich weniger aufgesetzt als das ihrer Kollegin.

»Ja.«

»Mein Name ist Maria, ich bin die persönliche Pflegerin Ihrer Großmutter. Ich bringe Sie zu ihr.«

Ich folge Maria eine breite Treppe hinauf und in einen modernen hellen Flur. Mit jedem Schritt, den ich mache, wird der Ring um meine Brust enger, und alles in mir schreit, einfach umzudrehen und wieder zu gehen.

»Wie schön, dass Frau Schreiber mal wieder Besuch bekommt«, sagt Maria und lächelt mir ein weiteres Mal über die Schulter zu.

»Besucht sie sonst niemand?«, frage ich und prompt gesellt sich schlechtes Gewissen zu meinem Fluchtreflex, was eine wirklich unangenehme Mischung darstellt.

»Ein ehemaliger Nachbar schaut regelmäßig vorbei und bringt ihr Blumen. Sonst kommt niemand«, fügt sie mit einer bedauernden Geste hinzu.

Wir biegen um eine Ecke, und Maria steuert auf den Raum mit der Nummer 203 zu. Im gleichen Augenblick öffnet sich die Tür gegenüber. Eine Frau und ihre vielleicht vierzehnjährige Tochter treten heraus; beide haben Tränen in den Augen. Als das Mädchen uns sieht, schlägt es die Hände vors Gesicht und läuft Richtung Ausgang. Die Frau schluchzt auf und eilt ihrer Tochter hinterher. Sie haben die Zimmertür offen gelassen, aber der Raum ist abgedunkelt, sodass ich nicht viel mehr erkenne als ein Bett, auf dem jemand liegt. Ein seltsam schwerer Geruch dringt hinaus auf den Flur.

Maria geht zu der Tür und schließt sie sanft. »Sie haben sich gerade verabschiedet«, sagt sie wie zur Entschuldigung. Dann klopft sie an die 203 und drückt die Klinke hinunter. Der Ring um meine Brust zieht sich so eng zusammen, dass ich einen Moment lang glaube, keine Luft mehr zu bekommen, trotzdem folge ich Maria hinein.

Das Zimmer ist hell und freundlich eingerichtet, mit einer großen Fensterfront, die auf den See und den Park hinauszeigt. An einer Wand steht ein Bett, doch ich schaue nicht hin, betrachte lieber das Blumenbild, das darüber an der Wand hängt.

»Frau Schreiber erholt sich gerade von einer Erkältung. Es geht ihr zwar schon deutlich besser, aber sie schläft noch viel. Sie können sich gerne zu ihr ans Bett setzen und warten.«

»Sie wird mich nicht erkennen, wenn sie aufwacht«, murmle ich.

»Nein, vermutlich nicht. Aber sie wird spüren, dass da jemand ist, der sie liebt.« Sie deutet auf einen Tisch am Fenster, auf dem neben einem frischen Strauß Blumen einige Fotoalben liegen. Sie kommen mir bekannt vor. Oma hat die Bilder selbst eingeklebt, und als Kind habe ich sie oft mit ihr zusammen durchgeblättert. »Manchen unserer Bewohner hilft es, sich Fotos von früher anzusehen«, sagt sie. »Sie spüren dann eine Art Vertrautheit. Vielleicht erkennen sie sogar die Person, auch wenn sie sich an die Situation nicht mehr erinnern können. Bei Ihrer Großmutter hat das leider alles nicht geholfen.« Sie ergreift meine Hand und drückt sie sanft. »Das ist für die Angehörigen mindestens genauso schlimm wie für die Betroffenen selbst. Nehmen Sie sich so viel Zeit, wie Sie brauchen.« Dann geht sie und lässt mich mit Oma allein.

Meine Augen fixieren immer noch das Bild über dem Bett, auf dem ein rotes Mohnblumenfeld zu sehen ist. Die Stille im Zimmer ist so vollkommen, dass ich das Blut in meinen Ohren rauschen höre. Ich schlucke, versuche, den elenden Druck auf meiner Brust zu ignorieren, ehe ich den Blick auf das Bett senke.

Meine Großmutter ist kaum auszumachen. Mit ihrer fahlen Haut und den weißen Haaren, die wie ein Kranz um ihr Kopfkissen ausgebreitet sind, verschwimmt sie beinahe mit dem weißen Laken, und ihre schmächtige Gestalt versinkt regelrecht unter der Bettdecke. Nichts erinnert mehr an die fröhliche, unternehmungslustige Person, die so oft mit erhitzten Wangen Kuchen aus dem Ofen holte oder mit erdverschmierten Händen von der Gartenarbeit hereinkam. Sie erscheint nur noch wie ein Schatten ihrer selbst, fast so, als wäre sie verblasst. Es fehlt nicht mehr viel, bis nichts mehr von ihr übrig ist.

Aber das ist nicht der Grund, warum ich Oma nie besucht habe. Der langsame körperliche Verfall, der unweigerlich mit dem Alter kommt, macht mir nichts aus. Doch die Vorstellung, dass alles, was in Omas Kopf einmal existiert hat, verschwunden ist, finde ich unerträglich. Alles, was sie je erlebt hat, ist weg. ICH bin weg. Ausgelöscht. Als hätte es mich nie gegeben.

Vorsichtig nähere ich mich dem Bett. Sie wirkt friedlich, beinahe glücklich, und mir wird bewusst, dass ich sie zum ersten Mal schlafend sehe. Ich streiche über ihre Hand. Sie ist faltig und von bläulichen Adern durchzogen, aber gleichzeitig warm und weich. Oma bewegt den Kopf ein wenig, öffnet die Augen jedoch nicht. Trotzdem rücke ich unweigerlich ein Stück zurück.

Ich schaue mich im Zimmer um. Es ist voller persönlicher Gegenstände – Bücher, Möbelstücke, Dekoration, die ich zum Teil aus der Villa kenne. Dennoch wirkt es nicht so lebendig wie früher. Es fehlt die Person, die die Dinge mit Leben füllt.

Ich gehe zu dem Tisch mit den Alben, schlage das oberste auf und blättere es durch. Die Bilder müssen ungefähr zehn Jahre alt sein. Auf den meisten Seiten sind nur ein oder zwei Fotos, nicht so wie heute, wo man von einem Ereignis Hunderte macht. Aber so wird umso deutlicher, was für ein erfülltes, buntes Leben Oma gehabt hat. Es sind Bilder aus Urlauben, von meinen Großeltern zusammen, Oma allein, in ihrem Garten, mit Freunden; Fotos von Flo und mir. Einige Dinge sagen mir nichts, an andere erinnere ich mich. Und Oma erinnert sich an gar nichts mehr, obwohl es ihre Erlebnisse sind, ihre Vergangenheit. Was ist das Leben eigentlich noch wert, wenn man sich an nichts erinnert? Nicht an die schönen Dinge, nicht an die schlechten, nicht an all die Menschen darin?

Ich höre das Rascheln von Laken hinter mir. Schnell klappe ich das Album zu, ehe ich mich umdrehe. Oma hat die Augen offen, und als sie mich bemerkt, richtet sie sich langsam auf. Sie wirkt unsicher. Mit zwei hastigen Schritten bin ich am Bett und helfe ihr, sich hinzusetzen. Sie riecht nach Schlaf und nach Alter und gleichzeitig so vertraut, dass sich der Ring um meine Brust sofort lockert. »Hallo, Eleonore«, sage ich, weil es keinen Sinn macht, sie Oma zu nennen. Es würde sie nur verwirren. »Ich bin Quinn.«

Sie lächelt mich an. »Wie nett. Ist Maria heute nicht da?«

»Sie kommt später.« Ich muss schlucken. Dann kann ich nicht mehr anders – ich trete noch einen Schritt näher und umarme sie, atme ihren Duft ein, tue für ein paar Sekunden so, als wäre alles wie früher.

Sie gibt einen leisen, überraschten Laut von sich, und ich löse die Umarmung wieder. »Es tut mir sehr leid«, sagt sie, »aber kennen wir uns? Ich habe ein paar Probleme mit dem Gedächtnis, wissen Sie. Wenn Sie mir sagen, wer Sie sind, erinnere ich mich vielleicht wieder.« Sie lächelt immer noch, auf eine aufrichtig bedauernde Art, die mir beinahe das Herz zerreißt. Es ist erstaunlich, wie einsam man sich neben einem geliebten Menschen fühlen kann, für den man eine vollkommen Fremde ist.

»Wir ... kennen uns von früher«, erkläre ich und muss aufpassen, dass meine Stimme nicht zu sehr zittert.

»Oh ...«, sagt sie. Mehr nicht. Stattdessen steht sie auf und deutet auf den Morgenmantel, der neben dem Bett über einem Stuhl hängt. »Wären Sie so freundlich?« Ich helfe ihr dabei, ihn anzuziehen. Ihre Bewegungen, ihr Lächeln, alles erinnert mich an früher. So vertraut. Und doch so weit weg.

Ich begleite sie bis zu dem Tisch, wo sie sich in einen Sessel setzt, und schenke ihr ein Glas Wasser ein, bevor ich auf die Fotoalben deute. »Wir könnten uns ein paar Bilder ansehen. Vielleicht verstehen Sie dann, woher wir uns kennen.«

»Das sind nicht meine Alben«, erwidert sie bedauernd. »Irgendjemand muss sie hier vergessen haben. Ich habe Maria schon so oft gesagt, dass sie sie mitnehmen soll, aber sie hört einfach nicht auf mich.« Sie schüttelt den Kopf, empört über Marias Versäumnis. Dann schaut sie dumpf vor sich hin, als wäre sie mit den Gedanken plötzlich ganz woanders.

Ich habe mir etwas vorgemacht. Es hat keinen Sinn, Oma

nach irgendetwas aus der Vergangenheit zu fragen, wenn sie nicht einmal sich selbst auf Fotos erkennt.

Plötzlich schaut Oma auf und lächelt mich überrascht an. »Entschuldigen Sie, aber ... wer sind Sie?«, fragt sie, genauso höflich und distanziert wie vor ein paar Minuten. »Ich habe Sie hier noch nie gesehen. Ist Maria heute nicht da?«

Und in diesem Moment weiß ich, dass ich es keine Sekunde länger hier aushalte. »Ich hätte nicht herkommen sollen«, sage ich. »Es tut mir leid.«

Ich gehe zur Tür und versuche, dabei nicht zu rennen. Als ich auf den Flur trete, fällt mein Blick auf die Zimmertür gegenüber, hinter der gerade ein Mensch stirbt. Heißt es nicht, dass das Leben noch einmal wie ein Film vor dem geistigen Auge vorbeizieht, kurz bevor der Tod eintritt?

Was wird meine Großmutter sehen, wenn es bei ihr so weit ist? Woraus wird ihr Film bestehen, wenn es nichts mehr gibt, woran sie sich erinnern kann?

Ich muss fast eine Stunde auf den Bus warten, aber es macht mir nichts aus. Ich sitze unter dem schmalen Dach der Haltestelle, schaue zu, wie der Regen die Schlaglöcher auf der Straße füllt, und gebe mein Bestes, die Gedanken an meine Oma von mir wegzuschieben. Doch es gelingt mir nicht. Schließlich stehe ich auf, trete in den Regen hinaus und recke den Kopf in den Himmel. Die Tropfen fallen auf mein Gesicht, rinnen mir in den Nacken. Ich schließe die Augen, öffne den Mund, schmecke die Süße, die Kälte, den Anflug von Winter, den der Regen mit sich bringt.

Als der Bus schließlich kommt, setze ich mich nach ganz hinten, schäle mich aus der nassen Jacke, hole Tagebuch und Stift aus der Tasche und widme mich der vermutlich unspektakulärsten Art zu sterben. Aber deswegen ist sie nicht weniger hart.

Tod durch Altersschwäche

Warum unser Körper altert, weiß niemand genau. Wie er altert, dafür gibt es verschiedene Ursachen: Verschleiß, eine begrenzte Anzahl von Zellteilungen, keine Neubildung von Zellen – das sind die wahrscheinlichsten Gründe dafür, warum wir irgendwann auf unser Ende zusteuern.

Unser Körper hat seinen Höhepunkt um das dreißigste Lebensjahr, danach geht es unaufhaltsam bergab. Die Anzahl an Zellen sinkt, die Organe verlieren an Masse, es kommt zu Funktionseinschränkungen: Gedächtnisstörungen und reduzierte Leistungsfähigkeit; Abnahme der Menge an aktivem Knochenmark, sodass weniger neue Blutzellen produziert werden; Schwächung des Immunsystems, weshalb Krankheiten schlechter abgewehrt werden können. In fast jedem Organ, in den Muskeln, den Blutgefäßen, überall kommt es zu verminderter Leistung, Durchlässigkeit und Ablagerungen von Abfallprodukten.

Die meisten Zellen können sich nicht unendlich oft teilen. Für die Zellteilung werden die sogenannten Telomere benötigt, eine Struktur am Ende der linearen Chromosomen. Sie verkürzen sich bei jeder Teilung, bis eine Teilung irgendwann nicht mehr möglich ist. Das führt zu einem automatischen Ablaufdatum: Die alten Zellen sterben, um Platz für neue zu machen. Es gibt aber auch Zellen, die sich weder teilen noch erneuern. Die von Herz, Lunge und Gehirn werden nur einmal, im Embryonalstadium, gebildet, sodass es unweigerlich zu Verschleißerscheinungen kommt. Kleinere Schäden können kompensiert werden, doch im Laufe der Zeit sammelt sich so viel an, dass es nicht mehr repariert werden kann.

Fakt ist: Altersschwäche ist keine Todesursache. Das ist immer etwas Konkretes: Herzversagen, Multiorganversagen, Atemstillstand und so weiter. Durch die Bekämpfung von Kindersterblichkeit und Krankheiten ist unsere durchschnittliche Lebenserwartung signifikant gestiegen. Vor 120 Jahren wurden Menschen im Schnitt etwa 45 Jahre alt. Heute sind es mehr als 75. Aber das absolute Alter, das jemand erreichen kann, ist trotz allem ungefähr gleich geblieben. Der Mensch mit der längsten dokumentierten Lebensspanne ist bis heute die Französin Jeanne Calment: Sie ist 122 Jahre und 164 Tage alt geworden (1875-1997).

Die Reihen der Trauergäste, die in die Richtung von Sailers Grab strömen, werden immer dichter. Um mich herum sind unzählige Menschen, tief vermummt in ihre schwarzen Mäntel und Schals, die meisten mit Schirm, einige wenige mit Kapuzen oder Hüten, um sich vor dem unentwegt fallenden Regen zu schützen. Es wirkt wie eine Szene aus einem Film, voller Klischees, und doch ist alles daran echt.

Ich weiß selbst nicht, was ich mir von der Beerdigung verspreche. Ich kannte Sailer gar nicht, habe ihn zum ersten Mal gesehen, als er verblutend auf den Stufen vor dem Rektorat lag. Aber vielleicht ist genau das der Grund. Vielleicht ist die Beerdigung eine Möglichkeit für mich, mit der ganzen Sache abzuschließen. Vielleicht will ich auch einfach nur sehen, ob Leonas wieder auftaucht.

Ich bin nicht die Einzige, die hier ist, ohne Sailer je persönlich begegnet zu sein. Die Beerdigung zieht Unmengen an Trauergästen an und vermutlich ebenso viele Schaulustige. Erst gestern ist ein weiterer Artikel über Sailer in der regionalen Presse erschienen, aber viel Neues stand nicht darin. Die Polizei hat sein gesamtes Umfeld durchkämmt, konnte aber weder ein konkretes Motiv ausmachen noch einen Verdächtigen.

Mir werden die Menschen um mich herum zu viel, die

Schirme, die mir die Sicht nehmen, der Geruch nach nassen Wollmänteln. Daher lasse ich die Trauergäste an mir vorbeigehen und folge ihnen in einigem Abstand zum Grab. Die Träger stellen den Sarg auf zwei Brettern ab, die über der frisch ausgehobenen Grube liegen, und machen dann Platz für die Familie und den Pfarrer. Noch immer wird die Menschentraube, die sich hinter den Angehörigen versammelt, zunehmend größer. Nach und nach klappen alle ihre Schirme zu, um den anderen nicht die Sicht zu versperren, wie ein Schwarm schwarzer Insekten, die ihre nassen Flügel einklappen und sich dem unvermeidlichen Regen ergeben.

Der Pfarrer spricht ein paar Worte, die ich von meinem Platz aus nicht verstehe. Mein Blick wandert zu Sailers Witwe. Sie trägt einen Hut mit einem schwarzen Schleier, der ihr Gesicht verdeckt, trotzdem ist es offensichtlich, dass sie weint. Neben ihr steht ein vielleicht sechsjähriges Mädchen – Sailers Tochter, nehme ich an. Sie hält ein kleines Stofftier in der Hand und starrt ausdruckslos auf das Grab, wobei sie an eine Puppe erinnert, die man dort abgestellt hat. Ihre dunklen, nassen Haare kleben in ihrem Gesicht, dennoch setzt sie ihre Kapuze nicht auf.

Ihr Anblick bringt etwas in mir ins Wanken. Plötzlich sehe ich mich selbst an einem Grab stehen. Es ist Sommer, und es sind weniger Menschen versammelt als hier. Aber ich bin nur ein paar Jahre älter als Sailers Tochter und befinde mich neben meiner Mutter und meinen Großeltern ganz vorne am Grab. Die Emotionen, die seit Tagen in mir wüten, sind so gewaltig, dass ich sie nicht mehr aushalte. Ich will nicht mehr weinen, nicht mehr traurig sein. Also sperre ich die Gefühle weg, und selbst als meine Mutter neben mir zusammenbricht, starre ich nur reglos auf das Loch vor mir in der Erde. Es war die Beerdigung meines Vaters, und es war das erste Mal, dass ich begriff, was der Tod bedeutet.

Jetzt wende ich den Blick von dem Mädchen ab, lasse ihn über die Trauergemeinde schweifen. Ich erkenne Decker und Millark, die nicht nur Janas Tod, sondern auch den Mord an Sailer untersuchen, zudem Dozenten, Studierende, Angestellte der Akademie. Sogar einige andere Erstsemester sind gekommen, obwohl sie mit Sailer genauso wenig zu tun gehabt haben konnten wie ich. Leonas sehe ich nicht.

Der Pfarrer hat seine Ansprache beendet. Die Sargträger stellen sich auf, zwei auf der einen Seite, zwei auf der anderen, und heben den Sarg an Gurten nach oben. Dann ziehen zwei weitere Träger die Bretter weg, auf denen er aufgebahrt lag, ehe sie ihn langsam in die Erde hineinsenken. Sailers Witwe schluchzt auf und schlägt eine Hand vor den Mund. Seine Tochter hingegen starrt immer noch ausdruckslos auf das Grab, ohne sich zu rühren.

Nachdem die Sargträger sich zurückgezogen haben, strafft die Witwe die Schultern, nimmt ihre Tochter an die Hand und führt sie wie eine Marionette neben sich her ans Grab. Mit einer kleinen Schaufel wirft sie ein wenig Erde aus einem Topf in die Grube. Obwohl ich abseits stehe, höre ich, wie die Erde auf den hölzernen Sargdeckel prasselt. Dann machen sie den Trauergästen Platz, die in einer losen Reihe auf das Grab zugehen.

Ich will mir nicht ansehen, wie Hunderte von Leuten Erde in ein Loch schaufeln, wie sie an der trauernden Witwe vorbeidefilieren und ihr Beileid bekunden, bevor sie eilig den Friedhof verlassen. Trotzdem bleibe ich, bis der letzte Gast gegangen ist, bis sich der Pfarrer von der Witwe verabschiedet hat, bis das Grab verlassen daliegt. Bald werden Friedhofsmitarbeiter kommen und die Grube schließen. Aber im Moment ist niemand zu sehen.

Ich gehe vor bis zum Rand und schaue in das Grab hinein. Die Blumen, die auf den Sarg geworfen wurden, sehen verloren darin aus, und der unaufhörliche Regen verwandelt die Erde bereits in Matsch, der hässlich an dem hellen Eichenholzsarg hinabrinnt. Der Anblick ist trostlos. Ich stelle mir den Menschen vor, der unter dem Sargdeckel liegt. Sie haben Abschied von ihm genommen, ihm den Rücken gekehrt – jetzt ist er auf sich allein gestellt.

Ich wende mich ab, blicke zu den Kränzen und Trauergebinden, die neben dem Grab abgelegt wurden, mit Beileidsbekundungen von Kollegen, Freunden, Familie. *In großer Trauer ... Voller Anteilnahme ... In liebevollem Gedenken ...* Es müssen Dutzende sein. Zwischen den Blumen und Schleifen liegt etwas Braunes, was seltsam fehl am Platz wirkt. Ich hebe es auf und erkenne den kleinen Stoffhasen, den Sailers Tochter im Arm hatte. Sie muss ihn hier verloren haben. Ich schüttle das Regenwasser und den Schlamm aus dem braunen Fell und stecke ihn ein. Dann gehe ich auf den Weg, der mich an der Friedhofskapelle vorbei zum Ausgang führt.

Sailers Haus steht in einer gehobenen Wohngegend auf der anderen Seite der Stadt. Von der Straßenbahn aus sind es noch gut zehn Minuten zu Fuß, und als ich dort ankomme, bin ich nass bis auf die Knochen. Seit der Beerdigung gestern regnet es beinahe unaufhörlich, aber die Tasche, in der ich den kleinen Stoffhasen transportiere, hält das Gröbste ab. Ich habe lange überlegt, ob ich das Kuscheltier überhaupt zurückbringen soll – Sailers Tochter hat vermutlich ein ganzes Zimmer voll davon. Doch die Erinnerung daran, wie sie auf das Grab ihres Vaters gestarrt und das Tier an sich gedrückt hat, hat mir keine Ruhe gelassen. Ich werde ihr den Hasen kommentarlos vor die Haustür legen. Soll sie selbst entscheiden, ob sie ihn noch haben will oder nicht.

Während ich die Stufen zur Eingangstür hinaufsteige, wird diese von innen geöffnet. Eine Frau kommt heraus, mit Regenmantel und Schirm. Sie ist Mitte fünfzig und kleiner und gedrungener als Frau Sailer, eine Hausangestellte vielleicht. Ich bilde mir ein, sie auch unter den Trauergästen gesehen zu haben. Als sie mich entdeckt, zuckt sie kurz zusammen.

»Huch, jetzt hab ich mich aber erschreckt. Na, so was.« Sie lächelt entschuldigend. »Kann ich etwas für Sie tun?«

So viel zu meinem Plan, ungesehen zu verschwinden. Ich ziehe den kleinen Hasen aus der Tasche hervor. »Den hab ich am Grab von Herrn Sailer gefunden. Ich wollte –«

»Timmy!«, ruft die Frau aus. »Dem Himmel sei Dank. Wir haben ihn schon überall gesucht.« Sie öffnet die Tür, die sie schon halb hinter sich geschlossen hatte, und winkt mich ins Haus. »Kommen Sie rein. Sie sind ja pudelnass.«

»Nein danke«, winke ich ab. »Ich wollte nur das Kuscheltier zurückbringen.«

Doch die Frau hört mich schon nicht mehr. Zögernd gehe ich die Stufen hoch und betrete das Haus. Die Angestellte steuert auf eine Tür zu, die sich am anderen Ende des Flurs befindet.

»Isabelle?«, fragt sie sanft in das offene Zimmer hinein. »Hier ist Besuch für dich.«

Als niemand darauf reagiert, winkt mich die Frau zu sich. Ich laufe zu ihr und sehe in den Raum. Es muss das Arbeitszimmer von Sailer gewesen sein, das mit den überquellenden Regalen und Aktenschränken dem meines Großvaters ähnelt. Das Mädchen erkenne ich erst auf den zweiten Blick. Es sitzt unter dem großen Schreibtisch und zeichnet.

»Isabelle hat immer hier gemalt, wenn Herr Sailer von zu Hause aus gearbeitet hat«, sagt die Frau leise zu mir. »Seit dem Tod ihres Vaters bekommt man sie kaum noch raus aus dem Raum. Zum Glück hat die Polizei alles Wichtige mitgenommen, da kann sie ruhig hierbleiben, solange sie will.« Irgendwo im Haus klingelt ein Telefon. Die Frau zögert, ehe sie mir einen entschuldigenden Blick zuwirft. »Ich bin gleich wieder da.« Dann geht sie und lässt mich mit Isabelle allein.

Ich beobachte das Mädchen eine Weile. Sie scheint überhaupt keine Notiz von mir zu nehmen, sitzt nur zusammengekauert unter der Tischplatte und malt mit großen Strichen auf einem ebenso großen Papier. Zögerlich trete ich ein, hocke mich vor sie auf den Boden und halte ihr den Hasen hin. »Hier. Ich glaube, der gehört dir.«

Sie beachtet mich immer noch nicht. Mit beinahe mechanischen Bewegungen fährt sie über das Blatt, und ich kann beim besten Willen nicht erkennen, ob sie versucht, irgendetwas darzustellen, oder ob sie das Papier nur stumpf mit Farbe füllt. Da schaut sie auf, sieht den Hasen, scheint zu überlegen.

Ich strecke ihn ihr noch näher hin. »Willst du ihn wiederhaben? Ich glaube, er heißt Timmy.«

Isabelle legt den Stift weg, nimmt das Kuscheltier und drückt es an sich. Dann schiebt sie mir mit der anderen Hand das Bild entgegen.

»Ist das für mich?«, frage ich.

Doch das Mädchen antwortet nicht, sondern starrt mit leerem Blick vor sich hin. Ich nehme das Papier, das so groß ist, dass ich es mehrmals falten muss, und stecke es in die Tasche. Auf der Rückseite sind irgendwelche Linien aufgedruckt, aber ich achte nicht weiter darauf.

»Danke«, sage ich und richte mich auf.

Die Hausangestellte erscheint wieder in der Tür, beinahe zeitgleich mit einer weiteren Frau, die ganz in Schwarz gekleidet ist. Obwohl ich ihr Gesicht auf der Beerdigung nicht gesehen habe, erkenne ich sie wieder.

Frau Sailer sieht erst zu mir, dann zu ihrer Tochter. »Was ist hier los, Gerda?«, fragt sie überraschend ungehalten.

»Die junge Dame hat Timmy gefunden«, erklärt die Angestellte.

Frau Sailer betrachtet mich mit unergründlichem Gesichtsausdruck. »Wo war er?«

»Neben dem Grab«, antworte ich.

»Schön, vielen Dank.« Sie wirkt abweisend, als wolle sie

mich nicht in der Nähe ihrer traumatisierten Tochter haben und so schnell wie möglich wieder loswerden.

Eilig gehe ich an ihr vorbei in den Flur, drehe mich dann aber noch mal zu ihr um. »Ich habe auch mit zehn meinen Vater verloren«, sage ich. »Irgendwann wird sie lernen, damit umzugehen.«

Ein bitterer Ausdruck erscheint um ihren Mund. »Wenn es doch nur so einfach wäre ...« Sie seufzt. »Es ist besser, wenn Isabelle jetzt ihre Ruhe hat.«

Ich werde vor die Tür gesetzt, und irgendwie hinterlässt das ein merkwürdiges Gefühl. Dennoch protestiere ich nicht, sondern folge ihr zur Haustür, die sie bereits für mich offen hält.

»Danke, dass Sie Timmy vorbeigebracht haben. Das war sehr umsichtig von Ihnen.«

»Klar.« Ich trete an ihr vorbei, will mich verabschieden, doch plötzlich fragt sie mich: »Wie war Ihr Name noch mal?«, als wüsste Sie nicht genau, dass ich ihn noch nicht genannt habe.

»Quinn«, sage ich und zögere kurz. »Quinn Schreiber.«

Das Auftreten der Frau ändert sich schlagartig. »Schreiber«, murmelt sie verächtlich. Auf einmal packt sie mich so fest am Arm, dass ich zusammenzucke. »Haben sie dich geschickt?«, zischt sie. »Keine Angst, ich halte den Mund. Aber dafür lasst ihr meine Tochter in Ruhe. Wenn ich euch noch einmal in ihrer Nähe sehe, rufe ich die Polizei.« Dann lässt sie mich los und wirft die Tür mit einem Knall hinter mir zu.

Ich starre auf die geschlossene Tür und versuche zu verstehen, was gerade passiert ist. Warum ist sie so aggressiv geworden, nachdem sie meinen Namen gehört hat?

Haben sie dich geschickt?
Ihre Frage erinnert mich an Flos Worte, kurz bevor er abgehauen ist. *Sie sind hinter mir her.*
Sie.
Das kann doch kein Zufall sein.
Einen Moment lang überlege ich, trotz meines Rauswurfs zu klingeln und sie danach zu fragen. Aber vielleicht fange ich auch schon an, Gespenster zu sehen. Vielleicht bilde ich mir das alles nur ein.
Also drehe ich mich um, setze meine Kapuze auf und mache mich im strömenden Regen auf den Weg zur Straßenbahn.

An der Haltestelle teilt mir die Anzeigetafel mit, dass die nächste Bahn erst in zwölf Minuten kommt. Seufzend lasse ich mich auf einem der Gittersitze im Wartebereich nieder. Immerhin sind sie überdacht, und die verschmierten Glaswände halten den meisten Regen ab. Kurz darauf rettet sich noch jemand unter die Überdachung, und zu meiner Überraschung ist es Gerda, die Angestellte der Sailers. Vermutlich hat sie Feierabend.

Als sie mich erkennt, sieht sie mich erst unschlüssig an, doch dann fasst sie sich ein Herz und setzt sich neben mich. Die Handtasche stellt sie auf ihren Schoß und umklammert sie mit beiden Händen, wie um sich daran festzuhalten.

»Vielen Dank noch mal, dass Sie Isabelle den Hasen zurückgebracht haben«, sagt sie. »Auch wenn es schwer zu sagen ist, ob er der Kleinen überhaupt noch etwas bedeutet.«

»Arbeiten Sie für die Sailers?«, frage ich.

»Normalerweise bin ich drei Mal die Woche da, aber seit Herr Sailer ... also, seit seinem Tod komme ich jeden Tag, um seine Frau zu unterstützen.« Sie sieht mich traurig an.

»Sie müssen Frau Sailer entschuldigen. Ich glaube, es war alles ein bisschen viel in letzter Zeit. Erst ihre Tochter, dann ihr Mann ... das steckt niemand einfach so weg, auch jemand wie Frau Sailer nicht.«

»Was ist mit Isabelle?« So wie es die Haushälterin beschreibt, scheint mehr als Schock hinter der seltsamen Art des Mädchens zu stecken.

Gerda umfasst ihre Tasche noch fester und rutscht unruhig auf dem Sitz hin und her, als müsse sie überlegen, ob sie mit mir darüber sprechen darf. Doch schließlich siegt ihr Mitteilungsbedürfnis über ihre Diskretion. »Ach, es ist furchtbar. Das arme Mädchen. Vor etwa einem Jahr wurde bei ihr ein Hirntumor festgestellt. Die Sailers waren bei mehreren Spezialisten, aber alle waren sich einig, dass er nicht operabel ist und dass es keine Möglichkeit gibt, Isabelle zu retten. Können Sie sich vorstellen, was das für ein Schock war? Für uns alle!« Sie schüttelt den Kopf. »Sie war so ein fröhliches, lebhaftes Kind. Unvorstellbar, dass sie sterben sollte. Und dann« – sie hält inne, sieht sich an der Haltestelle um, doch wir sind immer noch allein – »war der Tumor plötzlich weg! Von jetzt auf gleich.«

Ich runzle die Stirn. »Wie meinen Sie das?«

»Na, genau so. Er war weg. Die Ärzte haben gesagt, sie hätten noch nie erlebt, dass sich ein Tumor in solcher

Geschwindigkeit von selbst zurückbildet. Aber genau das hat er getan. Es war ein Wunder.«

»Das ist doch eine gute Nachricht, oder nicht?«

Gerda öffnet ihre Tasche, kramt darin herum und fördert ein Taschentuch zutage, in das sie sich schnäuzt. Dann seufzt sie. »Eigentlich schon. Aber Isabelle hat sich total verändert. Sie haben sie ja erlebt. Sie ist verschlossen, erinnert sich an nichts mehr. Manchmal ist sie so verwirrt, dass sie ihre eigene Mutter nicht mehr erkennt. Es ist fast, als wäre mit dem Tumor auch ihre ganze Persönlichkeit verschwunden.«

Mir läuft es kalt den Rücken hinunter. Gerdas Worte erinnern mich an Oma. Nur hat sie den Großteil ihres Lebens bereits gelebt. Isabelle hat ihn noch vor sich.

Wieder schnäuzt sich die Haushälterin in das Taschentuch. »Ihre Eltern haben das kaum ertragen, besonders Herr Sailer nicht. Manchmal ... oh Gott, ich darf das gar nicht laut aussprechen.« Sie unterbricht sich und sieht in den Regen hinaus.

»Manchmal ... was?«, hake ich nach, weil ich das Gefühl habe, dass sie noch mehr erzählen will.

Gerda schluchzt auf. »Manchmal weiß ich nicht, ob ich Isabelle nicht lieber ein paar würdige letzte Monate gewünscht hätte, als so weiterzuleben«, erwidert sie erstickt. Sofort presst sie sich die Faust auf den Mund. »Das hätte ich wirklich nicht sagen dürfen«, fügt sie hinzu und fängt an zu weinen.

Ich denke an das Mädchen, an ihren leeren Blick, ihre mechanischen Bewegungen.

»Und Sie sagen«, frage ich, nachdem Gerda sich ein wenig

beruhigt hat, »dass besonders Herr Sailer unter der Veränderung seiner Tochter gelitten hat?«

»Natürlich haben sie beide gelitten. Aber bei Herrn Sailer hatte ich den Eindruck, als würde er sich Vorwürfe machen. Als hätte er die Situation irgendwie beeinflussen können.« Sie schüttelt den Kopf, bestimmter dieses Mal, nicht mehr so ungläubig wie zuvor. Schließlich greift sie unter ihre Jacke und zieht eine Kette mit einem kleinen Kreuz hervor. »Dabei können wir Menschen nicht viel mehr machen, als auf Gott zu vertrauen. Auch wenn wir seinen Weg nicht immer klar vor uns sehen.«

Gott. Da ist er wieder, wie in dem Siegel, von dem ich mich fernhalten soll. Die Anzeigetafel kündigt unsere Bahn an, und kurz darauf fährt sie ein. Gerda steht auf, aber ich bleibe sitzen, tue so, als würde ich auf eine andere Linie warten, die erst in ein paar Minuten eintrifft. Ich will diesem Gespräch entkommen, das in eine Richtung abdriftet, die mir gar nicht liegt. Wir verabschieden uns, sie steigt ein, und die Bahn fährt weiter.

Wenn ich mir in einem sicher bin, dann darin: Gott hat mit nichts von alledem etwas zu tun, was in den letzten Tagen passiert ist. Mit Sailer nicht, mit Jana nicht, mit Flo nicht und mit Isabelle auch nicht.

Als ich zu Hause ankomme, beschäftigt mich Isabelles Schicksal immer noch. Normalerweise hätte das Mädchen den Tumor nicht überlebt. Normalerweise wäre sie jetzt tot.

Aber irgendwie ist gerade gar nichts mehr normal. Ein *Wunder*, so hat Gerda es genannt, aber mir fällt es schwer, an so etwas zu glauben.

Ich suche in meiner Tasche nach meinem Tagebuch und überlege, ob Isabelle einen Eintrag bekommen soll oder nicht. Dabei finde ich ihr gemaltes Bild, das zwischen die Seiten gerutscht ist. Ich hole es heraus und falte es auseinander. Ich kann nach wie vor kein bestimmtes Motiv erkennen, nur hingekritzelte Linien, was eher den Fähigkeiten einer Zweijährigen entspricht als denen eines Mädchens in Isabelles Alter. Es muss grauenvoll sein, das eigene Kind so zu sehen – wenn es noch seine ganze Zukunft vor sich haben sollte und in Wahrheit schon alles vorbei ist.

Als ich das Bild wieder zusammenfalte, bemerke ich erneut die Linien auf der Rückseite. Dieses Mal betrachte ich sie genauer und stelle erstaunt fest, dass es sich um einen Grundriss der Akademie handelt. Oder vielmehr: um den Grundriss der alten Gewölbekeller, die sich unter dem ehemaligen Kloster befinden. Die Keller sind einsturzgefährdet und verschlossen. Keine Ahnung, was Sailer mit den Plänen wollte, aber aus irgendeinem Grund hatte er sie in seinem Büro, und Isabelle hat sich auf der Suche nach neuem Papier offenbar an den Unterlagen ihres Vaters bedient.

Ich lege das Bild beiseite und hole mein Tagebuch aus der Tasche. Ich habe mich entschieden. Sie hat den Gehirntumor zwar überlebt, war aber von den Ärzten bereits aufgegeben worden. Vielleicht ist es nicht ganz fair, ihr einen Eintrag zu widmen, aber vielleicht hilft es mir, das alles zu verarbeiten.

Tod durch Hirntumor

Der Begriff Krebs (griech. Karkinos) geht angeblich auf den griechischen Gelehrten Hippokrates zurück, der den Tumor, der sich im Körper ausbreitet, mit den Zangen eines Krebses verglich. Ein Tumor entsteht, wenn sich Zellen unkontrolliert vermehren. Gutartige (benigne) zerstören das benachbarte Gewebe nicht, sondern verdrängen es nur, halbbösartige (semimaligne) wachsen in umliegendes Gewebe und zerstören es dadurch, bilden aber keine Metastasen. Bösartige (maligne) Tumore – Krebs im eigentlichen Sinne – zerstören umliegendes Gewebe und können sich im gesamten Körper ausbreiten, indem sie Metastasen bilden. Ein bisschen ist es wie bei uns Menschen. Es gibt die Unbequemen, die wehtun, die man aber gut in den Griff kriegt. Es gibt die, die ordentlich was kaputt machen, aber im Großen und Ganzen für sich bleiben. Und schließlich die, die das ganze System zertrümmern. Sie sind brutal, erbarmungslos und zerstören alles, was sich ihnen in den Weg stellt, bis sie selbst nichts mehr haben, wo sie leben können.

Die Zellen in unserem Körper teilen sich, damit der Körper wächst, gesund bleibt, sich entwickelt. Aber diese Zellteilung unterliegt strengen Regeln, einem hochkomplexen System aus Selbstregulation, Überwachung und hormoneller Steuerung. Und manchmal geht dabei etwas schief. Manchmal entstehen bei der Teilung Schäden am Erbgut der Zelle. Es bilden sich Zellen, die auf die strengen Regeln pfeifen und denen es vollkommen egal ist, was ihre eigentlichen Aufgaben sind. Sie vermehren sich, wenn sie es nicht sollten. Sie sterben nicht, wenn sie es sollten. Sie bleiben nicht an dem Ort, an dem sie bleiben sollten.

Gesunde Zellen benötigen körpereigene Signale, um sich zu teilen. Krebszellen können sich unabhängig davon vermehren. Gesunde

Zellen begehen »Selbstmord«, wenn sie Schäden aufweisen. Krebszellen reagieren nicht mehr auf die Signale, die den Zelltod einleiten sollen. Die meisten gesunden Zellen haben einen festen Standort im Körper und bleiben, wo sie hingehören. Krebszellen hingegen wachsen in benachbartes Gewebe, lösen sich von ihrem Tumor, wandern mithilfe des Blutes oder der Lymphflüssigkeit durch den Körper und bilden woanders neue Tumore.

Der Schaden, den diese Zellen im Körper anrichten, hängt von der Art des Tumors und dem Ort ab, an dem er wächst. In einem Organ beispielsweise können Krebszellen so viele gesunde Zellen verdrängen, dass das Organ seine Aufgaben nicht mehr erfüllen kann. Niere oder Leber schaffen es nicht mehr, den Körper richtig zu entgiften, der Darm kann keine lebenswichtigen Nährstoffe, die Lunge keinen Sauerstoff mehr aufnehmen. Ein Tumor verschließt durch sein ungehemmtes Wachstum unter Umständen Gefäße, sodass umliegendes Gewebe nicht mehr durchblutet wird und abstirbt. Die dadurch hervorgerufenen Entzündungsreaktionen schwächen das Immunsystem, das in der Folge Krankheiten nicht mehr effektiv bekämpfen kann. Die Liste ist beinahe unendlich.

Auch im Gehirn kommt es darauf an, wo der Tumor wächst. Alles ist möglich: Verlust von Sprache, Gleichgewicht, Koordination, Motorik, Sinneswahrnehmungen wie Hören, Sehen, Schmecken, Fühlen. Doch in Wahrheit braucht der Mensch nichts davon wirklich, um zu überleben. Tödlich wird es erst, wenn der Tumor das Atemzentrum zerstört oder so weit anwächst, dass er lebenswichtige Steuerungsmechanismen einklemmt, wodurch es zu massivem Blutdruckabfall oder einer gestörten Herzfrequenz und letztendlich einem Kreislaufstillstand kommt. Wenn man also davon ausgeht, dass keine der Nebenwirkungen, die ein Tumor auslöst, den Patienten umgebracht haben, stirbt er an Sauerstoffmangel.

17

Ich merke erst, wie spät es ist, als um mich herum alle ihre Sachen zusammenpacken und zum Ausgang der Bibliothek gehen. Ich sitze bereits seit dem Ende der letzten Vorlesung hier, doch in »Medizinische Terminologie« werfe ich nur sporadisch einen Blick. Dafür steht mein Laptop aufgeklappt vor mir, und im Browser sind ein halbes Dutzend geöffnete Tabs, die nichts mit dem heutigen Kurs zu tun haben. Zum einen habe ich versucht, noch mehr über das Siegel Gottes herauszufinden. Allerdings stoße ich weiterhin nur auf Beschwörungsfantasien aus den *ars magica*, und ich bin sicher, dass das der falsche Ansatz ist.

Zum anderen habe ich mich mit der Spontanheilung von Tumoren beschäftigt, also einem Rückgang der Krebszellen, ohne dass irgendwelche Therapien oder Medikamente verabreicht wurden. Wie ich schon vermutet habe, ist diese Art der Genesung zwar nicht unmöglich, aber doch äußerst selten. So selten, dass es tatsächlich an ein Wunder grenzt, wenn es einem widerfahren sollte. So formuliert es auch die Website einer Krebsstiftung. Ich habe lange über den Begriff nachgedacht. Ein Wunder. Immer wieder stolpere ich darüber. Dabei weiß ich genug über die moderne Medizin, um mich gar nicht erst auf solche Dinge einzulassen.

Jetzt versuche ich gerade noch mal, etwas über Sailer

herauszufinden, denn das seltsame Verhalten seiner Frau geht mir nicht aus dem Kopf. Aber obwohl er nach dem Mord öfter in den Medien erwähnt wurde, ist von seinem Privatleben nicht viel bekannt. Einige Zeitungen wollten an eine Aussage von Frau Sailer kommen, doch sie hat jede Gesprächsanfrage kategorisch abgelehnt. Ich klicke mich durch verschiedene kurze Pressemeldungen, die alle die »verkrusteten Strukturen« zitieren, die er aufbrechen wollte, dabei aber sehr oberflächlich bleiben. Doch dann stoße ich auf ein Interview in einer regionalen Zeitung, das ich bei meiner ersten Suche nicht gefunden hatte. Es ist deutlich ausführlicher als alles, was ich bisher zu Sailer gelesen habe.

Dr. Sailer, Sie versprechen, frischen Wind in die Führung der Wilhelm-Schreiber-Akademie zu bringen. Wie genau dürfen wir uns das vorstellen? So alt ist die private Hochschule ja noch gar nicht.

Sie haben recht, die Akademie wurde erst vor knapp zwei Jahrzehnten gegründet. Und trotzdem hat sich bereits ein System etabliert, das Eliten bevorzugt und ohnehin privilegierte Studierende weiter fördert. Das möchte ich gerne ändern.

Die Schreiber-Akademie erhebt hohe Studiengebühren. Man könnte sagen, dass folglich jeder, der dort studiert, in gewisser Weise privilegiert ist, oder?

Nicht ganz. Wir vergeben auch Stipendien, die die Kosten komplett oder zum Teil übernehmen. Ich würde also sagen, dass die Hochschule jedem offensteht. Aber auch innerhalb der Akademie sollten wir darauf achten, dass alle dieselben Möglichkeiten erhalten.

Nennen Sie ein Beispiel.
Gern. An der Schreiber haben sich Verbindungen gebildet: Alpha, Beta und Gamma. Dagegen ist im Prinzip nichts einzuwenden, die gibt es an vielen Hochschulen. Aber es ist absolut unverständlich, warum die Akademie den Verbindungen mietfreien Wohnraum zur Verfügung stellt. Die Häuser werden im Prinzip von den Studiengebühren mitfinanziert und damit auch von allen anderen Studierenden, die nicht das Glück haben, in eine der Verbindungen aufgenommen zu werden.
Ein weiteres Beispiel: In den letzten Jahren gab es mehrere Verdachtsfälle von Plagiarismus bei Abschlussarbeiten. Doch in keinem davon wurde eine Untersuchung eingeleitet.

Das könnte auch Auswirkungen auf Alumni haben, die ihre Abschlussarbeit gefälscht haben.
Ganz genau. Ich bin mir bewusst, dass mein Vorhaben einigen Wirbel verursachen wird. Aber ich denke, es ist die Sache wert.

Was wollen Sie dagegen tun?
Ich werde dafür sorgen, dass die Verbindungen sich an die Regeln halten. Dass sie angemessene Miete zahlen, dass sie ihre Abschlussarbeiten selbst verfassen wie alle anderen auch, dass sie nicht unrechtmäßig von Beziehungen profitieren, nur weil sie das Geld haben, um sich diese zu erkaufen.
Die Verbindungsmitglieder werden oft bei der Auswahl für bestimmte Kurse bevorzugt, genauso wie für Praktika. Sie haben durchweg bessere Noten, was kaum noch Zufall sein kann. Das sind alles Dinge, die ich im Sinne der Chancen-

gleichheit nicht gutheißen kann. Ich werde dafür sorgen, dass sich das ändert.

Und wenn die Verbindungen sich weigern?
Dann werde ich sie auflösen.

Man könnte also sagen, dass es ungemütlich wird für die Verbindungen.
Ich sehe es so: Einige wenige verlieren ein paar Privilegien. Dafür gewinnen alle anderen mehr Gleichberechtigung.

Gibt es außer den Verbindungen noch mehr Themen, die Sie als neuer Rektor anpacken wollen?
Natürlich werde ich in erster Linie darauf achten, dass der hervorragende Leistungsstandard, den wir an der Akademie bieten, bestehen bleibt. Außerdem gibt es schon seit Längerem Pläne, die alten Gewölbekeller des Klosters zu sanieren. Wie Sie vielleicht wissen, befinden sich die Räumlichkeiten der Hochschule in einem denkmalgeschützten Kloster. Mein Vorgänger, Wilhelm Schreiber, hat sich immer gegen eine Kellersanierung ausgesprochen und alle Umbaupläne blockiert, sodass die Gewölbe zurzeit leer stehen. Aber ich sehe keinen Grund, dieses Vorhaben weiter zu verzögern. Selbstverständlich werden wir uns an die Auflagen der Denkmalschutzbehörde halten, doch ich denke, dass diese Räume eine große Bereicherung für unsere Akademie wären.

Der Bibliothekar, der heute die Aufsicht hat, geht mit vielsagendem Blick an meinem Tisch vorbei, räumt herumliegende Bücher weg und schiebt Stühle an die Tische. Ich verstehe den Wink mit dem Zaunpfahl, markiere das Interview als Lesezeichen und klappe den Laptop zu. So richtig weitergebracht hat mich der Artikel nicht. Zwar weiß ich jetzt, wozu Sailer die Kellerpläne hatte, sein Vorhaben, den Einfluss und die Privilegien der Verbindungen massiv zu beschneiden, kannte ich aber bereits. Dass es einigen ehemaligen Studierenden unter Umständen an den Kragen gegangen wäre, weil sie aufgrund von Plagiatsvorwürfen ihren Doktortitel aberkannt bekommen hätten, hat sicherlich auch nicht zu seiner Beliebtheit beigetragen. Aber ich halte es nach wie vor nicht für ein ausreichendes Motiv, um jemanden zu ermorden.

Ben ist ebenfalls noch in der Bibliothek. Er steht gerade von seinem Stammplatz an einem der großen Lesetische auf. Als er sieht, dass ich auch noch da bin, wartet er auf mich.

»Hey«, sagt er lächelnd. »Konntest du meine Schrift lesen?«

»Gerade so«, erwidere ich lächelnd. »Danke.«

Ben hat mir seine Notizen aus den letzten Vorlesungen gegeben, die ich wegen meines Besuchs bei meiner Oma verpasst habe, und sie waren tatsächlich ziemlich hilfreich. Das Tempo, in dem an der Schreiber der Stoff durchgenommen wird, ist brutal, und eine verpasste Vorlesung kann einen um Tage im Lernstoff zurückwerfen.

»Kein Ding. Wenn du noch mal was brauchst, meld dich einfach.« Er druckst ein wenig herum, ehe er fortfährt: »Wir treffen uns gleich im Pub, was trinken, und ... na ja, es ist immer ganz lustig. Komm doch auch. Ich würde mich freuen. Und die anderen bestimmt auch.«

Ja klar. Die anderen können es bestimmt kaum erwarten, dass ich endlich auch mal dabei bin. Von mir selbst ganz zu schweigen. Ich habe keine Lust auf Trinkspiele, bangloses Gerede und allgemeine Heiterkeit. Allerdings fände ich es irgendwie unfair, Ben nach der Sache mit den Notizen schon wieder abblitzen zu lassen.

»Okay«, sage ich also. »Aber nur kurz.«

»Cool«, erwidert er, wobei er es nicht ganz schafft, die Überraschung in seiner Stimme zu verbergen.

Als wir aus der Bibliothek treten, empfangen uns Nebel und Dunkelheit. Es ist erst nach sechs, aber man könnte meinen, es wäre schon mitten in der Nacht. Der Nebel schluckt die Geräusche unserer Schritte, und das Licht der Straßenlaternen scheint kaum bis hinunter zum Gehweg zu reichen.

Der Pub befindet sich nur wenige Minuten entfernt. Sobald wir eintreten, schlägt uns Musik und fröhliches Gelächter entgegen. Ben geht vor und grüßt immer wieder nach links oder rechts. Ich folge ihm, bis wir an einem Tisch im hinteren Teil ankommen. Amira, Carl und Selim sind schon da und auch Mira ist dabei. Wie erwartet machen sie alle verblüffte Gesichter, als sie mich sehen.

»Möchtest du was trinken?«, fragt Ben. »Ich hol uns was.«

Ich schüttle den Kopf. »Nein danke.«

»Auch keine Cola oder so?«

»Ich bleib nicht lange.«

»Okay.« Er sieht enttäuscht aus, aber vermutlich weiß er, dass er sein Glück nicht überstrapazieren sollte. Also nickt er und geht in Richtung Bar.

»Schreiber«, sagt Carl feixend. »Hast du dich verlaufen?«

Ich verziehe das Gesicht, bevor ich jedoch antworten kann, rammt Mira ihm den Ellbogen in die Seite. »Halt die Klappe.« Sie rückt ein Stück zur Seite und zieht mich neben sich auf die Bank. »Hey, Babe. Cool, dass du da bist.«

»Du weißt aber schon, dass Leute in eine Bar gehen, um Spaß zu haben, oder?«, stichelt Carl weiter.

»Ich bin durchaus in der Lage, Spaß zu haben«, erwidere ich schnippischer als beabsichtigt. »Kommt halt immer auf das Niveau an.«

»Uuuh«, macht Selim und applaudiert. »Eins zu null für Quinn.« Dann nimmt er sein Bierglas und prostet mir zu.

Ich verdrehe die Augen. Das wird noch schlimmer, als ich befürchtet habe. Ich gebe mir eine halbe Stunde, länger bleibe ich auf keinen Fall.

»Ich seh schon«, sagt Mira. »Du brauchst doch was zu trinken. Bin gleich wieder da.« Ich will protestieren, aber da schiebt sie bereits ein »Keine Widerrede« hinterher, quetscht sich an mir vorbei und verschwindet zur Bar, von der Ben gerade mit einem Bier in der Hand zurückkommt.

»Hey, Ben«, sagt Amira, während er sich neben mich auf den Stuhl setzt. »Ich hab was Neues: Was ist Peladophobie?«

Er zuckt mit den Schultern. »Keine Ahnung.«

»Die Angst vor glatzköpfigen Menschen.«

Alle kichern. »Nicht schlecht«, meint Ben. »Ich hab auch was: Caligynephobie.«

»Verrat's mir.«

»Die Angst vor schönen Frauen.«

Ben grinst, und Selim muss so sehr lachen, dass er sich an seinem Bier verschluckt. »Daran leide ich definitiv nicht«, sagt er, als er wieder Luft kriegt.

»Natürlich nicht.« Amira zwinkert ihm zu. »Sonst würdest du ja nicht mit uns an einem Tisch sitzen.«

»Hey«, ruft Selim. »Wie wäre es, wenn Quinn bei unserer Challenge mitmacht?«

»Challenge?«, frage ich alarmiert. Vielleicht hatte ich unrecht, und der Tiefpunkt der Schrecklichkeit ist noch gar nicht erreicht.

»Ja«, fällt Amira ein. »Carl hat damit angefangen, nachdem er eine irre Fallgeschichte in einer Fachzeitschrift gelesen hat. Über einen älteren Mann, der fünfzig Jahre lang mit einer Kugel im Herz gelebt hat, ohne es zu wissen. Er ist im Krieg angeschossen worden, am Hals, aber die Wunde ist problemlos wieder verheilt. Die Kugel muss mit dem Blutstrom ins Herz gespült worden sein. Und als er fünfzig Jahre später wegen etwas völlig anderem geröntgt wurde, hat man die Kugel schließlich entdeckt.«

»Und hat sie einfach dringelassen«, fügt Carl hinzu. »*Never change a running system.* Ich bin mir sicher, dass ihr so schnell keine bessere Geschichte findet.«

»Wir haben die Herausforderung angenommen«, ergänzt Ben grinsend. »Wer bis zum Ende des Semesters die beste Story abliefert, gewinnt.«

»Und wo wir gerade beim Thema sind: Ich hab was Neues«, sagt Selim. »Wusstet ihr, dass der Wirkstoff im Kokain früher als Schmerzmittel benutzt wurde? Als eines der ersten sogar. Ein Apotheker hat damit experimentiert, weil er mithilfe des Kokains von seiner Morphiumsucht wegkommen wollte. Er hat es mit Alkohol gemischt und das Ganze als Wunderwaffe gegen so ziemlich alles angepriesen: Müdigkeit, Kopfschmerzen, Verdauungsprobleme, Impotenz, you name it. Wir trinken das Zeug heute noch, denn der gute Mann war der Erfinder von Coca-Cola.« Selim sieht auffordernd in die Runde, aber die anderen wirken wenig beeindruckt. Carl imitiert sogar ein Gähnen.

»Sorry, aber das war wirklich lahm«, meint Amira kopfschüttelnd. »Mal davon abgesehen, dass in Cola heute weder Kokain noch Alkohol drin ist.«

Selim macht ein beleidigtes Gesicht. »Bitte, dann findet was Besseres.«

»Ich hätte was«, sagt Ben. »Ein Mann kommt in die Notaufnahme. Er ist vollkommen betrunken, und als sie ihm Blut abnehmen, hat er einen Promillegehalt von 3,5.«

»Heilige Scheiße«, murmelt Carl. »Da wär ich schon längst hinüber. Und ich kann echt was vertragen.«

»Das Ding ist«, fährt Ben fort, »dass der Mann schwört, keinen Tropfen Alkohol getrunken zu haben. Seine Frau bestätigt das. Und offenbar ist ihm das schon öfter passiert. Also wird er einmal komplett durchgecheckt. Dabei stoßen die Ärzte auf eine riesige Hefepilzkolonie in seinem Verdauungstrakt. Wie sich herausstellt, hat der Mann ein paar Jahre zuvor Antibiotika bekommen. Die haben das Wachstum der Hefepilze begünstigt, und diese haben in seinem Bauch ihre eigene Brauerei aufgemacht. Nennt sich das Eigenbrauer-Syndrom.«

Selim schlägt mit der flachen Hand auf den Tisch. »Verdammt will ich sein. Das ist echt schwer zu toppen.«

In dem Moment kommt Mira zurück an den Tisch. In den Händen hält sie ein Tablett mit zwei Gläsern Guinness und zwei Shots. Sie stellt alles vor unserem Platz ab, ehe sie sich wieder neben mich setzt.

»Hey, und was ist mit uns?«, protestiert Selim, als ihm klar wird, dass Mira nur für uns beide Getränke geholt hat.

»Soweit ich weiß, bist du alt genug, um dir deine eigenen Drinks zu kaufen«, entgegnet Mira mit zuckersüßem Lächeln. Dann wendet sie sich zu mir, hebt ihren Shot und sagt: »Los. Runter damit.«

Widerstrebend nehme ich mein Glas, beobachte, wie Mira die klare Flüssigkeit in einem Rutsch runterschluckt, und mache es ihr nach. Der Alkohol brennt wie Feuer in meiner Kehle, und ich muss ein Husten unterdrücken.

Mira zwinkert mir zu. »Wie sagt mein Vater immer: Davon wird es zwar nicht besser, aber es wird einem egal.«

»Wenn das funktioniert, trinke ich noch drei davon«, erwidere ich säuerlich.

Lachend deutet sie auf das Guinness. »Eins nach dem anderen.« Sie spült den Shot mit einem Schluck der dunkelbraunen Flüssigkeit herunter, verzieht kurz das Gesicht und sagt dann: »Ich hab übrigens auch noch was für die Challenge, das ihr garantiert nicht schlagen könnt. Der rätselhafte Fall einer Frau, die noch schreiben, aber nicht mehr lesen konnte.« Sie macht eine dramatische Pause, bevor sie fortfährt: »Eines Morgens wachte die vierzigjährige Frau auf und war nicht mehr in der Lage zu lesen. Schreiben ging noch, aber sie konnte nicht mehr entziffern, was sie geschrieben hatte. Nach einer Kernspintomografie stellten die Ärzte fest, dass die Frau einen Schlaganfall hatte, der die Durchblutung an einer äußerst ungewöhnlichen Stelle des Gehirns gekappt hat. Die Frau litt danach unter der sogenannten *Wortblindheit*.« Mira grinst in die Runde, und die anderen nicken anerkennend.

»Nicht schlecht«, sagt Carl. »Das kommt knapp hinter meiner.«

Mira schnaubt. »Das ist mindestens ein Unentschieden.« Sie sieht zu mir. »Hast du auch was?« Ich zögere eine Sekunde zu lange, sodass Mira mich sofort am Haken hat. »Komm schon.«

Ich seufze. »Also schön. Aber es ist keine klassische medizinische Fallgeschichte. Eher ... eine Geschichte über den Tod.« Da niemand protestiert, fange ich an zu erzählen. »In einem Pflegeheim für Demenzkranke in den USA lebte ein Kater namens Oscar. Er zog täglich seine Runden durch die Zimmer und blieb an jedem Bett kurz stehen. Wenn er sich hinlegte und an den Patienten schmiegte, wussten die Pflegekräfte, dass derjenige innerhalb der nächsten vier Stunden sterben würde. Als Angehörige den Kater einmal aus dem Zimmer verbannten, um in Ruhe Abschied zu nehmen, ist er völlig aufgelöst auf dem Flur hin und her gelaufen und hat schließlich versucht, sich vom Nebenzimmer aus durch die Wand zu kratzen. Niemand kann sagen, woher der Kater es wusste, aber er hatte immer recht.«

Einen Augenblick lang herrscht Schweigen am Tisch. »Woher hast du das?«, fragt Amira schließlich. »Auch aus einer Fachzeitschrift?«

Ich zögere. Ich könnte einfach Ja sagen, aber warum sollte ich lügen? »Von einem Assistenzarzt im Krankenhaus. Ich war sechzehn. Er hat mir immer irgendwelche Geschichten erzählt, um mich ein bisschen abzulenken. Und die von Oscar ist hängen geblieben.«

Die anderen wenden sich anderen Themen zu, nur Miras Blick hängt noch einen Augenblick länger an mir. Sie ahnt, dass es kein simpler Krankenhausaufenthalt war – was stimmt. Damals hatte ich eine schwere Lungenentzündung, lag auf der Intensivstation, musste zeitweise sogar beatmet werden. Ich weiß, dass einige der Ärzte mich so gut wie aufgegeben hatten. Aber der Assistenzarzt kam jeden Tag zu mir, auch nach Dienstschluss, einfach nur so, um mir irgendetwas Lustiges zu erzählen. Als Flo angefangen hat, Medizin zu studieren, musste ich sofort an jenen Arzt zurückdenken. Genauso würde Flo auch werden, dachte ich damals.

Ich greife zu meinem Glas vor mir und nehme vorsichtig einen Schluck. Ich habe noch nie in meinem Leben Guinness getrunken. Der cremige Schaum ist süßlich, doch der herbe Geschmack des Biers lässt mich angewidert das Gesicht verziehen.

Mira bemerkt es und zuckt mit den Schultern. »Ein irischer Pub verlangt nach einem irischen Getränk«, sagt sie und tätschelt mir die Schulter.

»Tust du mir einen Gefallen?«, frage ich.

»Jeden, den du willst.«

»Nenn mich nie wieder Babe.«

Sie lacht. »Einverstanden.«

Das Gespräch dreht sich eine Weile um Akademiekram – das Lernpensum im Allgemeinen, eine Dozentin, die einen Kommilitonen aus ihrer Vorlesung geworfen hat, weil er zu laut Kaugummi gekaut hat, darum, wer gerade mit wem eine Beziehung hat oder gerne hätte. Ich höre nur mit halbem Ohr zu und nippe tapfer an meinem Guinness. Langsam breitet sich eine wohlige Schwere in mir aus, und tatsächlich vergesse ich für eine Weile, was gerade in meinem Leben los ist. Bis Amira eine Frage stellt, die mich schlagartig zurück in die Realität katapultiert.

»Habt ihr schon gehört, dass sie einen neuen Tutor für Anatomie gefunden haben? Es ist wieder ein Alpha. Leonas Hanter.«

Ich verschlucke mich fast an dem Guinness. Das darf doch nicht wahr sein. Von allen Studierenden an der Akademie wird es ausgerechnet er?

Ich merke, wie mich alle anderen mustern. »Kennst du ihn?«, fragt Amira.

Ich zucke mit den Schultern. »Hab ihn ein, zwei Mal getroffen.«

»Und wie ist er so?«

»Keine Ahnung«, weiche ich aus. »Werden wir ja dann sehen.«

Ben fährt sich durch die Haare und runzelt nachdenklich die Stirn. »Schon komisch, dass es schon wieder jemand von den Alphas ist, oder?«

»Ich glaub, das gehört zu deren Codex«, erwidert Carl. »Den jüngeren Semestern helfen und so.«

»Sag mal«, fängt Selim an mich gewandt an und druckst dann herum, bevor er fragt: »Stimmt es eigentlich, dass ... dass du Jana gefunden hast? In der Badewanne?«

»Können wir über was anderes reden?«, frage ich statt einer Antwort.

»Also stimmt es?« Diesmal ist es Carl, der nicht lockerlässt. »Ich meine nur, weil wir dich irgendwann nicht mehr gesehen haben und jemand erzählt hat, du wärst nach Hause gegangen.«

»Ich ... bin noch mal zurück«, sage ich ausweichend und

trinke erneut von dem Guinness, auch wenn es mit jedem Schluck schrecklicher schmeckt.

»Scheiße«, meint Amira. »Wenn ich mir vorstelle, dass ich ins Bad gehe und da jemand …« Sie spricht nicht weiter, schüttelt sich nur kurz.

»Weiß man, was genau passiert ist?«, fragt Ben.

»Hieß es nicht, dass die Polizei alle aus der Verbindung befragt hat?«, fragt Selim. »Das klingt so, als würden sie jemanden verdächtigen.«

»Sie hat im heißen Wasser das Bewusstsein verloren«, sagt Mira. »Und dann ist sie ertrunken.«

»Woher weißt du das?«, fragt Amira.

»Mein Vater hat mir erzählt, dass die Polizei die Leiche freigegeben hat. Sie wurde heute ins Bestattungsinstitut meiner Eltern gebracht. Das tun sie nur dann so schnell, wenn sie die Ermittlungen eingestellt haben.«

Die Erleichterung schwappt über mich hinweg wie eine Welle. Flo hat nichts mehr zu befürchten – zumindest nicht von der Polizei. Und gleichzeitig fühlt sich alles an dieser Nachricht falsch an. Flo hat es vorhergesagt. Janas Tod wurde als Unfall deklariert und der Fall zu den Akten gelegt, obwohl sie ziemlich leicht auf Ungereimtheiten hätten stoßen können, wenn sie nur ein bisschen an der Oberfläche gekratzt hätten. Aber aus irgendeinem Grunde haben sie das nicht. Warum?

Einen Augenblick lang schweigen alle, bis schließlich jemand das Thema wechselt. Trotzdem ist die gelöste Stimmung verflogen, die noch bis vor wenigen Minuten am Tisch geherrscht hat. Ich bekomme nicht mehr mit, worum es geht. Die Erwähnung von Jana hat die Bilder in meinem

Kopf wieder losgetreten, hat mich zurückkatapultiert zu jenem Abend und zu allem, was danach geschehen ist. Ich starre in mein halb leeres Guinness-Glas, versuche, die Gedanken zu verscheuchen, und scheitere kläglich.

»Ich gehe nach Hause«, sage ich zu Mira und stehe auf.
»Ich begleite dich«, meint Ben.
»Musst du nicht.«

Abrupt springt er von seinem Stuhl auf, als hätte er Angst, dass ich ihm davonlaufe. »Es ist dunkel draußen und ... oh shit!« Er fegt aus Versehen sein Bierglas vom Tisch, und der restliche Inhalt ergießt sich auf meiner Hose. »Sorry!«, stößt er aus. »Das wollte ich nicht.«

»Schon gut«, sage ich und hindere ihn in letzter Sekunde daran, mir mit seinem Ärmel auf der Hose herumzutupfen. »Und danke, aber ich kann sehr gut alleine auf mich aufpassen.«

»Ben hat recht, weißt du?«, meint Mira grinsend. »Ich finde auch, dass du nicht allein nach Hause gehen solltest. Es sind immerhin fast vier Minuten bis zum Wohnheim.« Sie angelt nach ihrem Mantel, der unter die Bank auf den Boden gerutscht ist. »Ich komme mit.«

Wir verabschieden uns von den anderen, und Ben tut mir fast ein bisschen leid, als ich ihn einfach stehen lasse und mit Mira zur Tür hinausgehe. Aber eben nur fast. Ich brauche niemanden, der mich beschützt.

Als wir auf die Straße vor dem Pub treten, ist der Nebel noch dichter geworden. Man kann die Wassertröpfchen förmlich in der Luft schweben sehen, und schon nach wenigen Metern haben sie sich überall abgesetzt – auf meinem Mantel, meiner Haut, meinen Haaren.

Mira hakt sich bei mir unter. »Du hättest nicht so hart zu ihm sein müssen«, tadelt sie mich, aber ich kann hören, wie sie ein Glucksen unterdrückt.

»Ben ist ein Schussel«, sage ich genervt.

»Ja, das stimmt. Aber ich meine nicht die Sache mit dem Bier. Sondern mit … ach, einfach allem. Deine Art eben. Er will nur nett sein.«

Ich schnaube.

»Ben ist echt süß.«

Ich schnaube erneut.

»Ach, komm schon. Ganz tief in dir drin, unter den zehntausend Schichten, unter denen du deine Gefühle vergräbst, findest du ihn auch süß.«

Ich versuche, nicht ein drittes Mal zu schnauben. »Ben ist nett, ja. Und zuvorkommend und lustig und … uninteressant.«

Mira lacht. »Ich sehe schon – da ist jemand ziemlich anspruchsvoll.«

Wir überqueren die Straße, die unter dem ganzen Nebel kaum zu erkennen ist. Hinter uns ertönen Schritte, aber als ich mich umdrehe, sehe ich nur graues Nichts. Unter einer Straßenlaterne bleibe ich stehen, und weil wir uns immer noch untergehakt haben, zwinge ich auch Mira zum Anhalten. Der Nebel reflektiert den fahlen Schein der Laterne. Fast wirkt es so, als befänden wir uns in einer kleinen, rauchigen Insel aus Licht. Die Schritte, die ich glaube, gehört zu haben, verstummen. Vermutlich habe ich sie mir nur eingebildet.

»Würdest du sie mir zeigen?«, frage ich mit heiserer Stimme.

»Wen?«
»Jana.«
»Wie bitte?«
»Du hast gesagt, dass sie von deinen Eltern bestattet wird. Ich möchte sie sehen.«

Mira starrt mich entgeistert an. Kleine Nebeltropfen haben sich auf die Spitzen ihrer Wimpern gesetzt und glitzern im Licht der Laterne. »Warum?«

Der nackte Körper, das Wasser auf ihrer Haut, die Haare, die sich über ihr Gesicht gelegt haben. Ich kriege die Bilder nicht aus dem Kopf. Gleichzeitig habe ich das Gefühl, dass die Polizei etwas übersehen haben muss – oder etwas verschweigt. Aber all das kann ich Mira natürlich nicht erzählen. »Ich weiß auch nicht genau. Ich ... muss sie einfach noch mal sehen.« Sie antwortet nicht, aber ich merke, wie es in ihrem Kopf arbeitet. »Bitte, Mira.«

»Mein Vater würde das niemals erlauben. Wahrung der Persönlichkeitsrechte und so.«

»Dann sag es ihm einfach nicht.«

Sie schüttelt den Kopf. »Du bist wirklich ein sehr merkwürdiger Mensch, Quinn Schreiber.«

»Ist das ein Ja?«

»Wir dürfen uns auf keinen Fall erwischen lassen. Sonst komme ich in Teufels Küche!«

»Danke!«

»Und wir müssen es nachts machen. Tagsüber schaffen wir es garantiert nicht ungesehen an die Kühlkammern. Am besten versuchen wir es, wenn meine Eltern bereits im Bett sind. Sie wohnen direkt über dem Bestattungsunternehmen.«

Oben die Familie, unten die Toten. Ein Leben zwischen Leichen. Ein Schauer läuft mir über den Rücken.

»Okay.«

Sie seufzt resigniert. »Am besten machen wir es heute noch. Ich weiß nämlich nicht genau, wann sie beerdigt werden soll.«

Ich schaue auf die Uhr. »Es ist erst neun.«

Sie nickt, dann leuchtet plötzlich ein diebisches Grinsen auf ihrem Gesicht auf. »RomCom oder Splatter?«

»Was?«

»Wie du bereits so treffend bemerkt hast, müssen wir noch Zeit totschlagen. Und dieses Mal wirst du nicht wieder irgendwelche Ausreden erfinden.«

Mir schwant Übles. »Was genau meinst du?«

»Wir werden zusammen auf der Couch sitzen, tonnenweise Schokolade futtern und einen Film anschauen.« Sie hakt sich wieder bei mir unter, als wolle sie sichergehen, dass ich nicht die Flucht ergreife. Gemeinsam biegen wir in die kleine Gasse ein, die zum Wohnheim führt, wie zwei ganz normale Studentinnen, die von einem Kneipenbesuch nach Hause gehen. Mit dem Unterschied, dass wir diese Nacht noch eine Leiche besuchen werden.

18

Weil Mira die Situation schamlos ausnutzt, hat sie eine RomCom ausgesucht. Zu viele Leichen an einem Abend seien nicht gut für die Seele, behauptet sie, aber ich bin mir bei der ganzen Melodramatik nicht sicher, was meiner Seele mehr schadet. Und dann hat der Film auch noch Überlänge. Irgendwann habe ich es endlich überstanden, das verzweifelte Paar hat sich gekriegt, und es ist auch schon fast Mitternacht, sodass wir aufbrechen können. Bis zu Miras Eltern dauert es etwa eine halbe Stunde. Da sie immer früh schlafen gehen, sind wir auf der sicheren Seite.

Wir schlüpfen in unsere Mäntel und verlassen unsere Wohnung, allerdings gehen wir nicht zur Straße raus, sondern in den Fahrradraum. Dieser ist in einem Anbau neben dem Klostergarten untergebracht, und obwohl wir gar keine Fahrräder besitzen, haben wir einen Schlüssel dafür. Da um die Uhrzeit kein Bus mehr fährt und es zum Laufen zu weit ist, haben wir entschieden, uns zwei der Räder auszuleihen. Mira stemmt die Tür auf, macht das Licht an, und vor uns reihen sich bestimmt dreißig Fahrräder in verschiedenen Formen, Größen und Zuständen auf.

Mira macht eine einladende Geste. »Such dir das schönste aus.«

Ich verdrehe die Augen und greife zum erstbesten, das in

etwa auf meine Größe passt und nicht zusätzlich mit einem Schloss gesichert ist. Mira hingegen schlendert zwischen den Reihen hindurch und schüttelt bei jedem Rad, an dem sie vorbeikommt, den Kopf.

»Jetzt mach schon«, drängle ich. »Wir fahren zu einem Bestattungsinstitut, nicht zu einer Parade.«

»Always in style, Baby«, erwidert sie ungerührt, bis sie schließlich ganz hinten ein Hollandfahrrad mit Blumen am Fahrradkorb findet und entzückt in die Hände klatscht. »Perfekt!«

Kurz darauf schieben wir unsere Leihräder zur Straße und steigen auf. Die Laternen sind aus, der Nebel ist unverändert dicht, und so fahren wir durch eine graue, undurchdringliche Wand, hinter der die gesamte Welt zu verschwinden scheint. Irgendwann verliere ich die Orientierung und folge nur noch blind Miras Rücklicht, das den Nebel vor mir rot färbt. Meine Hände sind eiskalt, mein ganzer Körper klamm. Die ungewohnte Anstrengung wärmt mich nicht auf, stattdessen schlägt mein Herz immer heftiger, und ich kann es ihm nicht verdenken.

Mira fährt in eine Gegend, in der ich noch nie war. Das wenige, das ich erkennen kann, ist nichts Besonderes – ein ruhiges, gepflegtes Viertel am Stadtrand, mit Bäumen, die die Straße säumen, und Einfamilienhäusern mit kleinen Gärten. Vor einer Einfahrt hält Mira an.

»Da sind wir. Am besten lassen wir die Räder hier stehen.«

Wir lehnen sie an die niedrige Mauer, die das Grundstück umgibt, und gehen durch ein offenes Tor. Ein Leichenwagen steht in der Auffahrt, und dahinter schält sich langsam ein Haus aus dem Nebel und der Dunkelheit. Es sieht ein bisschen aus wie die Schreiber-Villa, nur ein paar Nummern kleiner und heller. Der Eingang ist herbstlich dekoriert, und neben der Tür befindet sich ein Schild mit der Aufschrift *Kaltenberg-Bestattungen*.

»Du bist sicher, dass deine Eltern schlafen?«, wispere ich und sehe an der Fassade empor.

»Auf jeden Fall. Dafür stehen sie jeden Tag um halb sechs auf.«

Sie holt einen Schlüssel aus der Tasche, schließt die Tür auf, und wir treten leise ein. Irgendwo glimmt ein Nachtlicht, deswegen können wir uns orientieren, ohne das Licht anzumachen. Der Flur, den wir entlanggehen, ist schlicht und freundlich. Ein blumiger Geruch liegt in der Luft, wahrscheinlich von den Duftstäbchen auf einer Kommode. Wir kommen an mehreren geöffneten Türen vorbei – einem Büro, einem Besprechungszimmer, einem Raum, in dem mehrere Stuhlreihen stehen und ganz vorne ein Sarg aufgebaut ist.

»Haltet ihr hier auch Trauerfeiern ab?«, frage ich.

»Ja. Das ganze Programm. Totenwachen bieten wir ebenfalls an, wenn die Familie das wünscht.«

»Wie war das für dich, ständig von Verstorbenen und Hinterbliebenen umgeben zu sein?«

»Grauenvoll«, erwidert Mira. »Man gewöhnt sich irgendwann dran, aber vielleicht ist das sogar noch schlimmer als alles andere. Ich will mich nicht an den Tod gewöhnen. Auch wenn er irgendwie zum Leben dazugehört.« Sie steuert auf eine Tür am Ende des Flurs zu. »Hier geht's zum Versorgungsraum.«

Im Zimmer dahinter merke ich schon am Geruch, dass etwas anders ist. Anstatt nach Blumenwiese riecht es nach Desinfektionsmitteln, und als Mira das helle kaltweiße Licht anknipst, bestätigt sich meine Vermutung. Der Raum erinnert ein wenig an ein Arztzimmer. Schlichte weiße Schränke an den Wänden, Regale mit Werkzeug, das zur Versorgung der Toten dient, in der Mitte ein schmaler Tisch. Es wirkt zweckmäßig, beinahe steril, ein Arbeitsraum eben. Ich gehe auf den Tisch zu, lege meine Hand auf den kalten Edelstahl. Hier wird jeden Tag ein neuer Toter auf seine Bestattung vorbereitet. Hier ist es egal, wie er gestorben ist, ob alt oder jung, durch eine Krankheit oder einen Unfall, natürlich oder unnatürlich. Auf diesem Tisch sind alle gleich. Genau genommen existiert der Mensch hier schon gar nicht mehr. Auf diesem Tisch liegt nur noch seine Hülle.

Mira bemerkt mein Zögern nicht, durchquert das Zimmer mit wenigen Schritten und öffnet eine weitere Tür. Ich folge ihr in einen kleinen, fensterlosen Raum, in dem sich vier Kühlkammern aus glänzendem Edelstahl befinden, die einzeln geöffnet werden können. Mein Herz, das sich gerade von der langen Fahrt erholt hatte, beginnt wieder zu klopfen.

»Das ist alles ganz neu«, sagt Mira. »Früher hatten wir einen großen Kühlraum, der komplett gekühlt werden musste. Die kleinen Kammern sparen viel mehr Energie.«

Ich muss lächeln, wobei es ziemlich grimmig ausfällt. Auch der Tod muss Energie sparen. So ist das heutzutage.

Mira liest die Namensschilder, die neben drei der vier Türen angebracht sind. »Hier. Jana Nowak.« Sie deutet auf die rechte untere Tür. Dann greift sie nach dem Hebel, entriegelt sie und klappt sie auf. Kalte Luft strömt uns entgegen. Eine Bahre wird sichtbar, auf der ein in Plastik verpackter Körper liegt. Lautlos zieht Mira sie heraus. Mein Herzschlag wird heftiger.

»Bereit?«, fragt sie und greift zum Reißverschluss, der den Plastiksack verschließt.

Ich nicke.

»Okay. Dann los.«

Langsam öffnet sie den Reißverschluss. Ich bemerke, wie ihre Finger dabei zittern, und mir wird bewusst, dass sie die ganze Situation auch nicht kaltlässt. Jana ist sicher nicht die erste Tote, die sie aus der Kühlung zieht. Aber Mira hat sie gekannt, wenn auch nur flüchtig, und das macht was mit ihr, sosehr sie es sich auch nicht anmerken lassen will.

Als die steifen Seiten des Plastiksacks aufklappen, durchfährt mich ein Frösteln, doch ich rede mir ein, dass es an der kalten Luft liegt, die immer noch aus dem Kühlfach strömt. Janas Haut ist so weiß wie Milch, ihr Gesicht entspannt und dennoch seltsam starr. Nichts an ihrem Körper wirkt mehr, als wäre jemals Leben darin gewesen, ein Bewusstsein, eine Persönlichkeit. Sie sieht aus wie eine Wachsfigur, meisterhaft gearbeitet, aber niemals dazu bestimmt, sich zu bewegen.

Eine Wachsfigur, die aufgeschnitten wurde. Über Janas Brustkorb verlaufen lange, mit dunklen Fäden wieder zugenähte Schnitte, die ein Y bilden, von den Schlüsselbeinen bis zum Schambein. Der Körper darunter wurde ausgeweidet, katalogisiert, gewogen, getestet.

»Ob sie noch gemerkt hat, was passiert ist?«, frage ich.

Mira betrachtet Jana ebenfalls, aber es ist unmöglich zu sagen, was in ihr vorgeht. »Glaube ich nicht«, antwortet sie schließlich. »Es heißt, sie sei bewusstlos geworden. Wahrscheinlich hatte sie zu viel getrunken.«

»Wurde bei der Autopsie ein Drogenscreening gemacht?«

»Vermutlich. Das müsste in ihrer Akte in der Pathologie stehen.«

Genau wie alle anderen Erkenntnisse, die bei der Obduktion gewonnen wurden. Ich weiß nicht, was ich mir bei dieser Aktion hier gedacht habe. Wie soll ich durch das bloße Starren auf eine Leiche irgendetwas herausfinden, was der Pathologe übersehen haben könnte?

Ich strecke meine Hand aus, berühre Janas kalte, wächserne Haut, lasse meine Finger über ihr Gesicht gleiten, wie sie selbst es bei der Körperspenderin im Präpkurs gemacht hat. Da stutze ich. Ihre Haut ist vollkommen unversehrt. Ich beuge mich näher über ihr Gesicht, fahre mit den Fingerspitzen in den Haaransatz. Nichts. Dabei sind nur wenige Stunden zwischen dem Streit mit Flo und Janas Tod vergangen. Zwischen *der Verletzung* und ihrem Tod. So schnell heilt keine Wunde der Welt.

»Was ist?«, fragt Mira.

»Ich …« Ich schüttle verwirrt den Kopf. »Jana hat sich am Abend der Party gestoßen. Sie hat ziemlich geblutet.«

Mira beugt sich näher über Jana und schüttelt dann den Kopf. »Da ist nichts. Vielleicht hast du dich getäuscht.«

»Das kann nicht sein.« Ich denke zurück an die Bibliothek, das Blut auf dem Boden, dem Regal, auf Flos T-Shirt. Das habe ich mir doch nicht eingebildet. Ich rufe die Bilder zurück, die ich bisher so sehr von mir schieben wollte.

Versuche, mich zu erinnern, ob die Wunde da war, als ich Jana in den Armen gehalten habe. Versuche, unter die nassen Haare zu sehen, die an ihren Schläfen klebten. Aber da ist nichts.

»Vielleicht war es nicht ihr Blut?«, schlägt Mira vorsichtig vor. »Oder die Wunde war gar nicht am Kopf?«

Kann das sein? Ich fange an, den Körper genauer zu untersuchen, schaue mir ihre Arme an, den Rumpf, die Beine, finde aber nur Totenflecke, Muttermale, glatte, unversehrte Haut. Mira sucht auf der anderen Seite, ebenfalls vergeblich.

»Können wir sie rumdrehen?«, frage ich.

Mira mustert mich zweifelnd. »Warum ist dir das denn so wichtig?«

Ja warum? Ich denke an Flos Hand, die kurz nach dem Streit aussah wie gebrochen und nur Tage später wieder gesund war. Und wenn ich ganz genau überlege, dann schien seine Hand sogar bereits geheilt, als ich in jener Nacht zurück in die Verbindung gekommen bin. Langsam zweifle ich ernsthaft an meinem Verstand. »Ich muss es wissen«, erwidere ich, und obwohl das keine wirklich befriedigende Antwort sein kann, scheint sie Mira zu reichen.

»Ich rolle sie auf die Seite. Dann kannst du gucken, ob sie hinten irgendwo was hat.«

»Danke.«

Mira greift an Schulter und Hüfte und zieht Janas Körper ein Stück hoch. Der Rücken und die Unterseite der Beine sind von gräulichen Totenflecken gezeichnet, aber offene Wunden gibt es dort keine.

Und dann sehe ich es. Zwischen dem Muster, das die

Totenflecken bilden, fällt es mir erst nicht auf, doch als ich es entdecke, kann ich meinen Blick nicht mehr abwenden. Eine Tätowierung zwischen den Schulterblättern, mit weißer Farbe und sehr dezent. Ein Kreis, ein Heptagramm, ein Hexagon, ein Pentagramm. Das Sigillum Dei. Ich starre darauf und höre Flos Worte in meinem Kopf. *Halt dich davon fern.*

»Hast du was gefunden?«, fragt Mira mit zusammengebissenen Zähnen. Janas Körper ist schwer, auch im toten Zustand.

Ich schüttle den Kopf und richte mich wieder auf. »Nein. Nichts.«

Vorsichtig lässt Mira den Leichnam wieder in Rückenlage sinken und sieht mich bedauernd an. »Vielleicht hast du dich doch getäuscht.«

»Ja. Vielleicht.« Aber in dem Fall habe ich mich gleich zweimal getäuscht. Erst bei Flo und dann bei Jana. Ausgerechnet bei den beiden, die auch mit dem Siegel Gottes in Verbindung stehen. Kann das wirklich sein?

Wir machen den Plastiksack wieder zu, schieben Janas Körper zurück in das Kühlfach und schließen die Edelstahltür, die mit einem leisen Schmatzen einrastet. Anschließend waschen wir uns die Hände, löschen das Licht im Versorgungsraum und verlassen das Haus genauso leise, wie wir es betreten haben. Bis auf das Ticken der Uhr ist immer noch nichts zu hören. Niemand hat etwas von unserer Aktion mitbekommen.

»Danke«, sage ich, als wir bei den Fahrrädern ankommen. »Das hättest du nicht machen müssen.«

Mira zuckt mit den Schultern. »Ich muss vieles nicht und

tue es trotzdem. Außerdem war es dir wichtig.« Sie zögert kurz. »Hat es geholfen?«, fragt sie dann.

»Ja.« Auch wenn ich nicht weiß, was ich von dem halten soll, was ich gesehen habe. Oder besser *nicht* gesehen habe. Den Rückweg legen wir schweigend zurück. Es ist immer noch so neblig, dass man kaum drei Meter weit sehen kann. Ich fahre stur Miras Rücklicht hinterher, während meine Gedanken zunehmend abschweifen. Verletzungen, die nicht mehr da sind. Tumore, die sich spontan zurückbilden. Und das Sigillum Dei. Auf Büchern, auf Körpern. So versteckt, dass es nicht direkt auffällt. Aber wenn man einmal darauf achtet, ist es plötzlich überall.

Es ist schon fast zwei Uhr, als wir die Fahrräder zurück in den Kellerraum schieben. Die Feuchtigkeit ist mir bis in die Knochen gekrochen, und ich bin völlig erschlagen von der ungewohnten Anstrengung, mit dem Rad durch die halbe Stadt zu fahren.

»Scheiße«, murmelt Mira, während wir uns im Wohnzimmer Schuhe und Jacken ausziehen.

»Was ist?«, frage ich und gähne herzhaft.

»Morgen hab ich schon wieder eine Leiche vor der Nase. Dabei studiere ich Medizin, um nicht mehr so viele Tote zu sehen.«

Ich muss lächeln. »Ist ja nur am Anfang.«

»Wollen wir es hoffen.« Ihr »Schlaf schön« geht in einem weiteren Gähnen unter, während sie in ihr Zimmer schlurft.

Obwohl ich mindestens genauso müde bin wie Mira, kann ich nicht einschlafen. Mein Körper verlangt zwar laut nach einer Pause, mein Kopf arbeitet jedoch noch auf Hochtouren. Habe ich mir die Verletzungen nur eingebildet?

Interpretiere ich mehr in die Sache hinein, als wirklich da ist? Ist das alles in Wahrheit bloß Zufall, oder stehe ich vor einem Berg aus vielen einzelnen Puzzleteilen, die ich nur richtig zusammensetzen muss, um zu erkennen, welches Bild sich dahinter verbirgt?

Eins ist klar. Allein komme ich nicht mehr weiter. Ich brauche Hilfe, um Antworten zu finden. Und so wie es aussieht, gibt es nur eine Person, die ich darum bitten kann. Auch wenn ich immer noch nicht weiß, ob ich ihr wirklich vertraue.

19

Ich drücke auf den Klingelknopf, doch es dauert eine Weile, bis sich die Tür öffnet und Kim mich erstaunt ansieht.

»Florin ist immer noch nicht wiederaufgetaucht, falls du –«

»Ich will nicht zu Flo«, falle ich ihr ins Wort. »Ich will zu Leonas. Ist er da?«

»Leonas?«, fragt sie erstaunt. »Ähm ... ja, ich glaube schon.« Sie tritt einen Schritt zurück und lässt mich ins Haus.

Heute war Leonas zum ersten Mal als Tutor in unserem Präpkurs, aber außer ein paar knappen Anweisungen und einsilbigen Erklärungen hat er kein Wort mit uns gewechselt. Nach dem Kurs ist er sofort gegangen, sodass ich keine Gelegenheit hatte, ihn anzusprechen, also musste ich wohl oder übel hierherkommen.

Die Sitzgruppe in der Mitte der Eingangshalle ist leer, und ich steuere direkt auf die Treppe zu, um nach oben zu Leonas' Zimmer zu gehen. Kim folgt mir wie ein Hündchen.

»Hast du was von Florin gehört?«, fragt sie.

»Nein«, erwidere ich knapp. Natürlich versuche ich ununterbrochen, ihn zu erreichen. Aber die meiste Zeit ist sein Handy aus, und die wenigen Nachrichten, die durchkommen, beantwortet er mit dem ewig gleichen *Mir geht's gut. Mach dir keine Sorgen.*

»Die Polizei war noch mal da.«

Ich fahre herum. »Wann?«

»Vor einer halben Stunde. Sie haben nach ihm gefragt und gemeint, dass sie dringend mit ihm reden müssen.«

»Haben sie gesagt, worum es geht?« Der Streit mit Jana kann es nicht mehr sein. Schließlich wurden die Ermittlungen eingestellt.

»Nein, damit wollten sie nicht rausrücken«, beantwortet Kim meine Frage.

»Hm«, mache ich bloß und gehe weiter nach oben. Es wird Zeit, dass ich meinen Bruder ans Telefon kriege. Darum kümmere ich mich, sobald ich hier fertig bin.

»Leonas' Zimmer ist –«

»Ich weiß«, unterbreche ich Kim, wende mich nach links und lasse sie einfach stehen.

Ich höre schon von Weitem die Musik, die aus Leonas' geschlossener Tür dringt – ein alter Song von Interpol. Als ich anklopfe, wird er ein bisschen leiser gestellt. »Ja?«, brummt Leonas unwirsch.

»Ich bin's, Quinn«, erwidere ich.

»Moment.« Die Musik verstummt. Kurz darauf öffnet sich die Tür einen Spalt. »Was willst du?«

»Mit dir reden.«

»Wenn es um den Kurs geht –«

»Tut es nicht. Kann ich reinkommen?«

Er zögert ein, zwei Sekunden, dann öffnet er die Tür. Sein Zimmer ist genauso aufgeräumt wie an dem Abend der Party. Nur auf seinem Schreibtisch herrscht Unordnung – Bücher, lose Blätter und Notizen liegen kreuz und quer darauf verstreut, und auf dem Laptop ist ein Fachartikel geöffnet, der sich laut Überschrift mit der Stimulation von körpereigenen Reparaturprozessen beschäftigt. Leonas schließt die Tür und sieht mich auffordernd an.

Ich weiß nicht, wie ich anfangen soll. Eigentlich ist meine Frage ganz einfach, gleichzeitig komme ich mir plötzlich schrecklich albern vor. Aber für einen Rückzieher ist es jetzt zu spät.

»Es geht um den Abend der Party«, fange ich an. »Um den Streit zwischen Flo und Jana.«

»Und?«, fragt er ungeduldig, da ich nicht weiterspreche.

»Das Blut auf dem Boden, das war von Jana, oder?«

Leonas starrt mich an, als wäre ich nicht ganz bei Verstand. »Ich hab keine DNA-Analyse gemacht, aber ich denke schon, ja.«

»Hast du mitgekriegt, wo genau sie sich verletzt hat?«

Leonas runzelt die Stirn, während er versucht, sich zu erinnern. Er ist erst ganz am Ende des Streits dazugekommen und kann Jana nur kurz gesehen haben, bevor sie den Raum verlassen hat. »An der Stirn. Rechts über der Schläfe.«

Ich wusste es! Ich habe es mir nicht eingebildet. Allerdings macht das die Sache nicht unbedingt einfacher. Im Gegenteil.

»Warum fragst du das?«

»Ach, ich war mir nur nicht mehr sicher«, meine ich bloß. Doch Leonas lässt nicht locker. »Warum?«, fragt er erneut, und in seinem ganzen Wesen liegt plötzlich etwas Lauerndes.

»Ist nicht so wichtig.« Ich weiche seinem durchdringenden Blick aus. Auf einmal sind die Schatten wieder da und kriechen auf mich zu, und dieses Mal haben sie etwas

Drängendes, fast Bedrohliches. Eigentlich wollte ich ihn noch zum Siegel Gottes befragen, wollte ihn bitten, mir das Buch auszuleihen, das unter seinem Bett liegt, aber jetzt will ich nur noch hier weg. Doch Leonas versperrt mir den Weg zur Tür. »Wenn es nicht wichtig ist, wärst du nicht extra hergekommen.«

»Ich möchte bloß herausfinden, was an dem Abend passiert ist«, erwidere ich trotzig.

»Die Polizei hält es für einen Unfall.«

»Ich nicht.« Sofort beiße ich mir auf die Lippe, doch Leonas wirkt weder sonderlich überrascht noch übermäßig misstrauisch. Stattdessen entspannen sich seine Züge, und er sagt: »Ich auch nicht.«

Mehr nicht. Einfach nur diese drei Worte. Falls *er* etwas mit Janas Tod zu tun hat, verbirgt er es jedenfalls perfekt. Ich weiß, dass es riskant ist, dass ich mich an ihm vorbeidrängen und so schnell wie möglich von hier verschwinden sollte. Aber ich bleibe. »Warum hast du der Polizei dann nichts erzählt?«

»Ich habe meine Gründe. Genauso wie du deine.« Seine grauen Augen flackern, und für den Bruchteil einer Sekunde erkenne ich Wut darin, Trauer, Entschlossenheit. Leonas fährt sich rasch mit der Hand übers Gesicht, als könne er die Emotionen einfach wegwischen. Schließlich gibt er den Weg zur Tür frei.

Doch ich gehe noch immer nicht. Ich denke wieder an das Buch unter seinem Bett. An den Artikel, der gerade auf seinem Laptop geöffnet ist, an sein Interesse für die Forschung meines Großvaters. Leonas steckt viel tiefer in der Sache mit drin, als ich gedacht habe. Ich denke wieder an die Geborgenheit, die ich während der Autofahrt empfunden habe. Ich glaube nicht, dass Leonas gefährlich ist. Zumindest nicht für mich. Vielleicht sollte ich ihn in die Sache einweihen. Womöglich kann er mir dabei helfen, ein paar Puzzleteile zusammenzufügen. Ich überlege, wie viel ich ihm sagen soll, doch dann beschließe ich, alles auf eine Karte zu setzen. »Janas Verletzung war weg, als sie gestorben ist. Die Haut war unversehrt. Als wäre sie nie da gewesen.«

Leonas reagiert nicht. Zumindest nicht so, wie ich es erwartet hätte, mit ungläubigem Schnauben oder höhnischem Blick. Er sieht mich bloß an, zwei, drei Atemzüge lang. »Bist du dir sicher?«

»Ja.«

»Sie lag schon eine Weile im Wasser, als du sie gefunden hast. Du kannst die Wunde übersehen haben.«

»Ich habe gestern Nacht ihre Leiche untersucht. Da war nichts.«

Wieder mustert Leonas mich einfach still, und ich kann förmlich dabei zuschauen, wie es in ihm arbeitet. Es ist vollkommen okay, dass er kritisch nachfragt und die Nachricht erst verdauen muss. Aber warum ist er überhaupt nicht überrascht?

»Was weißt du über die Sache?«, frage ich.

»Nicht viel mehr als du.«

»So ein Quatsch. Du reagierst fast so, als hättest du es bereits gewusst.«

»Hab ich nicht. Aber es wundert mich auch nicht.«

»Wieso nicht?«

Seine Augen blitzen auf. »Du hast wirklich keine Ahnung,

oder?«, fragt er und schüttelt den Kopf, als wäre diese Tatsache deutlich ungewöhnlicher als Wunden, die innerhalb weniger Stunden wieder verschwinden. »Ausgerechnet du weißt nicht, was hier vor sich geht.«

Langsam, aber sicher werde ich wütend. Schon wieder jemand, der nur in Rätseln mit mir spricht. »Was soll das heißen, *ausgerechnet ich*?«

»Weil es deine Familie ist, mit der alles begonnen hat.«

»Was meinst du? *Was* hat mit meiner Familie angefangen?«

Doch Leonas schüttelt nur ein weiteres Mal den Kopf. »Das kann dir dein Bruder besser erklären.«

»Flo redet nicht mit mir. Er sagt, dass er mich schützen will.«

»Dann wird er seine Gründe haben.«

Ein frustrierter Schrei formt sich in meiner Kehle, und ich muss mich anstrengen, um ihn zurückzuhalten. Ich will endlich wissen, was hier los ist! »Was hast du mit der Sache zu tun?«, knurre ich schließlich.

Wieder das Flackern in seinen Augen. Wieder der Anflug von Schmerz. Doch einen Wimpernschlag später ist das Flackern verschwunden und das Grau seiner Augen ausdruckslos. »Lange Geschichte.«

»Warum erzählst du sie mir nicht?«

Er seufzt resigniert. »Weil ich viel zu viele Fragen und keine Antworten habe.«

Ich entscheide mich für den Angriff nach vorn. »Was kannst du mir über den Zirkel sagen?«

Er sieht mich überrascht an. »Also weißt du ja doch was.«

»Wie man's nimmt. Ich weiß bloß, dass es einen Zirkel

gibt und dass er als Zeichen das Siegel Gottes verwendet. Aber ich weiß nicht, was er tut, wer darin ist und was er mit der ganzen Sache zu tun hat. Ich hatte gehofft, dass du mir das sagen kannst.«

Leonas schüttelt den Kopf. »Ich weiß auch nicht viel mehr. Nur dass seine Mitglieder gefährlich sind, dass dein Bruder dazugehört – und dass sie über Leichen gehen.«

Ich schnaube empört. »Flo geht nicht über Leichen.«

Leonas zuckt bloß mit den Schultern und sagt: »Frag ihn. Ich bin gespannt, ob er sich traut, dir die Wahrheit zu sagen.«

Eine Minute später bin ich draußen auf der Straße, und mein Herz schlägt so heftig, dass ich das Gefühl habe, es könnte mir gleich aus der Brust springen. Ich habe Leonas einfach stehen lassen, weil ich mir keine Sekunde länger so einen Schwachsinn anhören wollte – dass Flo über Leichen geht, dass meine Familie da mit drinsteckt. Immer nur Andeutungen und nie Antworten.

Eine Stimme meldet sich zu Wort, ganz leise, aber doch so, dass ich sie nicht überhören kann. Auch wenn mir das alles vollkommen absurd vorkommt – es würde erklären, warum Flo in letzter Zeit so durch den Wind war. Vielleicht ist er in etwas reingerutscht, was aus dem Ruder gelaufen ist. Vielleicht hat es wirklich etwas mit Opa zu tun, obwohl ich nicht verstehe, was. Vielleicht befindet sich in dem Arbeitszimmer tatsächlich etwas, das Flo helfen könnte.

Vielleicht sollte ich aufhören, andere nach Antworten zu fragen, und selbst danach suchen.

Mein Handy klingelt. Es ist Mira. »Hi«, sage ich kurz angebunden. »Was ist?«

»Wo bist du?«, fragt sie, und ihre Stimme klingt merkwürdig aufgewühlt.

»Bei den Alphas. Warum?«

»Die Polizei war gerade hier. Ich dachte schon, dass es um unseren Ausflug in die Kühlkammer geht, aber sie wollten nur mit dir sprechen.«

»Wegen Flo?«

»Haben sie nicht gesagt. Aber ich denke schon.«

»Was hast du ihnen erzählt?«

»Was wohl? Dass ich keine Ahnung habe, wo du bist. Die Frau hat mir ihre Karte gegeben und gemeint, dass du sie anrufen sollst, sobald du wieder da bist.«

Ich runzle die Stirn. Erst war die Polizei hier, dann gleich darauf in der WG. Es scheint ihnen ernst zu sein. Aber was wollen sie denn noch?

»Quinn?«, hakt Mira schließlich nach. »Könntest du bitte herkommen?«

»Ja«, erwidere ich zerstreut. »Natürlich.«

»Gut.« Sie klingt erleichtert, und prompt tut es mir leid, dass ich sie in diese ganze Sache verwickelt habe.

Wir beenden das Gespräch, doch bevor ich den Weg Richtung Wohnheim einschlage, tippe ich noch eine Nachricht an Flo. Die Chance, dass er sie liest, ist gering, aber einen Versuch ist es wert. Ihn anzurufen, habe ich inzwischen aufgegeben.

> **Quinn**
> Die Polizei fragt nach dir.
> WAS IST LOS?! Melde dich!!!

Wie erwartet erhalte ich keine Antwort.

Eine Viertelstunde später öffne ich die Tür zu unserer Wohnung. Mira sitzt auf der Couch und zappt durchs Fernsehprogramm, doch als ich reinkomme, macht sie sofort aus und deutet auf den Couchtisch. Ihrem Gesichtsausdruck nach könnte man meinen, dort sitzt ein giftiges Insekt, aber es ist nur eine Visitenkarte. Ich erkenne sie wieder. Karin Decker. Dieselbe Polizistin, die nach Janas Tod in der Verbindung war und auch Sailers Mord untersucht.

»Was wollen sie von deinem Bruder?«, fragt Mira. Ihre Stimme klingt ganz dünn.

»Ich weiß es nicht«, sage ich und lasse mich neben sie auf die Couch fallen.

»Geht es immer noch um Jana?«

»Ich weiß es nicht«, wiederhole ich kopfschüttelnd.

»Weißt du denn, wo er ist?«

»Nein.«

»Wirklich nicht?«

»Nein«, wiederhole ich mit Nachdruck.

»Okay, okay. Schon gut. Ich denke nur ... das geht jetzt schon seit einer Weile so. Wenn Florin einfach mit der Polizei reden würde, dann ...«

Ich seufze. »Hab ich ihm auch gesagt. Er macht sonst alles nur noch schlimmer.«

Mira sieht mich überrascht an. »Du hast mit ihm gesprochen?«

»Ist schon ein paar Tage her. Seitdem hatten wir keinen Kontakt mehr.«

Sie deutet wieder auf die Visitenkarte, die unangerührt auf dem Tisch liegt. »Rufst du an?«

»Muss ich wohl. Auch wenn ich nicht weiß, was ich ihnen sagen soll.«

Widerwillig hole ich mein Handy raus und wähle die Nummer auf der Karte. Kurz überlege ich, in mein Zimmer zu gehen. Aber irgendwie tut es gut, Mira an meiner Seite zu haben, also bleibe ich.

Decker meldet sich nach dem zweiten Klingeln. »Decker?«

»Hier ist Quinn Schreiber.«

»Frau Schreiber. Danke für den Rückruf. Sie haben bestimmt mitbekommen, dass wir immer noch nach Ihrem Bruder suchen.« Ihre Stimme klingt sachlich und kühl.

»Ja, aber ich verstehe nicht, warum. Die Ermittlungen zu Janas Tod sind doch abgeschlossen.«

Ihre Antwort kommt so prompt, dass sie mir beinahe ins Wort fällt. »Es geht nicht um Frau Nowak. Es geht um den Mord an Johann Sailer.«

Ich brauche einen Moment, um die Information zu verarbeiten. »Wie bitte?«, frage ich ungläubig. »Warum denn das?«

»Wissen Sie inzwischen, wo ihr Bruder ist?«, will Decker wissen, ohne auf meine Frage einzugehen.

Ich schüttle den Kopf, bis mir einfällt, dass sie das schlecht sehen kann. »Nein«, sage ich laut.

»Ihnen ist hoffentlich klar, dass Sie wegen Beihilfe zur Flucht angeklagt werden können«, sagt sie barsch.

»Ich weiß es wirklich nicht«, erwidere ich heftiger als geplant.

Decker schweigt kurz, ehe sie schließlich einlenkt. »Na schön. Bitte rufen Sie sofort an, wenn Sie etwas von ihm hören. Ich melde mich wieder.« Dann legt sie auf.

Ich starre noch eine Weile auf das Display, bevor ich das Telefon sinken lasse. In was zum Teufel ist Flo da nur reingeraten? Plötzlich habe ich das Gefühl, keine Luft mehr zu kriegen. Ich schließe die Augen, atme tief durch und versuche, mein Herz zu beruhigen, das schon wieder unnatürlich hart in meiner Brust pocht.

»Quinn?«, sagt Mira vorsichtig.

Erst nach ein paar Sekunden öffne ich die Augen, und als ich ihren verwirrten Gesichtsausdruck sehe, weiß ich sofort, dass sie jedes Wort von Decker verstanden hat. »Ist alles in Ordnung?«

Nein. Nichts ist in Ordnung. Doch anstatt ihr das zu sagen, stehe ich auf und greife nach meiner Tasche. »Ich muss noch mal in die Villa.«

»Warum?«

Ich zögere. Nicht, weil ich Mira nicht vertraue. Sondern weil ich sie nicht noch tiefer in die Sache hineinziehen will. »Es ist besser, wenn du nicht –«

»Lass mich dir helfen«, unterbricht sie mich. »Du musst das nicht alles allein machen, Quinn.« Sie lächelt. »Viel schlimmer, als mitten in der Nacht im dicksten Nebel Leichen aus Kühlkammern zu holen, kann es eigentlich nicht mehr werden.«

Ich muss ebenfalls lächeln, auch wenn mir nicht danach zumute ist. Dann denke ich an die Villa, an die vielen Zimmer, an die Hunderte von Büchern, die sich in Opas Büro stapeln. »Vor ein paar Tagen ist Flo in der Villa aufgetaucht. Er hat etwas gesucht, etwas, das wichtig für ihn ist. Aber er musste abhauen, bevor er es gefunden hat. Wenn ich es finde, kann ich ihm vielleicht helfen.«

»Okay«, sagt Mira und nickt. »Dann machen wir uns am besten sofort auf den Weg.«

20

Es ist später Nachmittag, als wir die Auffahrt zur Villa entlanggehen. Aus dem Wald hinter dem Haus schiebt sich die Dämmerung über die Dächer, und zwischen den abgeblühten Pflanzen im Garten kräuselt sich Nebel. Doch Mira scheint sich an dem wenig einladenden Anblick nicht zu stören. Während ich die Haustüre aufschließe und wir die Eingangshalle betreten, sieht sie sich mit großen Augen um.

»Heilige Scheiße«, ruft sie aus, als ich das Licht einschalte und der Kronleuchter über unseren Köpfen aufleuchtet. »Das ist ja ein halber Palast.«

Ich zucke mit den Schultern. »Kann schon sein.«

»Warum lässt deine Familie dieses Haus einfach leer stehen?«

»Seit Oma im Heim ist, weiß niemand so richtig, was damit gemacht werden soll. Deswegen bleibt einfach alles so, wie es ist.« Ich hänge meine Jacke an der Garderobe auf, während Mira weiterhin mit offenem Mund den Kronleuchter und die Gemälde am Treppenaufgang anstarrt. »Weißt du, was völlig verrückt ist?«, frage ich. »Wenn Oma stirbt, gehört das alles Flo, inklusive der Treuhand- und Aktienfonds, die meine Großeltern angelegt haben.«

Mira zieht erstaunt die Augenbrauen in die Höhe. »Nicht deinen Eltern?«

»Mein Vater ist schon vor Jahren gestorben. Meine Mutter und er waren nie verheiratet, also ist Flo der Nächste in der Erbfolge.«

Wir gehen durch den Flur in Richtung Küche, doch als Mira an der Tür zum Salon vorbeikommt und all die abgedeckten Möbel darin sieht, biegt sie kopfschüttelnd in den Raum ab. »Das ist nicht dein Ernst.«

»Was denn?«

»Na, das hier.« Sie deutet auf die weißen Laken.

Ich verdrehe die Augen. Mira ist genau wie Flo. »Ich benutze das Zimmer nicht.«

»Das sieht aus wie in einem Totenhaus. Kein Wunder, dass du so drauf bist.« Sie schaut sich abschätzend um, dann greift sie nach dem Tuch über der Couch und zieht es mit einem Ruck herunter. Staub wirbelt auf. Unter dem Laken kommt ein gelbes Brokatsofa zum Vorschein. Die Farbe des Stoffs leuchtet im Dämmerlicht und wirkt wie in Form gegossenes Gold zwischen dem vielen Weiß.

»Los«, sagt Mira und geht zum nächsten Sofa. »Hilf mit.«

Sie zieht ein Laken nach dem anderen von den Möbeln, und im ersten Moment fühlt es sich befremdlich an, wie sie dabei Stück für Stück mehr Farbe und Struktur in das Zimmer zurückbringt. Doch dann trete ich zu einem unförmigen, rechteckigen Gebilde an der Wand, reiße die weiße Hülle hinunter und lege eine Vitrine frei, in der wertvolle Vasen und anderes Porzellan aufgereiht sind. Nach kurzer Zeit haben wir alles aufgedeckt. Staub tanzt in dicken Flocken durch die Luft, und wir bekommen beide einen so heftigen Niesanfall, dass wir lachen müssen.

Wann habe ich eigentlich das letzte Mal gelacht?

Mira dreht sich im Kreis und betrachtet zufrieden unser Werk. »Na bitte. Sieht doch gleich viel besser aus.« Sie deutet auf eine Sammlung kleinerer Gemälde an der Wand, die mit ziemlicher Sicherheit echt sind, und fügt hinzu: »Dass dein Großvater ein hohes Tier war, weiß ich. Aber dass er derart wohlhabend war, hätte ich nicht gedacht. Wie ist er zu so viel Geld gekommen?«

Ich zucke mit den Schultern. »Durch seine Forschung, denke ich. Oder die Akademie. So genau weiß ich das nicht.«

»Krass. Derart reich zu sein, dass man gar keine Ahnung mehr hat, warum.«

»Es hat mich einfach nicht interessiert.«

»Weil es dich nicht interessieren muss. Für dich war es nie eine Frage, dass du an der Schreiber studierst. Bei deinem Namen haben sich hier alle Türen von allein geöffnet.«

Ich glaube, einen leicht vorwurfsvollen Unterton aus Miras Worten zu hören. Weil ich nicht will, dass sie mich für überheblich hält, gebe ich zu: »Da ist was dran.«

Erleichtert stelle ich fest, dass das Thema für Mira damit beendet zu sein scheint. Vor ein paar Wochen wäre es mir egal gewesen, was sie über mich denkt und ob sie mich für eingebildet oder oberflächlich hält. Das hat sich gründlich geändert – eine Erkenntnis, die sich ungewohnt anfühlt, sogar ein bisschen beängstigend.

Da lässt eine Bewegung an der Tür zum Garten uns herumfahren. Ein kleiner schwarzer Schatten ist davor aufgetaucht, und zwei gelbgrüne Augen sehen neugierig zu uns herein. »Ooh, wer ist denn das?«, ruft Mira aus, und bevor ich sie davon abhalten kann, öffnet sie die Tür. Schnell wie der Blitz huscht die Katze herein und streicht schnurrend um Miras Beine. »Gehört sie euch?«

»Mehr oder weniger«, antworte ich resigniert.

»Wie heißt sie?«

»Katze.«

Mira grinst. »War ja klar.«

Sie krault das Tier hinter den Ohren, und das Schnurren wird lauter. Doch als sie die Katze auf den Arm nehmen will, entwindet sie sich ihrem Griff und flitzt in eine Ecke, wo sie unter den herumliegenden Laken verschwindet.

»Oje«, macht Mira zerknirscht. »Das ist der perfekte Katzenspielplatz hier.«

»Ach, lass sie«, erwidere ich. »Die taucht schon wieder auf.« In meinem Bett, möchte ich wetten. Aber wir haben Wichtigeres zu tun, als herumstreunende Ausreißer zu suchen. Wir haben sowieso schon viel zu viel Zeit vergeudet.

Wir beginnen im Arbeitszimmer, wobei wir nicht mal wissen, wonach wir eigentlich genau suchen sollen. Ich halte die Augen nach allem offen, was irgendwie mit einem mysteriösen Zirkel, der Akademie oder Sailer zu tun haben könnte. Mira gegenüber bleibe ich dabei so schwammig wie möglich. Sosehr ich mich über ihre Hilfe freue, so wenig will ich ihr etwas von Geheimbünden und Wunderheilungen erzählen. Sie steckt schon tief genug in der ganzen Sache drin.

Wir öffnen Schränke und Kisten, nehmen sämtliche Bücher und Aktenordner in den Regalen in Augenschein, ohne etwas zu finden. Ich durchsuche noch mal die Schreibtischschubladen, obwohl ich schon weiß, dass nichts Persönliches darin ist. Den Ausdruck mit meiner Recherche über das Sigillum Dei, den ich darin deponiert hatte, schiebe ich unter einen Stoß leeres Papier, damit Mira ihn nicht sieht. Ich will nicht auch noch erklären müssen, dass mein Bruder etwas mit Okkultisten am Hut hat – zumal ich das nach wie vor nicht glaube.

Dann rücken wir der Schublade zu Leibe, die weder Flo noch ich öffnen konnten. Wir suchen vergeblich nach einem Schlüssel, und ich überlege schon, womit ich sie aufbrechen könnte, als Mira mit einer auseinandergebogenen Büroklammer im Schlüsselloch herumstochert und es tatsächlich schafft, das Schloss zu knacken.

In der Schublade befinden sich nur zwei Dinge: ein in Leder gebundenes Tagebuch – und ein Ring. Ich greife danach, ohne wirklich darüber nachzudenken, beinahe magisch von dem goldschimmernden Metall angezogen. Es ist ein schwerer Siegelring, und als ich die Gravur darauf erkenne, muss ich mich zusammenreißen, um ihn nicht fallen zu lassen wie eine glühende Kohle. In scharfen Konturen steht ein Kreis hervor, ein Heptagramm, ein Hexagon, ein Pentagramm. Das Siegel Gottes.

»Was ist das?«, fragt Mira, und ich lasse den Ring schnell in meiner Hand verschwinden.

»Oh, nur ein alter Ring.« Dann nehme ich das Buch heraus.

»Und das?«, fragt Mira. »Es sieht ziemlich edel aus.«

Ich schlage die erste Seite auf, und mein Herz fängt wieder an, heftig zu pochen. Doch meine Hoffnung, endlich etwas gefunden zu haben, zerschlägt sich, sobald ich die ersten Sätze lese.

1. Oktober 1986
Endlich kommt Land in Sicht. Die Schiffsreise schien kein Ende zu nehmen, doch heute, nach Wochen auf hoher See bei schlechter Verpflegung und viel zu engen Betten, erreichen wir Ushuaia, die Hauptstadt von Feuerland. Der Anblick ist atemberaubend. Im Hintergrund erheben sich schneebedeckte Bergkuppen, und auf einem kleinen Eiland kurz vor der Hafeneinfahrt beobachten wir einige Seelöwen, die sich in der Sonne wärmen.

»Ein Reisebericht?«, fragt Mira.

Ich blättere wahllos mehrere Seiten auf, doch es geht auf dieselbe Art weiter. Mira hat recht. Hierbei handelt es sich bloß um ein Tagebuch über irgendeinen Urlaub, der schon Jahrzehnte her ist. Es ist eindeutig Opas Handschrift, aber der Inhalt bringt uns nicht weiter. Und mit dem Ring werde ich mich später beschäftigen. Er hat etwas zu bedeuten, das spüre ich. Etwas, das mir gar nicht gefallen wird. Aber er verrät mir nichts darüber, wovor Flo wegläuft oder was er mit Sailer zu tun haben könnte.

Frustriert lege ich das Buch und den Ring zurück in die Schublade und schließe sie wieder. Dann seufze ich und sehe mich ein wenig hilflos im Zimmer um. »Ich glaube, hier sind wir fertig.«

Mira bläst sich eine Haarsträhne aus der Stirn. »Stimmt. Aber es gibt ja noch etwa ein Dutzend andere Zimmer, die wir noch nicht durchsucht haben.« Sie lächelt mich aufmunternd an und stapft voller Zuversicht zur Tür hinaus, und in diesem Moment bin ich einfach nur dankbar, dass sie hier bei mir ist.

Nach dem Arbeitszimmer nehmen wir uns erst die restlichen Räume im Erdgeschoss vor und gehen schließlich weiter ins Obergeschoss. Wir sehen in jeden Schrank, in jede Schublade, hängen sogar Bilder ab, um nach einem verborgenen Safe zu suchen. Aber wir finden rein gar nichts.

Irgendwann geht uns die Puste aus. Wir bestellen uns eine Pizza, die Mira dieses Mal nicht alleine isst, und beschließen, morgen weiterzumachen. Während Mira sich zurückzieht, um mit irgendjemandem zu telefonieren, richte ich ihr das Gästezimmer ein. Als ich ihr den Raum zeige, huscht plötzlich ein Schatten zwischen uns hindurch, springt mit einem Satz in die frisch bezogenen Laken und guckt uns aus großen, unschuldigen Augen an.

»Ich werf sie raus«, sage ich seufzend, aber Mira hält mich zurück.

»Lass doch.« Sie setzt sich aufs Bett und krault die Katze hinter den Ohren, woraufhin diese sofort zufrieden zu schnurren beginnt. »Endlich mal jemand, der nur kuscheln will«, fügt sie mit einem Zwinkern hinzu.

»Wenn du meinst«, erwidere ich. Ein bisschen bin ich enttäuscht darüber, wie schnell mich das treulose Biest abgeschrieben hat. Aber vermutlich geschieht es mir recht, so oft, wie ich sie vor die Tür gesetzt habe. »Gute Nacht. Und danke.«

»Wofür?«

»Dass du mitgekommen bist.«

Mira sieht zu mir. Für einen Augenblick wirkt es, als wolle sie etwas sagen, doch dann lächelt sie nur und nickt. »Wir kriegen das schon hin.«

Ich gehe in mein altes Zimmer am anderen Ende des

Flurs, und während ich im Bett liege und auf den Schlaf warte, der nicht kommen will, hoffe ich, dass Mira recht hat. Aber glauben tue ich es nicht.

Als mich das Klingeln meines Handys weckt, habe ich das Gefühl, gerade erst eingeschlafen zu sein, doch durch die Vorhänge dringt bereits graues Tageslicht. Ich taste nach meinem Telefon auf dem Nachttisch. Eine unbekannte Nummer leuchtet mir entgegen.

»Hallo?«, murmle ich mit belegter Stimme in den Hörer.

»Frau Schreiber? Hier spricht Hauptkommissarin Decker. Ich möchte Sie bitten, so schnell wie möglich zur Villa Ihrer Großeltern zu kommen. Wir haben einen Durchsuchungsbefehl. Wir würden es vorziehen, wenn uns jemand die Tür öffnet, aber im Zweifel brechen wir sie auf.«

Das Adrenalin kickt in meinen Körper, und der Schlaf, der sich bis vor wenigen Sekunden an mich geklammert hat, verschwindet schlagartig. Ich klettere aus dem Bett, gehe ans Fenster und schiebe die Vorhänge ein Stück zur Seite. Auf der Straße vor der Auffahrt parken mehrere Einsatzfahrzeuge. Polizisten rauchen oder unterhalten sich. Eine Gestalt steht etwas abseits und hält sich ein Handy ans Ohr.

»Frau Schreiber?«, höre ich Decker wieder. »Haben Sie mich verstanden?«

»Ich muss nicht zur Villa kommen«, erwidere ich. »Ich bin bereits da.«

Die Gestalt auf der Straße sieht zum Haus, und jetzt erkenne ich die Züge der Hauptkommissarin. Sie sucht die Fassade ab, bis sie mich hinter den Vorhängen entdeckt.

»Umso besser. Dann sehen wir uns gleich.«

Sie legt auf und ruft ihren Kollegen etwas zu. Sofort kommt Bewegung in die Polizisten. Zigaretten werden ausgedrückt, Autotüren geschlossen. Dann steuern die ersten auf das Haus zu.

Es klopft an meine Zimmertür. »Quinn?« Mira öffnet vorsichtig die Tür. »Was ist los?«

»Die Polizei ist hier«, erwidere ich tonlos. »Sie haben einen Durchsuchungsbefehl.«

Mira reißt die Augen auf, nickt jedoch. »Okay. Dann ziehen wir uns besser was an.«

Als ich mir gerade einen Pulli über den Schlafanzug streife, tönt der tiefe Gong der Klingel durch das Haus. Ich ignoriere meine zerstrubbelten Haare und mein vom Schlaf verquollenes Gesicht und gehe die Treppe hinunter in die Halle. Mira, die sich ebenfalls nur schnell einen Cardigan übergeworfen hat, folgt mir. Durch die Scheibe kann ich die Umrisse der Polizisten erkennen. Es klingelt erneut. Ich hole tief Luft und öffne die Tür.

Decker steht mir gegenüber und hält mir ein Blatt Papier entgegen. »Guten Morgen. Bitte lassen Sie uns ins Haus.«

Mir bleibt gar keine Zeit zu antworten, da sich die ersten Polizisten bereits an Decker und mir vorbei in die Villa schieben. Ich nehme der Kommissarin das Blatt aus der Hand und werfe einen kurzen Blick darauf. Es sieht offiziell aus, mit der Unterschrift irgendeines Staatsanwalts, aber ich habe nicht die Muße, es mir genau anzusehen.

Decker schaut fragend zu Mira, die hinter mir in der Halle steht. »Und Sie sind?«

»Mira ist eine Freundin von mir«, erwidere ich an ihrer Stelle. »Sie hat letzte Nacht hier geschlafen. Worum geht es denn überhaupt?« Ich sehe den Polizisten hinterher, die sich systematisch auf die einzelnen Räume verteilen. »Was suchen Sie?«

»Ihren Bruder«, erwidert Decker und beobachtet mich, als warte sie auf eine Reaktion.

»Dann sind Sie umsonst gekommen«, sage ich. »Er ist nicht hier.«

»Davon überzeugen wir uns gerne selbst. Wir gehen davon aus, dass er sich zumindest für kurze Zeit in der Villa aufgehalten hat. Sollte er tatsächlich nicht mehr da sein, finden wir vielleicht einen Hinweis auf seinen Aufenthaltsort.« Sie deutet zu den Fahrzeugen, die an der Straße parken. »Bitte kommen Sie beide mit in den Einsatzwagen. Dort können wir uns unterhalten, während meine Kollegen das Haus durchsuchen.«

Mira und ich folgen der Kommissarin zu einem Mannschaftswagen, in dem sich zwei Sitzbänke mit einem Tisch in der Mitte befinden. Wir nehmen Platz, und Decker schließt die Tür, um die Kälte auszusperren. Es funktioniert nicht. Ich friere in meiner dünnen Schlafanzughose, und Mira neben mir kann es nicht besser ergehen. Ohne richtige Anziehsachen fühle ich mich ungeschützt, und kurz überlege ich, ob Decker genau das beabsichtigt hat.

»Ist die ganze Aktion nicht ein bisschen übertrieben?«, frage ich und recke trotzig das Kinn, um mir meine Verunsicherung nicht anmerken zu lassen.

Decker beobachtet mich genau, während sie antwortet. »Ihr Bruder steht in dem Verdacht, Johann Sailer ermordet zu haben. Wir haben bereits einen Haftbefehl gegen ihn erwirkt.«

Ich lache laut auf. »So ein Quatsch.« Ich hätte noch mehr sagen können: dass es das Lächerlichste ist, was ich je gehört habe, dass Flo niemals jemanden umbringen würde, dass er dazu überhaupt nicht fähig ist, aber ich sage es nicht. Mein Puls rast, heftig, beinahe schmerzhaft, und ich frage mich, warum. Flo hat nichts getan, mein Herz hat das nur noch nicht begriffen. »Das kann bloß ein Missverständnis sein«, sage ich entschlossen.

Decker lächelt traurig. »Leider nicht. Es gibt Beweismaterial, das keinen Zweifel zulässt.«

»Was für Material?«

Decker zögert einen Moment, ehe sie ihr Handy aus der Jackentasche holt. »Uns wurde ein Video zugespielt.« Sie ruft eine Datei auf, legt das Handy vor uns auf den Tisch und klickt auf *Play*. Und als mir klar wird, was auf dem Video zu sehen ist, wird mir fast schlecht.

Der Innenhof der Akademie. Von einem Fenster im ersten Stock aus, auf der Seite der Verwaltungsräume. Einige Tauben sitzen vor einer Bank und picken heruntergefallene Brotkrümel auf. Sonst ist niemand zu sehen.

Da öffnet sich die Tür zum Rektorat, und Sailer tritt heraus. Im gleichen Moment löst sich eine Gestalt aus den Schatten im Durchgang zur Straße. Ein Mann überquert den Hof und geht auf die Treppe zu. Es wirkt wie eine penibel einstudierte Choreografie; das Timing ist tadellos. Die Kamera zoomt heran, stellt sicher, dass erst Sailer klar auszumachen ist, dann der Mann, der vor der Treppe stehen bleibt, langsam den rechten Arm hebt und eine Waffe auf Sailer richtet.

Ich weiß, was als Nächstes geschieht. Ich war da, auf der gegenüberliegenden Seite des Hofes, habe den Geruch nach Papier und Staub eingeatmet, die Stille genossen, die Einsamkeit. Ich will weggucken, die Augen schließen, aber die Bilder sind wie ein Sog. Als der Schuss durch den Innenhof peitscht, zieht Mira erschrocken die Luft ein. Die Tauben neben der Bank flattern auf, und Sailer sackt leblos auf den Stufen zusammen.

Es gab keinen Wortwechsel zwischen den beiden, keine Geste des Erkennens oder Erstaunens; Sailer hatte nicht einmal Zeit zu begreifen, was geschehen würde. Es war ein kaltblütiger, geplanter Mord.

Der Schütze steht noch einen Augenblick vor der Treppe und starrt Sailer an. Als das Blut beginnt, unter seinem Körper hervorzuquellen, steckt er die Waffe zurück in die Jackentasche und wendet sich zum Gehen. Vorher jedoch schaut er auf. Nach oben, direkt in die Kamera, als wüsste er, dass sie dort ist. Mein Magen zieht sich so fest zusammen, dass ich glaube, mich übergeben zu müssen. Ich wusste es vorher schon, habe ihn an seiner Statur erkannt, seinem Gang, der Lederjacke mit Lammfell. Doch in diesem Moment ist jeder Zweifel ausgeräumt. Der Mann, der gerade vor laufender Kamera den Rektor der Wilhelm-Schreiber-Akademie ermordet hat, ist mein Bruder.

Das Video endet, doch niemand sagt etwas. Ich starre weiter auf das Display, als könnte ich die Bilder, die ich gerade gesehen habe, dadurch ungeschehen machen. Ich war ebenfalls dort, zum selben Zeitpunkt, nur wenige Meter entfernt. Wäre ich bloß ein paar Sekunden eher am Fenster gewesen, hätte ich meinen eigenen Bruder bei einem Mord beobachtet. Schwarze Punkte erscheinen vor meinen Augen, und mein Magen rebelliert endgültig. Ich reiße die Wagentür auf und erbreche mich auf den Gehweg.

Ich spüre eine Berührung am Rücken, Hände, die mir die Haare aus dem Gesicht halten. Nachdem selbst keine Galle mehr da ist, um ausgekotzt zu werden, beruhigt sich mein Magen etwas. Ich schließe die Augen und atme die kalte Luft ein, die meine Lungen füllt und meine Gedanken klärt.

Als ich mich wieder aufrichte, sieht Mira mich aus ernsten Augen an. »Geht's wieder?«

Ich nicke, wische mir mit dem Ärmel über den Mund und setze mich zurück an den Tisch.

»Möchten Sie ein Glas Wasser?«, fragt Decker.

Ich schüttle den Kopf und schüttle auch Miras Hand ab, die sie auf meine gelegt hat. Ich will nicht, dass sie nett zu mir sind. Ich will wissen, warum Flo das getan hat. Doch ich bringe kein Wort hervor.

Mira scheint zu verstehen, was in mir vorgeht. Da ich weiter schweige, wendet sie sich an Decker. »Wer hat das Video aufgenommen?«

»Das wissen wir nicht. Man hat es uns anonym geschickt.«

»Warum erst jetzt? Der Mord ist über drei Wochen her.«

»Das sind alles Fragen, die wir noch klären werden. Jetzt konzentrieren wir uns erst mal darauf, Herrn Schreiber zu finden.«

Decker will sich wieder an mich wenden, doch Mira ist

noch nicht fertig.ȃ»Das Video kann genauso gut gefälscht sein. Deepfake oder was weiß ich.«

»Ist es nicht. Unsere IT-Experten haben es überprüft.«

»Scheiße«, murmelt Mira.

»Das ergibt doch überhaupt keinen Sinn«, sage ich, aber ich höre selbst, wie hilflos meine Stimme plötzlich klingt.

»Flo hatte gar keinen Grund, Sailer zu ermorden. Ich verstehe das nicht.«

»Ihr Bruder ist ein Alpha«, erwidert Decker. »Es gab eine Menge Gerüchte, dass Sailer die Strukturen an der Akademie ganz neu ausrichten wollte.«

»Glauben Sie etwa auch diesen Schwachsinn? Deswegen begeht man doch keinen Mord. Und ja, mein Bruder ist in einer Verbindung. Aber das ist kein Verbrechen.«

»Wenn sich alle an die Regeln halten, nicht. Doch die Verbindungen sind bekannt dafür, die Regeln hier und da ... ein bisschen zu biegen.« Decker schaut mich mit hochgezogenen Augenbrauen an. »Es ist nicht leicht, an einer Eliteuni zu bestehen. Wenn man mit dem Stoff nicht mitkommt, muss man sich auf andere Art helfen. Die Verbindungen haben dafür Möglichkeiten geschaffen, und Sailer wollte sie ihnen wieder wegnehmen. Ihrem Bruder auch.«

Ich schüttle vehement den Kopf. »Flo will Arzt werden. Er will Menschen retten, nicht sie umbringen.«

»Das eine schließt das andere nicht unbedingt aus«, entgegnet Decker trocken.

Ich hab Mist gebaut! Richtig krassen Mist! Ich hoffe, dass du mir irgendwann verzeihen kannst.

Flos Nachricht kommt mir wieder in den Sinn. Ich habe immer befürchtet, dass sich seine Worte auf Jana beziehen.

Dabei hat er in Wahrheit Sailer gemeint. Er hat ihn umgebracht. Kaltblütig ermordet. Mein Bruder, von dem ich bisher überzeugt war, dass er keiner Fliege etwas zuleide tun könnte.

Warum hat er das getan? Wie konnte es so weit kommen? Decker scheint von diesem Privilegien-Mist überzeugt zu sein, aber ich glaube nicht daran. Irgendjemand hat ihn dazu angestiftet. Der Zirkel? Wer sind diese Menschen? Was hatten sie gegen Sailer? Und warum hat mein Bruder sich von ihnen benutzen lassen?

Die Kommissarin sieht mich forschend an, als merke sie, was mir im Kopf herumgeht. Ich wende den Blick ab und beiße mir auf die Zunge. Ich werde Decker nichts davon erzählen, bevor ich nicht selbst mit Flo gesprochen habe; bevor ich nicht selbst verstanden habe, wie alles zusammenhängt.

Deckers Telefon klingelt. Es liegt immer noch vor uns auf dem Tisch, und auf dem Display leuchtet der Name *Millark* auf. Mit einer Entschuldigung steigt die Kommissarin aus, bevor sie das Gespräch annimmt. Wir hören nicht, worüber sie redet, aber wir können ihr Gesicht sehen, das einen beinahe grimmigen Ausdruck annimmt. Wir beobachten sie stumm. Schließlich gibt es auch nicht viel zu sagen.

Kurz darauf kommt Decker zurück. »Das war mein Kollege. Er ist gerade mit einem zweiten Team in der Verbindung und hat sich das Zimmer Ihres Bruders vorgenommen.« Sie sieht mich ernst an, spricht jedoch nicht weiter. Vermutlich will sie, dass ich nachfrage. Ich hasse solche Spielchen, aber weil ich es nicht länger aushalte, tue ich ihr den Gefallen.

»Und?«

»Anscheinend haben die Kollegen eben die Tatwaffe gefunden. Zwischen der Unterwäsche. Wir lassen die Pistole untersuchen, aber ich bin mir sicher, dass wir darauf die Fingerabdrücke Ihres Bruders finden werden.«

Ich will ihr widersprechen. Die Waffe kann nicht von Flo dort versteckt worden sein. Ich habe seine Unterwäsche eigenhändig eingeräumt, nachdem sein Zimmer durchwühlt wurde, und da war keine Pistole! Doch mir bleiben die Worte im Hals stecken. Würden sie wirklich noch einen Unterschied machen, nach dem, was ich gerade auf dem Video gesehen habe?

Ein Polizist nähert sich unserem Auto, und Decker steckt ihr Handy weg. »Habt ihr was gefunden?«, fragt sie, als er an der offenen Autotür angelangt ist.

»Im Haus ist niemand mehr«, sagt er. »Allerdings herrscht darin ein ziemliches Durcheinander. Überall liegen Laken auf dem Boden, Schubladen sind offen, Bilder abgehängt.«

»Das waren wir«, meldet sich Mira. »Wir ... haben etwas gesucht.«

»Aha«, erwidert Decker trocken. »Und was?«

»Erinnerungsstücke meiner Großeltern«, sage ich und erwidere Deckers forschenden Blick ungerührt. Sie glaubt mir kein Wort. Soll sie. Wir haben ja ohnehin nichts gefunden.

»Wir sind dann so weit fertig«, verkündet der Polizist, nickt Decker noch einmal zu und geht dann zu einem der Einsatzfahrzeuge. Auch die anderen Beamten kommen nach und nach aus der Villa. Einer trägt eine Kiste unter dem Arm, in der die wenigen persönlichen Sachen sind, die Flo in dem Haus zurückgelassen hat.

Mit einer Handbewegung bedeutet uns die Kommissarin auszusteigen, woraufhin Mira und ich aus dem Mannschaftswagen auf den Gehweg klettern. »Ich will ehrlich zu Ihnen sein«, sagt Decker zu mir. »Es sieht nicht gut aus für Ihren Bruder. Und wenn er sich weiter versteckt, macht er alles nur noch schlimmer. Meine Kollegen haben einige persönliche Dinge aus seinem Zimmer mitgenommen – Briefe, seinen Laptop. Vielleicht finden wir darin Hinweise, wo er sich aufhält. Außerdem wird Ihr Bruder ab heute landesweit gesucht, und glauben Sie mir, niemand, der nicht über ein außerordentlich gutes Netzwerk verfügt, hält das lange durch. Früher oder später werden wir ihn finden. Aber falls Sie in der Zwischenzeit etwas von ihm hören, melden Sie sich bitte umgehend bei uns. Sonst machen Sie sich strafbar. Haben Sie das verstanden?«

Als ich nicke, wendet sie sich ohne ein weiteres Wort ab und steigt in eines der Fahrzeuge. Einige Nachbarn haben sich auf der Straße versammelt, aber ich ignoriere sie, sehe nur stumm den Autos nach, die den Motor starten und abfahren. Erst als Mira mir einen Arm um die Schulter legt, merke ich, wie sehr ich zittere. Genau wie sie selbst in dem dünnen Cardigan, den sie sich über den Schlafanzug gezogen hat. Nachdem der letzte Streifenwagen am Ende der Straße verschwunden ist, drehen wir uns um und gehen zurück ins Haus.

21

Mira sitzt mit einer Tasse Kaffee in der Hand am Tisch und sieht zu, wie ich unruhig in der Küche auf und ab tigere. Sie hat mir ebenfalls einen Kaffee eingeschenkt, aber der steht noch unangetastet neben der Maschine. Wir haben uns nur kurz in der Villa umgesehen, doch die Polizisten haben keine große Unordnung hinterlassen. Nicht mehr, als wir schon vor ihnen angerichtet hatten.

»Ich muss zu ihm, Mira«, sage ich nun schon zum bestimmt fünften Mal. »Ich muss mit ihm reden. Ich muss wissen, warum er das getan hat. Und ich will, dass er mir in die Augen guckt, wenn er antwortet.«

»Und du weißt wirklich nicht, wo er sein könnte?«

»Nein.« Ich ringe mit den Händen. »Er hat gesagt, dass er einen Ort kennt, an dem ihn niemand findet. Woher soll ich wissen, wo der ist?«

»Und sonst hat er nichts erwähnt?«

Ich überlege einen Moment. »Dass es sich tatsächlich so anfühlt, als sei er im Krieg. Keine Ahnung, was er damit gemeint hat.« Ich tigere weiter auf und ab, ehe ich mich abrupt zu Mira umdrehe. »Scheiß drauf. Ich gehe ihn suchen. Und wenn ich die ganze Stadt auf den Kopf stellen muss.«

Mira schaut mich traurig an. »Das bringt doch nichts.

Wenn du einfach wild drauflosrennst, erreichst du gar nichts. Vorher hat ihn längst die Polizei erwischt.«

Ich schreie frustriert auf, greife nach meinem Handy und schreibe die x-te Nachricht an Flo. Aber sie gehen nicht mehr durch. Er hat sein Telefon schon seit Tagen aus. Ich lasse mein Handy sinken und sehe in den Garten hinaus. »Ich kapier einfach nicht ...« Ich spreche nicht weiter, weil ich nicht weiß, womit ich anfangen soll. Ich kapiere so vieles nicht. In meinem Kopf herrscht ein riesiges, undurchdringliches Wirrwarr, das ich unmöglich durchschauen kann. Mit einem Mal habe ich das Gefühl, dass sämtliche Energie aus meinem Körper gewichen ist. Ich lasse mich auf den Stuhl gegenüber von Mira fallen, ziehe die Beine an und umschlinge sie mit den Armen. »Warum hat er das getan?«, flüstere ich. Die eine Frage, die ich ständig stelle. Und im Grunde ist es die einzige, die zählt.

Mira senkt den Blick und nippt stumm an ihrem Kaffee. Eine ganze Weile sitzen wir schweigend nebeneinander, bis sie irgendwann fragt: »Gehen wir in die Uni? Um auf andere Gedanken zu kommen? Den ersten Block haben wir verpasst, aber zum zweiten könnten wir es noch schaffen.«

Vielleicht wäre es tatsächlich besser, mich mit dem Lernen von chemischen Formeln und lateinischer Terminologie abzulenken, anstatt hier zu sitzen und dumpf vor mich hin zu brüten. Doch ich kann nicht.

»Ich bleibe hier«, sage ich. »Aber du solltest gehen.«

»Wirfst du mich gerade raus?«

»Mehr oder weniger.«

Sie sieht mich fragend an. »Bist du sicher, dass du nicht ein bisschen Gesellschaft vertragen kannst?«

»Nein. Ich wäre lieber allein.«

»Okay.« Zum Glück kennt sie mich inzwischen gut genug, um nicht beleidigt zu sein. »Du kannst dich jederzeit melden, wenn was ist, ja?«

Ich nicke.

»Und mach keine Dummheiten. Versprich es mir!« Als ich nicht reagiere, sieht sie mich eindringlich an. »Quinn?«

»Jaja. Versprochen.«

Sie glaubt mir nicht, aber mehr kann ich ihr gerade nicht bieten. Sie steht auf, um oben ihre Sachen zu holen. Wenige Minuten später fällt die Tür hinter ihr ins Schloss.

Ich sitze am Ufer des kleinen Sees und schaue auf die Wasseroberfläche, in der sich der graue Herbsthimmel spiegelt. Ab und zu sucht mein Blick wie von allein das gegenüberliegende Ufer ab, hält Ausschau nach der Gestalt, die ich dort gesehen habe. Womöglich war es dieselbe, die bis in unseren Garten vorgedrungen ist und Flo aus dem Haus getrieben hat. Doch es ist niemand zu sehen.

Nichts erinnert mehr an die Sommermonate, in denen ich als Kind hier gebadet habe. Das Wasser ist grau und stumpf wie Beton. Ich stelle mir vor, wie sich unter der Oberfläche ein Loch auftut, wie mich der See verschlingt, wie still es dort unten wäre, erst um mich herum, dann in mir drin. Wie das Wasser meine Gedanken erstickt, bis nichts mehr da ist, keine Bilder, keine Erinnerungen, kein Chaos, keine Angst. Nichts.

Aber ich bin nicht unter Wasser. Meine Gedanken sind noch da, und sie kreisen immer wieder um dieselben Bilder: Flo, der die Hand zum Schuss hebt; Sailer, der auf der Treppe zusammensackt; Flos Gesicht, das in die Kamera blickt. Ein Stich so heiß wie Feuer durchfährt mich, als mir bewusst wird, an welchem Tag der Mord geschehen ist. Mein Geburtstag. Der Tag, an dem Flo abends zur Villa kam und mir Kuchen mitbrachte. *Ich hatte noch was zu erledigen.* Ja ... einen verdammten Mord! Ich habe ihm angemerkt, dass etwas nicht stimmt. Aber ich habe nicht weiter nachgebohrt, weil ich viel zu sehr mit mir selbst beschäftigt war. Vielleicht hätte ich ihm noch irgendwie helfen können. Jetzt kann ich nur noch mitansehen, wie sich die Schlinge um seinen Hals immer weiter zuzieht. Was, wenn er am Ende auch derjenige war, der Jana in der Wanne ertränkt hat?

Eine Amsel landet ein paar Meter von mir entfernt am Ufer. Sie scheint mich nicht zu bemerken, und falls doch, stört sie meine Anwesenheit nicht. Eine Weile hüpft sie am Ufer hin und her, dann trippelt sie vorsichtig ins Wasser, taucht erst den Schnabel hinein, um zu trinken, ehe sie noch ein Stück weiterhüpft, die Flügel ausbreitet und ein Bad nimmt. Tropfen spritzen auf, und kleine Wellen durchbrechen das bleierne Grau der Wasseroberfläche. Die Amsel hüpft wieder ans Ufer und schüttelt ihr Gefieder aus. Schließlich fliegt sie auf und verschwindet zwischen den Bäumen. Ich sehe ihr nach, stelle mir die Kälte vor, die noch zwischen ihren Federn steckt, und frage mich, ob sie diese durch all die Daunen und das Fett überhaupt spürt. Und dann, wie von selbst, stehe ich auf, streife mir Schuhe und

Socken ab und tauche meine Füße langsam in das eiskalte Wasser.

Die Kälte prickelt auf meiner Haut. Meine Blutgefäße verengen sich, der Schmerz lässt mich scharf die Luft einziehen, und doch tut er gut. Er zwingt mich, meine Gedanken zu vergessen, mich auf meinen Körper zu konzentrieren, auf das Hier und Jetzt. Auf mich. Ich öffne den Reißverschluss meiner Jeans, ziehe sie mir aus und werfe sie ans Ufer, genau wie die Jacke, den Pulli, das Shirt. Schritt für Schritt gehe ich tiefer ins Wasser, ignoriere die spitzen Steine unter meinen Füßen, den Schmerz, der langsam meine Beine hochwandert, mein Herz, das immer heftiger aufbegehrt. Millionen kleiner Nadelstiche prasseln auf meinen Körper ein. Als ich bis zur Brust im Wasser stehe, spüre ich meine Füße schon nicht mehr. Ich hole Luft und tauche unter.

Die Kälte schlingt sich um mich wie eine Hand, die langsam zudrückt. Ich achte nicht darauf, bleibe vollkommen reglos und lausche. Doch da ist nichts. Keine Geräusche, keine Erinnerungen, nur Dunkelheit und Stille. Genau, wie ich es mir erhofft habe. Und es ist wundervoll.

Ich weiß nicht, wie lange ich unter Wasser bin, ob es Sekunden sind oder Minuten. Doch irgendwann verdrängt ein Rauschen in meinen Ohren die Stille, und meine Lunge verlangt immer verzweifelter nach Sauerstoff. Als ich nicht mehr dagegen ankomme, tauche ich auf, atme ein, gebe meinem protestierenden Körper das Minimum, das er zum Überleben braucht. Dann drehe ich mich um und wate zum Ufer zurück. Ich nehme die Kälte nicht mehr wahr, die Selbstvorwürfe, die Zweifel. Mein Körper ist taub, und gleichzeitig habe ich mich noch nie so lebendig gefühlt.

Zurück in der Villa, stelle ich mich unter die Dusche, ehe ich mir frische Sachen anziehe und mich auf den Weg mache. Ich werde herausfinden, was hinter der ganzen Sache steckt – hinter dem Mord an Sailer; dem Mord an Jana; den verschwundenen Verletzungen; Isabelles Tumor; Flos Gedächtnislücke; und dem Zirkel, der irgendwie mit allem zusammenzuhängen scheint. Mir ist bewusst, dass es gefährlich werden könnte, aber das ist mir egal. Ich habe nichts mehr zu verlieren.

Dieses Mal höre ich nicht eher auf, bis ich etwas gefunden habe.

Frau Sailer öffnet mir persönlich die Tür, und als sie mich erkennt, verengen sich ihre Augen zu wütenden Schlitzen. Ich reagiere gar nicht darauf, schließlich habe ich nichts anderes erwartet.

»Was willst du?«, zischt sie anstatt einer Begrüßung.

»Reden«, erwidere ich und gehe an ihr vorbei ins Haus.

»Reden?!« Ihre Stimme überschlägt sich fast. »Mein Mann ist tot. Ich wüsste nicht, was es noch zu reden gibt!«

»Eine ganze Menge. Ich würde zum Beispiel gerne wissen, *warum* er umgebracht wurde.«

»Als wenn du das nicht wüsstest. Dein eigener Bruder hat ihn ermordet. Und du kommst hierher und ...« Sie hält inne und starrt mich aufgebracht an. Offenbar muss sie sich beherrschen, um nicht auf mich loszugehen. »Verschwinde. Sonst rufe ich die Polizei.«

»Ich will es nur verstehen. Und ich bin mir sicher, dass Sie mir bessere Antworten liefern können als die Polizei.«

Wieder zögert sie, und ich merke, dass sie leicht hin und her schwankt. Auch ihre Stimme klingt schleppend. Obwohl es erst Mittag ist, scheint sie getrunken zu haben. Plötzlich marschiert sie wortlos an mir vorbei und verschwindet durch eine Tür. Da sie mich kein weiteres Mal rausgeworfen hat, folge ich ihr.

Hinter der Tür befindet sich ein Wohnzimmer. Frau Sailer geht zu einem Servierwagen und schenkt sich eine klare Flüssigkeit in ein Glas. Gin, nehme ich an. Dann setzt sie sich auf ein Sofa und trinkt einen großen Schluck.

Sie bietet mir keinen Platz an, schickt mich aber auch nicht weg. Ich sehe mich suchend nach Isabelle oder der Haushälterin um.

Frau Sailer scheint meine Gedanken zu lesen. »Gerda und meine Tochter sind nicht da, falls du gern noch mehr Publikum hättest. Du kannst deine kleine Posse also leider nur vor mir aufführen.«

Ich hebe beschwichtigend die Hände. »Ich führe überhaupt nichts auf. Ich will nur verstehen, wie alles zusammenhängt. Flo würde niemals einfach so jemanden ermorden.«

Sie lacht auf. »*Einfach so*«, äfft sie mich nach. »Dein Bruder hat eine Waffe auf meinen Mann gerichtet und ihn erschossen. Einfach so. Stell ihn jetzt bloß nicht so hin, als wäre er unschuldig.«

»Das ist er nicht. Die Polizei hat mir das Video gezeigt. Aber ich glaube nicht, dass er aus eigenem Antrieb gehandelt hat. Irgendjemand hat ihn zu dem Mord getrieben, ihn dabei gefilmt und liefert ihn jetzt der Polizei aus. Und ich will wissen, wer das war.«

»Besser, wenn du es nicht tust. Das wird dir eine Menge Leid ersparen.«

Ich ignoriere ihre Bemerkung. »Wie geht es Isabelle?«, frage ich stattdessen.

»Lass meine Tochter da raus.«

»Aber sie ist es doch, um die es hier geht, oder nicht? Mit ihr hat alles angefangen. Mit dem Tumor, der plötzlich verschwunden ist.«

Ihre Augen werden groß. »Woher weißt du das?«

»Es stimmt also? Dass sich Isabelles Tumor von allein zurückgebildet hat? Ganz ohne Therapien?«

»Ohne herkömmliche Therapien, meinst du.«

Ich horche auf. »Was soll das heißen? Wurde doch etwas bei ihr gemacht?«

Sie zögert, trinkt einen Schluck. Dann murmelt sie: »Etwas, für das wir einen verdammt hohen Preis gezahlt haben.«

»Sie ist auf dem geistigen Stand eines Kleinkindes. Ist es das, was Sie meinen?«

»Was willst du eigentlich?«, faucht sie. »Mir noch mal unter die Nase reiben, dass ihr uns in der Hand habt? Glaubst du, das hätte ich nicht schon längst kapiert? Aber was hätte ich denn machen sollen? Isabelle hatte keine Chance mehr. Sie war so gut wie tot.«

»Von wem auch immer Sie reden, ich gehöre nicht zu diesen Leuten«, sage ich rasch. »Ihre Haushaltshilfe hat mir von Isabelle erzählt. Und davon, wie sehr sie sich verändert hat, nachdem der Tumor vollständig verschwunden ist. Ich will nur wissen, ob das etwas mit der Ermordung ihres Mannes zu tun hat.«

Sie trinkt wieder einen Schluck, und als würde sie der Alkohol besänftigen, verschwindet ihre Wut und macht beinahe so etwas wie Resignation Platz. »Natürlich hat es das«, sagt sie leise. »Sie haben ihm einen Deal vorgeschlagen. Eine Gefälligkeit gegen das Leben unserer Tochter. Aber er hat abgelehnt. Er wollte sich nicht erpressen lassen. Also habe ich den Deal in seinem Namen angenommen.«

Mein Puls beschleunigt sich. Endlich habe ich eine Spur! »Welchen Deal?«, frage ich. »Hatte er etwas mit den Verbindungen zu tun? Mit den Privilegien und Verfahren gegen Plagiate?«

Frau Sailer winkt ab. »Die Angst der Verbindungen vor dem Machtverlust – das klingt gut als Motiv, oder? Aber es ging um etwas ganz anderes. Eigentlich nur eine Kleinigkeit. Im Gegenzug wollten sie unserer Tochter helfen. Trotzdem hat er sich nicht darauf eingelassen. Selbst nachdem sie geheilt war, wollte er unseren Teil der Abmachung nicht erfüllen. Egal, wie sehr ich ihn angefleht habe; egal, wie sehr ich ihn vor den möglichen Konsequenzen gewarnt habe. Er wollte sich nicht gleich am Anfang seiner Amtszeit bestechen lassen.«

»Und deswegen musste er sterben?«

»Ja. Weil für sie zu viel auf dem Spiel steht. Und vielleicht auch als Strafe für meine Lüge.«

»Wer sind *sie*? Gehören sie zum Zirkel?«

Frau Sailer wendet sich ab. »Ich sollte nicht weiter mit dir reden. Das ist zu gefährlich.«

»Ich muss wissen, wer diese Leute sind.«

»Sie werden dich umbringen, wenn du ihnen zu nahe kommst.«

»Ich werde ohnehin sterben.«

Sie dreht sich wieder zu mir und sieht mich mit einem unergründlichen Ausdruck an, ehe sie seufzt. »Ich kann es dir nicht sagen. Im Grunde weiß ich es ja selbst nicht.«

Mir kommt eine Idee. Eilig hole ich mein Handy aus der Tasche, rufe eine Seite im Internet auf. Dann zeige ich ihr das Display, auf dem das Siegel Gottes aufleuchtet. »Haben Sie dieses Zeichen schon einmal gesehen?«, frage ich.

Sie mustert das Display. »Dafür, dass du keine Ahnung hast, bist du verdammt nah dran.«

»Wie konnte sich der Tumor von Isabelle so schnell zurückbilden?«

Frau Sailer schüttelt nur stumm den Kopf.

»Was haben diese Leute mit Ihrer Tochter gemacht?«, frage ich noch einmal. »Und was haben sie von Ihrem Mann verlangt?«

»Du weißt nicht, mit wem du es hier zu tun hast.«

»Das ist mir egal. Erzählen Sie mir, was Sie wissen. Bitte.«

»Nein.«

»Warum nicht?«

»Weil ich meine Tochter nicht auch noch verlieren will.«

»Das haben Sie doch schon«, entgegne ich – und bereue die Worte sofort.

Frau Sailer steht auf, kommt auf mich zu und bleibt so nah vor mir stehen, dass ich den Gin in ihrem Atem riechen kann. »Soll ich dir was verraten? Mein Mann wollte sich nicht abhängig machen von diesen Leuten. Er hätte unsere Tochter sterben lassen. Aber ich habe dem Deal hinter seinem Rücken zugestimmt und es seitdem keine Sekunde lang bereut.«

Ihre Worte klingen leicht verzerrt. Ich will gar nicht wissen, der wievielte Drink sich bereits in ihrem Glas befindet. Immerhin scheint der Alkohol ihre Zunge zu lockern. Ich glaube kaum, dass sie mir im nüchternen Zustand all das erzählt hätte.

»Du hast ja keine Ahnung, was es bedeutet, ein Kind zu verlieren«, fährt sie fort. »Ich klammere mich an alles, was ich von Isabelle haben kann, ganz egal, wie wenig es ist. Und ich würde mich immer wieder dafür entscheiden.« Dann deutet sie zur Tür. »Und jetzt solltest du besser gehen.«

Mir wird klar, dass ich nichts weiter von ihr erfahren werde. Daher trete ich an ihr vorbei in den Flur. Aber bevor ich die Haustür öffne, drehe ich mich noch einmal um. »Es tut mir leid«, sage ich. »Was mit Ihrem Mann passiert ist. Und mit Ihrer Tochter.«

Sie antwortet nicht darauf, leert nur stumm ihr Ginglas und sieht mich aus leeren Augen an. Sie will mein Mitleid nicht, so wie ich auch nie das Mitleid anderer gewollt habe. Wahrscheinlich tut sie sich selbst am meisten leid.

Auf dem Weg zur Haltestelle wallt der Frust so heftig in mir auf, dass ich am liebsten auf irgendetwas einschlagen würde. Meine Vermutung, dass mehr hinter Sailers Ermordung steckt, stimmt. Trotzdem bin ich keinen Schritt weiter.

Ich sehe schon von Weitem, wie die Straßenbahn in die Haltestelle einfährt. Ich müsste rennen, um sie noch zu kriegen. Automatisch verlangsame ich meine Schritte, finde mich bereits damit ab, auf die nächste zu warten, weil der Sprint zu anstrengend wäre. Doch dann beiße ich die Zähne zusammen, renne los und springe in die Bahn, kurz bevor sich die Türen schließen.

Obwohl kaum Fahrgäste da sind, suche ich mir einen Platz ganz hinten, lehne meinen Kopf an die kalte Scheibe und lausche auf mein Herz, das so heftig schlägt, dass es wehtut. *Komm schon*, denke ich. *Ein bisschen musst du noch durchhalten.*

Langsam kommt mein Puls wieder zur Ruhe. Und während vor dem Fenster die Lichter der Stadt vorbeigleiten, fange ich plötzlich an, die Dinge anders zu betrachten. Es stimmt nicht, dass ich keinen Schritt weiter bin als vorher. Im Grunde habe ich sogar eine ganze Menge erfahren. Flo hat nicht auf eigene Faust gehandelt, sondern im Auftrag des mysteriösen Zirkels, dem auch Jana angehört hat. Sailer hat dem Zirkel irgendwie im Weg gestanden, was er mit dem Leben bezahlen musste. Und der Zirkel ist auch dafür verantwortlich, dass sich Isabelle so rasch von ihrem tödlichen Hirntumor erholt hat. Ich beiße mir auf die Lippe. Ich kann das vollständige Bild noch nicht sehen, aber ich spüre, dass nur noch ein paar Puzzleteile fehlen, bis ich es erkennen kann.

Offensichtlich hat der Zirkel eine Methode gefunden, Isabelles Tumor zu heilen, und damit hat er Sailer erpresst ... Ich richte mich ruckartig auf. Was, wenn der Zirkel mit einem ähnlichen Versprechen auch Flo unter Druck gesetzt hat? Wenn sie ihm in Aussicht gestellt haben, *mich* zu heilen? Hat er nicht genau das gesagt? *Deshalb habe ich versucht, eine andere Möglichkeit zu finden.* Aber ich habe *mich auf die falschen Leute eingelassen.* Doch ich habe keinen Tumor. Ich habe ein fremdes Herz. Mir fällt Janas Platzwunde wieder ein, Flos scheinbar gebrochene Hand. Was soll das für ein Mittel sein, das all diese unterschiedlichen Verletzungen und Krankheiten heilen kann? Das ist doch vollkommen unmöglich!

Ich sitze wie elektrisiert auf meinem Sitz und starre aus dem Fenster, ohne wirklich etwas wahrzunehmen. In meinem Kopf beginnt sich alles zu drehen. Wenn es solch ein Mittel wirklich gibt, dann will ich mir gar nicht ausmalen, welche Macht davon ausgeht. Der Zirkel könnte todkranke Menschen heilen. Und manch einer würde *alles* dafür geben, wieder Hoffnung zu schöpfen. Der Zirkel könnte Gott spielen!

Das ist vermutlich auch der Grund, warum sie sich das Erkennungszeichen gegeben haben – das Sigillum Dei, das okkulte Symbol, mit dem man angeblich zu Gott werden konnte.

Und dann fällt mir noch etwas ein. Opas Ring. Ich wollte nicht darüber nachdenken, warum er im Schreibtisch meines Großvaters liegt, zusammen mit einem uralten Reisebericht. Aber es war die einzige Schublade, die verschlossen war. Das muss etwas zu bedeuten haben. Ich muss mir die Sachen noch einmal genauer ansehen – das Buch, den Ring. Vielleicht sind es weitere Puzzleteile. Vielleicht war die Antwort die ganze Zeit vor meiner Nase, und ich war zu abgelenkt, um es zu bemerken.

Eine halbe Stunde später schließe ich die Tür zur Villa auf, und wäre ich nicht so mit dem Gedanken an den Ring und das Buch beschäftigt, hätte ich womöglich gemerkt, dass etwas nicht stimmt. Hätte den fahlen Lichtschein gesehen, der erlischt, sobald ich die Haustür ins Schloss fallen lasse. Hätte das leise Rascheln vernommen, das aus dem Arbeitszimmer zu hören ist. Hätte den kalten Luftzug gespürt, der aus der eingeschlagenen Terrassentür in den Flur dringt. Doch so gehe ich einfach weiter, im Dunkeln, wie üblich. Erst im Arbeitszimmer mache ich die Lampen an, weil zu viel herumliegt, von Mira und mir und der Polizei. Dann laufe ich zum Schreibtisch, öffne die Schublade, nehme das Buch heraus. Und plötzlich, endlich, merke ich, dass ich nicht allein bin. Ich sehe auf.

Hinter der Tür zum Arbeitszimmer steht jemand. Er ist ganz in Schwarz gekleidet und hat eine Skimaske auf, sodass es unmöglich ist, ihn zu erkennen. Irgendwo in meinem Hirn wird die Verbindung gekappt, die alle Befehle an meine Beine weiterleitet. Adrenalin schießt durch mein Blut. Ich sollte wegrennen, aber ich kann mich nicht bewegen. Als der Gestalt klar wird, dass ich sie entdeckt habe, zögert sie keine Sekunde. Sie springt auf mich zu und holt zum Schlag aus. Ich versuche noch, mich wegzuducken, hebe die Arme, um meinen Kopf zu schützen, doch es ist zu spät.

Ein greller Schmerz flammt über meiner linken Schläfe auf. Meine Beine geben unter mir nach. Dann verliere ich das Bewusstsein.

22

Der Schmerz kommt als Erstes zurück – als glühendes Stechen an meiner Schläfe. Unwillkürlich stöhne ich auf. Erst dann schlage ich die Augen auf.

Ich liege im Arbeitszimmer auf dem Boden, und für zwei Sekunden frage ich mich, wie ich hierhergekommen bin. Langsam kehrt die Erinnerung an eine vermummte Gestalt zurück, die hinter der Tür hervorgeschossen ist und mich niedergeschlagen hat. Ich richte mich auf, was erneut einen flammenden Schmerz durch meinen Kopf jagt.

»Hey«, sagt eine Stimme, und plötzlich spüre ich Hände im Rücken. »Nicht so schnell.«

Er ist noch hier! Meine Hände tasten über den Boden, versuchen, irgendetwas zu finden, womit ich mich verteidigen kann. Trotz des heftigen Pochens, das sich immer weiter in meinem Schädel ausbreitet, reiße ich den Kopf herum. Ich will meinem Angreifer wenigstens in die Augen sehen können.

Und da erkenne ich, wer neben mir auf dem Boden hockt. Es ist Leonas.

Als er mein erschrockenes Gesicht sieht, hebt er abwehrend die Hände. »Schon gut«, sagt er. »Ich will dir nur helfen.«

Fieberhaft versuche ich, die Situation einzuordnen. Er ist

ganz in Schwarz gekleidet – schwarzer Pulli, schwarze Jeans. Hat er mich angegriffen? Warum ist er dann noch hier?

»Was willst du?«, zische ich. »Wie kommst du hier rein?«
Er deutet in Richtung Küche. »Jemand hat die Terrassentür eingeschlagen. Ich wollte nachsehen, ob alles in Ordnung ist. Das ist das einzige Zimmer, in dem Licht brannte, also bin ich hier reingegangen und hab dich auf dem Boden gefunden.«

Ich weiß nicht, ob ich ihm glauben soll, aber da mir gerade kaum eine Wahl bleibt, hake ich nicht weiter nach. Ich halte mich am Schreibtisch fest und ziehe mich nach oben. Sofort werden meine Beine weich, und in meinem Kopf dreht sich alles. Als Leonas mich stützen will, schiebe ich seine Hand trotzdem weg. »Lass. Ich komm schon klar.«

»Du solltest die Stelle kühlen.«

Ich taste vorsichtig über meine Schläfe und zucke zusammen. Das wird eine kolossale Beule geben, aber mir fehlt eindeutig die Muße, Eis zu holen. Sobald sich der Schwindel etwas gelegt hat, drehe ich mich zu Leonas um. »Du hast meine Frage nicht beantwortet«, sage ich. »Warum bist du hier, bei der Villa? Warum schleichst du im Garten herum, sodass dir eingeschlagene Terrassentüren auffallen?«

Leonas sieht mich nachdenklich an, als müsse er sich überlegen, welches Märchen er mir auftischt. Sein Gesicht wird wieder zu der typischen ausdruckslosen Maske, die ich schon so oft bei ihm bemerkt habe.

Ich schüttle den Kopf – ein Fehler, den ich sofort mit weiterem heftigem Pochen bezahle – und mache eine abwehrende Geste. »Vergiss es. Du denkst dir doch bloß irgendeine Geschichte aus. Offenbar ist es zu viel verlangt, dass mir einmal jemand die Wahrheit erzählt.«

Er seufzt. »Ich bin nicht hier eingebrochen. Aber ich beobachte das Haus schon eine ganze Weile. Und … dich auch.«

»Wie bitte?« Ich bin so überrumpelt, dass ich gar nicht weiß, ob ich überrascht oder wütend sein soll. »Wieso denn das?«

»Zuerst, weil ich mehr über dich herausfinden wollte. Ob du auch dazugehörst. Und später, weil ich gehofft habe, dass du mich zu deinem Bruder führst.«

Ich starre ihn mit offenem Mund an. Plötzlich muss ich an all die Situationen denken, in denen ich mich beobachtet gefühlt habe: am Seeufer; als Flo glaubte, jemanden im Garten gesehen zu haben; im Nebel mit Mira auf dem Weg zum Bestattungsinstitut. Und da erinnere ich mich auch, wie Leonas *zufällig* an der Bushaltestelle aufgetaucht ist. Wahrscheinlich ist es genauso wenig ein Zufall, dass er mein neuer Tutor im Präpkurs ist.

Ich weiß nicht, ob ich ihn sofort aus dem Haus werfen oder erst auf Antworten auf die tausend Fragen bestehen soll, die mir durch den Kopf schwirren. Doch bei dem Gedanken an Flo fällt mir das Buch wieder ein. Ich hatte es in der Hand, als der Angreifer mich niedergeschlagen hat. Ich meine, dass ich noch das Geräusch des Ledereinbands gehört habe, der neben mir auf dem Boden aufschlug, bevor ich bewusstlos wurde. Doch als ich mich jetzt umschaue, entdecke ich nichts.

»Das Buch, das hier lag – hast du es aufgehoben?«

»Da war nichts.«

»Ich hatte es in der Hand, als ich zusammengeklappt bin. Es muss hier irgendwo sein.«

Leonas schüttelt den Kopf. »Ehrlich, da war nichts. Vielleicht hat der Einbrecher es mitgenommen.«

»Scheiße!«, entfährt es mir. Hastig ziehe ich die unterste Schublade heraus, in der das Buch und der Ring lagen. Ich taste bis in die hinterste Ecke, nehme sie schließlich vollständig heraus, schaue nach, ob etwas dahintergerutscht ist. Aber auch da ist nichts. Der Ring ist ebenfalls verschwunden.

Leonas beobachtet mich mit wachsender Verwirrung. »Was ist das für ein Buch?«

»Ein Reisetagebuch«, erwidere ich knapp und richte mich wieder auf.

»Warum sollte jemand so etwas stehlen?«

»Keine Ahnung«, fauche ich, aus Frust und weil ich immer noch sauer auf ihn bin. »Aber wenn es gestohlen wurde, bedeutet das, dass es wichtig ist. Nur kann ich jetzt leider nicht mehr herausfinden, warum.« Wenn ich ehrlich bin, ist der Verlust des Rings fast schlimmer. Es war eine eindeutige Verbindung zum Zirkel, und irgendetwas sagt mir, dass er noch mehr zu bedeuten hat. Aber davon erzähle ich Leonas nichts. Jemand, der ein Buch mit dem Siegel Gottes besitzt, der mir nur kryptische Antworten liefert, wenn ich ihn auf den Zirkel anspreche, der mich heimlich beobachtet und der zufällig auftaucht, kurz nachdem ich von einem Einbrecher niedergeschlagen wurde, hat mein Vertrauen nicht verdient.

Ich wanke auf unsicheren Beinen zur Tür und gehe Richtung Küche. »Ich brauche einen Kaffee.«

Leonas zögert kurz, ehe er mir folgt. Obwohl ich ihn am liebsten rauswerfen würde, lasse ich es zu. Er schuldet mir Antworten, und ich bin mir ziemlich sicher, dass er mir ein paar der Puzzleteile liefern kann, die mir noch fehlen.

In der Küche ist es kalt, und mein Blick fällt sofort auf die Terrassentür, die halb offen steht. Die Scheibe über der Klinke ist zerbrochen, ein gezacktes Loch klafft darin, und als ich sie schließe, knirschen Scherben unter meinen Schuhen.

»Willst du die Polizei rufen?«, fragt Leonas.

Ich schüttle den Kopf. »Von der habe ich vorerst genug.«

Leonas fragt nicht nach, worüber ich dankbar bin. Ich schwenke von Kaffee auf Tee um, der vermutlich besser für meine Nerven ist, und obwohl ich eigentlich keine Lust auf ein Friedensangebot habe, brühe ich Leonas ebenfalls eine Tasse auf. Die Katze taucht vor dem Fenster auf und sieht vorsichtig durch die Scheibe. Fast könnte man meinen, sie ahnt, dass irgendetwas nicht stimmt. Als sie mich entdeckt, fängt sie leise an zu maunzen. Vermutlich kann es nicht schaden, ein bisschen Rückendeckung zu haben, also öffne ich die Tür und hebe sie über die Scherben hinweg ins Haus. Ich stelle ihr eine Schale Trockenfutter hin, über die sie sich gierig hermacht, dann setzen Leonas und ich uns an den Tisch.

»Also schön.« Mein Blick macht klar, dass ich ihm meinen Tee ins Gesicht schütte, wenn er mir wieder ausweicht. »Es wird Zeit, dass du mir ein paar Fragen beantwortest.«

»Dann stell mir welche.«

»Was willst du von Flo?«

»Namen. Ich will wissen, wer hinter der ganzen Sache steckt.«

»Warum interessierst du dich dafür?«

»Weil diese Leute meine Mutter auf dem Gewissen haben.«

Ich sehe ihn überrascht an und warte darauf, dass er weiterspricht, doch er starrt nur schweigend in seine Tasse. Es ist so still, dass wir das Ticken der Wanduhr hören, die neben dem Kühlschrank hängt.

»Was war mit deiner Mutter?«, frage ich schließlich.

Leonas seufzt leise, dann schaut er zu mir auf. »Ich war acht, als bei ihr Leukämie diagnostiziert wurde. Sie hatte eine besonders aggressive Art, die auf keine Therapie angesprungen ist. Es war aussichtslos. Und dann ging es ihr plötzlich besser. Innerhalb von wenigen Tagen waren sämtliche Krebszellen in ihrem Körper verschwunden. Die Ärzte haben von einem Wunder gesprochen.« Er hält kurz inne, bevor er hinzufügt: »Zwei Jahre später hat sie sich umgebracht. Mein Vater hat seinen Job verloren und ist alkoholabhängig geworden. Meine Schwester ist ins Ausland gegangen und hat den Kontakt abgebrochen. Meine ganze Familie ist daran zerbrochen.«

»Der Zirkel«, murmle ich.

Leonas beugt sich vor. »Was weißt du darüber?«

»Nicht viel«, weiche ich wieder aus.

»Aber dein Bruder schon. Florin könnte uns helfen, diese Leute aufzuhalten. Sag mir, wo er ist, damit ich mit ihm sprechen kann.«

»Und wenn du das getan hast? Verrätst du ihn dann an die Polizei?«

Leonas sieht mich eindringlich an. »Er hat jemanden umgebracht, Quinn.«

»Ich weiß.«

Er schüttelt nachdenklich den Kopf, ehe er seufzt. »Ich will Antworten von ihm. Über alles andere lässt sich reden.«

Ich trinke einen Schluck Tee, den ersten, seit wir am Tisch sitzen. Er ist nur noch lauwarm. Die Katze kommt mit erhobenem Schwanz zu uns herübergetapst, lässt sich neben dem Tisch nieder und fängt an, sich zu putzen. Ich weiß nicht, was ich sagen soll, ob ich überhaupt etwas sagen soll. Leonas drängt mich nicht, trinkt ebenfalls von seinem Tee und beobachtet die Katze, die sich in aller Seelenruhe die Schnurrhaare putzt.

»Ich habe keine Ahnung, wo Flo ist«, erkläre ich schließlich. »Aber ich kann dir sagen, was ich weiß. Wenn du mir im Gegenzug erzählst, was du weißt.«

»Abgemacht.« Leonas lehnt sich in seinem Stuhl zurück und verschränkt die Arme vor der Brust. »Am meisten würde mich interessieren, was Florin hier in der Villa gesucht hat.«

Ich schüttle den Kopf. »Ich weiß es nicht genau. Aber ich nehme an, dass er ebenfalls nach dem Tagebuch gesucht hat. Und nach dem Ring.«

»Was für ein Ring?«, fragt er stirnrunzelnd.

»Ein Siegelring.« Ich zögere, bevor ich hinzufüge: »Mit dem Sigillum Dei darauf.«

»Ich wusste es«, murmelt er. »Wilhelm Schreiber. Der Gründer der Schreiber-Akademie. Eine Koryphäe auf dem Gebiet der regenerativen Medizin.« Er lächelt bitter. »Ich bin mir ziemlich sicher, dass er auch den Zirkel gegründet hat.«

Ich wollte mir nicht eingestehen, was der Ring bedeutet, wollte nicht, dass die nächste Identifikationsfigur in meinem Leben Risse bekommt. Aber in Wahrheit habe ich es in dem Moment erkannt, in dem ich den Ring in der Schublade gesehen habe. Ich starre auf die Tischplatte vor mir. Der Ring und das Buch – sie waren wichtig. So wichtig, dass jemand nachts hier eindringt und mich niederschlägt, um sie zu stehlen. Vielleicht sogar so wichtig, dass sie Flo hätten helfen können, sich irgendwie vom Zirkel loszusagen.

Die Katze hört auf, sich zu putzen, springt mit einem Satz auf meinen Schoß und rollt sich dort zusammen. Ich habe keine Energie, sie zu vertreiben, lege stattdessen meine Hände auf ihr warmes Fell und streichle darüber. Wir hängen beide unseren Gedanken nach, und für einen Augenblick ist nur das leise *Ticktack* der Wanduhr zu hören.

Dann frage ich in die Stille hinein: »Die Sache mit deiner Mutter ... was genau ist damals passiert?«

Leonas starrt kopfschüttelnd auf seine Tasse und scheint zu überlegen, wo er anfangen soll. Dann steht er so abrupt auf, dass die Katze erschrocken von meinem Schoß springt. »Komm mit«, sagt er. »Wir fahren weg.«

»Wohin?«, frage ich misstrauisch.

»Zu meinem Vater«, erklärt er und geht zur Tür. »Er kann dir das alles besser erzählen als ich. Ist ungefähr eine halbe Stunde mit dem Auto.«

Ich rühre mich keinen Zentimeter vom Fleck. Meine Wut auf Leonas hat sich zwar gelegt. Aber ob mein Vertrauen schon wieder so weit zurückgekehrt ist, mich im Dunkeln zu ihm ins Auto zu setzen, weiß ich nicht.

Er bemerkt mein Zögern. »Ich könnte dir auch erzählen,

was damals passiert ist. Aber wahrscheinlich würdest du mir kein Wort glauben. Ich habe auch erst gedacht, dass mein Vater sich in seinem Alkoholrausch irgendwas zusammenfantasiert. Aber inzwischen weiß ich, dass er das nicht getan hat.«

Ich rühre mich immer noch nicht, unsicher, ob ich mich darauf einlassen soll oder nicht. Die Katze, dieses verräterische Vieh, tapst mit erhobenem Schwanz auf Leonas zu und streicht ihm schnurrend um die Beine. Er geht in die Hocke und krault sie hinter den Ohren. Und so dumm es auch sein mag, aber diese kleine Geste gibt den Ausschlag. »Also gut«, sage ich und stehe auf.

Er streichelt ein letztes Mal über das schwarze Fell, dann richtet er sich auf. »Du solltest ihr mehr zu fressen geben. Sie ist furchtbar dünn.«

»Sie gehört mir nicht«, erwidere ich und gehe an ihm vorbei in Richtung Eingangshalle.

Leonas lächelt. »Das scheint sie etwas anders zu sehen.«

Als wir die Villa verlassen, schlüpft die Katze mit uns nach draußen. Ich will über die Auffahrt zur Straße laufen, doch Leonas lotst mich in Richtung Garten. »Ich hab auf der Straße hinter dem See geparkt«, erklärt er entschuldigend. »Von dort aus ging es mit dem Beobachten etwas leichter.«

Ich seufze. Natürlich.

Also schlagen wir uns durch den Garten und das kleine Wäldchen. Der See blitzt wie eine träge, ölige Masse zwischen den Bäumen hindurch, und es kommt mir geradezu unwirklich vor, dass ich erst gestern darin gebadet habe. Hat Leonas mich auch dabei beobachtet? Wieder frage ich mich, ob es die richtige Entscheidung ist, mich auf diesen Ausflug einzulassen. Andererseits: Was habe ich schon zu verlieren?

Sein Auto parkt am Anfang eines kleinen Waldweges, nicht weit entfernt vom See. Als ich einsteige, umfängt mich der Geruch von Indien, meinem Vater, Erinnerungen, die zugleich wunderschön und kaum auszuhalten sind. Leonas startet den Motor, setzt zurück und biegt auf die verlassene Straße ein. Die Scheinwerfer malen eine Insel aus Licht auf den Asphalt, die vor uns zu fliehen scheint, uns immer ein winziges bisschen voraus ist, sodass wir sie nicht einholen. Es ist kalt hier drin, aber nach ein paar Minuten ist die Heizung auf Temperatur und bläst mir warme Luft entgegen.

Ich sehe in die Dunkelheit hinaus und hänge meinen Gedanken nach. Tödliche Krankheiten, spontane Heilungen, Isabelle Sailer, ihr Vater, Jana, mein Bruder, mein Großvater, rätselhafte Zeichen, Erpressung, Vergessen, Schuld, Angst, Tod. Alles hängt irgendwie miteinander zusammen. Ich frage mich, ob es überhaupt möglich ist, dieses riesengroße Knäuel zu entwirren und Licht ins Dunkel zu bringen. Oder ob wir dem Licht immer ein winziges Stück hinterherrennen werden, wie das Auto, das dem Lichtkegel hinterherfährt, ohne ihn jemals zu erreichen.

23

Leonas findet einen Parkplatz am Straßenrand; die restliche Strecke bis zum Eingang des Gebäudekomplexes gehen wir zu Fuß. Sein Vater wohnt in einer eher bescheidenen Siedlung. Im Dunkeln kann ich nicht viel von der Umgebung erkennen, aber der Gehweg ist aufgeplatzt und von Unkraut überwuchert, und in den Büschen liegt Müll.

Der Kontrast zu dem feinen Villenviertel, in dem ich groß geworden bin, und dem Internat mit seinen weitläufigen Parkflächen könnte größer nicht sein. »Bist du hier aufgewachsen?«, frage ich so unbeteiligt wie möglich.

»Wir hatten mal ein kleines Haus, mit Garten und allem. Aber nachdem mein Vater seinen Job verloren hat, mussten wir umziehen.« Er wirft mir einen Seitenblick zu, lächelt. »Sag es ruhig.«

»Was?«

»Das ist nicht gerade die Art von Gegend, aus der Absolventen der Wilhelm-Schreiber-Akademie stammen.«

»Ich wollte nicht …«, fange ich an, spreche jedoch nicht weiter. Denn in Wahrheit habe ich genau das gedacht. Zum ersten Mal fällt mir so richtig auf, wie einfach ich es hatte, auch wenn es sich nicht so angefühlt hat. Privilegiert *as fuck*, trotz allem. »Was war dein Vater von Beruf?«

»Er war Staatsanwalt. Und irgendwann war er ein betrunkener Staatsanwalt. Das kommt nicht so gut vor Gericht.« Er zögert kurz, dann fügt er hinzu: »Ich habe ein Stipendium für die Schreiber. Anders würde es nicht gehen.«

Wir erreichen den Hauseingang, eine Glastür, neben der sich bestimmt zwanzig Klingeln befinden. Bevor Leonas sie öffnet, dreht er sich zu mir um. »Mein Vater ist alkoholabhängig. Er ist zwar seit ein paar Monaten trocken, trotzdem kann er ... ziemlich emotional sein. Und noch was: Kein Wort über deinen Bruder.«

Wir gehen ins Haus, und mit jeder Stufe, die wir das kalte, nackte Treppenhaus hinaufsteigen, wächst meine Anspannung. Ich habe keine Ahnung, was mich erwartet, aber ich hoffe sehr, dass es nicht noch ein Puzzleteil ist, das ich nicht zuordnen kann. Im dritten Stock bleibt Leonas vor einer Tür stehen, kramt einen Schlüssel aus der Tasche und schließt auf.

»Papa?«, ruft er. »Ich bin's.« Wir betreten einen kleinen Flur, von dem aus man in ein bescheidenes Wohnzimmer sieht. In einem Sessel am Fenster sitzt ein Mann und liest. Als er uns bemerkt, legt er das Buch zur Seite und steht auf.

»Leo«, sagt Herr Hanter erfreut. Er ist schlank und groß, trotz der gebückten Haltung. Seine grauen Haare sind kurz geschnitten, und sein Gesicht sieht verlebt, aber freundlich aus. Er kommt auf uns zu und bleibt dann unschlüssig stehen, als wüsste er nicht, wie er sich seinem Sohn gegenüber verhalten soll. »Du hast jemanden mitgebracht?«

»Das ist Quinn, eine ... Kommilitonin«, erklärt Leonas, und ich glaube fast, dass er ein bisschen verlegen wird. »Wir müssen mit dir reden.«

»So spät noch?« Leonas' Vater wirkt ein wenig verwirrt,

bittet uns aber trotzdem ins Wohnzimmer und deutet auf eine zerschlissene Couch, auf der ein bunter Überwurf die schlimmsten Schäden verbergen soll. »Möchtet ihr etwas trinken?«, fragt er und sieht mich dabei an. »Wasser? Saft?« Ich will etwas erwidern, doch Leonas kommt mir zuvor. »Wir bleiben nicht lange.«

»Oh, in Ordnung.« Sein Vater klingt enttäuscht, aber nicht überrascht. Genau wie zwischen meiner Mutter und mir scheint es auch zwischen ihm und Leonas schwierig zu sein. Herr Hanter rückt den Sessel ein Stück herum, sodass er der Couch gegenübersteht, setzt sich und sieht uns erwartungsvoll an. »Was kann ich für euch tun?«

»Du musst Quinn erzählen, was damals mit Mama passiert ist«, sagt Leonas ohne Umschweife. Sein Gesicht, seine Stimme, seine ganze Körpersprache ist wieder so ausdruckslos, als säße eine Marionette neben mir. Vermutlich ist es seine Art, die Leute auf Distanz zu halten.

Das freundliche, etwas unsichere Verhalten seines Vaters ändert sich sofort. Sein Gesicht verhärtet sich, und einen Augenblick lang sehe ich darin die ganze Autorität des Staatsanwalts, der er einmal gewesen ist. »Nein!«

»Es ist wichtig, Papa«, beharrt Leonas. »Wir ... finden vielleicht heraus, wer dahintersteckt.«

»Ich habe dich gebeten, die Sache auf sich beruhen zu lassen. Es ist zu gefährlich.«

»Dazu ist es zu spät. Quinn muss wissen, was damals geschehen ist. Ich könnte es ihr auch erzählen, aber ich will, dass sie es von dir hört.«

Anscheinend spürt Herr Hanter, dass sein Sohn nicht lockerlassen wird. Sämtliche Entschlossenheit, die er noch vor wenigen Augenblicken ausgestrahlt hat, verschwindet, und er sackt förmlich in seinem Sessel zusammen. »Ich kann nicht, Leonas.«

»Doch, Papa. Du kannst.«

Herr Hanter reibt sich über das Gesicht. Seine Augen zucken unruhig hin und her; sehen überall hin, nur nicht zu mir. Dann wendet er den Kopf zum Fenster und schaut eine ganze Weile nach draußen, als läge dort die Lösung für all seine Probleme. »Also schön«, beginnt er seufzend und wendet sich wieder zu uns, vermeidet aber, mich anzusehen. »Paula, meine Frau, hatte Leukämie. Wir haben alles versucht. Chemotherapie, Bestrahlung, sogar eine Stammzellenspende. Ohne Erfolg. Die Ärzte bekamen den Krebs nicht in den Griff. Schließlich haben sie uns mitgeteilt, dass es nichts mehr gäbe, was sie noch für sie tun könnten.« Er hält kurz inne, und sein Kinn fängt an zu zittern. Doch er reißt sich schnell wieder zusammen. »Sie hatte solche Angst davor zu sterben. Sie hat in meinen Armen gelegen und geweint. Und dann ... sind plötzlich zwei Männer bei uns aufgetaucht. Sie haben uns ein Angebot gemacht. Sie meinten, sie könnten Paula helfen. Doch dafür wollten sie eine Gegenleistung.« Er spricht nicht weiter.

»Sag es«, drängt ihn Leonas, und sein Vater zuckt kurz zusammen.

»Sie haben verlangt, dass ich ein Ermittlungsverfahren einstelle, trotz eindeutiger Beweise, die gegen den Verdächtigen vorlagen.«

Ich ziehe die Brauen hoch. Schon wieder etwas, das der Zirkel als Gegenleistung verlangt. Genau wie bei Frau Sailer. »Und darauf haben Sie sich eingelassen?«

Er sieht wieder aus dem Fenster. »Ja«, sagt er schließlich leise. »Und ich bereue es bis heute, dass ich mich habe kaufen lassen. Auch wenn ich es in dem Glauben getan habe, ich würde Paula damit helfen.«

»Haben Sie das nicht?«

»Ja ... und nein. Der Zirkel hat ihr ein Medikament verabreicht. Kurz darauf ist die Leukämie verschwunden. Und mit ihr alles, was Paula ausgemacht hat.«

Wieder muss ich an Isabelle Sailer denken, an den leeren Gesichtsausdruck, mit dem sie nach ihrem Hasen gegriffen hat. Sie wurde ebenfalls von ihrem Tumor geheilt und hat dadurch ihr gesamtes Gedächtnis, ihre gesamte Persönlichkeit verloren. Es passt alles zusammen.

»Was ist passiert?«, frage ich so einfühlsam wie möglich, um Herrn Hanter nicht zu sehr unter Druck zu setzen.

Er schließt kurz die Augen, als würde er sich die Szene von damals erst wieder ins Gedächtnis rufen müssen. »Sie haben uns gesagt, dass es Nebenwirkungen gibt«, antwortet er schließlich. »Dass Paula ihr Gedächtnis verlieren wird, die Erinnerungen von Jahren, vielleicht Jahrzehnten. Wir wussten es und haben uns trotzdem darauf eingelassen. Wir dachten, wir würden das schon irgendwie hinbekommen.« Er zieht ein Taschentuch aus der Hosentasche und fährt sich damit über das Gesicht. »Paula hat im Bett gelegen, als sie kamen. Sie waren zu zweit. Sie sind einfach zu ihr gegangen, haben noch einmal gefragt, ob sie sich wirklich sicher ist. Und als sie genickt hat, haben sie ihr eine Spritze gegeben. Mehr nicht.« Er lächelt gequält, wodurch er seinem Sohn plötzlich sehr ähnlich sieht.

»Dann meinten sie, dass Paula jetzt schlafen müsse und es

eine Weile dauern würde, vielleicht ein, zwei Tage, bis der Körper den Krebs besiegt hätte. Und sie hatten recht. Paula wurde wieder gesund. Aber sie wusste nicht mehr, wer ich war. Sie konnte sich weder an unsere Kinder erinnern noch an unser gemeinsames Leben. Ich habe alles versucht, um ihrem Gedächtnis zu helfen. Ich habe ihr Fotoalben gezeigt, Musik vorgespielt, bin mit ihr an Orte gefahren, die für uns Bedeutung hatten, aber es hat alles nichts gebracht. Es war, als wäre ihr altes Leben ausgelöscht. Sie konnte das kaum ertragen. Für sie war es, als würde sie ein falsches Leben leben, ohne zu wissen, wie das richtige aussieht. Sie ist immer unglücklicher geworden, hat sich zurückgezogen, hat angefangen, Medikamente zu nehmen, um sich zu betäuben. Und dann ist sie eines Abends einfach aus dem Haus gegangen und auf die Straße gelaufen. Der Fahrer des Autos hatte keine Chance mehr zu bremsen. Sie hat sich das Genick gebrochen und war sofort tot.«

Er kann nicht weitersprechen, vergräbt das Gesicht in den Händen. Seine Schultern zucken. »Wenn ich noch mal vor der Wahl stünde ... ich würde das Angebot nicht annehmen. Ich würde meine Frau lieber als sie selbst sterben lassen, anstatt ihr dieses Leid zuzufügen, sich an nichts mehr zu erinnern. Nicht, wer sie ist, was sie mag ... wen sie liebt.«

»Aber es war nicht Ihre Entscheidung«, wende ich ein. »Es war die Entscheidung Ihrer Frau, sich auf das Angebot einzulassen, oder nicht?«

Ein bitterer Zug umspielt seinen Mund. »Ich bin mir sicher, dass sie ebenfalls unterschätzt hat, welche Tragweite das Ganze besitzen würde. Aber wir können sie leider nicht mehr fragen.«

Für eine Weile sagt niemand etwas, und ich denke darüber nach, was für eine unsägliche Entscheidung Hanter und seine Frau treffen mussten. Tod oder Vergessen. Eine Wahl, die in Wahrheit gar keine ist, denn Sterben tut man in beiden Fällen. So wie meine Oma, die ebenfalls lebt, ohne wirklich ein Leben zu haben.

Ich beschließe, das Thema zu wechseln, bevor ich noch mehr Dinge sage, die Hanter verletzen. »Die Männer, die zu Ihnen gekommen sind – wer waren sie?«

Herr Hanter schüttelt den Kopf. »Ich weiß es nicht. Sie trugen Masken, die so ähnlich aussahen wie die Schutzhelme beim Fechten. Das gesamte Gesicht war hinter einem schwarzen Visier verborgen. Aber darauf war ein Zeichen abgebildet.«

»Lassen Sie mich raten: das Siegel Gottes.«

»Sie kennen es?«

Ich zögere. »Ich habe es schon mal gesehen«, erwidere ich schließlich. »Und Sie haben nie jemandem davon erzählt?«

»Wer hätte mir das denn glauben sollen?« Er schluckt hart, und wieder zittert sein Kinn. »Außerdem hätte ich dann zugeben müssen, dass ich mich habe kaufen lassen.«

»Lieber hast du angefangen zu trinken«, wendet Leonas mit harter Stimme ein.

»Ich habe aufgehört«, protestiert Hanter.

»Ja. Nachdem du dich vorher fast in den Wahnsinn gesoffen hast, anstatt irgendetwas zu unternehmen.«

Hanter wehrt sich nicht gegen den Vorwurf, sondern fragt nur leise: »Was hätte ich denn machen sollen?«

»Keine Ahnung. Irgendwas. Du hättest gestehen können, dass du einen Fehler gemacht hast. Du hättest alles daransetzen können herauszufinden, wer dahintersteckt. Du warst Staatsanwalt, verdammt noch mal. Du hattest Möglichkeiten, von denen andere nur träumen. Du hättest die Leute finden können, die sich hinter der Maske versteckt haben.« Leonas' Stimme wird immer lauter. »Stattdessen verlierst du deinen Job, weil du betrunken vor Gericht erscheinst, verkriechst dich vor der Welt und säufst dich fast zu Tode, weil du mit deiner eigenen Schuld nicht klarkommst.«

Hanter sackt mit jedem von Leonas' Worten mehr in seinem Sessel zusammen. Von dem hochgewachsenen Mann, der mich vorhin begrüßt hat, ist nichts mehr übrig. Obwohl Leonas ihn fast mit seinem Blick durchbohrt, um irgendeine Reaktion von ihm zu erzwingen, schweigt er.

»Wir sollten gehen«, sagt Leonas schließlich. »Quinn hat gehört, was sie hören sollte.«

Damit steht er auf und läuft zur Tür. Offenbar kann er es kaum erwarten, von hier wegzukommen. Ich folge ihm, doch Hanter bleibt in seinem Sessel zurück. Ich blicke mich noch einmal nach ihm um, betrachte diesen gebrochenen Mann und denke an Frau Sailer, die nicht weniger mit den Dingen hadert, nur auf ganz andere Weise. Könnten sie die Zeit zurückdrehen, würde Herr Hanter seine Frau lieber sterben lassen. Frau Sailer hingegen würde dieselbe Entscheidung wieder treffen, würde sich an alles klammern, was sie von Isabelle haben kann, ganz egal, wie wenig es auch ist. Und ich weiß beim besten Willen nicht, welche der beiden Möglichkeiten die bessere ist.

Ohne ein weiteres Wort verlassen wir die Wohnung, laufen zurück zum Auto und schweigen weiter, bis wir wieder auf der Landstraße sind. »Es tut mir leid, was mit deiner Mutter geschehen ist«, beginne ich schließlich. »Es ... ist ziemlich schwierig zwischen deinem Vater und dir, oder?«

Leonas schnaubt. »Nach dem Tod meiner Mutter ist er in Selbstmitleid zerflossen. Er hat sich Vorwürfe gemacht, weil er sich hat kaufen lassen, und er hat sich keine Hilfe gesucht, da er davon ausgegangen ist, dass ihm die Geschichte sowieso niemand abnimmt. Meine Schwester konnte es nicht mehr ertragen und ist nach Südamerika ausgewandert. Aber ich bin geblieben. Ich laufe nicht weg. Ich will wissen, wer das meiner Mutter angetan hat.«

»Und dann?«

»Was, und dann?«

»Wenn du den Zirkel gefunden hast, was machst du dann?«

Leonas zögert. »Weiß ich noch nicht. Aber sie können auf jeden Fall nicht ewig so weitermachen. Was der Zirkel tut, ist falsch. Wenn sie wirklich eine Möglichkeit haben, todkranken Menschen zu helfen, dann müssen sie das doch jedem zugänglich machen. Stattdessen nutzen sie ihre Macht, um andere zu erpressen und sich an ihnen zu bereichern.«

»Dasselbe ist bei den Sailers passiert«, sage ich. »Ich war heute bei ihnen. Isabelle, die Tochter, hatte einen Hirntumor. Die Ärzte hatten sie bereits aufgegeben.«

»Und dann ist der Tumor plötzlich verschwunden, und die Kleine hat ihr Gedächtnis verloren.«

»Du weißt davon?«, frage ich überrascht.

Leonas nickt. »Ich versuche schon lange, ähnliche Fälle wie den meiner Mutter ausfindig zu machen. Aber ich kenne keine Einzelheiten. Sollten die Sailers Geld zahlen? Oder sind sie mit etwas anderem erpresst worden?«

»Sailer sollte irgendetwas für den Zirkel tun. Aber was, weiß ich nicht. Seine Frau wollte es mir nicht sagen. Sie hat mich vor dem Zirkel gewarnt und mich dann rausgeworfen.«

Ich denke an den Nachmittag nach der Beerdigung zurück, an Isabelles leeres Gesicht und ihre krakeligen Striche auf dem Blatt Papier. »Sailers Tochter und deine Mutter – die Fälle sind beinahe identisch«, fahre ich fort. »Aber was ist bei Isabelle schiefgelaufen? Sie hat nicht nur ihre Erinnerungen verloren, sie ist vollkommen weggetreten und wandert umher wie eine leere Hülle.«

»Sie ist noch ein Kind«, sagt Leonas nachdenklich. »Vielleicht hat das Medikament bei ihr zu stark angeschlagen.«

»Hm«, mache ich. »Möglich.«

Für eine Weile schweigen wir. Ich schaue aus dem Fenster in die dunkle Nacht hinaus, auf das Schwarz der Bäume, die die Straße säumen, das Weiß des Mittelstreifens, das in regelmäßigen Abständen aufleuchtet, den Lichtkegel, der unverändert vor uns wegdriftet. Auch wenn wir gerade Puzzleteil für Puzzleteil aneinanderreihen, sehe ich immer noch nicht klar.

Doch dann fällt mir noch etwas ein. »Der Streit zwischen Jana und Flo ... Er muss sich ebenfalls um das Medikament gedreht haben. Sie haben sich beide Verletzungen zugezogen, und bei beiden waren sie kurz darauf wieder verschwunden.«

Für einen kurzen Moment huscht ein verwirrter Ausdruck über Leonas' Gesicht, und mir fällt auf, dass ich ihm noch gar nichts davon erzählt habe. Er weiß nicht, dass Flos Hand so rasch verheilt ist, und er weiß auch nicht, dass sich Flo an den Streit nicht mehr erinnern konnte. Aber ich halte mich nicht damit auf, es ihm zu erklären. Stattdessen rufe ich mir die hitzige Auseinandersetzung wieder ins Gedächtnis, die ich im Dienstbotengang belauscht habe. »Ich glaube, Jana hat das Medikament gestohlen, vermutlich, um ihre krebskranke Schwester zu retten. Flo hat das irgendwie mitbekommen und wollte sie davon abhalten. Damit er sie nicht verraten kann, hat Jana ihm das Mittel gespritzt, in einer so geringen Dosis, dass er nur ein paar Stunden verloren hat, nicht sein ganzes Leben. *Deswegen* hat er sich nicht mehr an den Abend der Party erinnert.«

Leonas hat seine Überraschung überwunden. »Das würde Sinn ergeben. Aber warum ist dann auch Janas Verletzung verschwunden? Hat sie sich das Mittel selbst gespritzt?«

Ich zucke mit den Schultern und merke dann, dass Leonas das im Dunkel des Wagens gar nicht sehen kann. »Keine Ahnung«, sage ich daher. »Es ergibt so vieles noch keinen Sinn. Falls der Zirkel so etwas öfter macht – todkranke Menschen zu heilen und im Gegenzug etwas von den Leuten zu erpressen –, dann müsste davon doch schon längst viel mehr an die Öffentlichkeit gedrungen sein, oder?«

»Nicht, wenn der Zirkel so mächtig ist, dass sogar Gerichtsverfahren eingestellt werden«, erwidert Leonas. »Die Leute haben viel zu viel Angst zu reden. Ich habe versucht, weitere Fälle aufzuspüren, aber ohne Namen oder irgendeinen Anhaltspunkt ist es, als würde ich die Nadel im Heuhaufen suchen.«

»Woher wusstest du dann, dass du an der Schreiber suchen musst?«

Leonas zögert. »Das Ermittlungsverfahren, das mein Vater einstellen sollte ... dabei ging es um deinen Großvater.«

Ich starre ihn ungläubig an. »Was?!«

»Ich kenne keine Details«, gesteht er. »Und an die Akte komme ich nicht ran. Aber den Namen hat mein Vater mir in einem Vollrausch verraten. Deswegen wollte ich auch nicht, dass er weiß, wer du bist.«

Ein weiterer Riss in der Fassade. Wie lange wird das Haus noch stehen bleiben, bevor es ganz in sich zusammenfällt?

»Weswegen wurde ermittelt?«, frage ich tonlos.

»Ich habe keine Ahnung, Quinn, ehrlich. Aber es war Anlass genug, mich näher mit deiner Familie und der Schreiber-Akademie zu beschäftigen. Und als ich das Forschungsgebiet deines Großvaters gesehen habe, wusste ich, dass ich an der richtigen Adresse bin. Also habe ich alles getan, um ein Stipendium zu bekommen und bei den Alphas aufgenommen zu werden. Ich suche seit einem Jahr nach Hinweisen. Aber weiter als bis zu den Verbindungen komme ich nicht.«

Noch ein Puzzleteil, das an seinen Platz fällt. »Okay«, sage ich und bin selbst überrascht, wie abgebrüht ich trotz allem klinge. »Im Grunde läuft es auf eine Frage hinaus: Wer gehört zu diesem Zirkel?«

Leonas seufzt leise. »Genau das will ich herausfinden.« Er zögert kurz, dann fährt er fort: »Der Einzige, von dem wir es wissen, ist Flo.«

»Flo will aussteigen«, erwidere ich etwas aggressiver als beabsichtigt.

»Umso besser. Vielleicht ist er bereit, uns zu helfen. Uns Namen zu nennen, Beweise zu liefern. Hast du wirklich keine Ahnung, wo er ist?«

»Nein. Und weißt du, was?«, füge ich trotzig hinzu. »Im Grunde bist du daran schuld. Wenn du an dem Abend nicht durch unseren Garten geschlichen wärst, wäre Flo nicht Hals über Kopf abgehauen. Dann hätte er mir vielleicht verraten, wo er sich versteckt.«Leonas sieht mich verwirrt an, was mich augenblicklich auf die Palme bringt. »Jetzt tu bloß nicht so, als wüsstest du nicht, wovon ich rede.«

»Weiß ich tatsächlich nicht. Ich habe die Villa ab und zu beobachtet, ja. Aber Flo habe ich nie gesehen.«

Ich verdrehe die Augen, habe aber keine Lust, das Thema weiter auszudiskutieren. Es ändert nichts daran, dass Flo spurlos verschwunden ist.

Ein Ort, an dem mich niemand finden wird. Ein bisschen fühlt es sich tatsächlich so an, als wäre ich im Krieg. Ich habe nach wie vor keine Ahnung, was er damit gemeint hat. Aber selbst wenn ich es wüsste – ich bin mir nicht sicher, ob ich es Leonas verraten würde. Ich will Flo schützen. Leonas hingegen will herausfinden, wer seine Familie zerstört hat. Für ihn gehört Flo zu den Bösen.

»Mein Bruder ist keine Option«, sage ich. »Wir müssen auf anderem Wege an den Zirkel herankommen. Wie wäre es, wenn wir uns Sailer noch einmal vornehmen? Vielleicht hilft es uns, wenn wir herausfinden, was der Zirkel von ihm als Gegenleistung für die Heilung seiner Tochter verlangt hat.«

»Vielleicht ging es gar nicht darum, dass er etwas für sie machen sollte, sondern dass er etwas *nicht* machen sollte.«

»Frau Sailer wollte mir nichts Genaues sagen. Aber sie meinte, dass es bloß eine Kleinigkeit war. Etwas scheinbar Belangloses.«

»Ging es um die Verbindungen, so wie überall spekuliert wird?«

»Frau Sailer sagt Nein. Aber ich bin mir sicher, dass es etwas mit der Akademie zu tun hat.«

In Gedanken gehe ich die Artikel durch, die ich über Sailer gelesen habe, versuche, mich an alles zu erinnern, was er sich auf die Agenda geschrieben hat. Ein Bild drängt sich mir auf. Gekritzelte Linien auf einem großen Blatt Papier. Auf der Rückseite der Grundriss der Gewölbe unter der Akademie. »Er wollte die Keller sanieren lassen, die schon ewig leer stehen.«

»Die Keller?«, fragt Leonas ungläubig.

»Sie sind einsturzgefährdet. Deswegen hat man sie vor Jahrzehnten verschlossen. Niemand darf mehr dort hinunter.«

»Na und?«

»Was ist, wenn dort unten doch etwas ist? Etwas, das entdeckt werden würde, wenn die Gewölbe saniert werden?«

Leonas überlegt kurz, dann nickt er. »Einen Versuch ist es wert. Ich habe nur keine Ahnung, wie man in die Keller gelangt.«

»Ich habe einen Grundriss.«

»Das vereinfacht die Sache deutlich.«

»Hast du gerade einen Witz gemacht?«

Leonas erwidert nichts darauf, aber ich bilde mir ein, dass er lächelt. Ich wende den Kopf in seine Richtung und bin beinahe enttäuscht darüber, dass ich sein Gesicht in der

Dunkelheit nicht erkennen kann. Schnell drehe ich mich wieder weg.

Falls Leonas meinen Blick bemerkt hat, lässt er es sich nicht anmerken. »Wir sollten es nicht tagsüber machen«, sagt er. »Es könnte zu viel Aufmerksamkeit erregen, mitten im laufenden Unibetrieb jahrzehntelang verschlossene Kellertüren aufzubrechen.«

»Wie kriegen wir sie überhaupt auf?«

»Darum kümmere ich mich schon.«

Ich hake nicht weiter nach. Wer Krankenakten stehlen kann, kann vermutlich auch Schlösser knacken. »Also treffen wir uns nachts?«

»Morgen Abend, um elf im Innenhof.«

»Wer hätte gedacht, dass du mir mal so etwas Romantisches sagen würdest?«

»Hast du jetzt einen Witz gemacht?«

Nun bin ich diejenige, die lächelt.

Den Rest der Fahrt verbringen wir schweigend. Leonas fährt mich zum Wohnheim, weil ich mich dort nach dem Einbruch in die Villa sicherer fühle, und als ich leise die Wohnung betrete, schläft Mira schon.

Eigentlich sollte ich auch schlafen gehen, aber ich bin noch nicht müde. Also setze mich aufs Bett und schlage eine neue Seite in meinem Tagebuch auf. *Tod durch Genickbruch* schreibe ich in die oberste Zeile. Dann zögere ich. Im Grunde hat Paula Hanter ihre Todesnachricht schon viel früher bekommen. Sie ist sozusagen zwei Mal gestorben, also bekommt sie auch zwei Einträge. Ich blättere um und schreibe eine zweite Überschrift: *Tod durch Leukämie*. Das wird eine lange Nacht.

Tod durch Leukämie

Leukämie ist im Vergleich zu anderen Krebsarten eher selten. Sie macht nur rund sechs Prozent aller Krebsneuerkrankungen im Jahr aus. Trotzdem steht sie im ZfKD (Zentrum für Krebsregisterdaten im Robert-Koch-Institut) an dritter Stelle in der Statistik für krebsbedingte Sterbefälle.
Leukämie ist nicht gleich Leukämie. Es gibt akute und chronische Leukämien, schleichende und schnell verlaufende, solche, die sich über das Blut verbreiten, und andere, die sich im Lymphsystem vermehren. Aber sie resultieren alle aus einer Störung bei der Bildung neuen Bluts. Blutzellen werden im Knochenmark gebildet, einem schwammartigen Gewebe im Inneren der größeren Knochen. Sie entstehen durch Teilung von Stammzellen, und wie bei allen anderen Zellteilungen kann auch bei dieser etwas schieflaufen.
Meist ist der Reifungsprozess der weißen Blutkörperchen betroffen. Anstatt vollständig ausgebildeter Leukozyten entstehen unvollständige, unreife, die ihre Aufgabe, den Körper vor Infektionen zu schützen, nicht wahrnehmen können. Gleichzeitig vermehren sie sich so rasch und unkontrolliert, dass sie die übrigen gesunden Blutzellen verdrängen. Der Körper wird mit funktionsuntüchtigen weißen Blutkörperchen überschwemmt. Daher auch der Name, denn Leukämie bedeutet übersetzt nichts anderes als »weißes Blut«. In manchen Fällen kann auch die Bildung roter Blutkörperchen oder Blutplättchen betroffen sein. Das Resultat ist ähnlich: Das Blut kann seine eigentliche Aufgabe nicht mehr übernehmen, kann keine Krankheiten abwehren, keine Blutungen stillen, keinen Sauerstoff transportieren.
Die Symptome bei Leukämie sind so unterschiedlich wie die Krankheit selbst: Abgeschlagenheit, Müdigkeit, Gewichtsverlust,

erhöhte Infektanfälligkeit, verstärkte Neigung zu Blutungen, Knochen- und Gelenkschmerzen, Kopfschmerzen, Schwindel, Lähmungen. Genauso ist es mit der Todesursache. Tödlich verlaufende Infektionen, Organschäden durch Unterversorgung. Eine davon wäre auch bei Paula Hanter eingetreten. Aber sie ist zu schnell wieder gesund geworden, um sagen zu können, welche.

Tod durch Genickbruch

Das Blut fließt mit einer durchschnittlichen Geschwindigkeit von einem Meter pro Sekunde durch unseren Körper. Aber die Nerven sind schneller. Die Befehle, die in Form von elektrischen Impulsen über die Nervenfasern verschickt werden, bewegen sich mit einer Geschwindigkeit von bis zu hundert Metern pro Sekunde.
Es gibt zwei Nervensysteme: das periphere und das zentrale Nervensystem. Das Rückenmark bildet zusammen mit dem Gehirn das zentrale Nervensystem. Die Nervenstränge in der Wirbelsäule tauschen Befehle zwischen Gehirn und Körper aus, wie bei einem Datenkabel, über das Nachrichten versendet werden. Gibt das Gehirn zum Beispiel einen motorischen Befehl, wird er über die Nerven an Arme oder Beine weitergeleitet. Melden Rezeptoren in der Haut eine Berührung oder Schmerzen, melden die Nerven dies an das Gehirn. Das Rückenmark dient als eine Schaltzentrale, die diese Informationen in die entsprechenden Regionen weitergibt.
Das Rückenmark verläuft durch den Wirbelkanal, einen Hohlraum innerhalb der Wirbelsäule, wodurch es vor den meisten äußeren Einflüssen geschützt ist. Wird die Wirbelsäule verletzt, sind auch Schäden am Rückenmark möglich, vor allem im Bereich der Halswirbel, wo der Wirbelkanal besonders eng ist. In manchen Fällen wird bei einem Genickbruch auch der Hirnstamm verletzt, der hinter den oberen Wirbeln liegt. Er kontrolliert das Atemzentrum und den Herzschlag.
Nervenzellen sind eine der wenigen Zellarten im Körper, die sich nicht oder nur unter sehr speziellen Bedingungen regenerieren können. In den meisten Fällen ist der Schaden irreparabel. Die Datenübertragung wird unvollständig oder bricht zusammen wie bei einem Computer, dem man den Stecker zieht. Ist das Datenkabel gekappt, wird der Bildschirm schwarz.

24

»Quinn!«, ruft Mira überrascht aus, als ich am nächsten Morgen aus meinem Zimmer komme. »Ich wusste gar nicht, dass du hier bist.«

»Es war spät gestern«, erwidere ich nur. Ich überlege, ihr von allem zu erzählen, aber es ist so viel, dass ich gar nicht weiß, wo ich anfangen soll.

»Wie geht's dir? Hast du was von Flo gehört?« Als ihr Blick auf meine Beule fällt, die heute in allen Farben schillert, reißt sie erschrocken die Augen auf. »Was ist denn mit dir passiert?«

»Jemand ist in die Villa eingebrochen und hat mich bewusstlos geschlagen.«

»Heilige Scheiße!« Mira beißt sich auf die Lippen und sieht so elend aus, als wäre sie diejenige, die mir eins übergezogen hätte. »Wenn ich das gewusst hätte, hätte ich niemals –«

»Schon gut«, unterbreche ich sie. »Ich wollte nicht, dass du dableibst. Mach dir keine Vorwürfe.«

Obwohl ich nur wenige Stunden geschlafen habe, quäle ich mich mit Mira zusammen zur Uni, wobei sie mich auf dem gesamten Weg mit Fragen löchert: ob ich Schmerzen habe, ob ich beim Arzt war, ob ich was zum Kühlen brauche, ob ich den Einbrecher erkannt habe. Ich beantworte ihr alles pflichtschuldig, bis wir uns vor dem Präpraum trennen, weil sie eine andere Vorlesung hat.

Die anderen reagieren ähnlich bestürzt, als sie meine Beule sehen, und ich erzähle ihnen etwas von einem unschönen Sturz, was ihnen zum Glück zu reichen scheint. Trotzdem habe ich das Gefühl, dass sie mir ständig verstohlene Blicke zuwerfen. An den anderen Tischen wird ebenfalls getuschelt, und ich vermute, dass es weniger mit meiner Beule zusammenhängt als mit der Tatsache, dass mein Bruder unter Mordverdacht steht. Ich ignoriere sie alle. Es kostet zu viel Energie, mir über Leute Gedanken zu machen, mit denen ich außerhalb dieses Raumes nichts zu tun habe. Bei Leonas hingegen ist es anders. Er lässt nur kurz seinen Blick über meine Verletzung schweifen und tut dann für den Rest des Kurses so, als wäre ich Luft, was mir mehr ausmacht, als ich zugeben will. Verärgert versuche ich, mich weniger auf Leonas und mehr auf die Leiche vor mir zu konzentrieren.

Wir sind weit gekommen in den letzten Wochen. Wir haben die Haut präpariert, die Gefäße, Sehnen und Bänder, die darunterliegen. Nun fangen wir mit den Muskeln an. Vor uns liegt kein toter Körper mehr, sondern ein Studienobjekt. Sogar Amira hat ihre Hemmungen abgelegt, daran herumzuschneiden. Und wieder wird mir etwas bewusst, was mir schon am Anfang aufgefallen ist: Mit jeder Schicht, die wir abtragen, verliert die Frau vor uns ein Stück ihrer Identität – und ihrer Individualität. Die Eingeweide der dunkelhäutigen Toten auf dem Nachbartisch sehen genauso aus wie die unserer Spenderin. In Wahrheit sind wir gar nicht so einzigartig, wie wir immer glauben.

Aber das, was uns ausmacht, ist nicht unser Körper. Am Ende des Kurses werde ich diese Spenderin bis ins kleinste Detail kennen, werde ihre Haut, ihre Muskeln, ihre Knochen, werde ihr Herz in den Händen gehalten haben, aber ich werde trotzdem nicht wissen, was für ein Mensch sie war, was sie erlebt hat, was sie erreicht hat, wen sie geliebt hat. Der Körper sagt nichts über uns. Und eine Persönlichkeit kann man nicht präparieren.

Ich bin nicht bei der Sache, setze die Schnitte an den Muskelansätzen mechanisch, ohne mich wirklich darauf zu konzentrieren. Ausgerechnet heute schleicht Konrad ständig um mich herum und beobachtet mich, wobei er uns so nahe kommt, dass Leonas aus Versehen mit ihm zusammenstößt und sich für seine Verhältnisse recht wortreich entschuldigt. Eigentlich sollte es mich nicht wundern, wie sehr Konrad mich unter die Lupe nimmt – er hat mir schon am Anfang des Kurses nicht zugetraut, mit der Belastung zurechtzukommen. Nach zwei Todesfällen an der Akademie und mit einem Bruder, der unter Mordverdacht steht, hält er mich vermutlich endgültig für nicht belastbar. Aber ich lasse mir nicht anmerken, wie sehr mich seine Aufmerksamkeit nervt, und außer einem gelegentlichen kritischen Räuspern, wenn ich einen Schnitt nicht exakt genug ausführe, sagt er nichts.

Als Konrad endlich das Ende des Kurses verkündet, atme ich erleichtert auf. »Denken Sie bitte daran, dass Sie nächste Woche das erste Testat abhalten müssen«, erinnert er uns beim Hinausgehen. »Die Themen werden von den jeweiligen Prüfern bestimmt, Sie sollten bei Ihrer Vorbereitung also möglichst sämtliche Bereiche abdecken.« Ein kollektives Stöhnen folgt auf seine Ankündigung, was Konrad gelassen zur Kenntnis nimmt.

Die anderen gehen zusammen Mittagessen und fragen mich beinahe demonstrativ nicht, ob ich mitgehen will. Ich hole mir eine Brezel und einen Kaffee und setze mich trotz der Kälte auf eine Bank im Innenhof. Sie steht gegenüber der Treppe zum Rektorat, der man inzwischen nicht mehr ansieht, welche Tragödie sich auf ihr vor ein paar Wochen abgespielt hat. Dann wandert mein Blick an der Fassade entlang, an diesem Gebäude, das schon so viel erlebt hat, dass es mehr zu erzählen hätte als manch ein Geschichtsbuch. Schließlich schaue ich zum Boden, auf dem das alte Kloster steht. Ich hoffe, dass ich mit meiner Ahnung recht behalte und wir heute Abend irgendwo dort unten auf einen Hinweis stoßen, denn sonst weiß ich nicht, wo wir noch suchen sollen.

Die Anatomie-Vorlesung, die nach der Mittagspause ansteht, zieht sich wie Kaugummi, und auch die Lerneinheit, die ich anschließend in der Bibliothek einschiebe, ist nicht sehr effektiv. Normalerweise hilft es mir, einen klaren Kopf zu kriegen, wenn ich mich ganz analytisch mit etwas auseinandersetzen kann. Gerade könnte mir jedoch nichts gleichgültiger sein als die Fachbegriffe für die Muskeln, die ich heute aus dem Körper der Spenderin geschnitten habe und die ich für das Testat können muss.

Nachdem die Bibliothek schließt, gehe ich zurück in die WG. Mira ist nicht da, und weil ich die Zeit irgendwie rumkriegen muss, setze ich mich vor den Fernseher und sehe mir irgendeinen Mist an. Um kurz vor elf ist Mira immer noch nicht zurück, was gut ist. So brauche ich ihr wenigstens nicht zu erklären, wo ich mitten in der Nacht noch hingehe – in schwarzer Hose, schwarzem Rollkragenpulli, schwarzer Jacke und einer Umhängetasche, in der sich der Grundriss der Akademie befindet.

Als ich das Wohnheim verlasse und das kurze Stück am Klostergarten vorbei bis zur Akademie gehe, sehe ich Leonas' leeres Auto am Straßenrand stehen. Er ist also schon da. Ich laufe durch den Durchgang in den Innenhof, der von den Laternen in ein schwaches orangefarbenes Licht gehüllt wird. Er scheint verlassen, aber als ich auf die Bank in der Mitte zusteuere, materialisiert sich Leonas' Gestalt aus den Schatten des Baums daneben. In meinem Magen flattert etwas, eine Mischung aus Anspannung und Aufregung – und, wie ich irritiert feststelle, auch ein bisschen Freude.

»Hast du den Plan dabei?«, fragt er mich anstatt einer Begrüßung.

»Ja.« Ich gehe zu der Bank, auf der ich am Mittag gesessen habe, hole den Grundriss aus der Tasche und falte ihn auseinander. Ich habe ihn noch einmal genau studiert, bevor ich losgegangen bin. »Es gibt mehrere Abgänge in den Keller. Hier zum Beispiel.« Ich tippe auf das Hauptgebäude. »Unter der Treppe in der Haupthalle müsste eine Tür sein.«

Leonas betrachtet den Plan eine Weile und fährt mit dem Finger über die anderen Zugänge, die ich eingekreist habe: einen im Verwaltungstrakt, einen auf Höhe der Bibliothek. Schließlich nickt er. »Gut. Versuchen wir es in der Halle.«

Ich stecke den Plan wieder ein, dann gehen wir zu der Tür, die vom Innenhof aus ins Hauptgebäude führt. Bisher habe ich mich nie groß mit den Eingangstüren der Akademie beschäftigt und bin davon ausgegangen, dass Leonas in der Lage ist, Schlösser zu knacken, aber als ich nun die elektronische Sicherung sehe, muss ich schlucken. Das bekommt selbst der beste Türknacker nicht auf. »Wie sollen wir denn ...?«, fange ich an, ehe ich überrascht beobachte, wie Leonas eine Chipkarte aus der Tasche holt.

»Hab ich Konrad heute abgenommen«, sagt er. »Damit müsste es gehen.«

Ich begreife. »Du hast ihn gar nicht aus Versehen angerempelt.«

Er zuckt mit den Schultern. »Die alten Tricks sind meistens die besten.«

Damit hält er die Karte gegen das Schloss. Es funktioniert sofort – ein leises Schnarren ertönt, und als Leonas gegen die Tür drückt, lässt sie sich problemlos öffnen. Er will schon hineingehen, da fällt mir plötzlich etwas ein, worüber ich noch gar nicht nachgedacht habe. Ich halte ihn zurück. »Gibt es eigentlich einen Nachtwächter?«

»Einen Sicherheitsdienst«, erwidert Leonas. »Er dreht zwei Mal in der Nacht seine Runden.«

»Und wann?«

Er zuckt mit den Schultern. »Unterschiedlich.«

»Und wie sollen wir dann wissen, wann er kommt?«

»Indem wir aufpassen.«

Großartig. Ich will etwas entgegnen, doch Leonas schlüpft bereits durch die Tür, sodass mir nichts anderes übrig bleibt, als ihm zu folgen.

Im Inneren des Gebäudes umfängt uns Dunkelheit. Das orangefarbene Licht aus dem Innenhof fällt durch einige kleine Fenster oben in der Wand, schafft es aber kaum bis zu uns hinunter. Wir stellen die Taschenlampen an unserem Handy ein und gehen in Richtung der großen Treppe, die ins obere Stockwerk hinaufführt. Jeder Schritt, jedes Rascheln unserer Kleidung hallt von den Wänden wider, und unsere Lichtkegel zucken unruhig über den Boden. Doch außer uns ist niemand hier.

Als wir die im Plan versehene Stelle erreichen, stehen wir unterhalb der Treppe, deren Stufen wie ein zickzackförmiges Dach in die Höhe führen und schließlich mit der Decke verschmelzen. Wir leuchten die Wand ab auf der Suche nach einer Öffnung, finden aber nur einige rundbogenförmig angeordnete Steine, die einmal das obere Ende eines Türrahmens gebildet haben könnten. Die Fläche darunter ist glatt verputzt. Ratlos lassen wir unsere Lichtkegel darüberwandern, bis wir eine Stelle auf Kniehöhe finden, an der etwas Schweres gegen die Wand geprallt sein muss, da der Putz dort abblättert. Leonas kratzt weiter an dem Spalt, nimmt seinen Schlüssel zu Hilfe, um die harte Schicht wegzuhebeln, und schließlich ist das Loch groß genug, um Mauersteine darunter zu erkennen. Doch es sind keine alten Steine, nichts aus Ziegel, Ton oder Lehm, womit das Kloster einst errichtet worden ist, sondern moderne Ytong-Steine.

»Der Eingang zum Keller wurde zugemauert«, sage ich überrascht. »Ob das bei der Renovierung des Klosters gemacht wurde? Um sicherzugehen, dass niemand die Gewölbe betritt?«

Leonas betrachtet nachdenklich das Loch im Putz. »Man kann doch nicht einfach alles zumauern, einsturzgefährdet hin oder her. Irgendwie muss man weiterhin in den Keller hinunterkommen. Falls mal was passiert.«

Wir beschließen, unser Glück im Verwaltungstrakt zu versuchen. Dazu müssen wir einmal quer durch die Halle und einen langen Flur mit Seminarräumen entlang, an dessen Ende eine Verbindungstür in den Gebäudeteil mit den Büro- und Rektoratsräumen führt. Wieder überkommt mich dieses Gefühl der Ruhe, der Abgeschiedenheit von der Welt, wie ich es in der Bibliothek hatte; das Gefühl, das der Grund dafür ist, warum ich mich nachts in Gebäude einsperren lasse. Doch heute schleicht sich auch ein leichtes Kribbeln mit ein, das Wissen, etwas Verbotenes zu tun, die Sorge, erwischt zu werden, die Hoffnung, etwas zu entdecken.

Die Verbindungstür zum Verwaltungstrakt ist verschlossen, aber wieder öffnet Konrads Chipkarte sie widerstandslos. Auch auf der anderen Seite der Tür ist der Gang verlassen, trotzdem steigt meine Nervosität mit jeder Minute, die wir in dem Gebäude verbringen. Der Zugang zum Keller ist laut Plan in der Nähe des Nebeneingangs. Tatsächlich finden wir dort eine Tür – eine unauffällige Holztür, an der jeder wohl schon unzählige Male auf dem Weg zu einem Büro oder zum Sekretariat vorbeigelaufen ist, ohne sie wahrzunehmen. Sie ist verschlossen und nicht elektronisch gesichert, sodass Konrads Chipkarte uns nicht weiterhilft.

»Leuchte mir mal«, sagt Leonas und deutet auf das Schloss. Dann holt er einen Gegenstand aus der Tasche, der nach einer Mischung aus Klappmesser und Schraubenzieher aussieht. Damit macht er sich am Türschloss zu schaffen. Die Tür samt Schlüsselloch sieht aus, als stamme sie noch aus der Erbauungszeit des Klosters, und es dauert nicht lang, bis der Bolzen nachgibt und die Tür sich öffnet. Wir halten unser Handylicht in die Dunkelheit, die sich dahinter auftut. Schmale, ausgetretene Stufen führen nach unten. An den rohen Steinwänden hängen Kellerlampen, die Kabel in einem unordentlichen Strang von einer zur anderen gespannt. Leonas findet einen Schalter, woraufhin die Treppe in nüchternes weißes Kellerlicht getaucht wird. Wir stecken unsere Handys weg und beginnen den Abstieg. Die Tür schließen wir hinter uns. Sicher ist sicher.

Als wir am Ende der Stufen ankommen, stehen wir in einem Gewölbegang, der aus den gleichen graubraunen Steinen gemauert ist wie die Treppe. Die Türen in den Wänden sind aus dickem Holz, die Beschläge aus verrostetem Eisen. Beinahe komme ich mir vor wie in einem Ritterfilm, während wir langsam den Gang entlangschreiten und die Räume hinter den Türen untersuchen. Doch das Kribbeln, etwas Besonderem auf der Spur zu sein, legt sich rasch. Ein Heizungskeller, ein Raum mit Stromzähler, Verteilerkasten, Sicherungskasten, ein weiterer mit einer riesigen Zisterne, ein Lager, das offenbar dem Hausmeister dient. Und dann ... nichts. Der Gang endet schon nach wenigen Metern vor einer Mauer aus Ytong-Steinen, den gleichen wie unter der Treppe in der Halle. Der Keller muss um ein Vielfaches größer sein, aber irgendjemand hat ihn zugemauert.

»Vielleicht ist das Gewölbe dort so einsturzgefährdet, dass die Mauer als Vorsichtsmaßnahme dient?«, schlage ich vor und höre selbst, wie enttäuscht meine Stimme klingt.

»Hm«, brummt Leonas, »ich weiß nicht.« Er betrachtet

nachdenklich die nachträglich errichtete Wand, dann dreht er sich zu mir um. »Wo ist der letzte Eingang?«

»Auf der Höhe der Bibliothek«, erwidere ich. »Aber ich wüsste nicht, wo es da eine Kellertür geben sollte.«

»Finden wir es raus«, sagt Leonas.

Wir gehen den kurzen Gewölbegang zurück zur Kellertür. Leonas öffnet sie einen Spalt, lauscht. Als alles ruhig bleibt, schlüpfen wir in den Gang hinaus und ziehen die Tür hinter uns zu. Auf das Abschließen verzichtet Leonas. »Der Hausmeister wird es ja auch ab und zu mal vergessen«, meint er nur, dann gehen wir denselben Weg zurück, den wir gekommen sind.

Wir haben gerade die Verbindungstür hinter uns gelassen, als wir sie hören: Schritte, hinter der Biegung, die der Gang ein paar Meter vor uns macht. Mein Herz, das die ganze Zeit ungewöhnlich still gewesen ist, setzt kurz aus, ehe es doppelt so schnell zu schlagen anfängt.

»Der Sicherheitsdienst«, wispert Leonas und zieht mich nach links zu einer Tür. »Komm, hier rein.«

Hinter der Tür befindet sich ein Seminarraum mit Tischen und Stühlen in unordentlichen Reihen. Durch die hohen Fenster fällt fahles Licht vom Innenhof herein. Rasch schließe ich die Tür hinter mir, und das keine Sekunde zu früh. Die Schritte sind nicht laut, eher ein Quietschen der Sohlen auf dem glatten Boden und durch das Holz kaum zu hören, aber sie kommen näher. Das Knarren einer Tür ertönt, nicht von unserer, sondern von der zum Raum neben uns, den der Wachmann offenbar kontrolliert. Wieder das Knarren, dann das Quietschen der Schritte, die bald nur noch wenige Meter von unserem Zimmer entfernt sind.

Leonas zieht mich an die Wand hinter der Tür. Ich hoffe inständig, dass der Wachmann seinen Job nicht allzu penibel macht, dass er nur rasch die Tür öffnet und in den Raum hineinschaut.

»Hoffentlich hat er keinen Hund«, murmelt Leonas, und mein Herz setzt zum zweiten Mal aus.

Wir drängen uns noch dichter aneinander, um beide hinter die Tür zu passen. Sandelholz und Zimt steigen mir in die Nase, und vielleicht ist es bald nicht mehr mein Vater, den ich damit verbinde, sondern Leonas selbst. Ich spüre seinen Atem, seine Wärme, bilde mir ein, seinen Herzschlag zu hören – was mein eigenes Herz wieder gleichmäßiger schlagen lässt, als würde Leonas' unbeirrbares Klopfen es beruhigen.

Die Schritte haben unseren Raum erreicht. Die Klinke wird heruntergedrückt, und die Tür öffnet sich, so weit, dass sie fast mein Gesicht berührt. Leonas zieht mich noch näher zu sich heran. Unwillkürlich halte ich die Luft an, höre den Atem des Wachmanns, ein leises Schnaufen, offenbar ist er schon älter. Der Strahl seiner Taschenlampe leuchtet in den Raum, oberflächlich nur, reine Routine. Dann schließt sich die Tür wieder. Kein penibles Suchen. Kein Hund. Das rhythmische Quietschen ist wieder zu hören und entfernt sich langsam, bis es hinter der Verbindungstür verschwunden ist.

Ich rücke von Leonas ab, obwohl ich die Wärme und Ruhe seines Körpers nur ungern aufgebe. Wir warten noch einen Augenblick, um sicherzugehen, dass der Wachmann weg ist. Dann verlassen wir den Seminarraum und eilen so schnell wie möglich Richtung Bibliothek, ohne zu rennen.

Die Flure scheinen zwar wieder verlassen, aber wir wissen jetzt, dass wir nicht allein sind. Mein Herz schlägt in einem hastigen Stakkato, und jedes Knacken, jedes Rascheln, jedes Klacken lässt mich herumfahren.

Als wir auf Höhe der Treppe sind, ist das Quietschen plötzlich wieder da. »Er kommt zurück«, flüstere ich. Noch sind die Schritte hinter der Biegung. Aber während ich fieberhaft überlege, was wir machen sollen – die Treppe hoch? Raus auf den Innenhof? In den nächsten Seminarraum, der in Wahrheit viel zu weit entfernt ist, um unentdeckt darin zu verschwinden? –, malt sich bereits der Kegel einer Taschenlampe auf den Boden. Dann biegt eine Gestalt um die Ecke und kommt auf uns zu.

»Los«, zischt Leonas, und ohne weiter darauf zu achten, ob uns jemand sieht, rennen wir den Gang entlang in Richtung Bibliothek.

»He!«, hören wir eine Stimme hinter uns. »Stehen bleiben.« Die Schritte werden schneller, und ich muss mich nicht umdrehen, um zu wissen, dass der Wachmann hinter uns herläuft. Wir biegen um die Ecke. Nur ein paar Meter vor uns ist der Eingang zur Bibliothek, weiter geradeaus der Ausgang zur Straße. Leonas hat die Chipkarte schon in der Hand und hält sie gegen das Schloss der Bibliothekstür.

»Sollten wir nicht lieber abhauen?«, zische ich.

Doch Leonas zieht mich bereits mit sich ins Innere der Bibliothek. So leise wie möglich schließt er die Tür, dann lauschen wir. Mein Herzschlag hallt derart laut in meinen Ohren wider, dass ich kaum etwas höre, aber nach einer Weile dreht Leonas sich zu mir um und nickt zufrieden.

»Er kann nicht wissen, dass wir eine Chipkarte haben«, flüstert er. »Er glaubt, dass wir zur Straße gelaufen sind.«

»Hoffen wir's«, erwidere ich. Dann blicke ich mich in der Bibliothek um. Durch die Fenster fällt ein wenig Licht herein, eine Mischung aus dem der orangefarbenen Lampen des Innenhofs und dem silbernen Schein des Mondes, der immer wieder zwischen den Wolken hervortritt. Es reicht, damit wir uns ohne Handys orientieren können. Ich breite den Plan aus, um nach der genauen Position des letzten Eingangs zu suchen, da es mir schwerfällt, die Zeichnung mit den Wänden vor mir in Einklang zu bringen. Ich kann mir immer noch nicht vorstellen, wo sich zwischen all den Bücherregalen und Arbeitsbereichen ein Kellereingang befinden soll. Ich sehe von dem Plan auf, zu den Wänden, dann wieder zurück auf den Plan. Schließlich deute ich auf die Fläche hinter der Ausleihtheke. »Da müsste er eigentlich sein.«

Wir gehen um die Theke herum zu der Wand, die mir wegen ihrer ungewöhnlichen Gestaltung schon öfter aufgefallen ist. Die Vertäfelung besteht aus mehreren etwa ein Meter achtzig hohen, aufwendig verzierten Rundbögen. Dazwischen befinden sich senkrechte Schnitzereien, die wie Säulen anmuten.

Ich trete näher an das Holz heran, fahre mit den Fingern darüber und denke dabei an den zugemauerten Rundbogen unter der Treppe. »Was, wenn einer der Bögen tatsächlich eine Tür ist?«, überlege ich.

»Und wie öffnet man sie dann?«, fragt Leonas.

Wir holen unsere Handys heraus und leuchten über die Wand, suchen nach einer Türklinke, nach Vertiefungen,

Spalten, Hebeln oder einer anderen Möglichkeit, eine Tür zu öffnen, finden aber nichts. Wir arbeiten uns von einem Bogen zum nächsten vor. Beim mittleren fährt der Strahl meiner Lampe über eine Schnitzerei auf Hüfthöhe, und mein Verstand bleibt daran hängen, ohne dass ich sagen könnte, warum. Ich hocke mich hin, um die Verzierung besser erkennen zu können. Sie ist nichts Besonderes, kreisrund, etwa fünf Zentimeter im Durchmesser und mit Strahlen verziert, sodass sie aussieht wie eine Blume oder eine Sonne. Doch dann fällt mir auf, dass sie ein Stück vorsteht. Ich fahre mit dem Finger in den Spalt darunter. Die Verzierung lässt sich aufklappen wie eine kleine, runde Tür. Ich leuchte auf das, was darunter zum Vorschein kommt, und brauche einen Moment, um zu verstehen, was ich sehe.

»Scheiße«, keuche ich.

Leonas ist sofort bei mir und richtet den Strahl seiner Lampe ebenfalls auf die Aussparung. Was wir sehen, ist das Siegel Gottes. Es ist in Metall geprägt, mit tiefen, klar geschnittenen Linien, die mich sofort an den Siegelring meines Großvaters erinnern. Die gleiche Größe, die gleiche Machart.

Wir hatten recht. Der Zirkel hängt irgendwie mit den Kellern zusammen!

Leonas berührt das Zeichen, drückt darauf, fährt mit dem Finger über die metallenen Rillen. Doch nichts tut sich. »Es sieht ein bisschen aus wie ein Schloss«, sagt er. »Aber keine Ahnung, wie man es aufschließen soll.«

»Mit dem Siegelring«, erwidere ich. »Ich wette mit dir, dass er genau in die Prägung passt.«

Ein Geräusch ertönt, weit entfernt noch, aber deutlich genug, dass wir beide innehalten. Diesmal ist es nicht der Wachmann, sondern die immer lauter werdende Sirene eines Streifenwagens. Wir sehen uns an. »Polizei«, sage ich.

»Zeit abzuhauen«, murmelt Leonas.

Im selben Moment beginnt das Siegel in der Vertäfelung, sich zu drehen.

Ich fasse Leonas am Arm und richte die Taschenlampe darauf. »Siehst du das?«, hauche ich tonlos.

Wir weichen zurück, können aber den Blick nicht von dem sich drehenden Siegel nehmen, während die Sirene unaufhaltsam lauter wird und wir eigentlich dringend von hier verschwinden sollten. Ein Klicken ertönt … und dann schwingt der Rundbogen, in den das Siegel eingelassen ist, lautlos auf.

Fassungslos starren wir auf die Öffnung, die sich hinter der Vertäfelung auftut. Flackerndes Licht quillt heraus. Steinmauern werden sichtbar, eine schmale Treppe, genau wie in dem Kellerabgang im Verwaltungstrakt. Doch nur Sekunden später wird all das von einer Gestalt verdeckt, die aus der Öffnung heraustritt. Es ist zu dunkel, um ihr Gesicht zu erkennen, und wir sind zu perplex, um unsere Handys zu benutzen. Als sie uns bemerkt, bleibt sie stehen, schaut uns nur an, genauso überrascht über unseren Anblick wie wir über ihren, während das Geräusch der Sirene nun so nah ist, dass der Streifenwagen unmittelbar neben dem Gebäude sein muss.

Plötzlich kommt Bewegung in die Gestalt. Sie läuft auf uns zu, und Leonas und ich spüren instinktiv, welche Gefahr von ihr ausgeht. Wir haben etwas gesehen, das wir niemals hätten sehen dürfen. Bei der Wahl, es mit den Polizisten aufzunehmen oder mit dem Unbekannten, zögern wir keine Sekunde. Hastig drehen wir uns um, sprinten zur Tür der Bibliothek und rennen in den Gang hinaus. Wir wollen nach rechts, Richtung Innenhof, weg von der Polizei, die sich von der Straße aus nähert. Doch von dort kommt uns der Wachmann entgegen.

»Stehen bleiben!«, bellt er und läuft auf uns zu.

Wir machen auf dem Absatz kehrt, eilen nun doch zur Straße, hoffen, dass die Polizei den Haupteingang nimmt. Als wir ins Freie preschen, hält gerade der Streifenwagen am Straßenrand. Die Beifahrertür öffnet sich, und ein Polizist springt heraus, während der Wachmann hinter uns aus dem Gebäude stürmt. Wir rennen, so schnell wir können, bis wir um eine Ecke biegen. Mein Herz hämmert heftig, sodass ich die Schläge kaum noch voneinander unterscheiden kann. Ich bekomme keine Luft mehr. Obwohl es dunkel ist, bemerke ich die schwarzen Punkte, die in mein Sichtfeld drängen und die Bewusstlosigkeit ankündigen. Ich kämpfe sie zurück, zwinge meine Beine zum Laufen.

Der Eingang zum Wohnheim ist noch etwa dreihundert Meter entfernt, doch ich glaube nicht, dass ich es noch bis dahin schaffe. Leonas scheint das Gleiche zu denken. Er deutet auf sein Auto, das am Straßenrand parkt, und ich sehe, dass er bereits den Schlüssel in der Hand hält.

»Steig ein!«, ruft er.

Als ich die Beifahrertür erreiche, biegt der Polizist um die Ecke, sieht uns, kommt in einer fast unfairen Geschwindigkeit auf uns zu. Ich lasse mich in den Sitz fallen, und Leonas startet den Motor, noch bevor ich die Tür schließen kann.

Entsetzt beobachte ich, wie der Polizist so auf uns zuhält, dass er uns den Weg versperrt. Ich will Leonas warnen, doch ich bekomme so wenig Luft, dass ich nicht sprechen und nur mit dem Finger in seine Richtung zeigen kann.

Leonas nickt grimmig. »Der geht schon weg«, sagt er, dann legt er den Gang ein und fährt mit quietschenden Reifen los.

Ich umklammere den Türgriff, hoffe, dass Leonas recht hat, und tatsächlich springt der Polizist im letzten Moment zur Seite. Wir rasen an ihm vorbei, genau wie am Wachmann, der die Straßenecke ebenfalls erreicht hat.

Nach ein paar Kreuzungen, die wir ungehindert passieren, lösen sich meine verkrampften Finger um den Türgriff, und die schwarzen Punkte in meinem Sichtfeld weichen langsam zurück. Mein Herz hingegen schlägt immer noch wie wild. Ich horche in mich hinein und frage mich, ob es das Tempo durchhält oder ob es irgendwann keine Kraft mehr hat und aufgibt.

Leonas lenkt das Auto durch die nächtlichen Straßen, langsamer, aber mit aufmerksamem Blick in den Rückspiegel. Doch niemand scheint uns zu folgen. »Alles okay?«, fragt er.

Ich zwinge mich, mir nichts anmerken zu lassen, und nicke. »Wird schon.«

»Du solltest heute Nacht nicht im Wohnheim schlafen«, sagt er. »Das ist zu gefährlich.«

Wieder nicke ich. »Du kannst mich zur Villa fahren.«

Wir schweigen eine Weile, und ganz langsam beruhigt

sich auch mein Herz. Als Leonas in die Straße einbiegt, an dessen Ende die Villa steht, schaffe ich es, wieder halbwegs klare Gedanken zu fassen.

»Was in aller Welt war das vorhin?«, frage ich.

»Sieht so aus, als hättest du recht gehabt«, sagt Leonas. »Anscheinend ging es bei Sailers Tod tatsächlich um die Keller. Irgendjemand hat sie als einsturzgefährdet eingestuft, um dort unten etwas zu verbergen.«

»Sag es ruhig«, erwidere ich. »Nicht *irgendjemand*. Mein Großvater hat sie als einsturzgefährdet deklariert.«

»Vermutlich. Der Zirkel muss dort unten irgendwelche geheimen Räume haben.« Wir haben die Villa erreicht, und Leonas parkt das Auto am Straßenrand. »Sailer wollte die Keller sanieren lassen«, fährt er fort. »Damit wären sie aufgeflogen. Deshalb haben sie Sailer den Deal angeboten, seiner Tochter zu helfen, wenn er dafür die Keller in Ruhe lässt. Seine Frau hat sich in seinem Namen darauf eingelassen, aber Sailer hat nicht wie versprochen geliefert.«

»Und das hat er mit dem Leben bezahlt«, ergänze ich und schüttle dann den Kopf. »Aber wieso? Was macht die Keller so besonders? Warum sucht sich der Zirkel nicht einfach andere Räume?«

»Keine Ahnung. Vielleicht hat es etwas mit dem Medikament zu tun.«

»Meinst du ein Labor? Aber könnten sie das nicht auch irgendwo anders errichten?«

Leonas zuckt mit den Schultern. Er wirkt genauso ratlos wie ich. »Ich kapier es auch nicht. Aber der Zirkel scheint diese Keller zu brauchen, und zwar so dringend, dass sie dafür sogar einen Mord in Kauf nehmen.«

Ein flaues Gefühl breitet sich in meinem Magen aus. Meine Hände fangen an zu zittern, und ich verschränke sie ineinander, um es mir nicht anmerken zu lassen. Doch das Zittern breitet sich aus, von meinen Händen in meine Arme und bis in meinen Nacken, so stark, dass ich es nicht mehr verbergen kann. Ich spüre, dass Leonas mich mustert, und wende den Kopf zu ihm. Das Licht der Straßenlaterne, unter der das Auto parkt, lässt sein Gesicht sanft und dunkel zugleich erscheinen, nur seine hellen Augen leuchten. In ihnen steht Sorge.

»Ist alles in Ordnung?«, fragt er leise.

»Ja. Alles okay«, erwidere ich und komme mir sofort albern vor, denn es ist offensichtlich, dass gar nichts okay ist.

»Ich ... könnte heute Nacht bei dir bleiben, wenn du nicht allein sein willst«, fährt er zögerlich fort. »Also, ich meine, auf der Couch oder so. Ich wollte nicht ...« Er stößt frustriert die Luft aus und bricht den Satz ab, vermutlich, um die Sache nicht noch schlimmer zu machen.

Unwillkürlich muss ich lächeln. Ich hätte nicht gedacht, dass Leonas jemals wegen irgendetwas in Verlegenheit geraten könnte. Es überrascht mich, dass er sich Sorgen um mich macht; gleichzeitig beginnt etwas tief in mir drin zu kribbeln. »Ich komm schon klar«, erwidere ich trotz allem. Ich muss dringend ins Bett und in Ruhe über alles nachdenken, ohne ständig über Leonas auf dem Sofa nachzugrübeln. Ich schnalle mich ab und öffne die Tür.

»Okay«, erwidert er nur. Ich bin schon halb aus dem Auto raus, als er doch noch etwas hinzufügt. »Wir müssen diese Leute aufhalten. Und Florin ist der Einzige, der uns dabei helfen kann. Hast du keine Idee, wo er sein könnte?«

»Ich weiß es wirklich nicht«, erwidere ich bedauernd.
»Versuch wenigstens, ihn zu erreichen, ja?«
Ich nicke, dann schlage ich die Autotür zu und gehe ins Haus. *Als wäre ich im Krieg.* Flos Worte arbeiten in mir, und ich habe immer mehr das Gefühl, dass sie mir irgendetwas sagen sollten. Aber das finde ich erst heraus, wenn ich wieder einen klaren Kopf habe.

25

Als ich am nächsten Morgen aus dem Fenster schaue, stelle ich fest, dass es geschneit hat. Der erste Schnee des Jahres, und das schon im November. Aber er hat nichts Romantisches an sich, überzieht den Boden nicht wie eine samtigweiße Decke, sondern wird zu gräulicher Matsche, die schon wieder schmilzt, kaum dass sie gefallen ist. Im Haus ist es bitterkalt, und erneut nehme ich mir vor, die Heizung endlich hochzudrehen.

Ich sehe auf die Uhr. Es ist bereits halb neun. Ich denke nicht mal darüber nach, heute in die Uni zu gehen, auch wenn ich weiß, dass mir häufiges Fehlen eine Wiederholung des Semesters einbrocken kann. Erstens wäre ich niemals pünktlich, zweitens fühle ich mich derart zerschlagen, dass ich ohnehin nicht aufnahmefähig wäre. Zwar habe ich geschlafen, aber dank meiner wirren Träume fühle ich mich nur wenig erholt.

Mein Handy zeigt eine Nachricht an. Sie ist von Mira.

> **Mira**
> Wo bist du? Ist alles in Ordnung?

Keine zwei Minuten später kommt eine weitere.

> **Mira**
> Ich muss mit dir reden. Es ist wichtig.
> Sehen wir uns heute?

Ich will eine Antwort tippen, weiß aber nicht, welche. Keine Ahnung, ob ich heute noch zur WG zurückgehe. Am liebsten würde ich den ganzen Tag hierbleiben, aber ich weiß, dass ich mich nicht schon wieder verkriechen darf. Nicht jetzt, da wir so nah dran sind.

Ich verschiebe die Antwort auf später und lege das Handy wieder weg. Dann stelle ich mich unter die heiße Dusche, um den Nebel in meinem Kopf zu vertreiben, ziehe mir zwei Pullis übereinander an und gehe nach unten in die Küche, wo ich mir einen Kaffee aufsetze. Meine Hände zittern immer noch etwas, und mein Brustkorb fühlt sich seltsam wund an, als hätte mein Herz die Strapazen von gestern noch nicht verkraftet. Aber immerhin funktioniert mein Kopf wieder einigermaßen. Während der Kaffee durchläuft, fülle ich eine Schale mit Trockenfutter. Ich habe die Katze noch nicht gesehen, aber es ist vermutlich nur eine Frage der Zeit, bis sie hier auftaucht.

Ich öffne die Terrassentür, in der immer noch das gezackte Loch klafft, um die Schale nach draußen zu stellen. Erst da entdecke ich den Umriss, der direkt vor der Tür liegt und sich unnatürlich vom gräulichen Schneematsch abhebt. Ein Knäuel aus Schwarz und ... Rot.

Die Schale fällt mir aus der Hand und zerbricht auf dem Terrassenboden. Mit zwei Schritten bin ich bei der Katze, hebe sie auf, lasse das Rot auf dem Schnee zurück und trage das Schwarz ins Haus.

»Nein nein nein«, stammle ich, während ich die Katze vorsichtig auf den Küchentisch lege. In ihrem Bauch steckt ein Messer, ein kleines nur, aber es ist groß genug, um das Blut immer noch in einem dünnen Rinnsal aus der Wunde sickern zu lassen. Mein erster Impuls ist, es herausziehen, doch damit würde ich alles nur noch schlimmer machen.

Die Katze regt sich nicht. Ihre Augen sind geschlossen, aber ihr Brustkorb hebt sich, flach nur, aber es ist noch Leben in ihr. Hilflos streiche ich ihr über das Fell, überlege fieberhaft, was ich tun kann, *ob* ich noch etwas tun kann oder ob es schon zu spät ist. Mein Blick verschwimmt, und Tränen tropfen neben der Katze auf den Tisch.

Dann sehe ich die Karte – cremeweißes Papier in Größe einer Visitenkarte. Auf der Vorderseite ist ein goldenes Symbol: ein Kreis, ein Heptagramm, ein Hexagon, ein Pentagramm. Sie hat sich im Fell verhakt. Vorsichtig nehme ich sie auf und drehe sie herum. Die andere Seite ist blutdurchtränkt, aber man kann die Schrift noch lesen.

Halt dich raus! Oder du verlierst das Letzte,
was dir wichtig ist.

Ich lese die Worte wieder und wieder, wische mir die Tränen aus dem Gesicht, überlege kurz, ob ich wirklich wach bin oder immer noch in einem meiner wirren Träume von letzter Nacht. *Das Letzte, was dir wichtig ist.*

Ich muss etwas tun! Ich darf sie nicht sterben lassen. Hastig renne ich zur Garderobe, ziehe mir Schuhe und Jacke an, eile wieder zurück in die Küche und nehme die Katze behutsam auf den Arm. Innerhalb von Sekunden ist alles blutverschmiert, meine Hände, meine Jacke, aber es kümmert mich nicht. Ich laufe in den Garten hinaus, weil es schneller ist als durch die Vordertür, renne nach vorn zur Straße und in Richtung der einzigen Person, die mir jetzt noch helfen kann. Mein Herz macht da weiter, wo es gestern aufgehört hat. Von jetzt auf gleich fängt es an zu trommeln, schlägt in einem unbarmherzigen Stakkato, und ich beschwöre es lautlos, durchzuhalten, jetzt nicht aufzugeben. Meine Schuhe klatschen über den nassen Schnee, zeichnen Fußabdrücke, die sofort zu Matsch zerfallen. Es sind nur wenige Hundert Meter. Das muss ich schaffen.

Ein blauer Fiesta fährt an mir vorbei, dreht um und hält neben mir. Leonas kurbelt das Fenster runter und hat mit einem Blick erfasst, was los ist. »Steig ein!«, ruft er mir zu, aber ich schüttle nur den Kopf und deute auf die Villa an der Ecke. Er versteht, parkt den Wagen und ist noch vor mir am Eingang der Arztpraxis, um mir die Tür aufzuhalten.

Das Lächeln auf dem Gesicht der Sprechstundenhilfe gefriert, als sie mich mit der Katze im Arm auf sie zustürmen sieht. »Wir sind keine Tierarztpraxis«, sagt sie, doch ich laufe an ihr vorbei auf das Sprechzimmer zu. »Hey! Das geht nicht. Sie können nicht einfach hier reinplatzen.«

Ich ignoriere sie weiter und presche durch die Tür, sobald Leonas sie mir geöffnet hat. Dr. Brinkwarth sitzt hinter ihrem Tisch, vor ihr eine ältere Dame. Beide gucken mich mit großen Augen an. »Frau Schreiber!«, ruft Dr. Brinkwarth aus. »Was machen Sie denn hier?«

»Sie müssen ihr helfen«, sage ich und strecke der Ärztin die Katze entgegen. »Bitte«, füge ich hinzu und erschrecke selbst darüber, wie verzweifelt ich klinge.

Die Sprechstundenhilfe erscheint in der Tür. »Tut mir leid, ich habe noch versucht, sie aufzuhalten, aber ...«

»Schon gut«, erwidert die Ärztin und winkt ab. »Ich kümmere mich darum.«

Die ältere Dame erhebt sich. »Ich komme später wieder«, sagt sie und greift nach ihrer Tasche. Im Vorbeigehen wirft sie erst der Katze, danach mir einen mitfühlenden Blick zu, bevor sie das Zimmer verlässt und leise die Tür hinter sich schließt. Dr. Brinkwarth deutet auf die Patientenliege und ich bette die Katze vorsichtig darauf. Sie bleibt still liegen, ein lebloses Bündel aus Fell und Blut, in dem ein Messer steckt.

»Ich wusste nicht, was ... was ich tun sollte ... und da bin ich ...«, schluchze ich.

Dr. Brinkwarth fasst mich an den Schultern und sieht mich eindringlich an. »Ich werde tun, was ich kann«, sagt sie. »Aber das geht nur, wenn Sie Ruhe bewahren. Okay?«

Ich nicke schwach. »Okay.«

»Gut.« Sie wendet sich an Leonas und zeigt auf einige Schubladen in einem Schrank an der Wand. »Sie besorgen saubere Tücher, Desinfektionsmittel, Kompressen, einen Mullverband. Ich hole Nadel und Faden. Und dann kriegen wir das schon hin.«

Während ich bei der Katze bleibe, suchen Leonas und Dr. Brinkwarth alles Nötige zusammen. Kurz darauf haben wir das Material neben der Katze aufgereiht. Wie tot liegt sie da, und ich flehe stumm, dass es noch nicht zu spät ist. Dr. Brinkwarth zieht das Messer aus der Wunde, und ich presse sofort ein dickes Bündel Kompressen darauf. Die Ärztin desinfiziert die Stelle und säubert sie notdürftig. Dann schneidet sie mit einer Schere die Haare um die verletzte Haut herum ab. Obwohl das Messer herausgezogen ist, kommt kaum noch Blut aus der Wunde. Es vereinfacht das Nähen, lässt aber meine Hoffnung von Minute zu Minute schwinden. Ich weiß nicht, wie viele Stiche die Ärztin machen muss, aber es scheint eine Ewigkeit zu dauern, bis alles ordentlich vernäht ist. Dr. Brinkwarth legt zwei Schichten Gaze auf die Naht und fixiert dann alles mit einem lockeren Verband, den sie um den kleinen Körper wickelt. Es ist erschreckend, wie dünn die Katze damit aussieht. Ihr Körper ist nicht viel dicker als mein Arm.

»Das sollte fürs Erste reichen«, sagt Dr. Brinkwarth schließlich.

Ich traue mich kaum, die Katze anzufassen, doch dann streichle ich vorsichtig über ihr verklebtes Fell. »Wird sie es schaffen?« Meine Stimme ist belegt, aber immerhin zittert sie nicht mehr.

»Sie hat eine Menge Blut verloren«, sagt Brinkwarth. »Aber ich glaube, dass sie Glück im Unglück hatte. Trotzdem sollten Sie so bald wie möglich zu einem Tierarzt gehen und sie noch mal untersuchen lassen.«

Ich nicke und will die Katze hochheben, doch Dr. Brinkwarth hält mich zurück. »Wie ist das passiert?«, fragt sie, und ihre Stimme klingt plötzlich sanft. »Das mit dem Messer.«

Ich weiche ihrem Blick aus. »Es ... war ein Unfall. Sie ist in der Küche herumgesprungen und muss dabei auf das Messer gefallen sein.«

Dr. Brinkwarth betrachtet Leonas und mich nachdenklich.

Vielleicht überlegt sie, wie oft sie so eine schlechte Ausrede schon gehört hat. Doch sie hakt nicht weiter nach.

»Haben Sie sich schon überlegt, wie Sie die Patientin wieder nach Hause bringen?«, fragt sie stattdessen. »Sie sollte so wenig wie möglich bewegt werden.«

»Ich habe eine Decke im Auto, in die wir sie wickeln können«, bietet Leonas an.

»Das wäre gut«, sagt sie und nickt.

Als er zur Tür raus ist, fragt Dr. Brinkwarth mich: »Und wie geht es Ihnen?«

»Mir?« Ich sehe sie erstaunt an, schließlich bin nicht ich diejenige, die ein Messer im Bauch stecken hatte. »Gut«, entgegne ich schließlich knapp, doch damit scheint sie sich nicht zufriedenzugeben.

»Sie sind ziemlich aufgewühlt.«

»Meine Katze wäre fast verblutet. Natürlich bin ich aufgewühlt.«

»Das ist schön zu hören.«

»Wie bitte?«, frage ich entgeistert.

»Bei Ihrem letzten Besuch hatte ich den Eindruck, dass Sie sich nicht groß um andere scheren. Schon gar nicht um Tiere. Ich hatte eher den Eindruck, dass Ihnen alles egal ist.«

Ich kann den Ausdruck in ihrem Gesicht nicht deuten. Er ist nicht mitfühlend wie der Blick der älteren Dame vorhin, sondern eher fachlich interessiert. Im Grunde geht es sie nichts an, für wen oder was ich irgendetwas empfinde, aber ich merke selbst, wie sehr mich ihre Feststellung überrascht. Denn sie hat recht. Noch vor wenigen Wochen hätte ich die Katze beim nächstbesten Tierarzt abgeliefert und wäre dann wieder gegangen.

»Seitdem ist eine Menge passiert«, murmle ich.

»Bald ist Ihr nächster Kontrolltermin«, sagt sie. »Dann können wir gern darüber reden, wenn Sie wollen. Und Sie können mir erzählen, ob unsere kleine Patientin es geschafft hat.«

Ich nicke. Bei allem, was gerade los ist, kommt es mir geradezu absurd vor, zu irgendwelchen Vorsorgeuntersuchungen zu gehen. Trotzdem bin ich froh, dass sie sich so viel Zeit nimmt. Leonas kommt mit einer Decke zurück. So behutsam wie möglich wickeln wir die Katze hinein. »Danke für Ihre Hilfe«, sage ich, während ich das leblose Bündel auf den Arm nehme.

»Gern«, erwidert Dr. Brinwkarth. »Aber beim nächsten Haustierunfall gehen Sie zum Tierarzt, ja?« Sie öffnet uns die Tür, und wir treten an ihr vorbei in den Flur. Die Sprechstundenhilfe beäugt uns kritisch, sagt aber nichts mehr.

Leonas begleitet mich zur Villa, und ich halte ihn nicht davon ab, als er mir ins Haus folgt. Während ich nach oben gehe und die immer noch bewusstlose Katze in mein Bett lege, höre ich, wie er sich in der Küche zu schaffen macht. Ich lasse mich neben der Katze nieder, streiche ihr über das Fell und erlaube mir zum ersten Mal, über die Botschaft nachzudenken, die darin geklebt hat. *Halt dich raus! Oder du verlierst das Letzte, was dir wichtig ist.* Was für ein Mensch muss man sein, um so etwas zu tun? Ein unschuldiges Tier zu quälen, um eine Botschaft zu senden? Und woher wusste der Zirkel, dass mir die Katze wichtig ist? Ich wusste es bis heute Morgen ja selbst nicht.

Irgendwann merke ich, dass ich Hunger habe. Ich ziehe die Decke zurecht, die ich wie ein Nest um die Katze gelegt habe, ehe ich nach unten gehe. Leonas ist noch in der Küche. Das Loch in der Terrassentür ist abgeklebt und das Blut auf den Steinfliesen und dem Küchentisch verschwunden. Die blutverschmierte Karte hingegen liegt noch dort.

»Ich habe Kaffee gemacht und ein paar Kekse aufgetrieben«, sagt Leonas. »Ach ja, und ich habe die Heizung hochgedreht. Ich hoffe, das war in Ordnung.« Er reicht mir eine dampfende Tasse und die Packung mit den Keksen, die schon seit Wochen offen ist. Sie schmecken wie Pappe, aber ich zwinge mir ein paar runter, damit ich wenigstens etwas im Magen habe. Dann stelle ich mich ans Fenster und sehe in den Garten hinaus, der in schlammiger, kahler Einöde versinkt.

»Was ist passiert?« Leonas' Stimme ist so sanft, dass sich mir die Kehle zuschnürt.

»Jemand hat der Katze ein Messer in den Bauch gesteckt und sie auf der Terrasse abgelegt«, erwidere ich.

»Und die Karte?«

»Klebte in ihrem Fell.«

»Scheiße.«

Wut steigt in mir auf, und ich fahre so ruckartig herum, dass Kaffee aus der Tasse schwappt. »Woher wussten sie von der Katze? Woher wussten sie, dass ich sie heute Morgen finden würde? Der Einzige, der wusste, dass ich hier schlafe, warst du!«

Noch während ich die Anschuldigung ausspreche, merke ich, dass ich sie selbst nicht glaube. Leonas will herausfinden, wer hinter dem Zirkel steckt; er will die Verbrechen aufklären, die im Zusammenhang mit der geheimnisvollen Heilmethode begangen wurden. Die Spur führt zu meiner

Familie, zu meinem Großvater, zu meinem Bruder, und das war auch der Grund, warum er mir gegenüber so abweisend war. Er war sich nicht sicher, ob ich ebenfalls dazugehöre. Aber inzwischen weiß er, dass ich genauso an der Wahrheit interessiert bin wie er. Und nach allem, was wir in den letzten Tagen zusammen erlebt haben, ist es absurd, ihm das mit der Katze vorzuwerfen.

Leonas wartet mit einer Antwort, als würde er sehen, was mir im Kopf herumgeht. »Ich würde das niemals tun«, sagt er schließlich. »Wenn ich jemandem eine Warnung zukommen lassen will, dann benutze ich kein Tier dafür.« In seinen Worten liegt nicht der Hauch von Ironie, und seine Miene ist so unbewegt wie immer.

»Was wolltest du eigentlich hier?«, frage ich, ohne auf seine Antwort einzugehen. »Wieso bist du nicht in der Uni?«

Leonas zögert, und ich bilde mir ein, dass er wieder ein bisschen verlegen aussieht. »Du warst gestern Abend so durch den Wind, dass ich nachschauen wollte, wie es dir geht.« Als ich die Stirn runzle, fährt er rasch fort: »Kein Ausspähen durch den Garten mehr. Ich hätte ganz normal an der Tür geklingelt, ehrlich.«

Plötzlich ist da wieder dieses Kribbeln in mir drin, aber ich versuche, es zu ignorieren. Wir haben gerade wahrlich andere Probleme. »Gut«, sage ich daher nur und drehe mich wieder zum Fenster. Ich trinke einen Schluck Kaffee, der heiß und bitter schmeckt. Normalerweise brauche ich Milch. Aber jetzt ist der Geschmack genau richtig. »Mein Besuch bei Sailers Witwe, das Buch und der Ring, die Tür in der Bibliothek«, zähle ich auf. »Wir müssen sie aufgescheucht haben.«

»Du kannst jederzeit aufhören.«

»Auf keinen Fall. Nicht, solange Flo …« Ich halte inne. Eine siedend heiße Welle breitet sich von meinem Brustkorb durch meinen Körper aus, schießt in meine Arme, in meine Beine, in meinen Kopf. Die Botschaft. *Oder du verlierst das Letzte, was dir wichtig ist.* Der Einzige, der mir wirklich wichtig ist, ist mein Bruder!

Ich fahre herum, knalle die Kaffeetasse auf den Tisch. »Wir müssen Flo finden. So schnell wie möglich.«

»Okay«, sagt Leonas bloß. Er kommentiert meinen Sinneswandel nicht. Vermutlich begreift er, was hier gerade auf dem Spiel steht. »Hast du irgendeinen Anhaltspunkt?«

»Nein, hab ich eben nicht.« Ich fange wieder an, in der Küche auf und ab zu tigern wie vor ein paar Tagen, als ich mit Mira hier war. »Ein Ort, an dem ihn niemand findet. Als würde er in den Krieg ziehen … Ich glaube, dass mir das etwas sagen sollte, aber ich weiß einfach nicht …«

Da bleibe ich wie angewurzelt stehen. Krieg. Natürlich! Wieso bin ich denn nicht gleich darauf gekommen? Es war so offensichtlich, dass ich es einfach übersehen habe.

»Er ist in einem stillgelegten Militärkrankenhaus, in einem Industriegebiet draußen am Stadtrand«, sage ich.

»Ein altes Krankenhaus?« Leonas sieht mich erstaunt an.

»Die Firma meines Vaters lag ganz in der Nähe. Flo und ich haben als Kinder dort gespielt. Ich erklär's dir unterwegs.«

Eilig fülle ich eine Schale mit Wasser und bringe sie nach oben. Die Katze hat sich nicht bewegt, aber ich bilde mir ein, dass ihr Atem kräftiger geworden ist. »Du musst ein paar Stunden allein zurechtkommen, okay?«, sage ich leise und streiche ihr über das Fell. Dann stelle ich das Schälchen neben sie aufs Bett und laufe wieder nach unten.

Kurz darauf sitzen wir im Auto, und ich weise Leonas den Weg. Es hat wieder angefangen zu schneien, dicke, matschige Flocken, die der quietschende Scheibenwischer mühsam zur Seite schiebt. Ich sehe in das graue Treiben hinaus und hoffe inständig, dass ich falschliege; dass Flo in Sicherheit ist; dass die Warnung von heute Morgen mir Angst machen sollte, aber nichts weiter war als das – eine Warnung. Aber wenn ich an die Kaltblütigkeit denke, mit der dieser Zirkel bislang vorgegangen ist, weiß ich, dass dem nicht so ist.

Mein Herz fängt an zu pochen, nicht so laut und schnell wie gestern Abend, aber beharrlich, aufdringlich. Es beruhigt sich auch nicht, während wir immer weiter aus der Stadt herausfahren, durch ein Industriegebiet, an stillgelegten Fabrikgebäuden vorbei, durch ein kleines Wäldchen und einen unendlich scheinenden Zaun entlang, hinter dem sich der ehemalige Militärstützpunkt befindet. Schließlich hält Leonas vor einem Tor aus Maschendraht. Ein Schild ist daran angebracht mit der nichtssagenden Aufschrift *Privatbesitz. Betreten verboten.* Wir sind da. Und es ist noch viel schlimmer, als ich befürchtet habe.

26

»Hier?«, fragt Leonas skeptisch. »Bist du sicher?«

Ich starre durch die Autoscheiben auf das Backsteingebäude, das hinter dem Maschendraht aufragt. Auf die zersplitterten Fenster, das Graffiti an den Wänden, den Müll, der davorliegt und aus Plastiksäcken und undefinierbaren Möbeln besteht. Sogar eine fleckige Matratze kann ich erkennen. Vor zehn Jahren war das Krankenhaus ein *Lost Place*; jetzt scheinen auch andere es für sich entdeckt zu haben.

Mein Blick wandert an dem Gebäude vorbei zu den Schienen, auf denen schon lange kein Zug mehr gefahren ist. Das Krankenhaus ist direkt an die Bahnlinie gebaut, daneben ragt das Flügelsignal auf, das genauso aus der Zeit gefallen ist wie das gesamte Gelände. Es ist ein senkrechter Mast mit einem länglichen Signalschild, das mithilfe eines Seilzugs hoch- oder runtergeklappt werden konnte. So wurde den Zügen angezeigt, ob sie anhalten oder weiterfahren sollten.

Bilder steigen vor meinem inneren Auge auf. Flo und ich, abwechselnd an den durchgerosteten Seilzügen, die schon lange nicht mehr mit einem Stellwerk verbunden waren, weshalb wir das Signal nach Belieben hoch- und runterstellen konnten. Flo, der irgendwann wie ein Affe an dem Mast hinaufkletterte und eine Glocke an dem Schild befestigte, sodass diese jedes Mal läutete, wenn wir den Seilzug bedienten. Stunden haben wir damit verbracht: zu läuten; das Signal herunterzulassen; so zu tun, als würden wir riesige, dampfausstoßende Züge zum Anhalten zwingen, damit wir die Kranken und Verletzten ausladen und in den alten OP tragen konnten, um sie dort fachmännisch zu versorgen.

Die Glocke hängt immer noch dort und wird vom Wind sanft gegen den Mast geschlagen. Ich werde ihr Läuten nie vergessen, werde es von Tausenden anderen Glocken unterscheiden können, weil es mich an die kurze, unbeschwerte Zeit erinnert, die ich als Kind hatte.

Ich merke, dass Leonas immer noch auf eine Antwort wartet. »Flo und ich haben als Kinder hier gespielt.«

Er sieht mich überrascht an. »Wie seid ihr hier hingekommen? Hier ist doch weit und breit nichts.«

»Mein Vater war Teilhaber einer kleinen Pharmafirma. Sie war in dem ehemaligen Industriegebiet, durch das wir vorhin gefahren sind«, erkläre ich. »Unsere Eltern hatten wenig Zeit, deswegen sind wir nach der Schule oft zu unseren Großeltern gegangen. Als sie in einem Sommer für ein paar Wochen verreist sind, mussten wir nach der Schule zu unserem Vater. Wir haben Hausaufgaben gemacht und sind dann losgezogen. Papa hat nie nachgefragt, wo wir sind, solange wir pünktlich wieder zurück waren. Den ganzen Sommer über haben wir hier gespielt, ohne dass es jemanden interessiert hätte.«

»Was ist mit der Firma passiert?«

»Sie ist pleitegegangen, nachdem mein Vater gestorben ist.«

Schweigend sehe ich aus dem Fenster und rühre mich

nicht. Leonas wartet darauf, dass ich den Anfang mache, aber ich will nicht aussteigen. Solange ich hier im warmen Auto sitze, ist alles möglich. Flo kann dadrin sein, in Decken eingemummelt, mit tütenweise Chips und Cola neben sich, und irgendeine Serie auf Netflix bingen. Wenn wir jetzt wieder umdrehen, könnte ich mir einreden, dass alles gut ist. Aber wenn ich jetzt da rausgehe, gibt es keinen Weg mehr zurück. Dann verpuffen alle Möglichkeiten, bis nur noch eine übrig bleibt. Ob sie mir gefällt oder nicht.

Ich schnalle mich ab und öffne mit einem Ruck die Autotür. Die warme Luft drängt nach draußen, und ich lasse mich von ihr mitziehen, hinaus in die Kälte. Leonas folgt mir. Wir schlüpfen durch ein Loch, das jemand mit einem Bolzenschneider in den Zaun geschnitten hat, und steuern über die aufgeplatzten, mit Rissen und Pfützen gespickten Asphaltplatten auf den Haupteingang zu. Das Krankenhaus liegt nicht direkt auf dem Gelände des Stützpunktes, weil hier die Anbindung an die Eisenbahn und die gesamte Infrastruktur besser war. Doch mit dem Stützpunkt wurde auch das Krankenhaus stillgelegt. Ein Großteil des Materials und der Möbel sind abtransportiert worden – aber nicht alles.

Wir treten durch die eingeschlagenen Türen in den Eingangsbereich des Gebäudes, vorbei an der kleinen Kabine, die als Information und Aufnahme diente. Auf dem Tisch steht noch ein altes Telefon mit Wählscheibe, und im Hintergrund befindet sich ein Einbauschrank, in dem einst Patientenakten gelagert wurden. Ich lotse Leonas nach links in einen Gang, auf dessen Wand mit abblätternder grüner Farbe *Station 1 / Chirurgie* geschrieben steht. Ich habe ein

Ziel, ein bestimmtes Zimmer, in dem Flo und ich damals alles zusammengetragen haben, was wir für unseren perfekten Sommer brauchten. Auch das alte Telefon hätten wir gern genommen, aber aus irgendeinem Grund war die Kabine abgeschlossen, und wir trauten uns nicht, die Tür aufzubrechen.

Leonas' und meine Schritte hallen von den kahlen Wänden wider. Ich fühle mich seltsam beklommen, obwohl außer ein paar Mäusen und anderen kleinen Tieren niemand hier zu sein scheint. Die meisten Türen stehen offen, sodass wir einen Blick in die Räume dahinter werfen können. Viele der Fenster sind eingeschlagen, die Wände beschmiert, überall liegt Dreck, trockenes Laub, Unrat, Müll. Es ist feucht und kalt, und Wind zieht durch die Gänge. Ich fange wieder an zu zittern; ob es an der Temperatur liegt oder an der Anspannung, weiß ich nicht. Ich habe diesen Ort nie als Bedrohung empfunden, aber jetzt bin ich froh, dass ich nicht alleine bin.

Wir kommen am ehemaligen Operationssaal vorbei, der leer ist bis auf die Lampen, die an schwenkbaren Armen von der Decke hängen. Natürlich funktionieren sie nicht mehr, weil der Strom längst abgeschaltet wurde. Wir entdecken Medizinschränke ohne Inhalt, und in einem Zimmer, das einmal ein Aufenthaltsraum gewesen sein muss, steht ein Tisch mit einer Blumenvase. Immer noch, nach all den Jahren. Flo und ich wollten sie damals nicht, denn sie hat einen Sprung und kann das Wasser nicht mehr halten. Wir hatten eine bessere gefunden.

Nach einer Weile höre ich Geräusche. Zuerst kann ich sie nicht einordnen, aber sie scheinen von oben zu kommen. Je mehr Leonas und ich uns der Treppe am Ende des Ganges nähern, desto deutlicher werden sie. Und genau dort müssen wir hin. Mit einem mulmigen Gefühl sehe ich ins Obergeschoss hinauf. Das Geländer ist an einigen Stellen weggebrochen, und der Putz bröckelt so stark von den Wänden, dass kleine Klümpchen davon auf den Stufen liegen. Vorsichtig gehen wir nach oben, es knirscht und knackst unter unseren Schuhen, und mit jedem Schritt wächst meine Beklemmung.

Im Obergeschoss ist es wärmer als unten, und uns schlägt abgestandene Luft entgegen. Auch hier stehen die Türen offen, und in einigen Zimmern gibt es noch Betten, uralte, unhandliche Dinger, als hätte man sich nach der Räumung des Erdgeschosses keine Mühe mehr gemacht, auch das Obergeschoss zu entrümpeln. Sogar die Vorhänge, die die Betten voneinander abschirmten, sind noch da. Es sind diese Details, die mich schon damals fasziniert haben; Überbleibsel aus einer vergangenen Zeit, die diesen Ort, so heruntergekommen er auch war, lebendig machten. Aber früher war der Ort verlassen. Jetzt ist er es nicht mehr.

Menschen liegen in den Betten, andere sitzen oder kauern auf dem Boden. Manche wirken, als würden sie schlafen; andere starren dumpf vor sich hin; einige wenige sehen auf, als wir in der Tür erscheinen, aber ihre Blicke sind leer. Die Fenster sind abgedunkelt, es stinkt nach Urin und Erbrochenem. Niemand sagt etwas, im Gegenteil: Dafür, dass so viele Menschen hier sind, ist es erschreckend still. Ich mache einen Schritt in den Raum hinein, will nachsehen, was ihnen fehlt. Doch Leonas hält mich zurück.

»Nicht«, sagt er leise. »Lass sie.« Er deutet auf einige

Gegenstände auf dem Boden – Spritzen, Besteck, Feuerzeuge –, und endlich begreife ich. Diese Menschen sind Junkies. Sie nehmen Heroin und andere harte Drogen, und sie haben hier den perfekten Ort gefunden, um sich abseits der Welt in den Rausch zu schießen.

»Oh«, mache ich tonlos. »Damals, da ... hatten Flo und ich das Krankenhaus für uns. Niemand wusste davon.«

»Diese Zeiten sind offenbar vorbei«, erwidert Leonas. Auch seiner Stimme höre ich an, wie sehr ihn der Anblick dieser Menschen schockiert.

Meine Hoffnung, Flo zu finden, erstickt. Er war hier, da bin ich mir sicher, aber nie im Leben ist er geblieben, zwischen all den Drogen, all den Junkies, all dem Elend. Trotzdem will ich es noch einmal sehen, unser altes Zimmer. Auch wenn es bedeutet, tiefer in diese menschliche Hölle vordringen zu müssen, da es ganz am Ende des Gangs liegt.

In jedem Raum, an dem wir vorbeikommen, kauern ebenfalls Menschen in den Betten, aber immerhin werden es weniger. Und dann stehe ich vor der letzten Tür auf der linken Seite, vor dem Zimmer, das Flo und ich uns eingerichtet hatten. Ich erinnere mich an geblümte Vorhänge, zwei Stühle, einen Tisch, die Vase, in die wir frische Blumen stellten. Wir haben alle Betten rausgeschoben bis auf zwei, haben Poster darüber gehängt – eins mit Pferden auf meiner Seite, eins mit einem Rennauto auf Flos –, haben uns vorgestellt, wie es wäre, von zu Hause auszureißen und hier zu leben.

Die Tür zu dem Zimmer ist zu, als einzige im gesamten Gang. Als ich sie öffnen will, stelle ich fest, dass sie verschlossen ist. Hoffnung flackert in meiner Brust auf wie ein schwaches Flämmchen, das sich gegen einen Sturm stellt. Ich klopfe an, erst vorsichtig, schließlich immer fester.

»Flo?«, rufe ich gegen das Türblatt, dann noch einmal, lauter: »Flo?! Ich bin's, Quinn!« Doch auf der anderen Seite regt sich nichts. Plötzlich erfasst mich eine schreckliche Unruhe. Das Stakkato meines Pulsschlags kehrt zurück, und meine Hände fangen an zu zittern.

Leonas sieht mich fragend an und deutet auf die Tür. »Soll ich …?«

Ich nicke nur, und Sekunden später wirft er sich mit aller Kraft gegen das morsche Holz. Es splittert, und die Tür schwingt auf.

Im selben Moment weiß ich es. Aber ich sehe nicht hin. Nehme nur die Vertrautheit des Raumes wahr, der sauberer ist als die anderen, wärmer, gemütlicher. Es riecht nach Flo. Ich starre stur geradeaus, auf den Tisch, die Stühle, die leere Vase, an der ein Blatt Papier lehnt. Es ist alles noch da. Flos Rucksack steht auf einem Stuhl, ein paar von seinen Klamotten, die er in der Eile aus der Villa mitgenommen hat, liegen herum; daneben leere Flaschen, leere Verpackungen. Er muss Tage hier gewesen sein.

Ich will nicht zum Bett sehen, aber es gibt kein Zurück mehr. Mit dem Aufbrechen der Tür sind alle Möglichkeiten, alle Hoffnungen, wie die Geschichte hätte ausgehen können, endgültig ausgelöscht worden. Trotzdem will ich meinen Blick nicht wenden. Mein Verstand fleht mich an wegzulaufen, runter zu den Schienen; ihnen zu folgen, egal, wohin, nur weg von hier. Doch ich kann nicht. Das bin ich ihm schuldig.

Ganz langsam drehe ich den Kopf, schaue zu dem Umriss

auf dem Bett, der die ganze Zeit mein Sichtfeld verdunkelt hat und doch so erschreckend klein wirkt. Mein Herzschlag wird immer schneller, immer lauter, bis ich nichts mehr höre als ein rasendes *Bubumm-bubumm-bubumm*. Mein Körper wird tonnenschwer, kann sich nicht mehr bewegen und tut es doch, geht zum Bett, obwohl ich das gar nicht will. Mein Verstand bleibt an der Tür zurück, weigert sich immer noch hinzusehen. Flo zu sehen.

Er liegt auf dem Bett, angezogen, mit Schuhen. Sein linker Ärmel ist hochgeschoben, in der Vene in seiner Armbeuge zeichnet sich ein winziger Bluterguss ab. Seine rechte Hand liegt schlaff neben seinem Körper, seine Finger nur Zentimeter von einer Spritze entfernt. Ich sehe diese Dinge, weiß, was sie bedeuten, und gleichzeitig schiebe ich sie so weit weg, wie es geht. Das kann nicht sein. Das *darf* nicht sein! Mein Blick gleitet nach oben zu seinem Gesicht. Er hat die Augen geschlossen, seine Züge sind entspannt. Er sieht friedlich aus. Als würde er schlafen. Er schläft bestimmt nur. Ihm geht es gut.

Plötzlich steht Leonas neben mir. Wie ist er hier hingekommen? Wie bin ich hier hingekommen? Ich bin doch noch an der Tür, bin gar nicht mehr hier, bin unten auf den Schienen und renne, so schnell ich kann. *Bubumm-bubumm-bubumm*. Mein Herz hämmert laut, so laut wie noch nie. Das beharrliche, alles verdrängende Geräusch ist das Einzige, was mich noch aufrecht hält. Leonas greift nach Flos Hand, fühlt den Puls, schüttelt den Kopf. Er berührt mich sanft an der Schulter, formt irgendwelche Worte mit den Lippen, aber ich höre sie nicht. *Bubumm-bubumm-bubumm*.

Ich kann meinen Blick nicht von Flos Gesicht abwenden. Es ist so friedlich. So zufrieden. Ich strecke meine Hand aus und fahre mit den Fingern über seine Wange. Sie ist kalt. Bitterkalt.

Leonas steht am Fenster und telefoniert, ich weiß nicht, mit wem, es ist mir egal. Dann kommt er wieder zu mir, nimmt meine Hand, will mich wegführen. Ich schüttle ihn ab. Er soll gehen. Er hat hier nichts zu suchen. Das ist Flos und mein Zimmer. Wieder sagt er etwas, deutet auf den Tisch. *Für dich*, höre ich aus dem Rauschen in meinen Ohren heraus.

Widerwillig schaue ich zu dem Zettel, auf den Leonas deutet, dem Zettel, der an der Vase lehnt. Wie in Trance setze ich mich auf den Stuhl, nehme das Blatt. *Quinn* steht darauf. Es ist Flos Handschrift. Ich falte es auseinander.

Liebe Quinn,
ich bin zu weit gegangen. Ich habe so sehr an die Überlegenheit der Verbindungen geglaubt, dass ich einen Menschen dafür umgebracht habe. Johann Sailer hatte kein Recht, sich in die Angelegenheiten der Verbindungen zu mischen. Aber ich hatte auch kein Recht, ihn umzubringen. Ich kann mit meiner Schuld nicht mehr leben. Ich hoffe auf Vergebung, doch manchmal gibt es keine Hoffnung mehr. Also mache ich lieber Schluss.
Sie sagen alle, der goldene Schuss ist ein schöner Tod. Dass man immer höher und höher fliegt, bis man sich irgendwann einfach auflöst und verschwindet. Klingt das nicht wundervoll? Es tut mir leid.
Florin

Ich starre auf den Brief, lese ihn noch einmal, komme nicht bis zum Ende, weil die Worte vor meinen Augen verschwimmen. Tränen. Schon wieder. Etwas zieht sich in mir zusammen, der Vorbote eines bitteren Lachens. Ich habe die letzten zehn Jahre nicht geweint, und jetzt ist es schon das zweite Mal an einem Tag. Das Lachen sprudelt nach oben, doch als ich den Mund öffne, ist da nur brennende Flüssigkeit. Ich drehe mich zur Seite, übergebe mich, spüle das bittere Lachen mit noch bitterer Galle fort.

Leonas geht neben mir in die Hocke, und wieder spüre ich seine Hand auf der Schulter. Er will mir helfen, aber ich weiß nicht, wie das gehen soll. Ich starre auf Flos Abschiedsbrief, auf die Worte, die sich nicht mehr scharf stellen wollen und die sich gleichzeitig in mich einbrennen. Ich habe keine Ahnung, wie viel Zeit vergangen ist, wie lange ich so dasitze, bis sich in das *Bubumm-bubumm-bubumm* und das unaufhörliche Rauschen in meinen Ohren ein Martinshorn mischt. Das Geräusch vervielfältigt sich, aus einem werden zwei, dann drei, dann unendlich viele, als bräuchte man eine ganze Armee, um sich um einen Toten zu kümmern. Leonas geht hinaus und kommt kurz darauf wieder zurück, gefolgt von mehreren Leuten – Polizisten, Medizinern, ich weiß es nicht. Er bleibt neben mir stehen, während die anderen ausschwärmen und machen, was man eben so macht, wenn man einen Drogentoten findet. Sie suchen nach Flos Puls, sprechen in Funkgeräte, schießen Fotos, stellen mir Fragen, die alle Leonas beantwortet. Irgendjemand versucht, mir den Brief abzunehmen. Doch meine Hände klammern sich daran, weigern sich, ihn herzugeben, und schließlich ist es Leonas, seine Nähe, seine leisen Worte, die etwas in mir lösen. Meine Finger öffnen sich, lassen den Brief los, das Letzte, was mir von Flo geblieben ist. Dann verschwimmt endgültig alles um mich herum.

Bubumm-bubumm-bubumm. Mein Geist versinkt in Hämmern. Rauschen. Nichts.

Tod durch Heroinüberdosis

Die Menschheit war schon immer auf der Suche nach einer Möglichkeit, sich zu berauschen. Eine der ältesten Methoden ist Schlafmohn; bereits 4.000 v. Chr. verwendeten die Sumerer und Ägypter die Pflanze als Rausch- und Schmerzmittel. Bis heute werden aus dem Milchsaft des Mohns Opiate gewonnen, hauptsächlich Morphin und Codein. Und wenn Morphin mit Essigsäureanhydrid reagiert, wird daraus Heroin.
1898 brachte die Firma Bayer Heroin erstmals als Schmerzmittel und Ersatz für das hochgradig suchtgefährdende Morphium auf den Markt. Der Name leitet sich vom griechischen »heros« (Held) ab – mithilfe des Heroins konnte man selbst stärkste Schmerzen ertragen. Erst Jahre später merkte man, dass Heroin eine noch stärkere Abhängigkeit hervorruft als Morphin. Trotzdem blieb das Opiat noch einige Jahre auf dem Markt. Erst seit 1958 gilt es in Deutschland als illegale Droge.
Der Körper ist in der Lage, sein eigenes Opiat zu produzieren. Bei einer schweren Verletzung oder einem Schock schüttet das Gehirn Endorphine (eine Wortzusammensetzung aus »endogen« [= im Körperinneren] und »Morphin«) aus, die an Opiatrezeptoren im zentralen Nervensystem andocken und die Schmerzen unterdrücken. Endorphine werden aber auch in positiven Momenten ausgeschüttet und können einen euphorischen Zustand auslösen. All das macht auch das Heroin. Es dockt an dieselben Opiatrezeptoren an wie die Endorphine und ruft die gleiche Wirkung hervor – nur um ein Vielfaches verstärkt. Heroin wirkt entspannend, euphorisierend und blockiert alle unangenehmen Gefühle wie Angst, Anspannung und Schmerz. Gleichzeitig werden Herz- und Atemfrequenz gesenkt. Und das kann zu einem Problem werden.

Die Atmung wird im Atemzentrum gesteuert. Rezeptoren messen die Blutgaswerte und beschleunigen oder verlangsamen sie daraufhin. Der größte Atemanreiz im Körper ist der CO_2-Gehalt. CO_2 fällt als Abfallprodukt bei der Zellatmung an. Eine zu hohe Konzentration davon führt zu einer Übersäuerung der Zelle, was deren Tod verursachen kann. Die Entsorgung des CO_2 ist also fast noch wichtiger als die Beschaffung von neuem Sauerstoff. Ist der CO_2-Gehalt im Körper hoch, atmen wir schneller, ist er niedrig, atmen wir langsamer. Heroin hemmt die CO_2-Empfindlichkeit im Atemzentrum. So wird das vorhandene CO_2 nicht mehr von den Rezeptoren wahrgenommen. Der Anreiz zu atmen fällt weg. Es kommt zu einer Atemdepression – die Atmung wird immer langsamer.

Der Konsum von Heroin – egal, ob gespritzt, gesnieft oder geraucht – löst eine Reihe an Katastrophen im Körper aus. Es kann zu Bewusstlosigkeit oder Erbrechen führen; es hat das bei Weitem größte Suchtpotenzial aller Opiate; durch die große Abhängigkeit und die teure Beschaffung kommt es oft zu sozialer Verwahrlosung. Aber Organschäden verursacht Heroin selbst nicht. Nebeneffekte wie Infektionen durch unsaubere Spritzen, Vergiftungen durch gestreckten Stoff oder das Ersticken am eigenen Erbrochenen sind häufig, haben aber nichts mit der Substanz an sich zu tun. Dennoch ist der Grat einer für den Körper verträglichen Dosis und einer Überdosierung schmal. Je stärker die Dosierung, desto größer der Rausch – und desto langsamer die Atmung. Bei einer Überdosis verflacht der Atem so weit, bis er schließlich ganz aussetzt. Man stirbt durch Atemstillstand.

27

Das ist also alles, was bleibt.
Eine kleine Holzkiste voller Asche.
Ein paar farblose Blumengestecke.
Eine Handvoll Menschen in dunklen Mänteln, die Kragen hochgeschlagen, als wollten sie sich darunter verstecken. Die meisten wirken teilnahmslos, und vielleicht sind sie es sogar. Sie sind hier, weil es sich so gehört, nicht, weil sie wirklich um den Toten trauern.

Ein Pfarrer, der Flo gar nicht kannte, hält eine glühende Rede über all die Liebe, die er erfahren hat, die er gegeben hat, die er noch hätte geben können, über die Tragik des viel zu frühen Todes. Immer, wenn er Flos Namen ausspricht, nennt er ihn Florian. Meine Mutter neben mir zuckt jedes Mal zusammen, aber ich bin beinahe dankbar dafür. Es ist der letzte Beweis, wie heuchlerisch diese ganze Veranstaltung ist, wie wenig sie mit meinem Bruder zu tun hat. Ich blende die Worte aus, die so oberflächlich und einfallslos sind und die der Pfarrer vermutlich bei jeder zweiten Beerdigung genauso benutzt.

Ich sitze in der ersten Reihe, nur wenige Meter von der Holzkiste entfernt, die in der Mitte des Chorraumes aufgebahrt ist, angestrahlt von einem Deckenspot, inszeniert wie bei einer Theateraufführung. Sie ist höchstens 30 x 30

Zentimeter groß, darin nichts als ein Häufchen Asche. Flos Stärke, seine Wärme, seine Liebe, sein Humor, sein Wille, seine Hilfsbereitschaft, seine Wut, sein Mut, die Überreste des Heroins in seinem Blut – alles ist in Flammen aufgegangen, bei 1.200 °C zerfallen und in eine Kiste gefüllt worden. Eigentlich hätte sie so groß sein müssen, dass sie die gesamte Kapelle einnimmt. Aber sie ist nur so winzig klein.

Es war der Wunsch meiner Mutter, Flo einäschern zu lassen. Miras Eltern haben die Bestattung organisiert, und Mira hat mich gefragt, ob ich dabei sein will, wenn der Körper verbrannt wird. Ich wollte nicht. Ich wollte überhaupt nichts. Seit zwei Wochen komme ich mir vor, als wäre ich unter Wasser. Alle Geräusche klingen verzerrt und weit weg, alle Bilder sind verschwommen, alles fühlt sich taub an. Ich erinnere mich, wie Leonas mich zur Villa gefahren hat, wie ich mit der Katze zusammen im Bett gelegen habe, wie sie immer kräftiger wurde und ich immer schwächer. Wie plötzlich meine Mutter vor mir stand, ohne dass ich sagen könnte, wer sie angerufen hat oder wie viel Zeit seitdem vergangen war. Ich erinnere mich, wie sie mich gezwungen hat, aufzustehen, zu essen, zu duschen. Wie wir seitdem aneinander vorbeileben, so wie wir es in den letzten Jahren immer getan haben. Wie wir die Zeit bis zur Beerdigung abgesessen, uns dabei über Belanglosigkeiten unterhalten und keines der Themen angesprochen haben, über die wir eigentlich reden sollten und die sich inzwischen unüberwindbar zwischen uns auftürmen.

Ich erinnere mich, wie Millark und Decker uns über das Ergebnis des Autopsieberichts informiert haben. Darüber, dass Flo an einer Überdosis Heroin gestorben ist. Dass sie seinen Abschiedsbrief als Geständnis werten. Dass die Mordermittlung gegen ihn somit abgeschlossen ist und der Fall Sailer zu den Akten gelegt wird. Dass sein Leichnam freigegeben wurde und wir ihn bestatten lassen können.

Ich erinnere mich an Mira, die so oft angerufen und Nachrichten geschrieben hat, dass ich das Handy ausgeschaltet habe. An Leonas, der an der Tür geklingelt und den meine Mutter weggeschickt hat, als ich sie darum bat. An den Morgen, als die Katze auf mein Bett gesprungen ist und mich mit einem energischen Pfotenhieb geweckt hat, weil sie Hunger hatte. Mehr ist von den letzten zwei Wochen nicht hängen geblieben.

Ein Lied erklingt, irgendein Choral, der vom Band eingespielt wird. Die Musik ist viel zu laut, die Lautsprecher scheppern, doch alle tun so, als bemerkten sie es nicht. Dann treten zwei Urnenträger nach vorn und verbeugen sich vor dem Kreuz, das zwei Meter groß im Hintergrund an der Wand hängt – oder vielleicht verbeugen sie sich auch vor der Asche des Toten, ich weiß es nicht. Anschließend setzen sie die Holzkiste in einen Plexiglaskasten, an dessen Seiten zwei Griffe befestigt sind, und schreiten langsam den Mittelgang entlang zum Ausgang.

Meine Mutter erhebt sich, gibt mir ein Zeichen, ebenfalls aufzustehen, und wir folgen den Trägern. Zum ersten Mal kann ich in die Gesichter der wenigen Trauergäste sehen, die verstreut in den einzelnen Reihen sitzen. Die meisten kenne ich nicht. Vermutlich sind sie aus reiner Sensationslust hier. Die Beerdigung eines Mörders zieht anderes Publikum an – und hält viele davon ab, überhaupt zu kommen.

In einer der hinteren Reihen entdecke ich Leonas und

Mira. Es ist ihre zweite Beerdigung innerhalb weniger Wochen. Janas Beerdigung hat irgendwann in den letzten zwei Wochen stattgefunden und ist in dem Rauschen in meinem Kopf untergegangen.

Wir folgen den Urnenträgern hinaus vor die Kapelle. Warme Luft schlägt uns entgegen, Sonnenschein, als wolle das Wetter uns verhöhnen. Es ist ungewöhnlich mild für Dezember, und ich schwitze in meinem Wintermantel. Die anderen Gäste trotten uns in einigem Abstand hinterher. Es ist nicht weit, über einen Kiesweg bis zu einem Baum, der auf einem eingefassten Stück Rasen steht und vor dem ein Loch ausgehoben wurde. Der Pfarrer spricht ein paar letzte Worte, genauso belanglos und einstudiert wie zuvor, dann nehmen die Träger die Urne aus der Kiste und senken sie in das Loch. Es wird in wenigen Wochen zugewachsen sein, als wäre es nie da gewesen. Als wäre Flo nie da gewesen.

Das ist also alles, was bleibt.

Meine Mutter hat darauf bestanden, eine Trauerfeier auszurichten, in der Villa, weil »sich das so gehört«. Sie hat Leute engagiert, die das Haus auf Vordermann bringen, und einen Caterer, der sich um das Essen kümmert. Aber es kommt so gut wie niemand, und das üppige Buffet bleibt beinahe unangetastet. Die wenigen Trauergäste, die sich im Salon an einem Glas Sekt festhalten, scheinen aus reinem Pflichtgefühl meiner Mutter gegenüber erschienen zu sein, nicht, weil sie Flo kannten oder gar um ihn trauern. Ich beobachte meine Mutter, wie sie mit ihnen redet, sich für ihre Anteilnahme bedankt, dabei stets Haltung bewahrt und wirkt, als spule sie eines ihrer Diplomatentreffen ab anstatt der Beerdigung ihres Sohnes. Plötzlich fühle ich mich schrecklich einsam, und ich bereue es, dass ich Leonas weggeschickt habe. »Du musst das nicht allein durchstehen«, hat er gesagt, als ich ihn bat, nicht mit zur Villa zu kommen. Aber ich wollte es ihm ersparen, das Theater mitzuspielen, das hier gerade aufgeführt wird. Mira hat mir nach der Beerdigung nur einen traurigen Blick zugeworfen und ist dann gegangen, als wüsste sie schon, dass ich niemanden um mich haben wollte. Und bis vor ein paar Minuten war ich auch überzeugt davon, dass ich es irgendwie schaffe.

Aber jetzt muss ich hier raus. Mir egal, was meine Mutter dazu sagt und ob es sich gehört oder nicht. Ich gehe durch die Küche hinaus in den Garten, weiter bis zur Hecke, durch das Tor, durch den Wald. Das leise Murmeln der Gäste scheint mich zu verfolgen; erst als ich mich am Ufer auf einen umgestürzten Baum setze, verstummt es langsam, genau wie das Rauschen in meinen Ohren. Jetzt höre ich nur noch das Zwitschern der Vögel, die über den Winter hierbleiben und ebenso verwirrt sind über das warme Wetter wie alle anderen.

Ich vergesse die Zeit, während ich am See sitze und auf das Wasser hinausstarre. Schließlich versinkt die Sonne zwischen den Bäumen, und die Luft kühlt sich so ab, dass ich doch anfange zu frieren. Es müssen Stunden vergangen sein. Ich mache mich auf den Rückweg und stelle erleichtert fest, dass die Gäste gegangen sind. Die Cateringfirma hat bereits alles aufgeräumt, und nichts erinnert mehr an den Spuk, der heute hier stattgefunden hat. Meine Mutter sitzt am Küchentisch, vor sich ein großes Glas Wein, und lächelt mich müde an. Kein Wort darüber, dass ich so lange verschwunden war.

Ich weiß nicht, wann ich meine Mutter das letzte Mal müde gesehen habe. Einige Haarsträhnen haben sich aus ihrer Frisur gelöst, und ihr Lidstrich ist verschmiert. Sie wirkt immer perfekt – perfekt geschminkt, perfekt gekleidet –, aber heute bekommt ihre perfekte Fassade Risse. Sie ist nicht so stark, wie sie stets tut. Ich glaube, dass meine Mutter und ich gar nicht so verschieden sind. Auch sie versteckt sich vor ihren Gefühlen, doch sie verbirgt sie nicht hinter Distanziertheit und Ablehnung, sondern hinter ihrer Arbeit, ihren gesellschaftlichen Verpflichtungen und ihrem makellosen Lächeln.

Als sie aufsteht und mich in den Arm nimmt, bin ich so perplex, dass ich es geschehen lasse, irgendwann sogar meine Arme hebe und die Geste erwidere. Etwas löst sich in mir, ein Knoten, von dem ich nicht wusste, dass er da war. Tränen steigen in mir auf, aber ich kämpfe sie mit aller Macht zurück. Es ist wie ein Reflex, aber heute tue ich es nicht für mich. Heute tue ich es für meine Mutter, denn ich weiß instinktiv, dass sie es nicht aushalten würde, mich weinen zu sehen.

Ich habe in meiner Mutter immer den Fels in der Brandung gesehen – keinen, an den man sich anlehnt, sondern einen, der sich keinen Zentimeter bewegt, ganz egal, wie stark die Wellen auf ihn einschlagen. Sie hat nie Emotionen gezeigt, keinen Stolz, aber auch keine Schwäche, und ich dachte immer, das müsse so sein. Schließlich ist es die Aufgabe einer Mutter, stark zu sein, oder nicht? Aber vielleicht ist meine Mutter gar nicht stark für mich. Vielleicht bin ich es die ganze Zeit für sie.

Irgendwann löst sie sich aus der Umarmung, füllt ein zweites Weinglas und stellt es auf den Platz ihr gegenüber. »Hier«, sagt sie.

»Ich trinke keinen Rotwein«, erwidere ich.

»Okay. Aber setz dich wenigstens zu mir. Bitte«, fügt sie hinzu, und obwohl ich keine Lust auf ein weiteres oberflächliches Gespräch mit meiner Mutter habe – nicht heute, nicht nach diesem Tag –, tue ich ihr den Gefallen.

Sie nimmt ihr Glas, trinkt einen Schluck, stellt es wieder zurück. »Warum hat er das getan?«, fragt sie mit heiserer Stimme. In ihren Augen glänzen Tränen.

Ich starre auf die purpurrote Flüssigkeit in meinem Glas und sage nichts.

»Florin waren die Verbindungen immer egal. Ihm ging es nie um Geld oder Macht oder Ansehen. Er wollte nur Menschen helfen. Dir helfen«, fügt sie fast flüsternd hinzu.

»Ich weiß«, sage ich tonlos. Genau das ist ja das Problem. Hätte Flo mir nicht helfen wollen, wäre er niemals in diesen ganzen Mist mit dem Zirkel geraten. Dann wäre er jetzt noch am Leben. Ich wende den Blick ab, damit meine Mutter nicht merkt, was in mir vorgeht. Sie darf die Wahrheit nie erfahren.

Sie trinkt noch einen Schluck und zögert kurz, ehe sie das ganze Glas leert. Dann lehnt sie sich in ihrem Stuhl zurück und macht eine Geste, die wohl die gesamte Villa einschließen soll. »Tja, mein Schatz, damit gehört das wohl mal alles dir«, sagt sie. Ihre Stimme ist plötzlich fröhlich, fast aufgesetzt, als wolle sie krampfhaft das Thema wechseln. »Die Villa, der Fonds, die Stiftungen – alles deins. Du wirst eine äußerst wohlhabende Frau sein.«

Ich schnaube spöttisch. »Du willst ernsthaft über Geld reden? Ich brauche keine Villa und keinen Aktienfonds und keine Stiftung, wenn ich selbst bald tot bin.«

Meine Mutter versteift sich. Sie weiß selbst, dass wir irgendwann darüber sprechen müssen. Es wird Zeit. Sie sieht in ihr leeres Weinglas. Schließlich seufzt sie und schaut auf. »Wie geht es dir?« Und dieses Mal ist es keine Floskel, nichts, was man eben so fragt, nichts, worauf die einzige Antwort, die man geben kann, »gut« lautet. Dieses Mal, vielleicht zum ersten Mal seit Jahren, meint sie die Frage ernst.

»Ich habe Atherosklerose im fortgeschrittenen Stadium«, sage ich. »Anfang Januar habe ich einen Termin bei Professor Behrend in der Uniklinik. Es sieht nicht gut aus.«

Sie greift über den Tisch, nimmt sich mein Weinglas und trinkt einen großen Schluck. Dann sieht sie mir direkt in die Augen. »Scheiße.«

Und damit ist wohl alles gesagt.

Am nächsten Morgen wache ich früh auf. Nachdem ich mir einen Kaffee gemacht habe, gehe ich mit der Tasse in Opas Arbeitszimmer. Dort setze ich mich an den Schreibtisch und betrachte nachdenklich die Kiste, die schon seit ein paar Tagen daraufsteht. Es sind Flos persönliche Sachen, die die Polizei im Militärkrankenhaus eingesammelt hat und die nun, da die Ermittlungen abgeschlossen sind, freigegeben wurden. Ich wollte sie nicht öffnen, wollte nicht an den Tag erinnert werden. Aber jetzt ist es Zeit, mit dem Ganzen abzuschließen.

Ich hebe den Deckel. Flos Rucksack liegt in der Kiste, die wenigen Klamotten, die er dabeihatte, die, die er anhatte. Und der Brief. Ich nehme ihn in die Hand, lese ihn mir noch einmal durch. Und noch einmal. Und noch einmal. Meine Mutter kommt herein, stellt sich hinter mich, liest ihn ebenfalls. Ich habe ihr erzählt, was darin steht, beinahe Wort für Wort, aber nun sieht sie seine Worte schwarz auf weiß.

Nach einer Weile legt sie mir von hinten die Hände auf die Schultern. »Ich werde es nie verstehen«, sagt sie leise. »Warum hat er sich keine Hilfe gesucht? Warum hat er keinen anderen Ausweg gesehen, als sich umzubringen?«

»Ich weiß es nicht«, erwidere ich. »Vielleicht ... gibt es manchmal wirklich keine Hoffnung mehr.«

Wir sehen eine Weile schweigend auf den Brief. Dann höre ich plötzlich, wie sie leise lacht. »*Liebe Quinn*«, zitiert sie. »Sein ganzes Leben lang hat er dich Q genannt. Ich habe verzweifelt versucht, es ihm abzugewöhnen, aber er hat sich nicht davon abbringen lassen. Und ausgerechnet in seinem Abschiedsbrief nennt er dich Quinn.«

Ich starre auf das Wort, so lange, bis es wieder vor meinen Augen verschwimmt. Warum ist mir das nicht aufgefallen? Meine Hände fangen an zu zittern, und ich lege den Brief hin, damit meine Mutter es nicht merkt. Ich hatte schon die ganze Zeit das Gefühl, dass irgendwas nicht stimmt. Vielleicht ist das der Grund, warum mich seine letzten Worte nicht loslassen, warum ich nicht aufhören kann, den Brief zu lesen. Es gibt zu viele Dinge, die nicht zusammenpassen, zu viele Formulierungen, die niemandem auffallen würden, wenn man Flo nicht gut kennt. Quinn statt Q; Florin statt Flo; dass ausgerechnet er die Hoffnung aufgibt, obwohl er mich immer wieder beschworen hat, es nicht zu tun.

Plötzlich schießen mir tausend Fragen durch den Kopf. Was, wenn Flo den Brief nicht selbst geschrieben hat? Was, wenn er sich gar nicht selbst umgebracht hat? Was, wenn jemand bei ihm war, im Krankenhaus? Aber ... wie hätten sie Flo finden sollen? Niemand außer mir kannte den Ort.

»Was hast du?« Meine Mutter merkt, dass etwas in mir vorgeht.

Ganz kurz überlege ich, sie einzuweihen, ihr alles zu erzählen, was ich weiß, aber das kann ich nicht. Es sind zu viele Vermutungen, zu viele offene Fragen. Sie würde durchdrehen vor Sorge, würde Himmel und Hölle in Bewegung setzen und uns womöglich alle in Gefahr bringen.

»Nichts«, antworte ich daher kopfschüttelnd. »Ich wundere mich nur genauso darüber wie du.«

Sie seufzt leise, dann geht sie neben mir in die Hocke. »Ich muss los, Liebes«, meint sie. »Der Flieger wartet.«

»Okay.« Ich weiß nicht, was ich sonst noch sagen soll. Es fühlt sich komisch an, sich zu verabschieden, nachdem wir zwei Wochen unter einem Dach gelebt haben. Ich glaube, so lange haben wir es schon ewig nicht mehr zusammen ausgehalten.

Sie zieht mich in eine Umarmung, und wir verharren lange so, länger, als wir müssten, bis sie sich losmacht und mir einen Kuss auf die Stirn drückt. »Ich hab dich lieb«, sagt sie, ehe sie geht.

Erst als ich höre, wie die Eingangstür ins Schloss fällt, antworte ich: »Ich dich auch.«

28

Nach zwei Wochen bin ich zum ersten Mal allein, und zum ersten Mal kommt mir die Villa zu groß vor, zu leer. Das alles hier – die Möbel, die Gemälde, die Kronleuchter – bin nicht ich. Das Haus ist angefüllt mit Trauer und Sprachlosigkeit, und plötzlich wünsche ich mir nichts sehnlicher, als hier rauszukommen. Also packe ich ein paar Sachen, fülle den Futterspender, den meine Mutter für die Katze angeschafft hat (»Solltest du dem Tier nicht langsam einen Namen geben, wenn du es schon hier wohnen lässt?«), und verlasse die Villa. Als die schwere Eingangstür hinter mir ins Schloss fällt, atme ich förmlich auf.

Ich hätte nie gedacht, dass es mal so weit kommen würde, aber ich freue mich darauf, Mira wiederzusehen. Es ist Samstag, und als ich die Tür zur WG aufschließe, steht sie gerade auf einem Stuhl an der Wand, hängt die bunten Sarongs ab und kitschige Weihnachtsdeko auf.

»Hey«, ruft sie überrascht und lässt die blinkende Lichterkette sinken, die sie gerade in der Hand hält. Sie lächelt, aber sie steigt nicht vom Stuhl und macht auch keine Anstalten, mich zu umarmen. Vor ein paar Wochen wäre ich dankbar darüber gewesen. Jetzt bin ich fast ein bisschen enttäuscht.

»Hey«, erwidere ich. »Ich bin wieder da.«

»Gut. Das ist gut.« Sie lächelt immer noch, wirkt dabei aber irgendwie unsicher, als wisse sie nicht genau, wie sie sich mir gegenüber verhalten soll. Ich kann es ihr nicht verübeln. Immerhin habe ich mich wochenlang verkrochen, habe sämtliche ihrer Anrufe ignoriert. Sie kann nicht wissen, wie es in mir aussieht. »Gestern auf der Beerdigung«, beginnt sie schließlich, »da hast du ausgesehen, als wolltest du niemanden in deiner Nähe haben, also ... bin ich gar nicht erst mit zur Villa gekommen.«

»Schon okay. Ich habe ein bisschen Abstand gebraucht. Aber nachdem meine Mutter heute Morgen abgereist ist, ist mir die Decke auf den Kopf gefallen. Also bin ich hergekommen. Nach Hause«, füge ich mit einem Lächeln hinzu und setze mich auf die Couch.

Nun steigt Mira doch vom Stuhl, drapiert die Lichterkette über die Lehne und lässt sich neben mir nieder. Doch sie ist immer noch nicht so unbeschwert, wie ich es von ihr gewohnt bin. »Wie geht es dir?«

»Weiß nicht genau«, antworte ich. »Aber ich kann mich nicht ewig verkriechen. Wahrscheinlich tut es mir gut, wenn ich wieder zu den Vorlesungen gehe und mich ein bisschen ablenke.«

Sie nickt. »Wie ... geht es der Katze? Leonas hat mir davon erzählt«, fügt sie rasch hinzu, als ich sie erstaunt ansehe.

»Viel besser.« Mein Lächeln wird breiter. »Sie hat jetzt endgültig beschlossen, dass sie in der Villa lebt, und ich habe vermutlich keine Chance mehr, sie daran zu hindern.«

»Hat sie inzwischen einen Namen?«

»Das wäre ein bisschen übertrieben, findest du nicht auch?«

Wieder nickt sie, und dann sitzen wir eine Weile schweigend nebeneinander. Es fühlt sich komisch an, fast unangenehm, als wären wir uns in den letzten Wochen fremd geworden und hätten uns überhaupt nichts mehr zu sagen.

»Du hast mir eine Nachricht geschrieben, kurz bevor … Flo gestorben ist«, sage ich schließlich. »Du wolltest mit mir über irgendetwas reden. Es klang dringend.«

Mira weicht meinem Blick aus. »Ach, das ist nicht mehr wichtig.«

»Okay.« Bevor wir uns wieder nur anschweigen, stehe ich auf, nehme meine Tasche und steuere auf meine Tür zu.

»Schön, dass du wieder da bist«, sagt Mira. »Vielleicht … wird ja jetzt alles gut.«

»Ja«, erwidere ich ohne große Überzeugung. »Das wäre schön.«

Ich lege mich auf mein Bett, starre an die Decke und höre Mira noch eine Weile im Wohnzimmer werkeln. Zwischendurch flucht sie leise, vermutlich, weil sie versucht, die verhedderten Lichterketten aufzuhängen, die auf dem Tisch lagen. Ich könnte ihr helfen. Aber ich bin so gar nicht in Vorweihnachtsstimmung, und aus irgendeinem Grund ist mir die Lust auf ihre Gesellschaft vergangen. Sie war irgendwie merkwürdig, reserviert, als traute sie sich nicht, sich normal mit mir zu unterhalten. Dabei war es gerade ihre Unbedarftheit, die ich immer so an ihr geschätzt habe.

Ich muss eingenickt sein, denn als ich die Augen wieder öffne, ist es dunkel draußen. Im Wohnzimmer ist alles still. Ich stehe auf und öffne die Tür, doch Mira ist nirgendwo zu sehen. Da entdecke ich eine Nachricht auf meinem Handy. Zu meiner Überraschung ist sie von Ben.

> **Ben**
> Sind im Pub. Kann verstehen, falls dir nicht danach ist. Aber wenn du ein bisschen Ablenkung brauchst, dann komm doch auch.

Ich starre die Nachricht an, sehe mich in der leeren Wohnung um. Dann seufze ich und stecke das Handy in die Tasche. Scheiß drauf. Ich geh hin.

Als ich meine Jacke anziehen will, fällt mir auf, dass sie immer noch mit dem Blut der Katze beschmiert ist, weil ich in den letzten Wochen andere Sorgen hatte, als Jacken zu waschen. Mein schicker Mantel, den ich auf der Beerdigung getragen habe, ist noch in der Villa. Und so wenig Wert ich auch gerade auf mein Äußeres lege – mit blutbesudelter Jacke in den Pub zu gehen, ist vielleicht doch ein zu krasses Statement nach allem, was geschehen ist. Kurz überlege ich, ob ich einfach ohne gehen soll, schließlich ist es nicht weit. Aber ich habe keine Lust zu frieren, und wozu hat man eine Mitbewohnerin?

Ich betrete Miras Zimmer und öffne den Schrank, der beinahe überquillt vor Klamotten. Ihre dicke Jacke wird sie gerade selbst anhaben, aber auf dem Boden des Schranks, unter einem Stapel Pullovern, entdecke ich den Ärmel ihres knallroten Mantels, den sie am Abend der Party bei den Alphas anhatte. Sie wird sicher nichts dagegen haben, wenn ich ihn mir ausleihe.

Ich schlüpfe hinein und betrachte mich im Spiegel. Eigentlich ganz okay dafür, dass ich mich die letzten zwei Wochen praktisch vergraben habe. Als ich meine Hände aus reiner Gewohnheit in die Taschen gleiten lasse, merke ich, dass etwas darin ist. Ich hole eine kleine Dose heraus, auf der *Pfefferspray* steht. *Typisch Mira*, denke ich grinsend und stecke sie wieder zurück. Dabei stoßen meine Finger auf noch etwas – auf dünnes, feingliedriges Metall. Beinahe wie von selbst hole ich es heraus.

Es ist eine silberne Kette. Der Verschluss ist kaputt, was vermutlich auch der Grund ist, warum Mira sie in die Tasche getan und dann dort vergessen hat. Ich will die Kette schon wieder zurückstecken, als mein Blick auf den Anhänger fällt. Er ist rund mit einer Prägung in der Mitte. Der Baum des Lebens.

Hitze steigt in mir auf, zusammen mit einer schrecklichen Erkenntnis. Ich kenne den Anhänger. Ich habe ihn schon einmal gesehen – nicht an Mira, sondern auf Instagram. Auf einem Foto von Jana. Das hier ist die Kette, die Janas Schwester gesucht hat, die Jana immer getragen hat, Tag und Nacht.

Meine Wangen glühen, mein Herz pocht wild, meine Hände zittern. Ich setze mich auf das Bett, bevor meine Beine unter mir nachgeben. *Nein*, sage ich mir wieder und wieder. *Das darf nicht sein. Das* darf *einfach nicht sein.* Vielleicht ist es eine andere Kette, die so ähnlich aussieht. Vielleicht hat Mira sie am Abend der Party irgendwo gefunden, eingesteckt und dann vergessen. Es gibt bestimmt eine ganz simple Erklärung dafür, wie diese Kette in die Manteltasche kommt. Es *muss* sie geben. Denn die Alternative ist so unvorstellbar, dass sich bei dem bloßen Gedanken daran alles um mich herum zu drehen beginnt.

Ich spüre ihre Anwesenheit mehr, als dass ich sie höre.

Mein Kopf fühlt sich tonnenschwer an, während ich aufblicke und zur Tür sehe. Mira taucht im Türrahmen auf.

»Hey«, sagt sie beinahe übertrieben fröhlich. »Was machst du denn hier? Willst du dir den Mantel ausleihen? Ich hab echt kein Problem damit, aber beim nächsten Mal –« Als sie meine völlig verstörte Miene sieht, bricht sie mitten im Satz ab.

Ich hebe die Hand, in der ich immer noch die Halskette halte. »Wo hast du die her?«, frage ich und erschrecke beinahe darüber, wie dünn meine Stimme ist.

Mira sieht erst auf die Kette, dann zu mir, und ihr sonst so fröhliches, offenherziges Gesicht wird plötzlich vollkommen ausdruckslos. Ich hätte ihr alles geglaubt. Hätte jede nur denkbare Erklärung angenommen, ganz egal, wie absurd sie gewesen wäre. Aber Mira sagt gar nichts. Sie sieht mich nur schweigend an, und ich kann beinahe hören, wie etwas in mir zerbricht.

»Nein«, flüstere ich, »bitte nicht.« Und dann noch mal, so leise, dass kaum ein Geräusch über meine Lippen kommt: »Nicht du.«

Und plötzlich verstehe ich es. Woher der Zirkel von der Katze wusste, von dem Buch und dem Ring. Mira war immer dabei, die ganze Zeit. Sie hat *alles* mitbekommen. Und es gibt auch nur eine einzige Erklärung dafür, warum die Halskette in ihrer Manteltasche steckt. Mira hat Jana umgebracht.

Sie hat so getan, als würde sie jemanden von der Party mit nach Hause nehmen, weil sie genau wusste, dass ich unter den Umständen in der Villa schlafen würde. Dann ist sie mitten in der Nacht ins Haus zurückgeschlichen, hat den

Geheimgang ins Bad benutzt und Jana ertränkt wie ein Stück Vieh. Jana *hat* sich gewehrt, sie *hat* gestrampelt und um sich geschlagen, und dabei ist die Kette gerissen. Daraufhin hat Mira sie eingesteckt und das Wasser laufen lassen, um alle Spuren eines Kampfes zu beseitigen.

Galle steigt in mir auf. Ich habe Mira vertraut. Zum ersten Mal seit einer Ewigkeit habe ich einen anderen Menschen außer Flo in mein Leben gelassen. Und alles war eine Lüge.

»Warum?«, frage ich tonlos. »Warum hast du das getan?«

Sie fragt gar nicht erst, wovon ich rede. Die Zeit der Lügen ist offenbar vorbei. »Weil ich damit beauftragt wurde.«

»Vom Zirkel?«

Sie nickt bloß.

»Das kann nicht dein Ernst sein. Du bist doch keine Killerin!«

»Du verstehst das nicht!«, entgegnet sie in flehendem Ton. »Meine Familie hat viel zu wenig Geld oder Einfluss, um für den Zirkel interessant zu sein. Und trotzdem haben sie mir angeboten, aufgenommen zu werden.«

»Und im Gegenzug musstest du mich ausspionieren und Leute umbringen?«

Sie verzieht gequält das Gesicht. »Es tut mir so leid, Quinn. Ich wollte das alles nicht. Aber es war meine einzige Chance.«

In mir drin scheinen alle Gefühle auf einmal zu toben – Schock, Wut, Entsetzen, Enttäuschung. Gleichzeitig fühle ich mich, als wäre sämtliche Energie aus mir gewichen. Ich finde nicht mal genug Kraft, um aufzustehen, stattdessen bleibe ich zusammengesunken auf dem Bett sitzen. »Warum machst du bei diesem Wahnsinn mit? Ich dachte, du studierst Medizin, um Menschen das Leben zu retten. Oder war das genauso gelogen wie alles andere?«

Mira schüttelt beinahe verzweifelt den Kopf. Sie macht einen Schritt auf mich zu, doch als ich zurückweiche, bleibt sie in der Tür stehen. »Nein, das war nicht gelogen. Ich will Menschen retten. Aber irgendwann stößt die klassische Medizin an ihre Grenzen. Du bist der beste Beweis. Wenn kein neues Herz für dich gefunden wird, können die Ärzte nichts mehr für dich tun. Für den Zirkel gibt es diese Grenzen nicht. Er rettet Menschen, die sonst keine Chance mehr hätten.«

»Manche Menschen rettet der Zirkel vielleicht. Dafür bringt er andere um. Herrgott noch mal, *du* hast Menschen umgebracht.«

Mira zuckt zusammen. Die Qual ist ihr ins Gesicht geschrieben, aber ich empfinde kein Mitleid mit ihr. Im Gegenteil. Sie so leidend zu sehen nach allem, was sie getan hat, lässt meine Wut nur erneut hochkochen.

»Der Zirkel macht nicht alles richtig«, sagt sie beinahe trotzig. »Aber er will das Richtige. Manchmal sind Opfer nötig, um Gutes zu erreichen. Es tut mir leid, dass Menschen sterben mussten, ehrlich. Aber das große Ganze ist immer wichtiger als einzelne Schicksale.«

»Das war Jana also für dich? Ein Einzelschicksal? Sie gehörte doch selbst zum Zirkel, oder nicht?«

»Jana hat gegen die Regeln verstoßen. Sie hat den Wirkstoff gestohlen, um ihn für ihre eigenen Zwecke einzusetzen. So etwas duldet der Zirkel nicht.«

»Warum war ihre Verletzung verschwunden? Sie hatte das Mittel doch gar nicht genommen.«

»Ich habe es ihr verabreicht. Damit alle Spuren einer Auseinandersetzung verschwinden und es wie ein Unfall aussieht.«

Wie ein Unfall ... so wie es bei Flo wie Selbstmord aussehen sollte. Meine nächsten Worte bekomme ich kaum über die Lippen, so belegt ist meine Stimme. »Was ist mit meinem Bruder? Hast du ihn auch umgebracht?«

»Nein. Ich habe nur die Informationen geliefert. Ich wusste nicht, dass der Zirkel ihn auch töten würde. Ehrlich nicht, Quinn.« Sie verstummt. Tränen laufen ihr über die Wangen, und ich würde sie ihr am liebsten aus dem Gesicht schlagen. Sie hat kein Recht dazu, wegen Flo zu weinen.

»Wer war es dann?«, knurre ich.

»Jemand anderes vom Zirkel. Keine Ahnung, wer. Ich kenne ihre Identitäten nicht. Solange man nicht aufgenommen ist, treten sie einem nur mit Masken gegenüber.«

Ich glaube ihr. Und doch ist sie dadurch nicht weniger schuld an Flos Tod. Sie hätte ihn warnen können. Stattdessen hat sie ihn eiskalt ausgeliefert.

»Warum habt ihr ihn umgebracht?«

»Er ist zu einem Risiko geworden. Als er nach Janas Tod untergetaucht ist und kurz darauf so verzweifelt die Villa durchsucht hat, wurde klar, dass er Beweise gegen den Zirkel finden wollte. Dass er aussteigen wollte.« Miras Stimme ist kaum noch zu hören, als sie hinzufügt: »Das konnte der Zirkel nicht zulassen.« Als würde die Art und Weise, wie sie es sagt, irgendetwas an dem Schmerz in mir ändern.

»Woher wusstest du, wo er war?«, stoße ich hervor. »Ich habe Tage gebraucht, um dahinterzukommen.«

Sie schließt kurz die Augen und seufzt. »Ich habe über

deine Familie recherchiert. Das Internet vergisst nichts. Wenn man nur lange genug gräbt, stößt man irgendwann auf *Pawlow & Schreiber Pharmaceutics*, die Firma deines Vaters, die nach seinem Tod pleitegegangen ist. Dort stand auch, dass sie ihren Sitz im Industriegebiet am Stadtrand hatte, und auf der Karte habe ich gesehen, dass es ganz in der Nähe einen Militärstützpunkt gab. Als du mir erzählt hast, dass Flo von Krieg gesprochen hat, habe ich eins und eins zusammengezählt.«

Ich will diese Unterhaltung beenden. Will weg von hier, will das alles hinter mir lassen, mich irgendwo vergraben und vergessen, was geschehen ist. Aber eine Frage muss ich ihr noch stellen. »Was ist das für ein Medikament? Woher hat der Zirkel es? Und was hat das alles mit den Gewölben unter der Akademie zu tun?«

Mira schüttelt den Kopf. »Das kann ich dir nicht sagen. Dafür bin ich noch nicht lang genug dabei. Aber ich bin überzeugt davon, dass dieser Wirkstoff die ganze Welt verändern wird. Er wird unzähligen Menschen helfen, für die es unter normalen Umständen keinerlei Hoffnung mehr gäbe. Du denkst vielleicht, dass der Zirkel zu den Bösen gehört. Dabei ist er das Beste, was der Menschheit passieren konnte.«

Ich verziehe wütend das Gesicht und will ihr widersprechen, doch sie gibt mir keine Gelegenheit dazu.

»Ich hab schon viel zu viel gesagt. Du hättest das alles gar nicht erfahren dürfen.«

Ich schnaube. »Und jetzt? Bringst du mich auch um?«

»Ich wollte nie, dass es dazu kommt, Quinn. Ich mag dich, wirklich. Und ich wünschte, das mit Jana und Flo wäre nie passiert. Aber …« Wieder laufen ihr Tränen übers Gesicht. Sie wischt sie hastig ab und sieht mich bedauernd an. »Du lässt mir keine andere Wahl.«

Ich bewege mich so schnell, dass Mira eine Sekunde zu lange braucht, um zu reagieren. In dieser einen Sekunde reiße ich die Dose mit dem Pfefferspray aus der Tasche, stürze mich auf Mira und drücke zu. Der Nebel zischt aus der Öffnung, und obwohl Mira blitzschnell in Deckung geht, ist es zu spät. Sie presst die Augen zusammen und schreit schmerzerfüllt auf, und die wenigen Augenblicke reichen mir, um an ihr vorbei aus dem Zimmer zu schlüpfen. Dabei entgehe auch ich dem Nebel des Sprays nicht, der noch immer in der Luft hängt. Er brennt wie Feuer in Augen und Lunge, trotzdem renne ich weiter, durch das Wohnzimmer, zur Wohnungstür, raus auf die Straße und dann weiter, immer weiter.

Ich will mein Handy rausholen und Hilfe rufen, aber ich habe es zurück in meine Tasche gesteckt, und die ist noch in der WG. Mein Herz springt mir fast aus der Brust; ich muss anhalten, wenn mir nicht schwarz vor Augen werden soll.

Hektisch sehe ich mich um. Ich bin einfach blind drauflosgelaufen, Hauptsache, weg von Mira, und jetzt stehe ich in irgendeiner verlassenen Gasse – was so ziemlich das Dümmste ist, was ich hätte tun können. Ich überlege fieberhaft, welche Optionen ich habe. Zur Polizei kann ich nicht. Ich habe keinen einzigen wirklichen Beweis, und was ich Decker erzählen könnte, klingt so abstrus, dass sie mir vermutlich kein Wort glauben würde. Zu Leonas kann ich auch nicht, denn er wohnt praktisch in der Höhle des Löwen. Jana und Flo sind garantiert nicht die einzigen

Alphas, die dem Zirkel angehört haben. Und wenn ich zu jemandem aus dem Präpkurs gehe, bringe ich denjenigen nur in Gefahr. Der Zirkel hat mehr als einmal bewiesen, wie skrupellos er ist. Im Grunde bin ich völlig auf mich gestellt. Aber vielleicht ist das auch besser so. Denn wenn ich heute eins gelernt habe, dann, dass es ein Fehler ist, anderen Menschen zu vertrauen.

Ich schaue mich noch einmal in der verlassenen Gasse um. Ich kenne mich hier nicht gut aus, aber mir ist klar, dass ich immer noch in Gefahr bin, dass ich in Bewegung bleiben muss, ganz egal, wohin, nur weiter weg von Mira, vom Zirkel, von allen anderen. Ich biege um eine Ecke und bemerke erst nach ein paar Schritten, dass es eine Sackgasse ist. Als ich wieder umdrehe, bin ich nicht mehr allein.

Eine Gestalt ist vor mir aufgetaucht und kommt mit schnellen, lautlosen Schritten auf mich zu. Sie ist groß und breitschultrig, trägt einen dunklen Mantel – und eine Maske. Es ist eine Art Fechthelm mit schwarzem Visier. Und auf der Maske, mitten auf der Stirn, erkenne ich das Siegel Gottes. Meine Gedanken rasen. Sie haben mich gefunden. Ich suche nach etwas, womit ich mich verteidigen kann, doch da ist der Maskierte bereits bei mir. Seine Hand schnellt nach vorn, etwas blitzt auf. Im gleichen Moment explodiert ein Schmerz in meinem Bauch, schlimmer, als ich es jemals für möglich gehalten hätte.

Ich sehe an mir herab. Der Maskierte hält ein Messer in den Händen, und als ich die Hände auf meinen Bauch presse, spüre ich etwas Warmes, Feuchtes, das aus meinem Bauch hervorquillt. *Blut*, denke ich wie durch Watte. *Das ist Blut.*

Ich sacke auf die Knie, höre mich keuchen. Der Maskierte steht immer noch vor mir, als warte er auf etwas. Der Schmerz, der für einige dankbare Sekunden verschwunden war, flammt wieder auf, als würde das Messer erneut in die Wunde gerammt werden, glühend heiß und eiskalt zugleich. Ich krümme mich zusammen, sehne mich beinahe danach, das Bewusstsein zu verlieren, damit dieser grauenvolle Schmerz aufhört. *Ich will nicht sterben*, denke ich. *Nicht so!*

»Wir haben dich gewarnt«, sagt eine tiefe Stimme. »Du solltest dich raushalten. Aber du konntest es ja nicht lassen.«

Ich hebe den Kopf und starre den Mann an, als könnte ich durch seine Maske blicken, wenn ich nur lange genug hinsehe. Ich versuche, etwas zu sagen, bringe aber keinen Ton heraus. Schwarzer Nebel drängt sich vor meine Augen und lässt die Umrisse des Mannes verschwimmen.

»Aber wir sind keine Unmenschen, weißt du?«, fährt er ungerührt fort. »Du hast die Wahl. Entweder du entscheidest dich wie dein Bruder und stellst dich gegen uns. Dann endet das Ganze hier. Ich werde einfach gehen und dich in dieser Gasse liegen lassen, und in ein paar Minuten, wenn dein Herz aufgehört hat zu schlagen, hast du es überstanden.«

Er spricht nicht weiter, verrät mir nicht, was die zweite Möglichkeit ist. Ich versuche, ihn anzusehen, kann ihn aber kaum noch erkennen. Der glühende Schmerz frisst sich in mich hinein, und ich kämpfe dagegen an, das Bewusstsein zu verlieren.

»O…der?«, krächze ich.

»Oder du schließt dich uns an.«

Ich muss ihn missverstanden haben. In meinen Ohren rauscht und pocht es, die Qualen vernebeln mir die Sinne. »Ich ...«, setze ich an, aber meine Stimme versagt endgültig. Ich habe keine Kraft mehr und sacke auf dem Asphalt zusammen. Ich liege gekrümmt auf dem kalten Boden, zu Füßen des Fremden, der reglos über mir steht und mir beim Sterben zusieht. Ich presse immer noch die Hände gegen den Bauch, als hätte ich eine Chance, das stetige Hervorquellen des Blutes zu verhindern.

Ich will noch nicht sterben. Nicht so. Ich bin noch nicht bereit. Aber der Schmerz ist nicht mehr auszuhalten, und die Schwärze, die sich in meinem Kopf ausbreitet, kommt mir inzwischen wie eine Erlösung vor. Ich will nicht mehr dagegen kämpfen. Ich will, dass sie mich einhüllt und mich von dieser Qual befreit.

Auf einmal taucht eine Spritze in meinem Sichtfeld auf. »Wenn du leben willst, dann schließe dich uns an«, sagt die tiefe Stimme wieder. Sie scheint jetzt von überall zu kommen. Vielleicht stammt sie gar nicht von dem Mann. Vielleicht ist sie direkt in meinem Kopf. »Willst du leben? Oder willst du sterben?«

Leben, denke ich. *Ich will leben.* Aber ich kann es nicht aussprechen. Meine Kraft reicht nicht mehr.

Ein Gesicht beugt sich zu mir herunter. Ein Ohr direkt an meinem Mund. Ich suche jeden einzelnen Buchstaben zusammen, forme das Wort mit den Lippen, stelle mir vor, wie ich es in die Welt hinausschreie, und bringe doch nur ein kaum hörbares Wispern zustande. »L e b e n.«

Ich spüre den Einstich der Spritze kaum, irgendwo auf

Höhe meiner Halsschlagader, kurz bevor die Finsternis endgültig über mir zusammenschlagen kann.

Die Veränderung kommt langsam, beinahe unmerklich, aber als ich sie einmal wahrnehme, wird sie von Sekunde zu Sekunde deutlicher. Der Schmerz lässt nach, viel schneller als eigentlich möglich. Das Glühen und Stechen verschwindet, genau wie die Schwärze vor meinen Augen. Ich richte mich vorsichtig auf, sehe auf meine Hände herab, nehme sie sacht von der Wunde. Das Blut läuft nicht mehr.

Ich taste über meinen Bauch. Er tut noch weh, aber es ist auszuhalten. Ich ziehe meinen Pulli an dem Riss auseinander, den das Messer in meine Kleidung geschnitten hat. Alles ist nass von Blut, doch darunter fühle ich frische, zarte Haut. Die Wunde hat sich geschlossen.

»Wie …«, stoße ich hervor. Ich sehe zu dem Maskierten, der nicht im Mindesten überrascht ist von dem, was sich gerade vor seinen Augen abgespielt hat. Das Siegel auf seiner Stirn scheint förmlich zu leuchten. Und da werde ich plötzlich wütend, und es ist mir ganz egal, dass ich gerade fast gestorben wäre und der Typ das Messer, mit dem er mich aufgeschlitzt hat, immer noch bei sich trägt. »Warum hast du das getan?«, fauche ich. »Wolltest du mir demonstrieren, welche Macht der Zirkel hat? Glaubst du, das wüsste ich nicht längst? Oder gefällt es dir einfach, mit dem Leben anderer Menschen zu spielen?«

»Von beidem ein bisschen«, erwidert er. Ich kann seinen Gesichtsausdruck nach wie vor nicht erkennen, aber ich könnte schwören, dass er grinst. »Aber viel wichtiger ist, dass du dich an nichts mehr erinnern wirst. An unsere Begegnung nicht und auch an all das nicht, was in den Stunden davor passiert ist. Du wirst dich wundern, warum deine Kleidung zerfetzt ist, wirst es aber nicht weiterverfolgen, und dann ist alles so, als wäre überhaupt nichts geschehen.«

Miras Geständnis, denke ich. Für mich wird es so sein, als hätte unsere Unterhaltung nie stattgefunden. Ich werde Mira immer noch für meine Freundin halten. Ich werde nicht mehr wissen, dass sie Jana umgebracht hat, dass sie Flo verraten hat, dass sie mich verraten hat. Die Vorstellung erschüttert mich, auch wenn es ein vergleichsweise geringer Preis für mein Überleben ist. Ich rapple mich auf, und eine Weile stehen wir uns stumm gegenüber. Es wird langsam dunkel. Die Schatten in der Gasse kriechen aus ihrem Versteck und lecken an unseren Körpern.

»Du wirst in ein paar Tagen deine erste Prüfung absolvieren müssen«, sagt der Mann.

»Eine Prüfung?«, stoße ich ungläubig hervor. Sie wollen wirklich, dass ich mich ihnen anschließe?

»So beginnt es immer. Mit einer Prüfung.«

»Warum?«, frage ich. »Warum wollt ihr ausgerechnet mich im Zirkel haben? Nach allem, was geschehen ist?«

Der Mann lässt sich Zeit, bevor er mir eine Antwort gibt. »Es gibt Mitglieder im Zirkel, die dich von Anfang an für die bessere Wahl gehalten haben.«

»Besser als wer?«, frage ich misstrauisch.

Doch der Mann schüttelt nur den Kopf. »Genug jetzt. Du wirst alles erfahren, sobald du aufgenommen wurdest. Bleibst du bei deiner Entscheidung? Willst du dich unserer Sache anschließen und dich den Prüfungen des Zirkels stellen?«

Ich sollte darüber nachdenken. Ich sollte zumindest kurz

zögern. Aber die Antwort sprudelt förmlich aus meinem Mund, bevor ich sie zurückhalten kann. »Ja.«

Der Mann nickt zufrieden und greift in seine Tasche. Als er die Hand herauszieht, hält er darin eine Visitenkarte, genau so eine, wie ich sie im Fell der Katze gefunden habe. Verwirrt nehme ich sie entgegen, betrachte kurz das Sigillum Dei auf der Vorderseite und drehe sie dann um.

Du hast unsere Einladung angenommen.
Halte dich bereit.

»Du hörst von uns«, sagt der Mann.

Dann dreht er sich um und verschwindet in den Schatten. Ich sehe wieder an mir herab, an meinen aufgeschlitzten Klamotten und meiner unversehrten Haut bis hin zu der dunkelroten Lache, die sich auf dem Boden gebildet hat. Ich wische meine Hände an meiner Hose ab, schließe Miras Mantel, um die Blutflecken zu verbergen, und trete aus der Gasse heraus, zurück auf die Straße.

Ich lebe. Und das ist gerade alles, was zählt.

CONTENT NOTE

Liebe Leser*innen,

in Quinns Geschichte kommen Themen vor, die auf ganz unterschiedliche Art und Weise emotional belasten können. Diese sind Tod (auch Mord und Suizid), Trauer, Krankheit, Gewalt (auch an Tieren), Erpressung und Drogenmissbrauch.

Ihr solltet das Buch also nur lesen, wenn ihr emotional mit diesen Themen umgehen könnt. Falls es euch mit diesen genannten oder auch anderen Themen nicht gut geht, findet ihr unter der Nummer der Telefonseelsorge rund um die Uhr kostenlose und anonyme Hilfe.

08 00-1 11 01 11/08 00-1 11 02 22
www.telefonseelsorge.de

Wir wünschen euch das bestmögliche Leseerlebnis.

Eure Nina und das Loewe-Team